Der Aschenbursche

Das Buch

Wie lang kann ein Winter dauern? Diese Frage stellt sich Leo schon seit Jahren – seit er nach dem Tod seiner Mutter wie ein Sklave im Haus seines Stiefvaters schuften muss, gepiesackt von seinen Stiefschwestern und vergessen vom Rest der Welt.

Als Leo sich zum Winterbeginn ein Herz fasst und eine Kerze vom Tempel des Winterheiligen Vandros erbittet, ändert sich alles. Der Priester zeigt ein ungewöhnliches Interesse an Leo und bietet ihm Hilfe an. Eine Fee purzelt plötzlich in Leos Leben und sorgt für Wirbel, und dann ist da auch noch der geheimnisvolle Fremde vom Markt, der sich nicht von Leos Schwestern um den Finger wickeln lässt und in Leo mehr zu sehen scheint als nur einen niederen Diener.

Doch eins hat Leo in den letzten Jahren gelernt: Aus dem Haus seines Stiefvaters gibt es kein Entkommen.

Nicholas kennt seinen Platz in der Welt: Als Enkel des Königs wird er irgendwann über Ostris herrschen, heiraten und den nächsten Nikolaus zeugen – auch wenn ihn das weibliche Geschlecht noch nie sonderlich gereizt hat.

Eine Wette mit seinem Onkel könnte diese ferne Zukunft schneller Wirklichkeit werden lassen, als ihm lieb ist. Denn plötzlich muss er sich als einfacher Mann ausgeben, wenn er nicht auf dem nächsten Frühlingsball verheiratet werden will.

Mit einer Frau.

DER

ASCHENBURSCHE

Kinder des Vandros 1

J. B. Hofeditz

Bibliografische Information der Deutschen Nationalbibliothek: Die Deutsche Nationalbibliothek verzeichnet diese Publikation in der Deutschen Nationalbibliografie; detaillierte bibliografische Daten sind im Internet über dnb.dnb.de abrufbar.

Coverdesign: J. B. Hofeditz
Landkarte: J. B. Hofeditz, unter Verwendung des Fantasy Map Builders von www.mapeffects.co

Verlag: BoD · Books on Demand GmbH, In de Tarpen 42, 22848 Norderstedt

Druck: Libri Plureos GmbH, Friedensallee 273, 22763 Hamburg

ISBN: 978-3-7693-1163-1

Ostris
Die Insel der Heiligen

Das Meer

der Stürme

Kristalltempel

Nordostris

Vandra

Westlande

Ostlande

Sturmhafen

Arden

Das

Heilige

Die Sommerlande

Sorinia
Wolkenstadt

Meer

© J. B. Hofeditz

Prolog

Ein kleines Boot schaukelte einsam in der Bucht der Toten. Es zog und zerrte an seinem Tau, als könne es gar nicht erwarten, die weite Reise anzutreten. Etliche Menschen hatten sich am Ufer versammelt, um dem Verstorbenen die letzte Ehre zu erweisen. Er war ein beliebter und geachteter Mann gewesen und nicht nur die Menschen aus Arden, der Hauptstadt von Ostris, trauerten um ihn.

Ein kleiner Junge stand mit seiner Mutter in vorderster Reihe, den Blick fest auf das kleine Boot gerichtet, in dem sein Vater lag, kalt und leblos. Vater sah überhaupt nicht so aus, wie er gewesen war, sondern war bleich und starr. Wie eine Puppe.

Der Junge warf eine Blume in das kleine Boot, als seine Mutter ihn anstupste. Mehr Blumen folgten. So viele Blumen, dass der Leichnam darunter bald nicht mehr zu sehen war.

Der Priester sprach noch ein paar Worte. Er war ein junger Mann. Jünger noch als der Vater des Kindes und sah diesem sogar ein wenig ähnlich, wenngleich sein Haar fast weiß wirkte, als hätte die Sonne Ardens jegliche Farbe ausgeblichen, wohingegen der Vater des Jungen rötliches Haar und einen dichten Bart gehabt hatte.

Der Priester löste die Leine, mit der das Boot am Ufer vertäut war, ehe er sich zu voller Größe aufrichtete und die Arme hob. »Mögen dich die Heiligen auf deiner letzten Reise begleiten und sicher ins Heilige Land bringen.«

Der Junge staunte nicht schlecht, als das Boot an Fahrt aufnahm und auf schnurgerader Linie durch die Wellen schoss, der aufgehenden Sonne entgegen. Der Junge starrte dem Boot nach, bis er blinzeln musste, und als er die Augen rasch wieder aufriss, konnte er das Boot nirgends ausmachen.

Ein bleiernes Gewicht bildete sich in seinem Bauch. Dies war eine Reise, von der Vater nicht zurückkehren würde.

»Mama?« Der Junge zupfte am Umhang seiner Mutter. »Wo ist das Heilige Land?«

Die Mutter zog den Jungen enger an sich. »Es liegt weit im Osten. Es ist das Land, aus dem die Heiligen einst kamen.«

»Warum können wir Vater nicht dorthin begleiten?«

»Weil es noch nicht unsere Zeit ist, mein Schatz.«

Der Junge legte den Kopf in den Nacken, um zu seiner Mutter aufzublicken. »Heißt das, wir werden auch irgendwann dorthin reisen?«

»Ja, mein Löwe, das heißt es«, sagte die Mutter mit erstickter Stimme.

»Ist Vater dann wieder lebendig?«, fragte der Junge leise. Er war nicht dumm. Er wusste, dass Vater gestorben war und nicht einmal die Magie der Priester einen Toten wieder lebendig machen konnte. Doch die Rede des Priesters und auch Mutters Worte klangen so, als wäre dieses Heilige Land ein besonderer Ort, an dem alles möglich war. Warum sonst sollten sie Vaters Leichnam dorthin schicken?

Die Mutter sah den Jungen mit großen Augen an und blieb stumm.

»Er ist nicht lebendig, so wie du und ich lebendig sind«, sagte da der Priester, der sich unbemerkt genähert hatte. Er kniete vor dem Jungen nieder und obwohl seine Augen von einem hellen Eisblau waren, wirkten sie doch warm und freundlich. »Aber er lebt fort und eines Tages wirst du wieder mit ihm vereint sein.«

»Oh«, machte der Junge nur und starrte über das Wasser, wo nichts mehr von dem kleinen Boot zu sehen war. »Wann?«

Die Mutter schluchzte.

»Nachdem du ein sehr langes und erfülltes Leben gelebt hast«, sagte der Priester sanft, die Augen voller Mitgefühl.

»Oh«, machte der Junge wieder und seine Schultern sackten herab. Es würde noch ewig dauern, bis er seinen Vater wiedersah. Was sollten sie ohne ihn tun? Wer würde nun all seine Fragen beantworten? Vater hatte ihm versprochen, ihm beizubringen, wie man Kaninchen mit dem Bogen schoss.

»Hab es nicht so eilig, erwachsen zu werden«, sagte der Priester leise. Er trug Handschuhe, bemerkte der Junge. Weiße Handschuhe, die so weiß wie seine Haut waren, und aus der Nähe sahen seine Augen so aus wie das Eis, das sich im Winter auf den kleinen Tümpeln im Wald bildete.

»Warum nicht?«, fragte der Junge. Elf war ohnehin schon fast erwachsen, fand er. Wahrscheinlich würde er nun Vaters Platz einnehmen und für seine Mutter sorgen müssen.

Der Priester lächelte. »Erwachsen wirst du schnell genug. Die Kindheit bekommst du nicht mehr zurück.«

Der Junge fand, dass das recht unsinnig klang. Warum sollte er seine Kindheit behalten wollen, wenn nur die Erwachsenen die wirklich interessanten Dinge tun konnten? Doch das sagte er dem Priester nicht, sondern nickte nur ernst, so wie Vater es tun würde.

Der Priester erhob sich und wechselte ein paar Worte mit Mutter. Er bot ihr die Hilfe des Tempels an, sollte sie irgendetwas brauchen.

Der Junge straffte die Schultern. Mutter hatte ihn. Das würde genügen.

Kapitel 1

L eo war gerade dabei, den Herd auszubürsten und von der alten Asche zu reinigen, als es hinter ihm einen dumpfen Schlag gab, gefolgt von einem prasselnden Geräusch. Er erstarrte mit der Bürste in der Hand, dann fuhr er so schnell zurück, dass er sich den Kopf am Herd anschlug, und wirbelte herum.

»Oooh, wie dumm von mir«, flötete seine Schwester Cordelia mit gespielter Reue. »Heilige Ruïr, Asche, da musst du wohl wieder ganz von vorn anfangen.« Sie kicherte hinter vorgehaltener Hand, warf ihm einen hämischen Blick zu, ehe sie auf dem Absatz kehrtmachte und die Treppe hinauflief, während sie ihr Lieblingslied sang: »Aschenbursche, schwarz wie'n Schwein, lass ihn bloß ins Haus nicht rein.«

Leo starrte wie betäubt auf die Linsen und Erbsen, von denen einige noch immer durch die Küche kullerten und in den Ritzen zwischen den Bodenplatten hängen blieben. Er hatte die Linsen gerade erst sorgsam ausgelesen und den Sack an der Tür stehen lassen. Neben dem Sack mit den Erbsen, die er heute Morgen ausgelesen hatte. Es würde Stunden dauern, um alles wieder zu sortieren.

Leo rieb sich mit einer zitternden Hand über das Gesicht und bemerkte erst dann, dass seine Hand voll Ruß war, den er sich nun ins Gesicht geschmiert hatte.

Aschenbursche schwarz wie'n Schwein, hallte es durch seinen Kopf, in dem sich ein dumpfes Pochen eingenistet hatte. Er widerstand dem Drang, sich mit den schmutzigen Händen die Stelle zu reiben, die er sich angeschlagen hatte. Stattdessen schloss er die Augen und wünschte sich weit, weit weg.

Warum? Warum konnten sie ihn nicht einfach in Ruhe lassen? Was hatte Cordelia überhaupt hier unten zu suchen gehabt? Heiße Tränen brannten in seinen Augen, doch er kniff sie nur noch fester zusammen, ballte die Hände zu Fäusten und schluckte den ganzen Ärger und die ohnmächtige Wut herunter.

Wie jedes Mal.

Und wie jedes Mal atmete er einige Male tief durch, wusch sich die rußigen Hände gründlich und kniete sich auf den Boden, um das Durcheinander zu beseitigen, das seine Schwestern hinterließen.

Du bist ein Diener, erinnerte er sich wieder und immer wieder, während er die Erbsen und Linsen auflas und in die Säcke zurückwarf. *Ein Diener tut still seine Arbeit.*

»Wie sieht es denn hier aus?«

Leo hielt den Kopf gesenkt. Das hatte ihm gerade noch gefehlt. Vater. »Es tut mir leid, Vater«, sagte Leo hastig. »Ich räume alles wieder auf.« Es hatte keinen Sinn, ihm zu sagen, dass es Cordelia gewesen war. Vater würde ihm doch kein Wort glauben und ihn nur wieder für seine angeblichen Ausreden bestrafen. Besser, Leo hielt den Mund.

Er keuchte, als ihn eine harte Hand am Hinterkopf traf. »Dummkopf. Als hätte ich nicht schon genug Ärger mit dir. Dass du darüber nicht deine anderen Aufgaben vernachlässigst, hast du mich verstanden?«, donnerte Vater. »Und wasch dich gefälligst, du bist ganz schmutzig!«

»Ja, Vater«, erwiderte Leo kleinlaut.

Ein weiterer Schlag auf den Hinterkopf folgte, bevor sein Vater aus der Küche marschierte und Leo sich einen zittrigen Atemzug erlaubte.

Er rieb sich den schmerzenden Schädel. Vater hatte längst nicht so hart zugeschlagen, wie er es manchmal tat, aber er hatte die Stelle getroffen, die Leo sich vorher schon angeschlagen hatte. Dabei hatte Leo nichts falsch gemacht. Es war alles so furchtbar ungerecht.

Er bohrte die Fingernägel in die Handfläche und drängte das Schluchzen, das seine Kehle emporsteigen wollte, mit Macht wieder herunter. Er hatte sich geschworen, nie wieder zu weinen, und er würde ganz sicher nicht über ein paar verschütteten Erbsen und Linsen damit anfangen. Es dauerte viel zu lange, bis er sich halbwegs im Griff hatte und seine Augen wieder trocken waren. Seufzend klaubte er eine weitere Handvoll Linsen vom Boden und ließ sie in den Sack rieseln. Besser, er beeilte sich.

Nach über fünf Jahren, die er wie ein Sklave in Haus Silberschild geschuftet hatte, sollte er wahrhaftig an die Streiche seiner beiden

Stiefschwestern gewöhnt sein. Doch in Momenten wie diesen, wenn sich alles gegen ihn verschworen zu haben schien, traf ihn die Ungerechtigkeit seiner Situation mit solcher Wucht, dass er hätte platzen können. Das Haus sollte ihm gehören, nicht diesem Usurpator! Wenn Mutter nur nicht dieses Ungeheuer geheiratet hätte! Wenn, wenn, wenn …

Leo seufzte. Gedanken wie diese halfen rein gar nichts. Gedanken wie diese, so hatte er leidvoll erfahren müssen, brachten nur Ärger und Schmerz. Leo war ein niederer Diener, der niedrigste im Hause Silberschild. Damit musste er sich abfinden.

Vandros steh mir bei, betete er im Stillen. Ein Gebet, das ihn seit dem Tod seiner Mutter begleitete. Seit sich alles geändert hatte.

Irgendwann muss dieser Winter doch enden, oder?

Der Gedanke schlich sich unbemerkt heran. Leo schloss die Augen, holte tief Luft und schüttelte den Kopf, um den verräterischen Gedanken zu verbannen. Hoffnung war gefährlich. Und Vandros, der Heilige des Winters, sah es sicherlich nicht gern, wenn seine Kinder sich so undankbar zeigten. Leo hatte ein Dach über dem Kopf und ausreichend zu essen. Nicht jeder in Arden hatte so viel Glück.

Vandros verzeih mir.

Es half nichts, das Ende des Winters herbeizusehnen. Der Winter dauerte so lange, wie er eben dauerte. Und wenn das für den Rest von Leos Leben war, dann musste er sich damit abfinden.

Das leise Flattern von kleinen Flügeln riss Leo aus seinen düsteren Gedanken und ließ ihn von seiner sinnlosen Arbeit aufblicken. Zwei kleine Spatzen hatten sich auf dem Fenstersims niedergelassen und starrten Leo mit ihren kleinen Knopfaugen neugierig an. Leo starrte überrascht zurück. Vögel waren die Boten der Ruïr, der Heiligen des Frühlings. Hatte sie ihm die Spatzen als Gesellschaft geschickt?

»Seid ihr hier, um mir zu helfen?«, fragte Leo und kam sich im nächsten Augenblick lächerlich vor, dass er nun schon so verzweifelt war, dass er mit den Vögeln sprach.

Die Spatzen zwitscherten keck und beobachteten ihn aus ihren schwarzen Knopfaugen, während ihre kleinen Köpfchen hin und her zuckten.

»Es gibt hier leider keine Würmer«, sagte Leo, während er die nächste Handvoll Erbsen und Linsen zurück in die Säcke sortierte. »Nur Linsen und Erbsen«, setzte er bitter hinzu.

Die Vögel zwitscherten und hüpften auf dem Fensterbrett auf und ab. Leo beobachtete sie einen Augenblick, dankbar, dass sie gekommen waren, dann kam er mit knackenden Knien auf die Füße und holte eine Handvoll Körner aus der Speisekammer. Es schadete nie, Ruïrs Boten ein wenig Gastfreundschaft zu erweisen. Vielleicht hatte die Heilige des Frühlings ja Mitleid mit Leo. Die Spatzen flogen davon, als Leo sich dem Fenstersims näherte und die Körner auf der Fensterbank verteilte. Kaum dass Leo sich umgedreht hatte, kamen die Spatzen zu seiner Erleichterung zurück und brachten sogar noch zwei Blaumeisen mit.

Leo musste unwillkürlich lächeln, als sich die kleinen Vögel genüsslich über die Körner hermachten. »Lasst es euch schmecken«, murmelte er und wurde mit einem fröhlichen Zwitschern belohnt.

Leo lachte leise. »Gern geschehen. Lasst euch nur nicht von der Köchin erwischen. Die hat nichts für Vögel übrig und würde euch mit dem Besen verscheuchen.«

Die Vögel zwitscherten unbekümmert, während sie ihre Körner aufpickten. Leo sah ihnen zu und verspürte einen Anflug von Neid, dass sie sich um nichts Sorgen machen mussten und einfach davonfliegen konnten, wenn ihnen der Sinn danach stand. Er wandte sich wieder den verstreuten Linsen und Erbsen zu, die bis in die hintersten Ecken der Küche gekullert waren.

Vielleicht konnte Leo in diesem Jahr eine Vandroskerze vom Tempel erbitten. Der Winter würde bald beginnen und als Junge hatte Leo das Entzünden der Kerze zum Vandrosfest immer geliebt. Der Tempel hatte so viele Kerzen, sicherlich würden die Priester eine entbehren können. Vielleicht würde das zumindest den Winter ein wenig erträglicher machen.

Vandros steh mir bei.

Kapitel 2

Die Mahlzeiten im Palast waren immer eine laute und überaus wilde Angelegenheit.

Wenn die ganze Familie zusammenkam, reichte die große Tafel im Familienspeisesaal, die fünfzig Plätze bot, längst nicht mehr aus. Glücklicherweise waren sie selten vollständig, denn nicht alle Onkel und Tanten, Cousins und Cousinen wohnten im Palast. Nicholas war den Trubel gewöhnt, dennoch wünschte er sich bisweilen, dass einige seiner Verwandten mit weniger lauten Stimmen gesegnet wären. Tante Agathe, die am anderen Ende der langen Tafel saß, erzählte gerade Cousin Hilmar, der aus dem Süden zu Besuch war, wie sie einen Berglöwen in den Rothusbergen erlegt hatte. Mit eigenen Händen, wenn man ihrer ausschweifenden Erzählung Glauben schenken wollte. Nicht einmal das Dessert konnte sie dazu verführen, den Mund zu halten.

»Eh, Nicolai!«, rief Großvater mit lauter Stimme, sodass sogar Tante Agathe kurz stockte, und stieß Vater, der sich gerade eine große Portion Erdbeerpudding auf den Teller geschaufelt hatte, in die Seite. »Vielleicht solltest du weniger Pudding essen und öfter mit mir auf die Jagd gehen! Mehr Muskeln würden dir gut zu Gesicht stehen.« Der gesamte Tisch brach in schallendes Gelächter aus.

Vater, der gegenüber von Nicholas saß, erstarrte kurz, legte den Puddinglöffel zurück in die Schüssel und gab Großvater ein schmales Lächeln. »Aber Vater, wer kümmert sich dann um deine Staatsgeschäfte, wenn ich ebenfalls auf der Jagd bin?«

»Wozu habe ich Sekretäre, Niki?« Großvater lachte laut.

»Ja, wozu nur«, hörte Nicholas Vater leise murmeln.

Großvater, obwohl er Vater näher war als Nicholas, schien die Worte entweder nicht zu hören oder Vater schlichtweg zu ignorieren.

»Es ist nicht richtig!«, rief Seraphina, die zu Nicholas' Linken saß, in dem Moment, sodass Nicholas seine Aufmerksamkeit unwillkürlich auf sie richtete. »Wir sind alle nur aufgeblasene Schnösel, die keine Ahnung vom wahren Leben haben!«

Nicholas blinzelte und fragte sich, wie um alles in der Welt seine Schwester zu dieser Erkenntnis gelangt war und was Onkel Ludwig, der auf ihrer anderen Seite saß, wohl mit ihr besprochen hatte. Seraphina war zwölf! Sie sollte sich Gedanken über Ponys und Frisuren machen, nicht über Politik und gesellschaftliche Verhältnisse. Nicholas wollte sich gar nicht ausmalen, über was sie diskutieren würde, wenn sie erwachsen war. Die Heiligen mochten ihnen beistehen, wahrscheinlich würde sie ganz Ostris auf den Kopf stellen.

»Ho, Seraphina, so kannst du das nun wirklich nicht sagen«, protestierte Onkel Karl, einer von Vaters Brüdern, der gegenüber von Onkel Ludwig saß. »Nimm deinen Onkel Theresias hier.« Er klopfte dem rothaarigen Mann zu seiner Linken auf die Schulter. »Er ist sogar mit einem Diener verheiratet.«

Onkel Theresias, der jüngste von Vaters Brüdern und der einzige mit flammend rotem Haar, hob abwehrend die Hände. »Oh nein, Karl, lass mich mal schön aus dieser Diskussion heraus.«

»Alban zählt nicht, er war Sekretär und hat seit der Hochzeit nicht mehr gearbeitet«, wandte Seraphina ein.

Onkel Theresias hob überrascht die Brauen und auch Nicholas konnte sein Erstaunen darüber, was seine kleine Schwester alles wusste, kaum verbergen.

»Du bist gut informiert«, sagte Vater mit einem anerkennenden Lächeln.

Seraphina zog verlegen den Kopf ein. »Ich bin nicht dumm.«

»Das hat auch niemand behauptet«, versicherte Mutter, die es wieder einmal geschafft hatte, zu Großvaters Rechten auf dem Platz, der traditionell dem Kronprinzen vorbehalten war, zu sitzen. Nicht, dass sich in dieser Familie irgendjemand groß um Tischordnungen oder Traditionen scherte. Vater saß neben ihr, steif und mit steinerner Miene, ein scharfer Kontrast zu dem Rest der Familie. Wahrscheinlich war er der Ansicht, dass wenigstens er für Anstand am Tisch sorgen musste.

»Wenn Alban nicht zählt, was zählt für dich dann, Seraphina?«, hakte Onkel Theresias nach.

»Richtige Arbeit mit den Händen«, erwiderte Seraphina mit blitzenden Augen. »Wer von euch kann ein Brot backen, hm? Für die

Hälfte meiner dummen Kleider brauche ich eine Zofe, um sie an- und auszuziehen! Es ist völlig lächerlich!«

»Seraphina!«, sagte Vater scharf.

»Oh, nein, nein, lass das Kind ausreden, Niki«, ging Onkel Ludwig dazwischen.

Seraphina richtete ihren Blick plötzlich auf Nicholas. »Wann hast du dich das letzte Mal mit einem einfachen Mann unterhalten, hm?«

»Ich habe Wilhelm!«, wandte Nicholas ein.

»Wilhelm zählt nicht. Er wird dafür bezahlt, dir Gesellschaft zu leisten«, sagte Seraphina und löffelte ihren Pudding.

»He!«, protestierte Nicholas.

»Die Kleine hat recht«, warf Onkel Ludwig ein.

»Ich bin nicht klein!«, rief Seraphina aufgebracht.

»Im Vergleich zu mir schon, mein Schatz«, erwiderte Onkel Ludwig mit einem Augenzwinkern, das seine buschigen Augenbrauen fröhlich wackeln ließ.

»Vielleicht bin ich kleiner, aber ich weiß mehr über das Leben als ihr!«, gab Seraphina hitzig zurück.

»Hört, hört!«, rief Onkel Theresias und hob seinen Weinkelch.

Nicholas lachte. »Du bist zwölf! Was weißt du schon vom Leben?«

Nicholas war ein wenig überrascht, dass er nicht Feuer fing, als ihn Seraphinas brennender Blick traf. »Und was weißt du? Du kannst dich ohne Wilhelms Hilfe nicht einmal anziehen. Und wann hast du das letzte Mal einen Kuchen in der Stadt gekauft, hm? Ohne dass sich gleich alle verbeugen und dir jeden Kuchen nachwerfen, weil es Prinz Nikolaus ist.«

»Ich kann mich sehr wohl alleine anziehen!«, widersprach Nicholas. »Und niemand wirft mir Kuchen nach.«

»Ach ja?«, sagte Seraphina spitz.

»Was hältst du von einer Wette?«, schlug Onkel Theresias mit einem Funkeln in den Augen vor.

»Theresias! Lass meinen Sohn in Ruhe«, protestierte Vater.

»Ach komm, Niki, dein Sohn ist alt genug, dass er für sich selbst sprechen kann,« rief Onkel Ludwig so laut, dass sich etliche Köpfe zu ihm umdrehten. »Wir waren in seinem Alter schon alle glücklich verheiratet. Seraphina hat recht, du verhätschelst ihn.«

Vater knallte seinen Löffel auf den Tisch. »Das tue ich nicht und das weißt du genau.«

»Jungs!«, rief Großvater. »Benehmt euch.«

Vater warf Großvater einen wütenden Blick zu und verschränkte die Arme vor der Brust, doch ehe er antworten konnte, krähte Tante Sophie von der Mitte der Tafel: »Nikolaus ist verheiratet? Wird auch langsam Zeit!« Sie war das mit Abstand älteste Familienmitglied und eigentlich Nicholas' Urgroßtante, doch jeder nannte sie nur Tante, selbst Großvater.

»NEIN, TANTE SOPHIE!«, brüllte Cousin Rudolph, der ihr gegenübersaß. »ABER WIR HOFFEN ALLE, ER WIRD BALD HEIRATEN!«

Tante Sophie musterte Rudolph aus zusammengekniffenen Augen. »Du hast gut reden, Rudolph. Nikolaus ist ganz und gar nicht klein geraten.«

Überall um ihn herum war verhaltenes Lachen zu hören, denn Cousin Rudolph hatte unglücklicherweise nicht die Statur der Albarans geerbt, sondern die seines eher untersetzten Vaters Karl.

»ICH SAGTE HEIRATEN, TANTE SOPHIE!«, rief Rudolph.

Tante Sophie grinste breit, wobei ihre Augen fast in ihren vielen Runzeln verschwanden. »Natürlich soll er heiraten, Rudolph, niemand will, dass er eine alte Jungfer wie ich wird.«

Die ganze Tafel brach erneut in Gelächter aus. Nicholas war sich nie ganz sicher, ob Tante Sophie wirklich schwerhörig war oder sie ihr Gehör nur als Ausrede nahm, um alles und jeden aufs Korn zu nehmen.

»Was für eine Wette, Theresias?«, rief Großvater vom Kopf der Tafel her, ehe die Gespräche wieder einsetzten.

»Nun, es würde unserem Nicholas nicht schaden, ein wenig Weltgewandtheit zu erwerben, ehe er sich endlich eine Frau nimmt.« In Onkel Theresias' Augen saß der Schalk, als er sich Nicholas zuwandte. »Wie wäre es mit Folgendem: Du verkleidest dich als einfacher Mann und gehst auf den Markt, kaufst ein paar Dinge und kommst mit den Leuten ins Gespräch. Sagen wir, für den Rest des Monats.«

»Nicholas könnte sich niemals unters einfache Volk mischen!«, rief Seraphina aufgebracht. »Jeder würde ihm sofort ansehen, dass er der Prinz ist!« Sie funkelte Nicholas böse an. »Du weißt ja nicht einmal, wie man mit jemandem spricht, der nicht von adeliger Abstammung ist!«

»Und du weißt das?«, fragte Nicholas.

»Natürlich weiß ich das! Alle meine Freunde sind normal.«

»He! Ich bin auch normal!«

»Bist du nicht!«

»Deshalb die Wette, Seraphina«, ging Onkel Theresias dazwischen. »Du und ich, wir wetten, dass er sofort erkannt wird und alle gleich wissen werden, dass er Prinz Nikolaus ist.«

Seraphina sah zwischen Onkel Theresias und Nicholas hin und her. »Was, wenn er verliert?«

»Wenn er verliert, muss er sich auf dem Frühlingsball eine Frau suchen.«

Nicholas rutschte das Herz in die Hose. Eine Frau. Die Heiligen mochten ihn bewahren.

Seraphina sah ihn aus weit aufgerissenen Augen an und schüttelte vehement den Kopf. »Nein. Nein, das ist gemein.«

»Einverstanden«, sagte Nicholas, als er Onkel Theresias' spekulativen Blick auffing.

»Niko, nicht!« Seraphina klammerte sich an seinen Arm.

Nicholas hob eine Augenbraue. »Wirklich Seraphina, dein Vertrauen in mich ist herzerwärmend.«

Sie runzelte verwirrt die Stirn, die Ironie wie immer an ihr verschwendet.

»Und wenn ich gewinne?«, fragte Nicholas an Onkel Theresias gewandt.

»Dann hast du eine wichtige Lektion gelernt«, sagte Onkel Theresias mit einem Lachen.

Nicholas warf ihm einen finsteren Blick zu.

»Wie wäre es damit: Ich halte für den Rest des Jahres deinen Vater beschäftigt, damit er dich nicht mehr auf eine Heirat drängt.«

»Theresias!«, donnerte Vater. »Ermutige den Jungen nicht auch noch!«

»Heilige Ruïr, Niki.« Onkel Theresias verdrehte die Augen. »Nicht jeder von uns ist so tugendhaft wie du und mit zwanzig schon verheiratet. Erlaube dem Jungen ein bisschen Freiraum.«

»Er ist fünfundzwanzig!«

»Na und? Wie ich schon sagte, nicht jeder ist so tugendhaft oder so glücklich wie du.«

»Ich −«

»Ich finde die Sache ausgesprochen interessant«, sagte Großvater über Vater hinweg, der wütend die Zähne zusammenbiss. »Und ein wenig mehr Erfahrung in der Stadt wird Nicholas nicht schaden, ehe er zu einem Bücherwurm wird wie du, Niki. Eine gute Sache.«

Vater erwiderte nichts, sondern saß steif auf seinem Platz, den Blick auf seinen leeren Teller gerichtet. Nicholas hätte fast ein wenig Mitleid mit ihm gehabt, wenn Vater ihn nicht ständig darauf drängen würde, eine Frau zu finden.

»Du darfst nicht mit Adeligen sprechen!«, wandte Seraphina hitzig ein. »Und auch nicht mit reichen Leuten!«

»Wilhelm kann uns sagen, wie du dich geschlagen hast«, schlug Onkel Theresias vor.

»Wilhelm!«, rief Nicholas entrüstet. Wilhelm war Nicholas' Kammerdiener und Mann für alles mit keinerlei Sinn für Humor. Nicholas sah seine Chancen, die Wette zu gewinnen, bereits schwinden.

»Wir brauchen einen unabhängigen Beobachter«, erklärte Onkel Theresias bestimmt.

»Aber Wilhelm?«, protestierte Nicholas.

»Er ist derjenige, der dich überallhin begleitet, und absolut integer oder etwa nicht?«

Nicholas zog den Kopf ein, als sowohl Vater als auch Großvater ihn scharf ansahen. »Natürlich ist er integer«, sagte er kleinlaut. Er mochte vielleicht über Wilhelms rigide Art jammern, doch Nicholas musste eingestehen, dass der Mann nicht nur ein Auge für Mode hatte, sondern auch stets bestens informiert war. Und wer sollte sonst Nicholas' Krawatten binden?

»Gut zu hören, Niko!«, rief Großvater. »Ich hatte schon Sorge.«

Onkel Theresias musterte ihn über den Tisch. »Also haben wir eine Wette?«

»Also gut«, gab Nicholas sich geschlagen. »Abgemacht.«

»Hört, hört!«, rief Onkel Theresias und hob sein Glas. Vaters übrige Brüder und auch einige der Tanten, die in der Nähe saßen, taten es ihm gleich, während am anderen Ende der Tafel die Verwandten neugierig die Hälse reckten.

»Wirklich, Nicholas, das ist viel zu gefährlich«, wandte Vater ein.

»Ach, lass den Jungen doch«, ging Großvater dazwischen. »Du tust gerade so, als würde meine Stadt vor Mördern und Trunkenbolden wimmeln. Er wird Wilhelm dabeihaben.«

Vater biss die Zähne zusammen und erwiderte nichts.

Nicholas sah, wie Mutter die Finger um Vaters Handgelenk schlang und die beiden einen langen Blick austauschten. Vater seufzte schließlich und nickte, ein gezwungenes Lächeln auf den Lippen.

Nicholas verspürte einen kurzen Gewissensbiss, dass er sich gegen Vaters Wünsche gestellt hatte. Doch er war schon lange kein Kind mehr und er würde allen zeigen, dass er mehr war als nur der Enkel des Königs.

Kapitel 3

Ruïrs Tempel war, wie es sich für die Heilige des Frühlings und der Fruchtbarkeit gehörte, eine grüne Oase inmitten der Stadt und ein Labyrinth aus Kreuzgängen, lichtdurchfluteten Hallen und grünen Gärten. Leo liebte den Tempel, der das Herz von Arden, der Hauptstadt von Ostris, und einer der vier großen Heiligentempel in Ostris war. Als Junge hatte Leo oft gemeinsam mit seiner Mutter die Gärten der Ruïr besucht, die sich über das gesamte Tempelgelände erstreckten und in denen das ganze Jahr über Vögel zwitscherten und Bienen summten. Einige der Tempelbauten ähnelten mehr Gewächshäusern als Tempeln mit exotischen Pflanzen, die bis zu den Kuppeldächern aus Glas hinaufwuchsen, und Düften so betörend, dass Leo schwindelig geworden war.

Doch das war lange her. Leo konnte sich nicht einmal mehr erinnern, wann er das letzte Mal im Tempel der Ruïr gewesen war. Vor dem Tod seiner Mutter. Bevor sich alles geändert hatte. Nun hatte er kaum Zeit für einen kurzen Besuch in der Halle der Heiligen, die am Rande des Tempelgeländes lag, den ganzen Weg bis in den Tempel zu gehen, war undenkbar.

Stille empfing ihn, als er durch den Südeingang in die Halle der Heiligen schlüpfte. Er verlor keine Zeit und eilte in den Saal des Frühlings, wo ihn grünes Licht umspielte, das durch die Bleiglasfenster über dem Altar fiel. Leo legte eine Feder, die er unterwegs gefunden hatte, auf dem aus schwerem Eichenholz gefertigten Altar nieder und sprach ein stilles Gebet. Es war nur eine kleine Feder, doch sie war schwarz mit wunderschönen weißen Punkten am Rand und er hoffte, sie würde genügen, um Ruïr seine Dankbarkeit auszudrücken.

Die Halle der Heiligen war im Vergleich zum Haupttempel nur ein kleines Gebäude mit vier runden Flügeln, die nach den Himmelsrichtungen ausgerichtet und jeweils einem der vier Heiligen von Ostris geweiht waren. Sie lag ganz in der Nähe des Marktplatzes, sodass Besucher es nicht weit hatten, um ihrem Heiligen zu huldigen, und es erlaubte auch Leo gelegentlich die Halle zu besuchen, um eine Opfergabe zu bringen, Kerzen zu entzünden oder einfach nur ein stilles Gebet zu sprechen.

Wie üblich hielten sich auch an diesem Morgen nur wenige Menschen in der Halle der Heiligen auf. Als Leo den Saal des Frühlings verließ und den Mittelsaal durchquerte, erspähte er einige Besucher, die vor dem Altar Sorins, der Heiligen des Sommers, niederknieten und Kerzen anzündeten. Mit gesenktem Kopf schlüpfte er in den in blaues Licht getauchten Wintersaal. Der schwarze Basaltaltar des Vandros lag zu Leos Erleichterung wie auch Ruïrs verlassen – Ruïrs Altar, weil sie größere Altäre im Tempel hatte und Vandros', weil der Heilige des Winters und der Toten im Allgemeinen nicht sonderlich beliebt war – und in einer Stadt, die der Heiligen des Überflusses und der Fruchtbarkeit gewidmet war, noch viel weniger.

Leo hingegen mochte Vandros gerade deshalb. Er war der einzige Heilige, der verstand, was Mangel bedeutete, der sich von den Vieren, die einst Ostris aus dem Meer erhoben hatten, den kargen Norden ausgesucht hatte. Darüber hinaus war Vandros der Schutzheilige der Familie seines Vaters und wachte täglich über Haus Silberschild. Zumindest hoffte Leo, dass Vandros es nach all der Zeit immer noch tat.

Leos Herz tat einen Sprung, als er den Priester des Eisheiligen selbst bemerkte, der vor dem Basaltaltar stand und zu den blauen Bleiglasfenstern darüber aufschaute. Er war so still und unbeweglich, dass Leo ihn zuerst übersehen hatte. Leos Herz begann schneller zu schlagen. Für gewöhnlich waren es die Tempeldiener, die eilfertig die kleinen blauen Kerzen für die Tempelbesucher auffüllten oder herabgebrannte Kerzen entfernten und für Ordnung im Heiligtum sorgten. War es nur ein Zufall, dass der Priester ausgerechnet in diesem Augenblick hier im Saal des Winters erschienen war? Leo konnte den Mann nur anstarren, während ihm die Hände feucht wurden und die Ohren heiß. Konnte er so dreist sein, und den Priester einfach ansprechen?

Der Priester verharrte reglos, den Kopf erhoben, als wäre er tief ins Gebet versunken. Leo hatte ihn noch nie angesprochen, doch er konnte sich diese Chance nicht entgehen lassen. Es war fast, als hätte

Vandros ihm genau diese Gelegenheit geschenkt. Leo zögerte noch einen Augenblick länger und betete inständig um die richtigen Worte, ehe er sich ein Herz fasste und leisen Schrittes durch den Mittelgang bis zum Altar ging.

Der Priester drehte sich um, kaum dass Leo drei Schritte getan hatte, und Leo verlor beinahe den Mut, als die eisblauen Augen des Priesters den seinen begegneten. Doch nun, da der Priester ihn gesehen hatte, konnte Leo unmöglich wieder umkehren.

Leo blieb in gebührendem Abstand stehen und verbeugte sich mit pochendem Herzen. »Verzeiht die Störung, Ehrwürdiger Vater.«

Leo war dem Priester noch nie so nahe gewesen und musterte ihn verstohlen. Selbst aus der Nähe war es schwer, das Alter des Mannes zu schätzen. Er war deutlich älter als Leo, so viel war sicher, wenngleich Leo darüber hinaus nicht viel mehr sagen konnte. Der Priester mochte dreißig sein oder auch sechzig. Diejenigen, die die Gaben der Heiligen besaßen, alterten nicht wie normale Menschen.

»Was kann ich für dich tun, mein Kind?«, sagte der Priester mit unbewegter Miene und hartem Blick. Selbst seine Stimme war hart mit dem unverwechselbaren kehligen Einschlag der Nordländer. Man erzählte sich, dass Nordländer hart wie das Eis und kalt wie der Schnee waren, der ihre Provinz bedeckte. Leo konnte sich nicht mehr an viel von seinem Vater erinnern, doch er war sich sicher, dass sein Vater alles andere als kalt und unnahbar gewesen war, obwohl er im Norden geboren worden war. Der Priester hingegen war der Inbegriff eines Nordländers und eines Priesters des Eises und Winters. Er sah nicht einmal aus wie ein Priester mit seiner hochgewachsenen Gestalt, den eisblauen Gewändern, kniehohen Stiefeln und dem zeremoniellen Messer am Gürtel, sondern wirkte eher wie ein Krieger aus den alten Sagen, der nur darauf wartete, Wölfe zu jagen oder gegen die Ungeheuer der Tiefe zu kämpfen.

Leo starrte auf seine Füße. »Ehrwürdiger Vater, das Vandrostest steht bevor und ich wollte fragen, ob der Tempel eine Vandroskerze entbehren könnte. Ich ... ich habe nicht viel, was ich geben könnte.« Seine Ohren glühten und er wollte im Boden versinken. Was um alles in der Welt hatte er sich dabei gedacht? Warum sollte der Tempel Kerzen verschenken? Vandroskerzen noch dazu! Kerzen waren teuer, wie Leos Stiefvater nicht müde wurde zu betonen.

»Sieh mich an, mein Kind«, sagte der Priester mit überraschend sanfter Stimme und Leo gehorchte ihm hastig.

Der Ausdruck auf dem Gesicht des Priesters war weder wütend noch abschätzig. »Du bist ein Diener?«

Leo zögerte. Die Antwort darauf war kompliziert, doch schließlich sagte er: »Ja, Ehrwürdiger Vater.«

Der Priester musterte Leo kritisch. »Und weshalb erbittest du eine Kerze?«

»Vandros ist der Schutzheilige meiner Familie. Und ich …« Leos Stimme verlor sich. Er konnte dem Priester schlecht sagen, dass er hoffte, dass eine Kerze seine Bitte um Hilfe verstärken würde. »Ich wollte ihm zeigen, dass es auch in Ruïrs Stadt Menschen gibt, die ihm treu sind.«

Der Blick des Priesters war durchdringend, als er Leo musterte. »Du siehst nicht aus wie ein Nordländer.«

»Meine Mutter ist hier in Arden geboren. Mein Vater war Nordländer.«

»Ah.« Der Priester nickte verstehend, ein mitfühlender Ausdruck in seinen hellen Augen. »Es kann schwer sein, allein in der Fremde zu leben. Der Winter hier in Zentralostris ist nicht derselbe wie im Norden.« Für einen Moment ging der Blick des Priesters ins Leere, ein einsames Lächeln auf den Lippen, ehe er seine Aufmerksamkeit wieder auf Leo richtete. Er deutete mit einer Hand zu der Bank rechts vom Altar, die den Tempeldienern vorbehalten war, und wartete, bis Leo sich in Bewegung setzte, bevor er Leo gemächlichen Schrittes folgte. Leo blieb vor der Bank stehen, unsicher, was genau der Priester von ihm erwartete, doch der machte nur eine weitere einladende Handbewegung in Richtung der Bank. Als der Mann sich schließlich selbst setzte und die Beine überkreuzte, nahm Leo ebenfalls in einigem Abstand Platz.

Blaues Licht fiel durch die großen Bleiglasfenster auf sie hinab. Der Heilige Vandros, dessen imposante Gestalt auf dem mittleren Fenster in Blau und Weiß eingefangen war, hatte so eisblaue Augen wie der Priester und dasselbe weißblonde Haar, und sah mit hartem Blick auf Leo hinab. Dennoch war es Vandros, der Herr des Winters und des Todes, der Leo ein Gefühl von Hoffnung und Geborgenheit vermittelte, sodass Leo ihm ein mattes Lächeln schenkte.

»Wie heißt du, mein Junge?«, fragte der Priester. Er hatte einen Arm hinter Leo über die Rückenlehne ausgestreckt, sodass er Leo zugewandt war.

»Leonhard«, erwiderte Leo.

Der Priester hob erwartungsvoll eine Augenbraue.

Leo schluckte und spielte für einen Augenblick mit dem Gedanken zu lügen, bis ihm einfiel, dass die Priester über Magie verfügten. Darüber hinaus konnte er unmöglich einen Priester des Heiligen Vandros anlügen. Was würde der Heilige von Leo denken? Leos Blick huschte zu den Bleiglasfenstern und Vandros' Augen schienen ihn regelrecht aufzuspießen. Nein. Lügen war absolut undenkbar.

»Ich würde meinen Familiennamen lieber für mich behalten, Ehrwürdiger Vater«, gab er schließlich zu.

Beide Augenbrauen des Priesters kletterten in die Höhe, doch zu Leos Erleichterung neigte er den Kopf. »Wie du wünschst, mein Kind. Erzähl mir, warum dein Herr keine Kerze für dich bereitstellt.«

Leo spürte, wie ihm das Blut aus dem Gesicht wich und ihn schwindeln ließ. Natürlich würde der Priester mehr von ihm wissen wollen.

»Er … er ist sehr sparsam«, meinte er schließlich schwach.

Die Brauen des Priesters zogen sich zusammen und nun glühten Leos Ohren und Wangen um die Wette.

»Und warum kaufst du sie dann nicht vom Tempel wie jeder andere?«

»Ich ... ich habe kein eigenes Geld«, flüsterte Leo und verfluchte sich, dass er den Priester überhaupt angesprochen hatte. Was musste er von Leo denken?

»Sicherlich bezahlt dein Herr dich!«, rief der Priester erstaunt.

Leo senkte den Blick und klammerte sich an die Bank. Wie lange war er schon hier?

Eine Hand schloss sich um sein Handgelenk, der Griff kühl und fest. »Brauchst du Hilfe, mein Kind?«, fragte der Priester sanft.

Leo zuckte bei der Berührung zusammen und schüttelte hastig den Kopf.

Der Priester riss seine Hand zurück, als hätte er sich verbrannt, und Leo zog den Kopf noch weiter ein. Er war so dumm. Was tat er hier überhaupt?

»Solltest du deine Meinung ändern, weißt du, wo du mich finden kannst«, sagte der Priester. Er klang nicht wütend, doch Leo wagte es nicht ihn anzusehen, sondern nickte nur stumm. Dennoch konnte Leo den Blick des Mannes auf sich spüren. Was dachte er nun von Leo?

»Nun denn,« sagte der Priester nach einem Augenblick des Schweigens. »Dann sollst du deine Kerze bekommen. Nur eine?«

Leo hob überrascht den Kopf und begegnete dem Blick des Priesters, in dem er nichts als Freundlichkeit und Sorge fand. Er nickte wieder und stieß mit heiserer Stimme hervor: »Eine reicht vollkommen.«

»Warte hier«, befahl der Priester, erhob sich von der Bank und ging zielstrebig davon.

Leo atmete aus, die Hände noch immer um die Bank geklammert, als ihm plötzlich ein Gedanke kam: Was, wenn der Priester wusste, wer er war? Was, wenn er genau in diesem Moment jemanden nach Leos Stiefvater fragte? Leo hatte sich gerade davon überzeugt, dass er besser schleunigst das Weite suchen sollte, als der Priester plötzlich wieder vor ihm stand und mit gerunzelter Stirn auf ihn herabblickte.

»Geht es dir nicht gut, Kind?«

Leo konnte nur hilflos zu ihm aufstarren. Seine Wangen brannten, als er die Kerze in der Hand des anderen Mannes bemerkte, und er schalt sich einen Narren.

Traurigkeit umwölkte die eisblauen Augen des Priesters. »Dachtest du, ich würde die Tempelgarde rufen?«

»Nein! Nein, ich ... nein.« Leo kniff die Augen zusammen und senkte beschämt den Kopf.

»Nicht doch«, sagte der Priester sanft, und als Leo die Augen wieder öffnete, hockte der andere Mann vor Leo, seine Augen voller Güte und Wärme. »Hier im Tempel sind wir alle Kinder des Winters. Es macht keinen Unterschied, ob du arm oder reich bist.«

»Und wenn ich ein Dieb wäre?«

Der Priester lachte leise. »Dann hättest du mich wohl kaum nach einer Kerze gefragt, nicht wahr?« Er lächelte warm. »Und selbst wenn du ein Dieb wärst, würde ich versuchen herauszufinden, warum du es für nötig erachtest, zu stehlen. Die Dinge, so habe ich festgestellt, sind oft nicht so, wie sie auf den ersten Blick erscheinen.« Er nahm Leos Hand und schloss sie um die Kerze, die er mitgebracht hatte. Seine Finger waren eiskalt und verschwanden sofort wieder.

Leo starrte benommen auf die dicke Kerze in seiner Hand. Er hatte erwartet, dass der Priester ihm einfach eine von den kleinen Kerzen geben würde, die für die Tempelbesucher auslagen und von denen Leo selbst schon etliche entzündet hatte. Für einen Moment war er versucht gewesen, einfach eine mitzunehmen, doch was brachte ihm eine Kerze, die er gestohlen hatte? Der Heilige würde sicherlich nicht mit Wohlwollen auf Leos Bitte herabblicken, wenn er eine Kerze aus dem Tempel stahl.

Doch die Kerze, die der Priester ihm gegeben hatte, war so dick wie die Altarkerzen, so dick, dass Leo sie nicht mit einer Hand umfassen konnte, und sie schimmerte und glitzerte bläulich-weiß als wäre sie selbst aus Eis gefertigt. Verschlungene Muster waren in das Wachs geritzt, Eiskristalle und Spiralen und Ranken und es sah fast so aus, als würden sie ein Gesicht formen.

Leo blinzelte und konnte den Priester nur ungläubig anstarren.

»Sie sollte den ganzen Winter über brennen, wenn du sie zum Vandrosfest anzündest.«

»Den ganzen Winter?«

Die Mundwinkel des Priesters zuckten. »Es ist eine Vandroskerze.«

Leos Gesicht und Ohren wurden schon wieder heiß. »Natürlich.« Er biss sich auf die Lippe und versuchte, die Kerze zurückzugeben. »Das ist zu viel, Ehrwürdiger Vater.«

»Nein, ich glaube nicht.« Der Priester erhob sich, ehe Leo einen weiteren Protest äußern konnte. »Komm, mein Kind, ich will dir den Segen unseres Heiligen zusprechen.«

Leo erhob sich und folgte dem Priester auf plötzlich schwachen Beinen zum Altar.

Der Priester legte Leo eine Hand auf den Kopf. »Geh mit dem Segen Vandros'. Möge er dir einen festen Schritt auf jedem Wege und ein Licht in deiner Dunkelheit schenken.«

Die Worte gingen Leo durch Mark und Bein und er fühlte ein Stechen in den Augen, während ihn ein seltsames Prickeln überkam.

Der Priester trat einen Schritt zurück und als Leo den Kopf hob, musterte der andere Mann ihn mit einem Stirnrunzeln. »Wie alt bist du, Kind?«

»Fast zwanzig, Ehrwürdiger Vater.«

»Wurdest du dem Tempel präsentiert?«

»Ja, Ehrwürdiger Vater.«

»Wie alt warst du?«

»Vierzehn, Ehrwürdiger Vater.«

»Und das Ergebnis?«

»Keine Magie, Ehrwürdiger Vater«, flüsterte Leo. Jedes Kind in Ostris wurde mit vierzehn dem Tempel präsentiert und auf Magie getestet. Diejenigen, die genügend Magie besaßen, wurden im Tempel in den Künsten der Heiligen ausgebildet. Leo selbst konnte sich nicht mehr an seine eigene Tempelprüfung erinnern. Mutter war kurz davor gestorben und alles danach lag im Nebel.

»Warst du bei mir?«, fragte der Priester weiter.

Leo zog die Stirn kraus. »Ich … ich weiß nicht, Ehrwürdiger Vater.« Als Junge hatte er oft davon geträumt, dass die Priester einen Fehler gemacht hatten, doch er war kein Kind mehr und Träume waren nicht für ihn.

»Hm …«, machte der Priester und tippte sich mit einem Finger gegen die Lippen. »Wurdest du nochmals getestet?«

Leo fühlte sich schwach. Warum um alles in der Welt stellte ihm der Priester so viele Fragen? »Ich … ich weiß es nicht mehr, Ehrwürdiger Vater.«

Der Priester nahm Leos Kinn in die Hand und beugte dessen Kopf nach hinten, sodass er Leo in die Augen sehen konnte. Seine Hände waren so kalt, dass sie auf Leos Haut brannten, und das Prickeln überkam ihn wieder, sodass er eine Gänsehaut bekam.

»Komm in vier Wochen wieder«, sagte der Priester, ließ Leos Kinn los, trat einen Schritt zurück und verschränkte die Hände hinter dem Rücken. »Vor der Vandrosnacht.«

»Ich … ich will es versuchen, Ehrwürdiger Vater.«

Die Brauen des Priesters zogen sich zusammen. »Sicherlich wird dich dein Herr in den Tempel gehen lassen?«

Leo umklammerte die Kerze und presste sie gegen seine Brust. »Mein Va–, ich meine, mein Herr weiß nicht, dass ich hier bin. Er verehrt die Heilige Ruïr.«

»Ich … verstehe«, sagte der Priester langsam, obwohl er nicht so klang, als verstünde er. »Komm, wenn es deine Zeit zulässt. Sollte nur ein Tempeldiener hier sein, sag ihm, dass du auf mein Geheiß hier bist.«

»Ja, Ehrwürdiger Vater.«

Kapitel 4

Als Leo jung gewesen war, bevor erst sein Vater und dann seine Mutter gestorben waren, war das Vandrosfest das wichtigste Fest in Haus Silberschild gewesen. Die Familie von Leos Vater stammte aus dem Norden und Leos Vater hatte seine Bräuche mit in die Stadt der Ruïr genommen. Leo konnte sich noch an den Schein der Kerzen überall im Haus erinnern. In der längsten Nacht des Jahres, der Vandrosnacht, waren sie mitten in der Nacht aufgestanden, um zum Tempel zu gehen und dort der Entzündung des Heiligen Feuers beizuwohnen.

Leos Stiefvater hingegen machte sich nicht viel aus den Heiligen. Mutter zuliebe war er während ihrer Ehe mit zu den Tempelfesten gegangen, doch nach Mutters Tod war keine Rede mehr vom Tempel gewesen. Leo hatte einmal den Fehler gemacht, danach zu fragen, und daraufhin beschlossen, den Mund zu halten. Stattdessen zündete er zu den Vandrosfeiertagen eine Kerze in der Nacht an, heimlich und wenn er sicher war, dass das ganze Haus schlief. Manchmal stahl sich Leo davon, wenn es seine Zeit zuließ, und besuchte eine der Tempelmessen, doch es war stets ein riskantes Unterfangen.

Leo streichelte vorsichtig über die verschlungenen Muster der Vandroskerze, die der freundliche Priester Leo geschenkt hatte, und musste an das Angebot des Mannes denken. Konnte der Tempel Leo vielleicht tatsächlich helfen? Aber Vater war mit dem Kronprinzen befreundet und hatte höchstwahrscheinlich auch Beziehungen in den Tempel. Leo starrte auf das Gesicht, das ihn von der Kerze her anblickte, und seufzte. Dann setzte er die Kerze vorsichtig auf den Fenstersims des Eckfensters. Er musste sich ein wenig strecken, weil die Fenster recht weit oben in der Wand eingelassen waren, und schob dann mit einem Finger nach, bis die Kerze in der Mitte des Fenstersimses stand. Er horchte einen Augenblick, doch das Haus blieb still. Leo hatte bis tief in die Nacht hinein gewartet, damit niemand ihn stören würde. Er atmete einmal aus, dann nahm er einen Holzspan, entzündete ihn an der Glut aus dem Ofen und hielt ihn an den Docht der Kerze, bis dieser entflammte. Das Feuer leckte hoch auf, ehe es zu einer sanften Flamme schrumpfte, die einen leicht bläulichen Schein hatte. Der Winter hatte begonnen, zumindest der kalendarische Winter. Winter in Arden waren für gewöhnlich sehr mild und Leo hatte nur selten erlebt, dass Vandros seinen Schnee bis in die Stadt sandte. Doch ganz gleich, was das Wetter sagte: Dies war die Zeit der kürzesten Tage im Jahr, wenn Vandros über Ostris herrschte.

»In Dunkelheit bist du das Licht, in Eiseskälte schenkst du Wärme.« Leos Vater hatte die Worte gesprochen, wenn er den großen Leuchter zu Beginn des Winters entzündet hatte. Leo konnte nur stumm in die einzelne Flamme starren und betete im Stillen. Wofür, wusste er nicht genau. Für ein Wunder vielleicht, doch wie das Wunder aussehen sollte, vermochte er nicht zu sagen. War er undankbar, dass er nach mehr fragte, wo er doch nicht einmal Hunger leiden musste und jeden Abend ein trockenes Plätzchen hatte, an dem er sich zum Schlafen niederlegen konnte?

Er streckte sich und berührte die Kerze mit zwei Fingern und zu seiner Überraschung stob ein blauer Funke auf.

Leo zog seine Hand hastig wieder zurück. Das hätte ihm noch gefehlt, wenn irgendetwas in der Küche Feuer fing, weil er eine Vandroskerze aufgestellt hatte. Doch sein verräterisches Herz tat einen kleinen Sprung und wollte unbedingt etwas in den Funken hineinlesen, der sicher nichts weiter als ein dummer Zufall gewesen war.

»Vandros erhelle diese dunkle Zeit«, flüsterte er leise und begann eins der Lieder zu summen, die sie als Familie immer zum Winterbeginn gesungen hatten. Die Köchin hatte wunderbar würzige Plätzchen gebacken, die es immer nur zum Vandrosfest gab, und den ganzen Winter über hatte das Haus nach exotischen Gewürzen und Kerzen gerochen.

Ein Geräusch ließ Leo augenblicklich verstummen und er blinzelte einige Male, um aus seinen Erinnerungen wieder zurück in die Wirklichkeit zu finden. Schritte. Auf der Treppe. Das Staunen machte jähem Entsetzen Platz.

Leo hastete zur Kerze, um sie auszublasen, doch sie widerstand hartnäckig seinen Versuchen und nicht einmal, als er sich die Finger leckte und den Docht auspresste, wollte sie ausgehen, sodass er sie schließlich brennen lassen musste. Er legte sich gerade noch rechtzeitig auf seine Matte in der Ecke neben dem Herd und stellte sich schlafend, als der Lichtschein einer zweiten Kerze in der Tür zur Küche auftauchte. Leo bemühte sich, tief und gleichmäßig zu atmen, obwohl sein Herz wie wild in seiner Brust hämmerte.

Schritte kamen näher, blieben in der Mitte der Küche stehen. Schritte, die Leo nur allzu gut kannte und fürchtete. Sein Stiefvater verharrte so lange, dass Leo sich sicher war, dass er Leos pochendes Herz nicht überhören konnte. Doch zu Leos grenzenlosen Erleichterung entfernten sich die Schritte schließlich wieder, ohne dass irgendetwas geschehen wäre.

Leo lauschte angestrengt, bis die festen Schritte seines Stiefvaters verklungen waren, und wartete noch eine Weile länger, ehe er erleichtert ausatmete. Er richtete sich auf und sah zu der Kerze auf, die friedlich auf dem Fenstersims brannte, und konnte sein Glück kaum fassen. Warum hatte Vater sich nicht über die Kerze beschwert? Es war fast so, als hätte er sie gar nicht bemerkt. Wie war das möglich?

Leo stand auf, näherte sich langsam der Kerze und streckte eine zitternde Hand aus. Wieder stob ein blauer Funke auf, als seine Finger die Kerze berührten. Leo konnte das breite Grinsen nicht zurückhalten. Was auch immer hier geschah, es war das Wundersamste, was Leo seit langer Zeit erlebt hatte.

»Danke, Vandros«, flüsterte er leise. »Tausend Dank.« Er streichelte die Kerze ein letztes Mal, ehe er sich zum Schlafen niederlegte und zum ersten Mal seit langer Zeit zufrieden einschlief.

~*~

Leo ließ sich nichts anmerken, als die Köchin am nächsten Morgen in die Küche schlurfte. Das Feuer im Herd brannte bereits und wartete auf frische Brötchen und Brot. Neben all den anderen Kerzen, die er hatte entzünden müssen, um Licht zu machen, fiel die Vandroskerze nicht weiter auf, dennoch spannte er sich unwillkürlich an und wartete darauf, was geschehen würde, als die Köchin Töpfe und Pfannen herausholte und in die Schüssel mit dem Brötchenteig spähte. Die Vandroskerze, die im Eckfenster flackerte, erwähnte sie mit keiner Silbe, ja, sie blickte nicht einmal in die Richtung der Kerze. Als wäre diese unsichtbar.

Leo unterdrückte ein Grinsen. Er musste unbedingt zurück in den Tempel und den Priester fragen, was es mit der Kerze auf sich hatte. Der Priester hatte zwar gesagt, die Kerze würde den ganzen Winter brennen, doch Leo hatte nicht im Traum gedacht, dass der Mann das wörtlich gemeint hatte! Es war ein Wunder. Leo hielt sich gerade noch zurück, bevor er anfing, vor Freude zu singen. Die Heiligen hatten ihn nicht vergessen. Sollte er das Angebot des Priesters vielleicht doch annehmen? Nun, er sollte sich auf jeden Fall bei der ersten Gelegenheit bei dem Priester bedanken für eine so kostbare Kerze. Und alles andere ... Er würde darüber nachdenken müssen. Wenn er um Hilfe bat und Vater wieder davon Wind bekam ... Nein. Das konnte er nicht riskieren, wenn er nicht vollkommen sicher sein konnte, dass der Tempel ihm tatsächlich helfen konnte. Für den Augenblick würde er einfach das Wunder der Kerze genießen und so bald wie möglich den Wintersaal besuchen.

Leo war so beschwingt von dem Wunder der Vandroskerze, dass nichts an diesem Tag seine Laune trüben konnte. Der Tag war selbst für Ardenner Verhältnisse erstaunlich warm, und die Sonne schien freundlich vom Himmel. Hern, der Heilige des Herbstes, hatte offenbar nicht vor, Vandros so schnell das Feld zu überlassen. Oder vielleicht meinte es Vandros heute besonders gut mit seinen Kindern. Was es auch war, Leo beschwerte sich nicht, bedeutete es doch, dass die Wäsche schneller trocknen würde. Früher hatten sie die Wäsche einer Wäscherin gegeben, doch Vater war die Wäscherin offenbar zu teuer gewesen. Wozu eine Wäscherin bezahlen, wenn er Leo hatte, der die Aufgabe erledigen konnte? Vielleicht sollte Leo anfangen, seine Aufgaben weniger gewissenhaft zu erledigen. Wenn er Cordelias Röcke versehentlich einfärbte, würden sie ihm ihre Wäsche vielleicht nicht mehr zum Waschen geben. Doch das würde bedeuten, Vaters Zorn zu riskieren, und so dumm war Leo beim besten Willen nicht.

Er war gerade dabei einen von Carolinas Unterröcken aufzuhängen, als er Ratzel, Vaters fetten Kater, bemerkte, der durch den Garten schlich. Es war ein ausgesprochen seltsamer Anblick, denn wenn Ratzel das Haus verließ, dann in der Regel nur, um sich in die Sonne zu legen und zu schlafen. Der Kater war viel zu faul, um einem Vogel oder einer Maus nachzujagen. Gelegentlich schlug er mal mit der Pfote nach einer Fliege, die vorbeiflog, doch dass er sich tatsächlich bewegte, sich an etwas heranpirschte, das war neu.

Leo behielt das Tier im Auge, während er das nächste Bettlaken aufhing.

Der Stachelbeerbusch schien Ratzels Ziel zu sein. Leo runzelte die Stirn und warf einen Blick hinüber. Etwas Schimmerndes hockte in den stacheligen Ästen. Fast wie ein Schmetterling, doch es war viel zu spät im Jahr für Schmetterlinge und einen so schimmernden Schmetterling hatte Leo noch nie gesehen. Er setzte die letzte Klammer, duckte sich unter dem Bettlaken hindurch, als Ratzel zum Sprung ansetzte.

»Nicht!«, rief Leo.

Ein spitzer Schrei erklang und Leo rannte. Er hatte keine Ahnung, was für ein Tier ein solches Geräusch machen konnte, doch wenn es Ratzels Aufmerksamkeit erregt hatte, musste es etwas Besonderes sein.

Für einen fetten Kater, der sich nur selten bewegte, war Ratzel auf einmal ausgesprochen schnell unterwegs. Leo stürzte ihm hinterher und bekam den Kater schließlich im Nacken zu fassen, was ihm einen schmerzhaften Hieb mit den Krallen einbrachte.

»Hör endlich auf, du dummes Biest!«, schimpfte Leo, während er den Kater eilends ins Haus zurücktrug und die Tür fest zumachte. Ratzel maunzte laut und kratzte an der Tür, doch der Kater hatte glücklicherweise nie gelernt, eine Tür aufzumachen, und blieb, wo er war. Leo eilte zurück zu dem Stachelbeerstrauch, um zu sehen, was mit dem Schmetterling geschehen war.

Das Tier lag noch immer nicht weit von der Stachelbeere im Gras, die schillernden Flügel nicht zu übersehen. Leo fiel neben dem Tier auf die Knie und wusste dann nicht, was er tun sollte. Irgendwo hatte er gehört, dass man die Flügel der Schmetterlinge nicht anfassen durfte, sonst könnten sie nicht mehr fliegen. Aber was sollte er tun, um dem armen Tier zu helfen?

Zu seiner Erleichterung richtete sich der Schmetterling, oder was auch immer das Tier war, einen Augenblick später langsam auf und entfaltete seine Flügel. Der rechte sah reichlich mitgenommen aus.

»Es tut mir so leid,« flüsterte Leo hilflos.

Der Schmetterling zuckte zusammen, fuhr herum und starrte Leo aus einem Paar nur allzu menschlicher Augen an.

Leo blieb der Mund vor Staunen offen stehen. Der Schmetterling sah aus wie eine winzige Frau mit den Flügeln eines Schmetterlings.

Eine Fee, wenn Leo nicht alles täuschte. Aber das war vollkommen unmöglich! Feen gab es nur im Märchen!

Als die Frau Leo bemerkte, prallte sie mit einem spitzen Schrei zurück und hielt plötzlich etwas, das wie ein Speer aussah, in der Hand, den sie auf Leo richtete.

Nun war es Leo, der zurückfuhr und beschwichtigend die Hände hob. »Ganz ruhig. Ich will dir nichts tun. Bist du verletzt?«

Ihre Augen weiteten sich. Sie warf einen Blick über die Schulter, sah Leo wieder an und sprang auf die Füße, den Speer drohend erhoben. »Du kannst mich sehen?«

Leo blinzelte. »Ja, natürlich.«

Sie stach mit dem Speer nach ihm. »Aber das solltest du nicht können!«

Leo blieb sorgsam außerhalb ihrer Reichweite, die Arme noch immer beschwichtigend erhoben. Ein Tropfen Blut lief seinen Arm hinab, wo der dämliche Kater ihn ordentlich erwischt hatte. »Es tut mir sehr leid, aber ich fürchte, dafür kann ich nichts.«

Die Fee sprang in die Luft, ihre Flügel flatterten, doch der rechte schien langsamer als der linke, sodass sie wieder auf die Füße fiel. Sie machte einen frustrierten Laut und blickte Leo finster an, als wäre er schuld an ihrer Misere.

»Bist du verletzt?«, wiederholte Leo seine Frage und kam sich im nächsten Augenblick dumm vor. Natürlich war sie verletzt, das war mehr als offensichtlich.

Ihre Augen wurden schmal. »Warum willst du das wissen? Damit du mich einsperren und Zaubertränke aus mir machen kannst?«

Leo prallte entsetzt zurück. »Warum sollte ich das tun?«

»Das ist es doch, was Menschen tun!«

»Keine, die ich kenne«, erwiderte Leo empört. Nun. Seinem Stiefvater würde er so etwas vielleicht zutrauen, doch das erwähnte er besser nicht.

Sie musterte ihn misstrauisch. »Und warum hast du dann deinen Kater auf mich gehetzt?«

Leo runzelte die Stirn und rieb sich über die Kratzer auf seinem Arm. »Erstens ist er nicht mein Kater, sondern gehört meinem Stiefvater und zweitens ist er normalerweise viel zu faul, um sich zu bewegen. Ich habe nicht die leiseste Ahnung, warum er für dich eine Ausnahme gemacht hat.«

»Nun, dann will dein Stiefvater mich vielleicht haben!«

Leo zögerte.

»Aha!«, sagte sie triumphierend und zeigte mit dem Speer auf ihn. »Ich wusste es doch. Du wartest nur auf eine Gelegenheit, damit du mich ihm übergeben kannst!«

»Nein«, sagte Leo leise. »Ich würde dich nie meinem Stiefvater übergeben. Aber vielleicht ist es tatsächlich besser, du verschwindest von hier, ehe er dich sieht.«

Sie legte den Kopf auf die Seite wie ein Vogel und musterte ihn prüfend. »Was ist ein Stiefvater?«

Leo blinzelte. »Oh.« Sie wusste nicht, was ein Stiefvater war? In was für einer Welt lebte sie? Er überlegte fieberhaft, wie er ihr das Konzept eines Stiefvaters erklären sollte. »Er ist der Mann, der meine Mutter geheiratet hat, nachdem mein richtiger Vater gestorben ist«, versuchte er es schließlich. »Wir sind nicht blutsverwandt.«

Die kleine Fee sah ihn verständnislos an. »Ihr Menschen scheint noch seltsamer zu sein, als ich dachte. Und du meinst, dieser Stiefvater könnte mir gefährlich werden?«

Leo zuckte die Achseln. »Er ist Wissenschaftler und untersucht gern magische Dinge. Wahrscheinlich sollte ich besser wieder an die Arbeit gehen, ehe er bemerkt, dass ich mich mit dir unterhalte.«

Sie blinzelte einige Male, als hätte sie Schwierigkeiten, seinen Erklärungen zu folgen, ehe sie die Brauen zusammenzog. »Er sollte eigentlich gar nicht in der Lage sein, mich zu sehen. Niemand hat mich bisher gesehen.«

»Vielleicht war es der Schreck, als Ratzel dich angegriffen hat.«

Die Fee warf Leo einen weiteren vernichtenden Blick zu. »Du kannst mich noch immer sehen, nicht wahr?«

»Ja?«

Sie grummelte vor sich hin, doch glücklicherweise verschwand der Speer endlich. Leo staunte nicht schlecht, als die Waffe sich von einem Augenblick zum nächsten einfach in Luft auflöste. Wie von Zauberhand.

»Hast du auch einen Namen?«, fragte sie.

»Oh! Verzeih! Ich bin Leo.« Er verbeugte sich in aller Form. Schließlich begegnete man nicht jeden Tag einer leibhaftigen Fee! Leo hoffte inständig, dass er nicht einfach nur träumte. »Zu deinen Diensten. Eigentlich heiße ich Leonhard, aber alle meine Freunde nennen mich Leo.« Freunde, ha! Rudi nannte ihn Leo, ansonsten unterhielt Leo sich selten mit jemandem. Sein Vater hatte ihn stets bei seinem vollen Namen genannt. Mutter hatte ihn ihren kleinen Löwen genannt. Oder Leon. Doch das war lange her.

Die Fee starrte ihn mit offenem Mund an. »Löwenherz? Du trägst einen Feennamen?«

»Feennamen?« Was sollte das nun wieder sein? »Halt, woher weißt du, was der Name bedeutet?«

Sie winkte ab. »Einige der alten Feen sprechen noch immer so. Aber wie kommst du zu einem Feennamen?«

»Es ist einfach nur ein Name. Wie heißt denn du?«, gab Leo zurück.

»Mitternacht!«, verkündete sie stolz.

Nun, das erklärte wahrscheinlich, weshalb sie Leos Namen so interessant fand.

»Es freut mich, deine Bekanntschaft zu machen, Mitternacht«, sagte Leo aufrichtig. »Allerdings solltest du dich schleunigst verstecken, ehe dich jemand hier im Garten findet oder Ratzel aus dem Haus entwischt.« Und ehe Leo selbst in Schwierigkeiten geriet, weil er seine Arbeit vernachlässigte. Es grenzte schon an ein Wunder, dass noch niemand bemerkt hatte, dass er hier im Gras kniete und mit einer Fee sprach, statt die restliche Wäsche aufzuhängen.

Mitternacht schnitt eine Grimasse. »Und wie soll ich das mit diesem Flügel anstellen? Es ist wahrscheinlich besser, ich bleibe bei dir. Ich kann einfach auf deiner Schulter sitzen.«

»Da kann dich jeder sehen!«, protestierte Leo. Oh, wie sehr er sich wünschte, sie könnte bleiben. Er hatte noch nie ein Wesen wie sie gesehen. Und wenn sie für gewöhnlich unsichtbar war, bedeutete das sicherlich, sie verfügte über Magie!

Mitternacht stieß ein langes Seufzen aus. »Ja, das könnte ein Problem werden. Aber ich kann nicht hier im Garten bleiben, wenn ich nicht fliegen kann. Was, wenn der Kater wieder zurückkommt?«

»Nein, das wäre zu gefährlich«, stimmte Leo ihr zu. »Lass mich die Wäsche aufhängen und dann nehme ich dich mit in die Küche. Dort kannst du dich in der Speisekammer verstecken, bis es deinem Flügel wieder besser geht.«

Sie taumelte zurück. »Ins Haus? Damit du mich einkochen kannst?«

Woher um alles in der Welt nahm sie diese seltsamen Vorstellungen? Leo wollte bereits protestieren, als ihm einige der Märchen einfielen, die ihm als Kind nächtelang Albträume beschert hatten, weil sie von bösen Hexen berichteten, die Kinder fraßen. Hatten Feen ähnliche Geschichten über Menschen? Er schauderte.

»Nein. Ich habe nicht vor, dich einzukochen oder dir sonst etwas anzutun«, sagte er bestimmt. »Ich will dir helfen. Wenn du willst, kann ich dich auch in die Stadt bringen. Allerdings musst du dann bis nach dem Essen warten, wenn ich all meine Arbeiten erledigt habe.«

Sie musterte ihn prüfend. »Vielleicht leiste ich dir noch eine Weile Gesellschaft und sehe, ob du es ernst meinst.«

Leo zuckte die Achseln. »Wie du willst. Ich muss noch die Wäsche aufhängen.«

Mitternacht ließ sich auf dem Rand des Wäschekorbs nieder und baumelte mit den Beinen, während sie Leo beobachtete, als wäre das Aufhängen der Wäsche das Interessanteste, was sie je gesehen hatte.

»Gibt es noch mehr Feen wie dich?«, fragte Leo.

Mitternacht runzelte die Stirn. »In der Stadt habe ich noch keine getroffen. Meine Heimateiche liegt westlich von hier im Wald.«

»Mit wem unterhältst du dich, Asche?«

Leo zuckte zusammen und ließ vor Schreck beinahe den Strumpf fallen, als er Vaters Stimme hinter sich hörte.

Leo wirbelte herum und starrte Vater an, der eine buschige Braue hob. »Nun?«

Leo blinzelte. »Ich muss laut gedacht haben.«

Er beobachtete mit wachsender Sorge, wie Ratzel hinter Vater auftauchte, den Kopf in den Wäschekorb steckte und die verbliebenen Wäschestücke mit der Nase anstieß.

»Geh weg da«, zischte Leo. »Die Wäsche ist frisch gewaschen!«

Der Kater blickte ihn aus schmalen Augen an und fauchte.

Vater warf dem Kater einen Blick zu, musterte Leo und sah zurück zum Wäschekorb, vor dem der Kater noch immer hockte und maunzte.

»Hm«, machte Vater. Leo hielt den Atem an und widerstand dem Drang, nach Mitternacht Ausschau zu halten. Er hoffte inständig, dass die Fee die Geistesgegenwart besessen hatte, sich irgendwo zu verstecken, wo der Kater nicht an sie herankam.

Vater trat zum Korb, spähte hinein, stieß ihn einmal mit der Stiefelspitze an und runzelte die Stirn.

»Die Köchin hat nach dir gefragt,« bemerkte Vater einen Augenblick später. Er drehte den Kopf langsam in Leos Richtung und blickte mit offenkundiger Missbilligung auf ihn hinab. »Ich empfehle dir, weniger Selbstgespräche zu führen und dich mehr auf deine Arbeit zu konzentrieren.«

Leo senkte den Kopf. »Ja, Vater. Es tut mir leid.«

»Das hoffe ich. Ich habe nur wenig Lust, dir eine weitere Lektion zu erteilen.«

Leo lief ein Schauer über den Rücken. Nein, eine weitere Lektion galt es um jeden Preis zu vermeiden. »Das ist nicht nötig, Vater. Ich bin fast fertig mit der Wäsche und werde sofort ins Haus gehen.«

»Tu das.« Vater warf einen weiteren misstrauischen Blick in den Wäschekorb, ehe er auf dem Absatz kehrtmachte und davonging, die Hände hinter dem Rücken gefaltet. Ratzel fauchte unzufrieden, warf Leo einen finsteren Blick zu und trottete Vater hinterher.

Leo wartete, bis auch der Kater verschwunden war, bevor er langsam den Atem entließ. Er konnte kaum fassen, dass er mit nichts weiter als einer Ermahnung davongekommen war. Dies musste wirklich sein Glückstag sein! Dennoch beeilte er sich, die restliche Wäsche aufzuhängen. Gelegentlich beobachtete Vater ihn vom Haus aus, ohne dass Leo es mitbekam, und er wollte sein Glück nicht überstrapazieren.

»Beim Licht des Mondes, Leo, wer war dieser Mensch?« Mitternacht kämpfte sich unter einem nassen Strumpf hervor und schüttelte angewidert die Flügel aus.

»Mein Stiefvater«, flüsterte Leo, während er hastig das nächste Hemd aufhängte, gefolgt von den letzten Strümpfen.

»Das war dein Stiefvater? Kein Wunder, dass du mich vor ihm gewarnt hast. Mit ihm stimmt irgendetwas nicht.«

Leo sagte nichts darauf, sondern tat so, als bückte er sich für den Korb mit den Wäscheklammern. »Willst du hier draußen bleiben oder mit ins Haus kommen? Ich muss in die Küche, um der Köchin zu helfen.«

Mitternacht musterte ihn, den Kopf auf die Seite gelegt. »Ich komme mit dir. Irgendetwas sagt mir, dass jemand ein Auge auf dich haben sollte.«

Leo musste gegen seinen Willen lachen. »Und der jemand bist du?«

»Offensichtlich, sonst wäre ich nicht hier.«

»Also gut. Aber es ist besser, du hältst dich versteckt. Wenn ich dich sehen kann, kann Vater es vielleicht auch.«

Mitternacht blickte zum Haus, die Stirn in tiefe Falten gelegt. »Hm. Ja. Vermutlich hast du recht.«

Kapitel 5

Nicholas beschloss, dass er fortan den Winter von allen Jahreszeiten am wenigsten mochte.

Bislang hatte er sich nur wenig Gedanken darum gemacht, denn die Winter in Arden waren für gewöhnlich milde und brachten nur selten Schnee und Eis. Der Palast war während dieser Zeit stets erfüllt mit dem Duft von Vandrosgebäck und Tannenzweigen. Kerzen erhellten die kurzen Tage und Nicholas hatte es immer genossen, sich nach einem langen Ritt am prasselnden Kaminfeuer zu wärmen. Doch das war gewesen, bevor er bei Niesel und Schnee durch halb Arden marschieren musste, weil er dumm genug gewesen war, sich auf eine Wette mit Onkel Theresias einzulassen. Vor der gesamten Familie! Wahrscheinlich amüsierte sich Vandros gerade königlich über Nicholas' Misere.

Es hatte schon den ganzen Morgen leicht genieselt, doch auf dem Weg zurück zum Palast war der Niesel in eisigen Schneeregen übergegangen und der dünne Umhang, den Nicholas sich für seine Verkleidung umgeworfen hatte, war schon bei seiner Ankunft auf dem Markt durchnässt gewesen.

Und alles umsonst.

Er bereute nun, dass er das Pferd nicht mitgenommen, sondern beschlossen hatte, zu Fuß zu gehen wie ein einfacher Mann, der sich kein Pferd leisten konnte. Ihm war bisher nie aufgefallen, wie ausgesprochen lang der Weg hinunter in die Stadt doch war oder wie sehr sich die Auffahrt zum Palast zog, wenn man weder Pferd noch Kutsche zur Verfügung hatte. Er konnte sich kaum vorstellen, dass andere Menschen solche Strecken jeden Tag zurücklegten.

Nicholas hatte gerade die Gartenfläche vor dem Hauptportal, deren üppige Blumenpracht unter dem Schneeregen ebenfalls die Köpfe hängen ließ, umrundet, als Seraphina bereits mit gerafften Röcken zur Tür hinausgelaufen kam und die Stufen hinabhüpfte.

Sie hatte nur ein dünnes Cape übergeworfen und schien sich nicht im Geringsten darum zu scheren, dass ihre hübschen kleinen Schuhe ganz nass wurden, als sie auf Nicholas zu rannte. Sie blieb abrupt stehen, als sie Nicholas' Blick begegnete, und sah dann Wilhelm, der Nicholas wie ein stummer Schatten gefolgt war, mit weit aufgerissenen Augen an. Wilhelm schüttelte kaum merklich den Kopf. Eine so einfache Geste, die Nicholas' ganzes Versagen ausdrückte und seine Zukunft besiegelte.

Er hätte erwartet, dass Seraphina ihn auslachte oder laut »Habe ich's doch gesagt!« rief, doch sie tat nichts dergleichen. Stattdessen rannte sie das letzte Stück auf ihn zu, warf sich mit voller Wucht gegen ihn, sodass er beinahe das Gleichgewicht verlor, und schlang die Arme um ihn.

»Du hattest recht«, sagte er leise, während er sie im Arm hielt. Der Regen lief ihm den Nacken hinab und tropfte von seiner Nasenspitze. »Ich weiß nicht, wie oder warum, aber die Kinder haben mich sofort erkannt, obwohl ich diesmal nicht einmal ein Pferd dabeihatte.«

Seraphina hob den Kopf und sah ihm in die Augen. »Du musst nicht tun, was Onkel Theresias gesagt hat. Niemand kann dich zwingen zu heiraten.«

Nicholas beugte sich hinab und gab ihr einen nassen Kuss auf die Stirn. »Ich habe mein Wort gegeben, Seraphina. Ich werde jetzt keinen Rückzieher machen.« Er nahm ihre warme Hand in seine und stapfte die Stufen hinauf, wo Edmund, der Butler, bereits mit Handtüchern auf sie wartete.

»Nein, nein, nein!«, widersprach Seraphina vehement und stampfte mit dem Fuß. »Du solltest nicht irgendwen heiraten, nur weil die anderen das so wollen.«

Wilhelm, Nicholas' stummer Begleiter während des gesamten miserablen Morgens, nahm Nicholas den nassen Umhang von den Schultern, während Edmund ihm ein angewärmtes Handtuch in die Hand drückte, mit dem Nicholas sich unter Wilhelms missbilligendem Blick die nassen Haare rubbelte. Die Wärme tat gut und brachte wieder ein wenig Leben in seine eingefrorenen Finger.

Nicholas schenkte seiner Schwester ein gezwungenes Lächeln. »Ich werde nicht irgendwen heiraten, Seraphina. Vielleicht kannst du mir sogar helfen, eine hübsche Frau zu finden.« Allein bei dem Gedanken drehte sich ihm der Magen um, aber er hatte sein Wort gegeben, nicht wahr? Und es wurde von ihm erwartet.

»Aber –«

»Was hältst du davon, wenn wir unser kleines Experiment ver-
längern, hm?«, sagte Nicholas rasch, ehe Seraphina sich in eine ihrer
Tiraden hineinsteigerte. »Ich gehe noch einen weiteren Monat auf
den Markt, doch diesmal hilfst du mir und erklärst mir, wie ich mich
so verhalten kann, dass mich nicht sofort jeder erkennt.«

Seraphina musterte ihn aus schmalen Augen. »Das kann ich tun.
Vielleicht findest du ja dort jemanden.«

»Vielleicht«, sagte Nicholas mit wenig Enthusiasmus. Es war zwar
noch eine Weile hin bis zum Frühlingsball, doch bei seinem Glück
hätten auch mehrere Jahre nicht ausgereicht. Und wollte er wirklich
einen Bürgerlichen oder einen Bauern? Nun, wenn seine Familie herausfand, was er sich wirklich in einem Ehepartner wünschte ...

Nicholas unterdrückte ein Seufzen.

Onkel Theresias lauerte ihnen auf, als sie ins erste Stockwerk hin-
aufgingen. Er musterte Nicholas' tropfnasse Gestalt von Kopf bis
Fuß, die Brauen erhoben. »Und, mein Junge, wie ist es gelaufen?«

»Du hast gewonnen«, sagte Nicholas mit einem Seufzen.

Onkel Theresias' Augenbrauen schossen in die Höhe, ehe seine
Schultern herabfielen. »Ah, Nicholas. Ich hatte solche Hoffnungen
in dich gesetzt. Die Kinder wieder?«

Nicholas nickte finster. »Ich habe nicht die leiseste Ahnung, wie
sie es machen. Eins von ihnen kommt angerannt und fragt mit großen Augen, ob ich Prinz Nikolaus bin und dann weiß es plötzlich der
gesamte Marktplatz und jeder kommt, um mir die Hand zu
schütteln, oder bietet mir kostenlose Waren an.« Er brach mit einem
erneuten Seufzen ab.

»Hast du Wilhelm gefragt, woran es liegt?«

Alle Augen richteten sich auf den Kammerdiener, der zwei Stufen
unter Nicholas auf der Treppe stand und trotz des Regens immer
noch aussah wie aus dem Ei gepellt.

»Nein, hat er nicht«, erklärte Wilhelm schließlich, als Nicholas
ihn nur finster anstarrte.

Onkel Theresias stöhnte. »Wirklich, Nicholas, manchmal be-
nimmst du dich wie ein kleines Kind. Da hast du schon den zweit-
besten Spitzel im ganzen Königreich an deiner Seite und nutzt seine
Fähigkeiten nicht.«

Wilhelm verzog kaum merklich das Gesicht, als Onkel Theresias
ihn als Spitzel bezeichnete, sagte jedoch nichts.

»Ah, es tut mir leid, ich hatte wirklich gedacht, du würdest gewinnen«, fuhr Onkel Theresias fort. »Ich bin gewillt, deinen Einsatz einfach zu vergessen, schließlich hast du dir sichtlich Mühe gegeben.« Er warf Wilhelm einen Blick zu, eine Braue fragend erhoben.

»Das hat er in der Tat«, bestätigte Wilhelm zu Nicholas' Erstaunen.

»Gut, dann vergessen wir das Ganze.« Onkel Theresias schlug Nicholas auf die Schulter.

Nicholas schüttelte den Kopf. »Ich habe mein Wort vor der gesamten Familie gegeben. Ich werde es jetzt nicht zurücknehmen.«

Onkel Theresias winkte ab. »Ach, wen interessiert, was die Familie sagt. Ich bin sicher, sie werden es verstehen.«

Nicholas war sich da nicht so sicher. Großvater würde ihn für einen Feigling halten und Vater ... Nicholas hatte keine Ahnung, was Vater dachte.

»Nein«, sagte Nicholas missmutig. »Ich werde mein Wort nicht brechen. Vielleicht hat Vater recht und es ist Zeit für eine Frau. Ich kann mich nicht ewig davor drücken, nicht wahr?« Er zwang sich zu einem weiteren falschen Lächeln.

Onkel Theresias' Blick wurde scharf und Nicholas hielt unwillkürlich die Luft an, als er sich daran erinnerte, dass wenn irgendjemand sein Geheimnis erahnen würde, es wahrscheinlich Onkel Theresias sein würde. Doch sein Onkel wandte kurz darauf den Blick ab und sah Seraphina an, die den ganzen Austausch stumm beobachtet hatte, ohne auch nur einen Mucks von sich zu geben. Nun jedoch schien sie ein stummes Gespräch mit Onkel Theresias zu führen.

Nicholas stöhnte. »Bitte, ihr zwei heckt doch schon wieder etwas aus. Lasst es bitte bleiben. Ich werde einfach mit jeder Frau auf dem Ball tanzen und am Ende hoffentlich eine finden, die nett genug ist.«

»Du musst auch mit ein paar Männern tanzen!«, wandte Seraphina ein.

Nicholas spürte, wie ihm sämtliches Blut aus dem Gesicht wich, und in seinen Ohren rauschte es. *Es ist nur Seraphina*, ermahnte er sich.

»Unsinn«, sagte er und hoffte, dass seine Stimme nur in seinen eigenen Ohren so seltsam klang. »Ich brauche eine Frau, warum soll ich mit Männern tanzen?« Er fühlte sich heiß und kalt zugleich unter Onkel Theresias' durchdringendem Blick.

»Na, woher sollst du sonst wissen, ob du lieber mit einem Mann oder einer Frau verheiratet sein möchtest?«, erklärte Seraphina unverblümt.

»Ich finde, Seraphina hat vollkommen recht«, sagte Onkel Theresias mit einem entschiedenen Nicken. »Du kannst die armen Männer nicht einfach außer Acht lassen. Tanz wenigstens mit ein paar von ihnen.«

»Das war nicht Teil der Abmachung!«, protestierte Nicholas.

»Nun dann ist es das jetzt«, entschied Onkel Theresias. »Seraphina, was denkst du? Wenigstens vier Tänze pro Abend?«

Seraphinas langer Zopf hüpfte auf und ab, als sie eifrig nickte.

»Wer braucht Feinde, wenn er euch zur Familie hat«, brummte Nicholas missmutig.

»Ach, sein kein Frosch, Nicholas. Ich bin sicher, eines Tages wirst du uns danken.«

Nicholas war sich da nicht so sicher. »Du erklärst das Vater.«

Onkel Theresias blinzelte überrascht. »Du glaubst doch nicht im Ernst, dass dein Vater etwas dagegen hätte, wenn du mit ein paar hübschen jungen Männern tanzt!«

Nicholas hielt wohlweislich den Mund. »Ich bin völlig durchnässt. Ich muss mich umziehen«, sagte er stattdessen und versuchte, dem nachdenklichen Ausdruck in Onkel Theresias' Augen keine Beachtung zu schenken, als er sich zum Gehen wandte.

Seraphina blieb bei Onkel Theresias und Nicholas hörte, wie Seraphina ihrem Onkel erzählte, dass sie Nicholas helfen würde, auf dem Markt weniger aufzufallen, während er mit Wilhelm im Schlepptau den Gang entlang zu seinen Gemächern ging. Sein Kammerdiener hatte ein zufriedenes Lächeln auf den Lippen, als er Nicholas die Tür aufhielt.

»Kein Wort«, sagte Nicholas.

»Ich habe nichts gesagt, Hoheit«, erwiderte Wilhelm völlig unbeeindruckt, während er Nicholas aus den nassen Kleidern half.

Nicholas bedachte ihn lediglich mit einem finsteren Blick und beschloss, den Mann für den Rest des Tages gänzlich zu ignorieren.

Kapitel 6

Tage wurden zu Wochen und die Kerze brannte noch immer, Tag und Nacht, und ganz gleich, was Leo auch versuchte, um sie auszulöschen, sie widerstand all seinen Bemühungen. Nachts verbreitete sie einen warmen Schimmer, der Leo das Gefühl gab, dass Vandros über ihn wachte und ihn nicht vergessen hatte.

Die Köchin erwähnte die große Kerze, die plötzlich in der Küche aufgetaucht war, mit keiner Silbe und selbst Vater, der einige wenige Male die Küche aufsuchte, schien die Kerze nicht zu bemerken.

Mitternachts Flügel war längst verheilt, doch noch immer wohnte sie im Garten oder in der Speisekammer und machte keinerlei Anstalten, weiterzuziehen. Die kleine Fee schien es ausgesprochen zu genießen, den ganzen Tag um Leo herumzuflattern oder Ratzel durch den Garten zu jagen. Der Kater hatte inzwischen einiges an Gewicht verloren, weil er sich auf einmal so viel bewegte. Es war nur eine Frage der Zeit, bis Vater misstrauisch wurde, doch Mitternacht schien vollkommen unbekümmert.

»Ratzel hat dich schon einmal erwischt!«, warnte Leo zum wiederholten Mal.

»Das war etwas anderes«, erwiderte Mitternacht lapidar. »Er hat mich zu einem ungünstigen Zeitpunkt erwischt, das wird nicht wieder vorkommen. Mach dir nicht immer so viele Sorgen, Leo! Genieß das Leben!«

Sie tanzte durch die Luft, wirbelte herum, dass ihre Flügel nur so flirrten.

Genieß das Leben. Wenn es doch nur so einfach wäre. Doch immerhin hatte er nun Mitternacht, auch wenn sie nicht ewig bleiben würde. Solange sie da war, würde er ihrem Rat folgen und jeden Augenblick mit ihr genießen.

»Was machen wir heute Nacht?«

Er blickte sie verständnislos an. »Was meinst du?«

Mitternacht verdrehte die Augen. »Leo, es ist die längste Nacht des Jahres! Die Nacht der Magie! Sag mir nicht, das ist noch etwas, wovon ihr Menschen keine Ahnung habt.«

Leo ließ den Besen sinken, mit dem er die Vordertreppe gefegt hatte, und spürte ein Prickeln im Nacken. Die Vandrosnacht. Seit Mitternachts Ankunft waren seine Tage so erfüllt gewesen, dass er das Datum tatsächlich vergessen hatte.

»Doch,« murmelte er. »Viele Menschen feiern diese Nacht ebenfalls. Es gibt große Feiern im Tempel.«

Mitternacht klatschte in die Hände. »Oh, können wir hinfliegen? Ich möchte unbedingt deinen Priester kennenlernen!«

Leo schnaubte. Mitternacht liebte die Vandroskerze. Noch mehr jedoch liebte Mitternacht die Geschichte, wie der Priester Leo die Kerze geschenkt hatte. Seit Leo der Fee von dem Priester erzählt hatte, lag Mitternacht ihm pausenlos in den Ohren, wann sie endlich den Tempel und den Priester besuchen würden. »Warum fliegst du nicht allein hin und schaust dir alles an?«

Mitternacht blieb mitten in der Luft hängen, ihre Augen schmal, als sie die Hände in die Hüften stemmte. »Ich werde dich doch nicht allein in dieser Nacht tanzen lassen!«

»Ist es das, was ihr Feen in der Vandrosnacht tut?«, fragte Leo, während er die restlichen Blätter in die Gosse fegte. Wahrscheinlich müsste er morgen gleich wieder fegen. Dieses Jahr schien das Herbstlaub gar kein Ende nehmen zu wollen.

»Natürlich! Tanzt ihr Menschen etwa nicht?«

Leo lachte leise. »Nein.« Er zögerte, als er an die Vandrosnächte seiner Kindheit zurückdachte. »Aber wir singen Lieder zu Ehren Vandros.«

»Oh! Sing für mich, Leo!«, rief Mitternacht aufgeregt, während sie wild durch die Luft wirbelte.

»Nicht jetzt«, zischte Leo. »Und denk bitte daran, dass wir noch immer nicht wissen, ob noch jemand außer mir dich sehen kann.«

Mitternacht lachte unbekümmert. »Was soll den geschehen? Dann fliege ich einfach weg.«

Leo seufzte. Er würde noch graue Haare bekommen, wenn Mitternacht so weitermachte.

Als Leo ins Haus eilte, um seine restlichen Aufgaben zu erledigen, blieb Mitternacht draußen. Sie hatte ihm erzählt, dass sie gern mit den Vögeln und Eichhörnchen ein Schwätzchen hielt. Was für ein seltsames Wesen sie doch war und zu denken, dass es noch mehr wie sie in ganz Ostris gab, ohne dass auch nur irgendjemand davon wusste!

Ihr Heiligen, habt Dank für dieses außerordentliche Wunder.

Der Abend schien sich endlos in die Länge zu ziehen und die Köchin länger als sonst in der Küche zu verweilen. Leo hätte sie am liebsten mit dem Besen hinausgekehrt.

Er wartete noch eine Weile, nachdem sie gegangen war, bis er sicher war, dass sie nicht zurückkehren würde, und setzte sich auf den Tisch, damit er die Kerze besser sehen konnte. Er musste nicht lange auf Mitternacht warten. »Na, welchen Klatsch haben die Elstern diesmal geteilt?«

Mitternacht winkte ab. »Nichts Interessantes. Sie waren alle zu sehr damit beschäftigt, dass die Tage ab morgen wieder länger werden. Was machen wir nun? Du hast versprochen zu singen!«

Leo hob eine Braue. »Ich habe nichts dergleichen versprochen.«

Mitternacht sah ihn hoffnungsvoll an. »Ich habe noch nie ein Menschenfest erlebt«, flüsterte sie ehrfurchtsvoll.

Leo seufzte. »Es ist noch nicht einmal Mitternacht.«

»Ich bin Mitternacht!«, rief sie und schüttelte sich vor Lachen.

Leo konnte nur den Kopf schütteln. Was hatte er gemacht, bevor Mitternacht gekommen war? Mehr geschlafen, das auf jeden Fall.

»Müssen wir warten bis zur dunkelsten Stunde der Nacht?«, fragte Mitternacht, nachdem sie sich wieder etwas beruhigt hatte.

»So haben wir es immer gemacht, als meine Eltern noch beide am Leben waren.«

»Eltern. Dein Vater, der dich gezeugt hat, und deine Mutter, die dich geboren hat.«

Leo spürte, wie seine Ohren heiß wurden. »Ja«, sagte er und versuchte sich an die Zeit zu erinnern, als sein Leben noch erfüllt war mit Lachen und Freiheit. Die Erinnerungen schienen mit jedem Tag mehr zu verblassen. Er konnte sich nicht einmal mehr an das Gesicht seines Vaters erinnern. »Wir sind bis spät in die Nacht aufgeblieben und sind um Mitternacht in den Tempel gegangen«, erzählte Leo und musste unwillkürlich lächeln, als er sich an die Feste seiner Kindheit erinnerte. »Dort haben wir viel gesungen und der Priester hat das Heilige Feuer entzündet. Im Nordhof des Wintersaals stand eine riesige Feuerschale und der Priester hat die große Vandroskerze, die er zum Vandrosfest angesteckt hatte, benutzt, um das Feuer darin zu entfachen.«

Leo und Mitternacht blickten beide zur Kerze, die still und erhaben auf dem Fenstersims brannte.

»Du meinst, so wie deine Kerze?«, flüsterte Mitternacht. »Können wir nicht einfach eine Feuerschale machen?«

»Ich werde hier drin keine Feuerschale entzünden, Mitternacht!«, entgegnete Leo entsetzt. »Dass die Kerze immerzu brennt, ist schon gefährlich genug. Nein, auf gar keinen Fall.«

»Aber irgendetwas müssen wir doch tun!«

Leo starrte hinauf zu der blauen Kerze. »Vielleicht können wir noch ein paar Kerzen entzünden.« Er zögerte. »Meinst du, das reicht?«

Mitternacht wirkte ungewöhnlich ernst. »Es ist dein Fest, Leo. Du musst tun, wozu die Magie dich leitet.«

Leo blickte sie verwirrt an. Er hatte keine Ahnung, was genau sie meinte. »Ja«, murmelte er dann und wandte den Blick ab. »Und danach zeigst du mir, was ihr für gewöhnlich tut.« Er war versucht zwei frische Kerzen hervorzuholen, hatte dann doch zu viel Angst, dass es jemandem auffallen würde. Schließlich war es nur für diese Nacht, für diesen Augenblick der tiefsten Dunkelheit, des tiefsten Winters. Er nahm zwei Stumpen aus der Kiste mit den Resten, die in der Speisekammer stand. Viel war nicht mehr übrig, aber für ein paar Minuten würden sie hoffentlich noch reichen. Leo betete im Stillen, dass niemand den Rauch riechen würde. Vater schien einen siebten Sinn dafür zu haben, wenn Leo Dinge tat, die ihm eigentlich verboten waren.

Er zog sich einen Stuhl heran, kletterte hinauf und stellte die zwei Kerzenstumpen neben die große blaue Kerze. Ein seltsames Gefühl überkam ihm, als würde die Vandroskerze ihn in ihren Schein hüllen, als würde da noch jemand mit ihm in den Schein treten und ihm leise zuflüstern.

Er schloss die Augen, senkte den Kopf und begann zu singen, erst stockend, doch dann kamen die Worte von ganz allein. Und für einen Augenblick hörte er die Stimmen seines Vaters und seiner Mutter gemeinsam mit ihm singen:

Ich steh im Dunkel deiner Nacht,
die du uns hast gegeben.
Nur mich allein hab ich gebracht,
denn dein ist ja mein Leben.

In Finsternis bist du mein Licht,
drum fürcht ich und verzage nicht,
dein Eis mich immerdar geleite!

Mitternacht erhob sich in die Luft, während er sang, und begann zu tanzen. Es war nicht das ausgelassene Wirbeln, das er für gewöhnlich beobachtete, sondern sie flog langsam, beinahe andächtig durch die Luft. Sie schien sich im Takt des Liedes zu wiegen und auf der Melodie selbst zu schweben. Leo beobachtete sie einen Augenblick versonnen, dann griff er nach den zwei Stumpen und entzündete sie an der blauen Vandroskerze, die nicht einmal zur Hälfte herabgebrannt war. Eigentlich hätte er die Kerze zum Entzünden des anderen Feuers nehmen müssen, doch das erschien ihm wie ein Sakrileg. Hier war die Kerze sein Heiliges Feuer und spendete ihr Licht, um den langen Winter seines Lebens zu erhellen.

Du schenkest meinen Füßen Halt
im eis'gen Tal der Tränen.
Und ist die Nacht auch noch so kalt,
wird deine Macht mich wärmen.
Ich fürcht nicht Tod, noch Feind, noch Sturm,
denn ich bin dein, in Eis gebor'n,
in deinen Armen stets geborgen!

Leos Stimme brach und er streckte die Hand aus, um die Vandroskerze zu berühren.

Vandros steh mir bei.

Sobald seine Finger das Wachs berührten, flammte die Kerze auf, ebenso wie die beiden Kerzen, die Leo an ihr entzündet hatte, sodass die Küche taghell erleuchtet wurde, während blaue Funken in die Luft stoben wie ein Feuerwerk.

Leo zog seine Hand so hastig zurück, dass er fast vom Stuhl fiel.

»Was war das?«, fragte er, wischte sich hastig die Tränen vom Gesicht und blickte sich um, um sicherzustellen, dass die Funken nichts in Brand gesetzt hatten.

»Magie«, flüsterte Mitternacht ehrfürchtig und starrte die Kerze wie gebannt an. »Aber keine Magie, die ich kenne.«

»Was hat das zu bedeuten?«, fragte Leo.

Mitternacht bedachte ihn mit einem schalkhaften Grinsen. »Dass dein hübscher Priester auf dich aufpasst.«

»Mitternacht!«

Sie flog lachend auf und umkreiste Leo einige Male. »Komm, Leo. Findest du es nicht furchtbar romantisch?«

»Er ist ein Priester!«

Sie legte den Kopf auf die Seite. »Ja und?«

Leo öffnete den Mund und schloss ihn wieder. »Außerdem ist er bestimmt doppelt so alt wie ich.«

Mitternachts Augenbrauen hoben sich. »Ja und?«

Leo seufzte und setzte sich zurück auf den Tisch, damit er die Kerzen beobachten konnte, die nun wieder friedlich und unschuldig vor sich hin brannten. »Hör einfach auf, ja? Du kennst den Mann nicht einmal! Bitte.«

Mitternacht ließ sich auf seinem Knie nieder. »Verzeih, Leo. Ich wusste nicht, dass es dich so sehr stört. Was hat es mit den Priestern auf sich? Sind sie verboten?«

Leo lachte leise. »Nein. Nein, nicht dass ich wüsste. Ich vermute, dass sie zu sehr mit Magie und den Tempeldingen beschäftigt sind, als dass sie Zeit für eine Familie hätten.«

Mitternacht schnalzte mit der Zunge. »Zu beschäftigt für einen Liebhaber? Ihr Menschen seid wirklich seltsame Kreaturen.«

»Oh?«, machte Leo. »Und wo ist dein Liebhaber dann?« Er musste einen Nerv getroffen haben, denn Mitternacht wurde erst blass, dann rot, ehe sie in die Luft sprang und flatternd vor Leos Gesicht in der Luft hing. »Wir reden hier nicht über mich, Leonhard, sondern über dich.«

Leo hob beschwichtigend die Hände, als sie mit dem Finger nach ihm stach. »Gut, gut, behalt deine Geheimnisse für dich, aber dann gibt es auch kein Gerede mehr von dem Priester, verstanden?«

Mitternacht schnaubte. »Du hast gesagt, er wollte dich wiedersehen, Leo, schon vergessen?«

»Nein«, sagte Leo leise. »Das habe ich nicht.«

»Können wir nicht morgen hinfliegen? Oder wenn du das nächste Mal zum Markt gehst? Es wird sicherlich niemandem auffallen, wenn du nur kurz in den Tempel gehst, nicht wahr?«

Leo fuhr sich mit einer Hand durchs Haar und starrte zur Kerze. »Vielleicht.« Er hatte ein schlechtes Gewissen, weil er nicht wie versprochen nach vier Wochen in den Tempel zurückgekehrt war. *Vor der Vandrosnacht*, hatte der Priester gesagt. Leo wusste noch immer nicht, warum der Priester so viele Fragen gestellt hatte. Warum hatte er wissen wollen, ob Leo geprüft worden war? Es sei denn ... Aber nein. Auf gar keinen Fall. Leo würde nicht einmal daran denken.

»Vermisst du deine Familie nicht?«, fragte Leo in die Stille und zog die Knie an die Brust. Die Köchin würde ihm das Fell über die Ohren ziehen, wenn sie ihn so auf dem Tisch sitzen sah. Aber glücklicherweise war sie nicht hier und Leo hatte die Küche für sich allein.

Mitternacht sank langsam wie eine Feder hinab auf Leos Knie und baumelte mit den Beinen.

»Manchmal.« Sie starrte zur Kerze und für einen Augenblick lag ein wehmütiger Ausdruck in ihren schwarzen Augen, ehe sie ein Lächeln aufsetzte. »Doch es gibt so viel zu entdecken! Die Welt ist so viel größer, als ich es mir je zu träumen gewagt hätte.«

Leo lächelte matt. »Ja, das ist sie wohl.«

»Warum packst du nicht gleich deine Sachen und wir gehen zusammen fort!«, schlug Mitternacht vor. »Der Süden soll auch im Winter warm sein. Bestimmt wachsen dort Pflanzen, die wir noch nie gesehen haben!«

Leo dachte an die Bücher, die er gelesen hatte, von riesigen Tieren und bunten Vögeln. »Ja, wahrscheinlich.«

Mitternacht sprang auf und legte ihre Hände an Leos Wange. »Können wir fortgehen, Leo?«

»Jetzt? Es ist Mittwinter! Wir würden beide erfrieren, ehe wir es aus der Stadt geschafft hätten.«

Mitternacht ließ die Schultern hängen. »Im Frühling dann?«

»Vielleicht«, sagte Leo. Er wusste, dass er auch im Frühling nicht mit ihr gehen würde. Wenn nicht ein Wunder geschah, würde er niemals irgendwohin gehen.

»Leo?«, fragte sie vorsichtig.

Leo blinzelte und setzte ein Lächeln auf. »Wo ist deine Familie jetzt?«, fragte er, ehe sie sich Sorgen um ihn machen konnte.

»Oh, unsere Heimateiche ist nicht weit von hier in den Wäldern westlich der Stadt.«

Leo hob überrascht die Brauen. »Wie kommt es dann, dass ich noch nie von euch gehört habe? Ich dachte, Feen wären nur ein Märchen!«

Mitternacht setzte sich wieder und baumelte mit den Beinen.

»Oh, wir haben schon seit langer Zeit nicht mehr viel mit den Menschen zu tun. Manche von ihnen haben in der Vergangenheit Jagd auf uns gemacht.« Sie zuckte die Achseln. »Es ist besser so.«

Leo lief ein Schauer über den Rücken. Ihre Fragen, als sie sich das erste Mal begegnet waren, ergaben auf einmal einen entsetzlichen Sinn. »Wir haben euch gejagt?«

Mitternacht verdrehte die Augen. »Nein. Nicht ›wir‹, Leo. Ein paar Exemplare deiner Spezies. Leute wie dein grässlicher Stiefvater.« Sie schauderte.

»Fliegst du manchmal hin?« Leo hatte sich nie Gedanken darüber gemacht, was sie wohl trieb, während er den lieben langen Tag beschäftigt war. Mitternacht leistete ihm oft auch tagsüber Gesellschaft, doch genauso oft verschwand sie einfach und kehrte erst am Abend, wenn die Köchin gegangen war, zurück.

Mitternacht ließ sich neben der Kerze auf den Fenstersims sinken. »Nein«, sagte sie.

»Warum nicht?«

Mitternacht zuckte die Achseln und warf ihm einen Blick über die Schulter zu. »Es gibt noch so viel zu erkunden. Ihr Menschen seid so seltsame Kreaturen.«

Als jemand, der über die Jahre ausgesprochen gut darin geworden war, unbequemen Fragen auszuweichen, wusste Leo gleich, wenn jemand anderes es tat. Er warf Mitternacht einen langen Blick zu, doch die Fee starrte wieder zur Kerze empor.

»Ist das alles, was ihr in der Vandrosnacht macht?«, fragte sie. »Eine Kerze anzünden? Wozu soll das gut sein?«

»Dies ist die längste Nacht des Jahres«, sagte Leo leise. »Die Mitte des Winters.«

Mitternacht verdrehte die Augen. »Ich weiß.«

»Im Norden geht die Sonne nur für einen Moment auf und nein, für gewöhnlich umfasst das Fest wesentlich mehr. Als ich klein war, war das ganze Haus mit Kerzen gefüllt und es gab gutes Essen und wir haben Geschenke an die Armen verteilt.«

Mitternachts Augen weiteten sich. »Was willst du damit sagen, die Sonne geht nur für einen Augenblick auf?« Sie schüttelte sich. »Leo, den Norden werden wir auf unseren Reisen nicht besuchen. Ganz sicher nicht.«

Leo konnte sich das Lächeln nicht verbeißen. »Der Kristalltempel soll wunderschön sein«, wandte er ein.

Mitternacht flatterte zu ihm und ließ sich mit einem Seufzen auf seiner Schulter nieder. »Für dich, Leo. Nur für dich.«

»Wolltest du mir nicht zeigen, was ihr in dieser Nacht tut?«

»Oh!«, rief Mitternacht. »Natürlich! Wir müssen noch tanzen!«

Leo lachte leise. »Aber du hast doch schon getanzt, während ich gesungen habe.«

Mitternacht verdrehte die Augen. »Wir müssen *gemeinsam* tanzen, Leo. Die Magie ist stärker, je mehr am Tanz teilnehmen!«

»Natürlich. Wie dumm von mir.«

Mitternacht hörte ihn gar nicht, sondern lächelte versonnen. »Wir tanzen die ganze Nacht lang, sodass der ganze Wald vor Magie nur so summt. Aber du müsstest einmal unseren Frühlingstanz sehen, wenn die Bäume ihr erstes Lied singen. Es ist so wunderschön!« Sie wiegte sich in einer unsichtbaren Brise und dann stieg sie höher und begann ihren Tanz. Leo konnte ihr nur staunend zusehen, während sie sich in der Luft drehte und bald hierhin, bald dorthin flog. Ihre Flügel schimmerten im flackernden Licht der Kerze und es sah fast so aus, als zöge sie einen Schweif aus schimmerndem Sternenstaub hinter sich her.

»Komm, Leo«, rief sie nach einer Weile und hielt ihm die Hand hin.

Leo erhob sich zögernd. »Ich kenne die Schritte nicht.«

Das Lächeln auf Mitternachts Gesicht ließ sie mit einem Mal viel älter wirken und erinnerte Leo daran, dass, auch wenn er in ihr zumeist eine kleine Schwester sah, er keine Ahnung hatte, wie alt sie tatsächlich war. »Lass dich von der Magie leiten.«

»Ich habe keine Magie«, flüsterte er und verspürte ein tiefes Bedauern in seinem Herzen.

Ihr Lächeln vertiefte sich. »Jeder hat Magie, Leo. Und nun komm.«

Er trat näher zu ihr, doch da war sie bereits wieder in ihren Tanz vertieft, schwirrte um ihn herum, drehte und wendete sich und Leo bemerkte, wie er sich mit ihr bewegte und durch die Küche tanzte, während ihm ein anderes Lied in den Sinn kam, für das ihm jedoch die Worte nicht mehr einfielen, sodass er lediglich die Melodie summte.

Das Licht wurde noch heller als zuvor, als stünden nicht nur drei Kerzen in der Küche. Die Luft glitzerte und funkelte und Leo streckte voller Staunen die Hand aus.

»Siehst du?«, flüsterte Mitternacht mit einem Funkeln in die Augen, doch Leo war zu gebannt von dem Tanz, um zu antworten, und so nickte er nur stumm.

Ein Geräusch ließ ihn innehalten und er blinzelte einige Male, um aus dem Zauber, den Mitternacht gewoben hatte, wieder zu erwachen. Schritte. Auf der Treppe. Leo blieb fast das Herz stehen.

»Da ist jemand«, zischte er.

Mitternachts Augen weiteten sich und sie drehte sich einmal um sich selbst und der Glanz, der in der Luft hing, verschwand. Leo hatte wenig Zeit, den Verlust zu bedauern, sondern hastete zu den Kerzen, doch nun widersetzten sich auch die zwei zusätzlichen Stumpen seinen Versuchen, sie auszulöschen. Leo kamen vor Verzweiflung beinahe die Tränen. *Vandros steh mir bei*, betete er wieder und wieder, als er die Kerzen schließlich aufgab und sich auf seine Schlafmatte warf, um sich schlafend zu stellen. Ein zweites Mal würde er ganz sicher nicht so viel Glück haben, dennoch hoffte und betete er voller Inbrunst, während er versuchte, so ruhig wie möglich zu atmen.

Sein Stiefvater blieb in der Tür stehen wie schon zuvor beim Vandrosfest. Oh bei allen Heiligen, wieso hatte Leo sein Glück ein zweites Mal herausfordern müssen?

Die Schritte kamen näher und Leo wusste, dass sein letztes Stündlein geschlagen hatte. Dennoch blieb er still liegen, zwang sich zu atmen, ein aus. Die Schritte kamen noch näher, blieben ganz in der Nähe stehen. Leo konnte Vaters Blick förmlich spüren. Der Moment zog sich unendlich in die Länge, weiter und immer weiter, bis Leo das Gefühl hatte, jeden Moment in Flammen aufzugehen.

Über das Rauschen in seinen Ohren hinweg verpasste Leo beinahe, wie sich Vaters Schritte wieder entfernten und langsam die Treppen hinaufstiegen.

Leo riss die Augen auf und starrte blind an die Wand. So viel Glück konnte er doch gar nicht haben. Er starrte und starrte und strengte seine Ohren an, konnte jedoch nichts hören. War dies ein Trick? Lauerte Vater noch irgendwo in der Nähe und wartete nur darauf, dass Leo sich rührte?

»Leo«, flüsterte Mitternacht irgendwann. »Ich glaube, er hat sich wieder schlafen gelegt.«

Leo stieß so heftig die Luft aus, dass ihm schwindelig wurde. »Bist du sicher?«

»Ich bin die Treppe hochgeflogen, und es ist alles still und dunkel.«

Leo setzte sich auf und lehnte sich mit dem Rücken gegen die Wand, während er sich mit einer zitternden Hand über das Gesicht rieb.

»Das war knapp«, flüsterte Mitternacht.

»Ja«, flüsterte Leo zurück und lachte leise. »Was hast du gemacht, damit er die anderen Kerzen nicht sieht?«

Mitternachts Miene war ernst. »Das war ich nicht.«

Leo blinzelte verwirrt. »Aber du musst es gewesen sein!«

Mitternacht schüttelte den Kopf und flog auf, um die blaue Vandroskerze zu betrachten. »Vielleicht hat dein Heiliger dich beschützt.«

Leo folgte ihrem Blick zu der Kerze, die noch immer auf dem Fenstersims brannte, und den zwei Stumpen, die eigentlich gar nicht so lange hätten brennen dürfen, und wagte nicht zu hoffen. »Vielleicht.«

Kapitel 7

Ruïr hatte bereits ihre ersten Vorboten nach Arden geschickt, und die Kerze brannte noch immer, als Leos Schwestern am Markttag beschlossen, dass sie unbedingt den Tuchhändler besuchen mussten. Leo ließ sich seine Enttäuschung nicht anmerken, hatte er doch gehofft, dieses Mal endlich den Tempel aufsuchen zu können. Doch anscheinend reichte sein Glück nur dafür, dass Vater die Kerze nicht entdeckte.

Obwohl die Vandrosnacht noch nicht lange zurücklag, zeigte sich in der Stadt der Ruïr bereits überall das erste Grün. Es würde nicht mehr lange dauern, bis die Bäume in den Alleen ausschlugen und die Stadt förmlich explodierte mit den saftigen Farben des Frühlings.

Leo warf der Halle der Heiligen einen schuldbewussten Blick zu, als die Kutsche daran vorbeiratterte. Die Vandrosnacht lag nun schon mehrere Wochen zurück und noch immer hatte Leo keine Gelegenheit gehabt, ein weiteres Mal mit dem Priester zu sprechen, wie dieser es gewünscht hatte. Es war wie verhext. Zuerst hatte Leo so viel Arbeit gehabt, dass er nicht wusste, wo ihm der Kopf stand, und als er sich endlich hatte davonstehlen können, hatte er nur einen Tempeldiener angetroffen. Leo hatte es nicht gewagt, nach dem Priester zu fragen, aus Angst, dass er zu lange warten musste.

Ob der Priester Leo inzwischen wohl vergessen hatte? Ganz bestimmt. Es mussten so viele Besucher jeden Tag in den Tempel kommen, dass er sich gewiss nicht an einen armen Bettler erinnern konnte, der nicht einmal zuverlässig war.

Leos zwei Schwestern hatten weder einen Blick für den Tempel noch für die Schönheit der Natur übrig. Sie warteten kaum, bis Leo die Mietkutsche bezahlt hatte, ehe sie sich in die Menschenmassen stürzten, die sich über den Marktplatz schoben. Da es einer der ersten warmen Tage und noch dazu Markttag war, war die Stadt bis zum Bersten gefüllt mit Menschen. Sie kamen von überallher, um die Hängenden Gärten zu bestaunen, den Tempel der Ruïr zu besuchen oder in der Hauptstadt des Königreiches ihre Waren feilzubieten und die besten Preise zu erzielen. Leo hatte seine liebe Mühe, seinen Schwestern durch das dichte Gewühl zu folgen. Er mochte es für gewöhnlich, im Trubel unterzutauchen, war er doch eine erfrischende Abwechslung zu der Stille des Hauses und der ständigen Furcht vor seinem Stiefvater und den Streichen seiner Schwestern. Glücklicherweise kam es nur selten vor, dass seine Schwestern sich dazu herabließen, selbst einen Fuß in die Stadt zu setzen und mit den Dienern und dem niederen Volk dieselbe Straße zu teilen. Wahrscheinlich hatte eine von beiden wieder einen Verehrer, mit dem sie sich heimlich treffen wollte, denn von Tüchern und Stoffen hatte keine von beiden auch nur den Hauch einer Ahnung.

Händler priesen lautstark ihre Waren an, während Leo den beiden Frauen in gebührendem Abstand folgte. Er wusste, dass sie ihn nur mitnahmen, weil sie sicher sein konnten, dass er Vater nichts erzählen würde. Und weil sie jemanden brauchten, der ihre Einkäufe schleppte. Niemand wäre je auf die Idee gekommen, dass einst er derjenige gewesen war, der begleitet von einem Diener und einer Gouvernante durch die Stadt geschlendert war. Bisweilen kam ihm sein altes Leben wie ein Traum vor.

Carolina und Cordelia schnatterten wie eine ganze Schar Gänse und Leo war überrascht, dass sie noch nicht angefangen hatten, sich über das Wetter zu beschweren oder den Zustand der Straße oder darüber, dass ihnen bereits die Füße wehtaten. Während seine beiden Schwestern die endlosen Reihen von feinen Stoffen begutachteten, die die Händler feilboten, stand Leo gelangweilt in der Gegend herum und beobachtete das rege Treiben. Er kannte einige der Händler, bei denen er selbst oft die Einkäufe für den Haushalt erledigte, doch die meisten waren zu beschäftigt, um ihn zu bemerken.

Er nickte Lukas, dem Tischlerlehrling, einen kurzen Gruß zu, als der blonde Mann an ihm vorbeihastete, und Leo erinnerte sich mit einem Anflug von Neid, dass die Gesellenprüfung bald bevorstehen musste. Wie viele Kinder aus gehobenem Hause war auch Leo in die Schule gegangen und hatte rechnen und schreiben gelernt und war in Magie und der Geschichte Ostris' unterwiesen worden. Vor Vaters Tod. Leos Stiefvater jedoch hatte nicht viel davon gehalten und verkündet, dass die Schule viel zu teuer sei. Mutter hatte Leo danach zu Hause unterrichtet, bis auch sie gestorben war und sich alles geändert hatte. Und hier war Leo nun, alt genug, um ein Geselle zu sein oder an der Universität zu studieren, und doch nichts weiter als ein niederer Diener.

Er beobachtete wie Cordelia einem hochgewachsenen Mann in die Arme fiel, der ganz und gar nicht wie der Tuchhändler aussah. Ein kleinerer Mann mit langen blonden Haaren gesellte sich zu ihnen und küsste Carolinas Hand. Wie es aussah, waren seine Schwestern tatsächlich weniger an den Stoffen, als vielmehr an den Männern interessiert. Leo seufzte. Das bedeutete, dass es vermutlich ein langer Tag werden würde, an dem er nur dumm in der Gegend herumstand und so tat, als würde er nicht bemerken, was Cordelia und Carolina trieben. Wenigstens hatte er sich ein Brot mitgenommen und war nicht darauf angewiesen, dass die beiden ihm etwas zu essen besorgten. Leo folgte ihnen in gebührendem Abstand, bis sie in einem Kaffeehaus verschwanden.

Leo starrte ihnen ungläubig nach. Die Kaffeehäuser waren vor einigen Jahren in Mode gekommen und jeder, der etwas auf sich hielt, frequentierte sie. Doch zwei unverheiratete Frauen, die mit zwei jungen Männern hineingingen? Leo spähte durchs Fenster, doch im Inneren schien es auf den ersten Blick einigermaßen gesittet zuzugehen. Leo hatte allerlei Gerüchte über die neuen Kaffeehäuser gehört, selbst jedoch nie eins betreten. Es sah so aus, als würde es vornehmlich von Adeligen und gut betuchten Menschen besucht. Kein Wunder, denn der Kaffee war teuer und wurde von einer der Inseln, die weit draußen im Ozean lagen, importiert. Es waren vornehmlich Männer, die an den Tischen saßen und sich lautstark unterhielten, Leo erspähte jedoch neben Cordelia und Carolina auch einige andere Damen, die sich angeregt an den Diskussionen beteiligten. Leo zuckte die Achseln, lehnte sich an der Ecke zu einer Seitengasse an die Hauswand, verschränkte die Arme vor der Brust und stellte sich auf eine lange Wartezeit ein. Der Ruf seiner Stiefschwestern war nicht sein Problem.

Ein kleiner Junge mit wilden, zerzausten Locken flitzte zwischen den Beinen der Menschen, die sich auf dem Platz drängten, hindurch und entlockte Leo ein Lächeln. Rudi war mit seinen sieben Jahren schon ein regelrechtes Schlitzohr, in dessen Gegenwart es besser war, Geldbeutel und alles, was irgendwie von Wert sein könnte, gut festzuhalten, denn der Junge hatte flinke Finger und stibitzte gern die eine oder andere Kleinigkeit. Rudi vermochte einem das Brot aus der Hand zu stehlen, während man es zum Mund führte, ohne dass man etwas davon mitbekam.

Leo beobachtete den Jungen dabei, wie er sich an einen ahnungslosen Mann heranschlich, der interessiert eine Auslage mit Äpfeln betrachtete. Der Mann fiel auf, weil er die meisten Menschen um eine ganze Handbreit überragte und trotz des milden Wetters das Gesicht unter einer dunklen Kapuze verborgen hatte. Seine Kleidung war staubig und wirkte abgetragen wie nach einer langen Reise und doch er hatte etwas Unbeugsames an sich, so als könne ihn nichts auf der Welt aus der Ruhe bringen.

Leo schüttelte den seltsamen Gedanken gerade rechtzeitig ab, um Rudi dabei zu beobachten, wie er an dem Fremden vorbeischlich, blitzschnell die Hand ausstreckte, nur um gleich darauf mit einem triumphierenden Leuchten in den Augen loszulaufen – direkt in Leos ausgestreckten Arm hinein.

»Nicht so schnell, Freundchen«, sagte Leo und zog Rudi in den Schatten der Seitengasse hinein. »Was hast du denn heute wieder stibitzt?«

Rudis Widerstand erschlaffte, sobald er bemerkte, wer ihn da am Schlafittchen gepackt hatte, und sein Mund verzog sich zu einem breiten Grinsen.

»Leo! Hab dich gar nicht gesehen.«

Leo hob die Augenbraue. »Dafür habe ich dich sehr genau gesehen.« Er streckte die Hand aus. »Los, gib schon her.«

Rudi setzte eine unschuldige Miene auf, die Augen weit aufgerissen, doch seine Hand zuckte kurz zu seiner Hosentasche.

»Keine Ahnung, was du meinst, Leo.«

Leo bedachte den Jungen mit einem strengen Blick und machte eine auffordernde Bewegung mit den Fingern. »Sofort, Rudi.«

Rudi zog einen Schmollmund und warf Leo einen beleidigten Blick zu, die roten Augenbrauen finster zusammengezogen. »Du bist gemein, Leo.«

Leo lachte. »Ich weiß, und jetzt her damit, du kleiner Schlawiner.«

Widerwillig rückte Rudi seine Beute heraus, einen schweren Lederbeutel, dessen Inhalt leise klimperte und von vielen Münzen zeugte. Leo staunte nicht schlecht und konnte es dem Jungen nicht verübeln, dass dieser sich von einem solchen Schatz nicht hatte trennen wollen. In dem Beutel musste ein kleines Vermögen stecken.

Rudi sträubte sich wie eine Wildkatze, als Leo ihn am Arm hinter sich herzog, um dem Fremden, der inzwischen zum Gemüsehändler weitergezogen war und ein kleines Schwätzchen hielt, sein Eigentum zurückzugeben.

»Leo nicht!«, zischte Rudi mit zunehmender Verzweiflung und zerrte an Leos unnachgiebigem Griff. »Ich werd's nie wieder machen, versprochen!«

»Halt den Mund, Rudi«, erwiderte Leo scharf, womit er Rudi endlich zum Schweigen brachte.

»Verzeiht, mein Herr«, begann Leo zögerlich, als er sich dem Fremden näherte. Aus der Nähe wirkte der Mann noch größer, mindestens einen halben Kopf größer als Leo, obwohl Leo selbst nicht gerade klein geraten war, mit breiten, muskulösen Schultern. Das stoppelige Kinn war das Einzige, was von seinem Gesicht zu sehen war, der Rest lag im Schatten der Kapuze verborgen.

Leo streckte dem Mann den Geldbeutel entgegen. »Ich fürchte, Ihr habt etwas verloren. Rudi hier hat es gefunden und wollte es Euch zurückgeben.«

Rudi starrte aus weit aufgerissenen Augen zu dem Mann empor, den Kopf weit in den Nacken gelegt.

Der Fremde blickte von Leo zu Rudi, bevor er sich vor Rudi in die Hocke niederließ, sodass er dem Jungen in die Augen sehen konnte. Helles Haar kam zum Vorschein, als der Mann seine Kapuze zurückschlug, das blond oder auch ein helles Braun hätte sein können, unter dem Staub der Straße jedoch eine eher gräuliche Farbe angenommen hatte. Es war nur halbherzig zurückgebunden, sodass ihm einige lange Strähnen ums Gesicht fielen, die er mit einer unwirschen Geste nach hinten strich, als er Rudi musterte.

»Ist das wahr, mein Junge?«, fragte der Fremde in einer tiefen, warmen Stimme.

Rudi warf einen schnellen Blick zu Leo, bevor er so schnell nickte, dass Leo die Bewegung in seiner Hand spüren konnte, die immer noch Rudis Arm festhielt.

Der Mund des Fremden verzog sich zu einem breiten Grinsen, seine Augen, die so grün wie die Wälder um die Stadt herum waren, funkelten amüsiert. »Nun, Rudi, ich denke, so viel Ehrlichkeit verdient einen Finderlohn, meinst du nicht?«

Rudis Augen wurden immer größer und huschten kurz zu Leo, bevor sie zu dem schweren Lederbeutel in der Hand des Fremden wanderten und wie gebannt daran hängenblieben.

Der Fremde warf Leo einen fragenden Blick zu, der ihm kurz zunickte. Rudi mochte vielleicht ein kleines Schlitzohr sein, aber Leo wusste, dass der Junge es nicht böse meinte. Als jüngstes Kind von sieben zog er ohnehin immer den Kürzeren und musste sehen, wo er blieb.

Rudis Augen folgten der Hand des Mannes, die in dem Beutel verschwand, um im nächsten Moment mit einer Handvoll Münzen wieder hervorzukommen, sodass es selbst Leo den Atem verschlug. Der Mann musste ein Edelmann sein, wenn er so viel Geld mit sich herumtrug. Leo versuchte verzweifelt, die Aufmerksamkeit des Mannes auf sich zu ziehen, um ihm zu verstehen zu geben, dass die Menge an Münzen definitiv zu viel für einen Finderlohn war.

Der Fremde warf Leo einen Blick aus dem Augenwinkel zu und hielt einen Silberpfennig in die Höhe. Leo nickte widerstrebend und hielt einen Finger in die Luft, um deutlich zu machen, dass einer wahrhaft genug für den kleinen Jungen war.

Rudi war glücklicherweise immer noch so gefesselt von dem Anblick der vielen Münzen, dass er nichts von dem kleinen Austausch mitbekam.

»Streck deine Hand aus, Rudi«, befahl der Fremde.

Eine kleine schmutzige Hand schoss hervor und Rudi biss sich aufgeregt auf die Lippen. Rudis Augen drohten ihm beinahe aus dem Kopf zu fallen, als der Mann erst eine, dann eine zweite und schließlich noch eine dritte Münze in Rudis Hand abzählte.

Drei Silberpfennig.

So viel Silber würde der Junge in seinem ganzen Leben nicht mehr zu Gesicht bekommen.

Rudis Blick glitt von den Münzen zu dem Fremden und dann zu Leo. Die blauen Augen leuchteten und er platzte fast vor Stolz. Leo stieß ihm den Ellbogen leicht in die Schulter, hob die Augenbraue und nickte mit dem Kopf in Richtung des Fremden.

Der Junge runzelte einen Moment lang verwirrt die Stirn, ehe er Leos Wink endlich verstand und sich artig bei dem Mann bedankte. Bevor er jedoch mit dem vielen Geld davonhuschen konnte, packte Leo ihn am Kragen und hielt ihn zurück.

»Zwei gibst du mir, den anderen darfst du behalten.«

Rudi verschränkte trotzig die Arme vor der Brust. »Sie gehören mir!«

Leo stieß einen Seufzer. »Natürlich gehören sie dir und sie bleiben auch deine, aber es ist besser, ich bewahre sie für dich auf, bevor du sie verlierst. Nun gib schon her.«

Der Schmollmund war zurück und Rudi schüttelte mit finsterer Miene den Kopf. »Nein!«

Leo streckte die Hand aus. »Wenn du sie brauchst, bekommst du sie wieder. Her damit.«

Tränen standen in den Augen des Kleinen, die Leo das Herz in der Brust schwer werden ließen. Warum hatte der Mann Rudi nur gleich so viel Geld auf einmal gegeben?

Leo ließ sich in die Hocke nieder und versuchte Rudis Blick aufzufangen. »Hör zu, Kleiner. Ich will dir nichts wegnehmen. Aber ich will auch nicht, dass du alles verlierst oder es dir jemand stiehlt. Ich passe für dich auf die Münzen auf, bis du sie brauchst. Weißt du, was du dir alles von einer Münze kaufen kannst?«

Rudis Blick wanderte zu der Hand mit den Münzen, die er tief in der Hosentasche vergraben hatte, bevor er langsam mit den Schultern zuckte.

»Wenn du willst, zeig ich es dir. Du musst mir auch nichts abgeben. Die Münzen gehören alle dir. Ich passe nur auf sie auf. Du weißt, dass ich dir nie etwas wegnehmen würde, Rudi.«

Die Schultern des Jungen sackten herab, als er langsam die Hand aus der Hosentasche zog und Leo die Münzen entgegenstreckte. Leo nahm ihm zwei aus der Hand, bevor er die kleine Hand um die verbliebene Münze schloss. »Wenn du etwas findest, für das du alle drei Münzen brauchst, dann kannst du mich holen und wir kaufen es zusammen. Und nun lauf los. Ich pass auf deinen Schatz auf.«

Rudi ließ den Kopf hängen und schielte aus dem Augenwinkel zu Leo empor, das schalkhafte Funkeln fast wieder zurück. »Versprochen?«, fragte er mit einem Hauch von Unsicherheit.

Leo lächelte aufmunternd und wuschelte dem Jungen durch die Locken. »Versprochen, Kleiner. Wir müssen doch zusammenhalten.«

Das Strahlen war zurück in den blauen Augen, als Rudi Leo unvermittelt die dürren Arme um den Hals schlang. »Danke, Leo«, murmelte er, bevor er wie ein geölter Blitz in der Menge verschwand.

Leo rieb sich über die Stirn, froh, dass der Junge sich so leicht hatte überreden lassen.

»Verzeiht, ich wollte dem Jungen nur eine Freude machen.«

Die schuldbewusste Stimme ließ Leo abrupt aufsehen und erinnerte ihn an die Gegenwart des Fremden, der die ganze Zeit still danebengestanden hatte, während Leo mit Rudi gestritten hatte.

Leo schüttelte seufzend den Kopf. »Das habt Ihr. Ihr werdet wahrscheinlich für alle Zeiten sein Held sein. Aber drei Pfennige sind eine Menge Geld für ein Kind aus armen Verhältnissen. Es ist besser, er gibt nicht alles auf einmal aus.«

Der Fremde lächelte amüsiert. »Ein talentierter, kleiner Dieb, Euer Bruder.«

Leo stockte der Atem in der Brust und er warf dem Fremden unwillkürlich einen schockierten Blick zu. Der jedoch lächelte nur amüsiert.

»Keine Sorge. Ich werde ihn nicht der Wache übergeben. Er ist nur ein kleiner Junge.«

Leo lächelte gequält. Jungen wie Rudi mussten schnell erwachsen werden, wenn sie überleben wollten. »Talent hat er, das ist wahr. Aber er ist nicht mein Bruder. Ich habe nur hin und wieder ein Auge auf ihn, wenn es die Zeit zulässt. Damit er nicht zu viel Unfug anstellt.«

Der Fremde wirkte überrascht. »Er sah Euch so ähnlich, da dachte ich ...«

Ja, dachte Leo bitter, *zwei schmutzige, zerzauste Jungs.* Natürlich sahen sie sich ähnlich, Rudi mit seinen feuerroten Haaren und himmelblauen Augen und Leo mit seinen fast schwarzen Haaren. Selbst das Blau ihrer Augen hätte unterschiedlicher nicht sein können, Leos so stechend wie das Eis im Winter. Das Einzige, was sie gemeinsam hatten, waren die Locken und die hielt Leo stets sorgsam gestutzt. Zum Verwechseln ähnlich.

»Ihr habt ein gutes Herz, dass Ihr Euch um einen kleinen Streuner wie Rudi kümmert«, riss die samtige Stimme des Fremden Leo aus seinen finsteren Gedanken.

Leo zuckte die Achseln. »Es ist nicht so, als würde ich mich um ihn kümmern. Ich versuche, ihn im Auge zu behalten, wenn ich auf den Markt komme, das ist alles.« Er warf einen Blick über die Schulter, um sicherzugehen, dass seine Schwestern noch immer im Kaffeehaus waren und nichts von der ganzen Sache mitbekommen hatten.

»Wartet Ihr auf jemanden? Ich will Euch nicht aufhalten.« Das Lächeln des Fremden verblasste ein wenig.

Leo runzelte verwirrt die Stirn, bevor ihm aufging, was der Mann meinte. »Oh, nein, nein. Ich habe nur nach meinen Schwestern gesehen.« Er machte eine vage Handbewegung in Richtung des Kaffeehauses.

Der Fremde folgte Leos Handbewegung mit den Augen und lachte. »Oh ja, Schwestern. Ich habe selbst zwei davon. Sie können eine wahre Plage sein, nicht wahr?«

Leos Hand fand unwillkürlich ihren Weg zu der Schwellung über seinem Wangenknochen, wo Cordelia ihn in einem unbedachten Moment mit dem Ellbogen erwischt hatte. Er konnte von Glück reden, dass sie sein Auge um Haaresbreite verfehlt hatte. »Ihr habt ja keine Ahnung«, murmelte er gedankenverloren.

Dem Mann schien Leos unbedachte Bewegung jedoch nicht entgangen zu sein, denn das Lächeln war nun gänzlich verschwunden und hatte einem harten Ausdruck Platz gemacht.

»Was ist geschehen?«, fragte er leise und kam einen Schritt näher, während er den blauen Fleck, der zweifellos Leos Wange zieren musste, begutachtete.

Leo senkte beschämt den Blick. Der Mann musste ihn für einen Jammerlappen halten, der sich nicht gegen seine Schwestern zu Wehr setzen konnte. »Vater sagt immer, ich wäre ein Tollpatsch. Es ist nichts.« Sein Lachen klang selbst in seinen eigenen Ohren falsch und hohl.

»Wie ist Euer Name?«, fragte der Fremde sanft.

Leo hatte gerade den Mund geöffnet, als Cordelias schrille Stimme ihm zuvorkam.

»Asche!«

Ehe Leo sich jedoch zu seiner Stiefschwester umdrehen konnte, hatte der Fremde ihn bereits am Arm gepackt und zerrte ihn so abrupt hinter sich, dass Leo stolperte und sich an den Mann klammerte, um nicht zu fallen.

Ein wütender Aufschrei ertönte, dessen Urheber Leo nur allzu gut kannte, und er verfluchte sich dafür, dass er nicht bemerkt hatte, dass seine Schwestern das Kaffeehaus verlassen hatten. Er lugte vorsichtig um den Fremden herum, der sich schützend vor Leo aufgebaut hatte, einen Arm nach hinten ausgestreckt, als wolle er sichergehen, dass Leo blieb, wo er war. Carolina musterte den Fremden mit einem interessierten Funkeln in den Augen wie eine Katze, die soeben den Sahnetopf gefunden hatte. Leo fragte sich, was wohl aus ihrem blonden Verehrer geworden war, denn von den beiden Männern, mit denen die beiden ins Kaffeehaus gegangen waren, war weit und breit nichts zu sehen.

»Leo!«, zischte Cordelia, als sie Leo hinter dem Mann bemerkte. »Komm sofort hierher!«

»Bitte verzeiht, edler Herr, wenn unser nichtsnutziger Bruder Euch belästigt hat«, schnurrte Carolina, während sie Leo einen kurzen hasserfüllten Blick zuwarf.

Ganz offensichtlich war ihre Verabredung nicht ganz so gelaufen, wie sie sich das vorgestellt hatten, wenn beide derart schlecht gelaunt waren. Leo blieb keine andere Wahl, als mit hängenden Schultern an dem Fremden vorbeizuschlurfen. Er wollte gar nicht daran denken, welche Strafe ihn daheim erwarten würde.

Eine Hand berührte ihn am Arm und als er aufschaute, fing er den fragenden Blick des Fremden auf. Leo schüttelte kaum merklich den Kopf, woraufhin die Hand des Mannes herabfiel und sich seine Brauen besorgt zusammenzogen. Beschämt richtete Leo die Augen auf den Boden und duckte sich nicht einmal, als Cordelia ihm eine Kopfnuss verpasste.

Aus dem Augenwinkel sah er, wie der Fremde einen Schritt auf sie zumachte, die Hände an der Seite zu Fäusten geballt.

»Was hat das zu bedeuten?«, verlangte er von Cordelia zu wissen.

»Aber nicht doch«, fiel Carolina in schmeichelndem Tonfall ein. »Er ist etwas schwer von Begriff. Anders wird er es nie lernen, nicht wahr, Cordelia?«

Cordelia nickte mit einem falschen Lächeln auf den roten Lippen.

Der Blick des Mannes wanderte zwischen den Schwestern hin und her, bevor er fragend zu Leo glitt, der ihm jedoch rasch auswich.

»Ich fürchte, ich habe Euren Namen beim ersten Mal nicht recht verstanden. Wie war der Name noch gleich?« Carolina hatte wieder diesen Ausdruck in den weit aufgerissenen Augen, den Leo den ›Rehblick‹ nannte und mit dem sie jeden Mann um den Finger wickeln konnte. Doch bei dem Fremden schien der Blick nichts zu bewirken, denn er verschränkte lediglich die Arme vor der Brust, sah auf Carolina herab, als wäre sie nicht mehr als ein lästiger Käfer und erwiderte in gelangweiltem Tonfall: »Das liegt vermutlich daran, dass ich Euch meinen Namen nicht genannt habe.«

Es war das erste Mal, soweit Leo sich erinnern konnte, dass Carolina die Worte fehlten. Mit offenem Mund starrte sie den Fremden an, der unbeweglich wie eine Statue über ihr aufragte.

Leo staunte selbst nicht schlecht und musste sich das triumphierende Grinsen verbeißen. Der Mann schien Leos Bewunderung zu spüren, denn seine Mundwinkel zuckten amüsiert, als er Leo einen Blick aus dem Augenwinkel zuwarf und ihm doch tatsächlich zuzwinkerte.

Leo hatte das Gefühl, als würde die Welt für einen Moment stillstehen. Eine winzige Geste, völlig unbedeutend eigentlich, und doch gab sie Leo das Gefühl, dass der Mann verstand. Es war das erste Mal, dass Carolinas Schmeicheleien nichts bewirkten, die Leute nicht gegen Leo einnahmen. Er hätte vor Freude platzen können. Endlich ein Mensch, der Leo glaubte, der *ihn* sah und nicht das Bild des trotteligen Dummkopfes, das seine Schwestern von ihm zeichneten. Ein Freund!

Er hätte zu gern den Namen des Mannes gewusst.

Ein weiterer Schlag gegen den Hinterkopf riss ihn jäh aus seinen Tagträumen. Cordelia funkelte ihn zornig an, bevor sie ihn in Richtung der Tuchhändler zerrte, wo sie wortlos auf einen Stapel Pakete zeigte und seiner Euphorie ein schnelles Ende setzte.

Packesel, Diener, Sklave. Das war alles, was er war. Und ein kurzes Gespräch machte noch lange keine Freundschaft.

Mit einem Seufzen schulterte er die Einkäufe und trottete wie ein treuer Hund hinter Cordelia her. Carolina schien ihre Sprache wiedergefunden zu haben, denn Leo konnte hören, wie sie weiter versuchte, den Fremden zu umgarnen, und dabei zunehmend verzweifelter wirkte, je mehr sich der Gesichtsausdruck des Mannes von Langeweile zu offener Abscheu wandelte.

»Lass uns gehen«, zischte Cordelia ihrer Schwester zu, wobei sie dem Fremden einen misstrauischen Blick zuwarf.

»Aber –«, setzte Carolina verwirrt an, nur um sofort von ihrer Schwester mit einem wütenden »Sofort!« unterbrochen zu werden.

Leo warf einen letzten Blick über die Schulter, bevor er seinen Schwestern folgte. Ein grimmiger Ausdruck stand in den grünen Augen, als der Fremde Leo zunickte.

Leo konnte den Blick noch eine ganze Weile in seinem Rücken spüren.

Kapitel 8

Nicholas glaubte nicht an Liebe.

Oh, er verstand durchaus die Liebe eines Sohnes für seine Eltern oder die Liebe, die er für seine Schwestern hegte, romantische Liebe jedoch ...

Allein die Vorstellung war absurd.

Er war sich der Ironie der ganzen Sache durchaus bewusst, lebte er doch in der Stadt der Liebe schlechthin, Arden, der Stadt der Ruïr, der Heiligen der Liebe und Fruchtbarkeit. Alle sprachen von Liebe. Nicholas' Vater behauptete, seine Mutter zu lieben und doch waren seine Bücher seine wahre Leidenschaft. Großvater erzählte ständig davon, wie sehr er seine Frau geliebt hatte, Nicholas hingegen wusste, dass die Ehe arrangiert gewesen war und Großvater seine Angetraute nicht hatte ausstehen können. Nicholas' Schwester Constanze verliebte sich angeblich jede Woche neu und schwärmte von Liebe auf den ersten Blick, von wahrer Liebe, nur um eine Woche später wieder einen anderen Angebeteten zu haben.

Nein, Liebe war etwas für Schwärmer und Weichlinge, etwas, das nur in Geschichten vorkam, und Nicholas war der Ansicht, dass es auch besser so war. Wenn er sich seine Schwester Constanze ansah, die über ihre Liebschaften sämtliche ihrer Pflichten vergaß und zu nichts mehr zu gebrauchen war, konnte Nicholas gut und gerne auf Liebe verzichten. Er wusste, dass von ihm erwartet wurde, eine Frau zu heiraten, den nächsten Nikolaus zu zeugen, der irgendwann, wenn der Junge alt und grau und Nicholas selbst schon lange tot war, über Ostris herrschen würde. Wozu brauchte er da Liebe?

Umso seltsamer war dieses seltsame Flattern in seiner Brust, seit er auf dem Markt gewesen war und sich mit Asche unterhalten hatte. Vielleicht jedoch war es völlig normal, weil seine Marktbesuche sich endlich ausgezahlt hatten und er mit jemandem ins Gespräch gekommen war. Und diesmal hatte ihn niemand erkannt, niemand hatte mit dem Finger auf ihn gezeigt, nicht einmal der kleine Streuner hatte in ihm einen Prinzen gesehen. Ja, wahrscheinlich war es lediglich Stolz, den er empfand, weil er bewiesen hatte, dass er sich sehr wohl unbemerkt unters einfache Volk mischen und ein ganz normales Gespräch mit einem ganz normalen Menschen führen konnte.

»Wie ist es gewesen?«, begrüßte Seraphina ihn aufgeregt, als Nicholas die Einfahrt zum Schloss hinaufmarschierte. Die Sonne stand hoch am Himmel und brachte bereits eine angenehme Wärme mit sich.

»Du darfst stolz auf mich sein«, erwiderte Nicholas und zog an einem von Seraphinas Zöpfen. Das Mädchen brachte sich mit einem Quietschen in Sicherheit und sah dann Wilhelm fragend an.

»Du kannst mir schon glauben«, grummelte Nicholas, als Wilhelm Seraphina mit einem kurzen Nicken antwortete. Seraphina warf jubelnd die Arme in die Luft und dann um Nicholas, ehe sie wieder davonhüpfte wie ein kleines Kaninchen. Selbst Wilhelms Mundwinkel hoben sich eine Winzigkeit.

»Hast du mir etwas mitgebracht?« Seraphina drehte sich im Kreis vor ihm, sodass ihre Röcke schwangen.

Nicholas verdrehte die Augen. »Was bist du? Sechs?«

Seraphina zog einen Schmollmund, bevor sie anfing, um Nicholas herumzutänzeln. »Was hast du dann gemacht? Mit wem hast du gesprochen?«

»Das geht dich nichts an.«

Seraphina blieb abrupt stehen und sah ihn überrascht an. »Oh«, machte sie und legte den Kopf auf die Seite. »Du hast tatsächlich jemanden kennengelernt.«

Nicholas wäre beinahe gestolpert. Wie um alles in der Welt machte Seraphina das nur? Sie war zwölf um Vandros' Willen, wie schaffte sie es immer, genau zu wissen, was er tat?

»Oh, ich bitte dich«, sagte er herablassend. »Ich habe mich mit einem Straßenjungen und einem Diener unterhalten, nichts weiter.«

Für einen Augenblick stockten Seraphinas Schritte und ein verletzter Ausdruck huschte über ihr Gesicht. »Ich wusste nicht, dass du so ein arroganter Schnösel geworden bist«, sagte sie leise, dann wirbelte sie herum und rannte davon.

Nicholas seufzte und fuhr sich mit der Hand durch das staubige Haar. Bisweilen vergaß er, wie sensibel Seraphina sein konnte, wenn es um Stände ging. »Sehe ich aus wie ein arroganter Schnö-sel?«, murmelte er zu sich selbst.

»Ich würde eher sagen wie ein gewöhnlicher Dieb«, erwiderte Wilhelm, als er neben Nicholas trat. Er war einen Kopf kleiner als Nicholas mit einem drahtigen Körperbau und bereits grau-melier-ten Haaren, obwohl er kaum dreißig war. Trotz des strengen Fuß-marsches, den sie hinter sich hatten, sah Wilhelm aus wie aus dem Ei gepellt, jedes Härchen saß an seinem Platz, als hätte er sich gerade erst angekleidet. Nicholas war sich sicher, dass der Mann über Sau-berkeitsmagie verfügen musste. Nicholas hatte keine Ahnung, ob es so etwas überhaupt gab, doch es gab keine andere Erklärung für Wilhelms penibles Aussehen.

»Danke für deine Meinung«, sagte Nicholas sarkastisch.

»Ein Bad, würde ich sagen«, fuhr Wilhelm unbeirrt fort und schickte sogleich einen Diener voraus, um alles zu richten. »Wün-sche für die Abendgarderobe?«

»Warum fragst du mich das überhaupt, wenn du ohnehin tust, was du willst?«

»Ihr seid der Prinz«, sagte Wilhelm lakonisch.

»Oh wirklich?«, brummte Nicholas, während sie durch die lan-gen Gänge des Palastes schritten.

»Ja, ich fürchte schon«, gab Wilhelm zurück.

Nicholas seufzte. Gegen Wilhelm konnte er einfach nicht gewin-nen. Kein Wunder, dass Wilhelms Vater Augen und Ohren des Kö-nigs war. Ob er den König ebenso herumkommandierte, wie Wil-helm es mit Nicholas tat?

»Was war dein Eindruck auf dem Markt?«, fragte Nicholas, so-bald sie seine Gemächer erreicht hatten. Er nahm dankbar den Weinkelch von Wilhelm und trank einen großen Schluck, um den Staub der Stadt hinunterzuspülen. Wie hielt die arbeitende Bevölke-rung es aus, jeden Tag solche Strecken zu Fuß zurückzulegen?

»Der kleine Junge ist das jüngste Kind von sieben«, begann Wil-helm. »Seine Mutter ist Wäscherin und sein Vater … nun. Unglück-licherweise ein Trinker. Doch bevor ihr Euch aufregt, kein gewalttä-tiger Trinker. Der Junge ist sicher. So sicher, wie Kinder nun einmal sein können, wenn der Vater das ganze Geld versäuft. Armut ist das größte Problem.«

Nicholas starrte ihn entgeistert an, während Wilhelm zu ihm trat und begann, Nicholas aus seinen Kleidern zu helfen. Im Grunde brauchte er keine Hilfe – die einfachen Kleider, die er zum Markt getragen hatte, um sich unbemerkt unters Volk zu mischen, waren leicht an- und auszuziehen –, doch in der Regel war es besser, Wilhelm einfach gewähren zu lassen.

»Ich hatte sehr viel Zeit, während Ihr Euch mit dem jungen Mann unterhalten habt«, erklärte Wilhelm, ohne mit der Wimper zu zucken.

Nicholas schnaubte und seufzte im nächsten Augenblick, als er in die Wanne sank und er regelrecht spüren konnte, wie Staub und Schmutz sich im Wasser lösten.

»Kein Wunder, dass du nicht bemerkt hast, dass der Junge mir den Geldbeutel gestohlen hat.«

»Wenn ich mich recht erinnere, war es Euer ausdrücklicher Wunsch, einen ganz gewöhnlichen Tag auf dem Markt zu verbringen.«

»Und bestohlen werden gehört dazu?«, fragte Nicholas ungehalten.

»Für unwissende Edelleute, die ihr Geld so offen zur Schau tragen, ja.«

Nicholas schnaubte. »Unwissend, hm? Was hätte ich deiner Meinung nach machen sollen?«

»Im Palast bleiben, wie es sich für den Enkel des Königs gehört.«

Nicholas stieß ein langes Seufzen aus und ließ sich tiefer ins Wasser sinken. Wilhelm war ein hoffnungsloser Fall. Allerdings konnte Nicholas sich noch zu gut an die Diskussion zwischen Asche und dem Jungen erinnern, die sein Geschenk von drei Silberpfennigen ausgelöst hatte. Es waren nur drei gewesen! Drei mickrige Silberpfennige.

Weißt du, was du dir alles von einer Münze kaufen kannst? Nicholas musste zugeben, dass er keine Ahnung hatte. Nicht viel, hatte er gedacht.

»Was ist mit Asche?«, murmelte er und bemerkte zu seinem Entsetzen, wie seine Stimme weicher wurde und ein seltsames Gefühl sich in seiner Brust ausbreitete. Heiliger Vandros. Das war vollkommen lächerlich. Er hatte den Mann nur einmal gesehen!

Für einen winzigen Augenblick stand so etwas wie Unbehagen in Wilhelms schwarzen Augen.

»Was? Ist er ein Krimineller?« Das hätte Nicholas gerade noch gefehlt. Der einzige interessante Mensch in der gesamten Stadt und er war ein Dieb oder schlimmer noch, ein Mörder! Obwohl Nicholas sich kaum vorstellen konnte, dass der sanfte Mann, mit dem er gesprochen hatte, solch ein Geheimnis verbarg. Andererseits war Wilhelm auch nicht anzusehen, dass er mehr als ein blasierter Kammerdiener war.

»Bedauerlicherweise war nicht viel über ihn herauszubekommen.« Wilhelm zog sich einen Schemel heran und machte sich dann daran, Nicholas' Haar auszubürsten, während er im Plauderton fortfuhr. »Aber er sah nicht aus wie ein Krimineller. Ich vermute Diener, vielleicht ein Bastard, der im Haushalt der beiden Frauen geduldet wird, über den jedoch niemals gesprochen wird. Ihr solltet Euch dennoch vorsehen.«

»Wir haben uns nur unterhalten, Wilhelm. Und nicht einmal sonderlich lange.«

»Dennoch. Ich habe ein ungutes Gefühl bei der Sache. Vielleicht solltet Ihr Euch eine Weile vom Markt fernhalten oder eine Eskorte mitnehmen.«

»Ich habe dich mitgenommen, Wilhelm! Du bist eine ganze Eskorte.«

Das Kompliment prallte wie gewöhnlich völlig von Wilhelm ab. »Ich kann nicht überall zugleich sein, Hoheit.«

Nicholas schnaubte. »Ich habe die nächsten Tage ohnehin Verpflichtungen. Und er wird sicherlich nicht jeden Tag auf den Markt gehen, wenn er nur ein einfacher Diener ist.«

Wilhelm stieß ein tiefes Seufzen aus. »Ich werde sehen, ob ich etwas über ihn herausfinden kann.«

Nicholas spürte ein plötzliches Ziehen im Bauch. »Nein, besser nicht.«

»Hoheit?«

»Der Grund für meine Marktbesuche war der, dass ich mich unbemerkt unters Volk mische, nicht wahr? Um mit den Leuten ins Gespräch zu kommen, ohne dass sie gleich einen Nikolaus sehen. Du kannst nicht jeden aushorchen, das wäre nicht richtig.«

Der Blick in Wilhelms Augen drückte aus, was er davon hielt. »Ich höre mich um, um Eure Sicherheit zu gewährleisten, Hoheit.«

Nicholas machte eine wegwerfende Handbewegung und erhob sich aus der Wanne. »Natürlich doch. Und das tust du auch. Aber es geht darum, dass ich Menschen kennenlerne, ohne vorher schon über ihr ganzes Leben Bescheid zu wissen. Auf gewöhnliche Art und Weise, verstehst du?«

Wilhelms Augen blitzten unheilvoll. »Was, wenn er ein Krimineller ist?«

»Glaubst du, dass er ein Krimineller ist?«, fragte Nicholas zurück und schnappte Wilhelm das Handtuch aus der Hand. Abtrocknen konnte er sich definitiv selbst.

Wilhelm seufzte. »Nein.«

»Nein,« bestätigte Nicholas. »Ich auch nicht. Also. Lass die Sache ruhen.« Er trat aus dem Bad heraus und blieb wie angewurzelt stehen, als sein Blick auf die Kleider fiel, die Wilhelm bereits herausgelegt hatte. »Ach, komm Wilhelm, den grünen Überrock? Was habe ich nun schon wieder angestellt?«

Wilhelm hob die Augenbraue. »Der dunkelblaue Überrock ist in der Wäsche, genauso wie der dunkelgrüne. Der rote Brokat muss erst repariert werden, der Goldbrokat ebenso. Für die Sommergarderobe ist es noch etwas zu kühl und –«

»Schon gut, schon gut«, unterbrach Nicholas ihn mit einem Seufzen. »Der grüne Überrock. Hilf mir wenigstens, ja?«

»Selbstverständlich, Hoheit.«

~*~

»Deine Schwestern haben mir erzählt, du hättest dich heute mit einem Fremden unterhalten, Asche.«

Leo war stolz darauf, dass er nicht zusammenzuckte, als die Stimme seines Stiefvaters von der Tür der Küche her erklang. Leo legte ein weiteres Holzscheit nach, schloss die Ofenklappe und richtete sich langsam auf. Natürlich hatten seine Schwestern gepetzt. Wie immer. Für einen Augenblick überkam ihn der Drang, sie ebenso zu verraten, doch das würde ihm nur noch mehr Ärger einbringen.

Vater kam heran und Leo hielt den Kopf gesenkt. Er atmete scharf ein, als eine Hand ihn grob am Kinn packte und ihn zwang, den Blick zu heben.

»Ich dachte, ich hätte mich klar ausgedrückt, dass ich es nicht wünsche, dass du dich mit Fremden unterhältst«, sagte Vater und das Glitzern in seinen Augen verhieß nichts Gutes. »Du weißt, dass ich dich nur beschützen will, wie deine Mutter es sich gewünscht hat.«

Leo ballte hilflos die Hände zu Fäusten und hasste seinen Stiefvater, dass er es wagte, Leos Mutter auch nur zu erwähnen. Aus dem Augenwinkel sah er, wie die Köchin, die soeben noch die Suppe für das Abendmahl umgerührt hatte, die Küche verließ. Wie jedes Mal, wenn Vater auftauchte.

Vater seufzte, ließ Leos Kinn los und klopfte ihm mit der Hand auf die Wange. »Warum machst du es uns beiden nur so schwer, mein Sohn?«

Ich bin nicht dein Sohn, schoss es Leo durch den Kopf, doch er konnte sich gerade noch davon abhalten, den Gedanken laut auszusprechen.

Vater lächelte nachsichtig. »So stur und eigenwillig. Nun, Strafe muss sein, nicht wahr? Du weißt, was du zu tun hast.«

Leo hielt den Kopf gesenkt und kämpfte gegen die Hitze, die ihm in die Wangen kroch. Zwanzig und er musste sich züchtigen lassen, als wäre er ein kleiner Junge. Mit zitternden Fingern löste er seinen Gürtel und reichte ihn seinem Stiefvater, der ihn einige Male durch die Luft schnalzen ließ. Dann zog Leo sich das Hemd über den Kopf, drehte sich zur Wand, stützte die Hände dagegen und wartete auf eine weitere von Vaters Lektionen.

~*~

Das Essen für die Familie war bereits abgeräumt und Leo saß mit seinem eigenen Teller in der Küche, als die Köchin neben Leo trat und ein kleines tönernes Gefäß neben ihn stellte.

Leo blickte überrascht auf. Die Miene der alten Frau war hart und verschlossen. »Arnika hilft gegen blaue Flecken«, murmelte sie, bevor sie sich hastig abwandte, den letzten Topf an den Haken an der Wand hing und davonging, noch bevor Leo seine Stimme wiederfand.

Leo starrte auf den kleinen Tiegel. Arnika. Für seinen Rücken. Sein Blick verschwamm für einen Augenblick und er schluckte einige Male. Er hatte keine Ahnung, wie er die Salbe auf seinen Rücken bekommen sollte, doch die Geste allein war mehr, als er erwartet hätte. Vater hatte die Köchin nach Mutters Tod eingestellt, nachdem er fast alle Diener, die zum Teil seit Jahrzehnten im Dienst der Familie gestanden hatten, entlassen hatte. Sie war eine griesgrämige Frau, die nie viele Worte machte. Leo hatte immer gedacht, dass sie

Leo nicht ausstehen konnte und seine Gegenwart nur auf Vaters Befehl hin ertrug.

Wie es schien, hatte er sich gründlich in ihr getäuscht.

~*~

»Leo.«

Eine winzige Hand strich ihm sanft über die Wange. »Woran hat er nun schon wieder Anstoß gefunden?«

Leo öffnete blinzelnd die Augen, doch es war mitten in der Nacht und er konnte Mitternacht trotz der Vandroskerze, die noch immer auf dem Fenstersims brannte, kaum ausmachen.

»Ich habe mich auf dem Markt mit einem Fremden unterhalten«, murmelte er leise. Das Haus war still und er wollte nicht noch mehr Schläge riskieren, indem er Vater weckte.

Die Hand verschwand von seiner Wange und er hörte das Flirren winziger Flügel und einen leichten Windhauch auf seinem entblößten Rücken. Er lag ausgestreckt auf dem Bauch in der Asche neben dem Herd wie jede Nacht, doch das Pochen in seinem Rücken hielt ihn erfolgreich vom Schlafen ab. Die nächsten Tage würden eine Qual werden.

»Er war wirklich wütend«, sagte Mitternacht leise.

Leo seufzte. »Ich hätte es besser wissen müssen.«

Ein Summen wie von einer zornigen Hornisse erklang und dann landete Mitternacht in seinem Haar und hielt sich an zwei Locken fest, während sie sich über seine Stirn beugte, bis sie ihm kopfüber in die Augen blicken konnte. Ein schwacher Schimmer ging von ihr aus wie von einem Glühwürmchen. »Du solltest dich verdammt noch mal unterhalten dürfen, mit wem du willst!«

»Nicht so laut«, zischte Leo. »Wenn er dich hört!«

Mitternacht machte eine wegwerfende Handbewegung. »Wird er nicht. Aber du«, sie zeigte mit dem Finger auf ihn und stach ihm beinahe ins Auge, als sie an seiner Haarsträhne vor und zurück baumelte, »du solltest nicht hierbleiben. Wirklich, Leo, lass uns verschwinden. Jetzt sofort. Bis er weiß, was los ist, sind wir schon längst über alle Berge!«

Leo ließ den Kopf in die Armbeuge sinken. »Ich habe es bereits versucht«, sagte er leise.

Mitternacht wurde ganz still.

»Ich bin, oh, bestimmt ein halbes Dutzend Mal fortgelaufen.« Ein bitteres Lachen schlüpfte ihm über die Lippen. »Er hat mich immer gefunden. Es gibt keinen Ausweg für mich.« Seine Stimme brach auf den letzten Worten und er presste seine brennenden Augen fester gegen seinen Arm. Nach dem, was bei seinem letzten Fluchtversuch geschehen war, hatte er es nicht wieder gewagt, auch nur an Flucht zu denken. Leos Brust wurde noch immer eng, wann immer er in den Keller gehen musste.

»Aber … warum?«, fragte Mitternacht verwirrt. »Warum will er dich so unbedingt behalten?«

Leo zuckte mit den Achseln und sog scharf die Luft ein, als die Bewegung einen heißen Schmerz durch seinen Rücken sandte. Seine Finger krampften sich um das kleine Töpfchen mit der Arnikasalbe. Er hatte versucht, sich selbst den Rücken einzureiben, doch nicht mehr als die Schultern und seine Flanken erreicht und den Versuch schnell wieder aufgegeben, um die kostbare Salbe nicht zu verschwenden.

Mitternacht fluchte wie ein Rohrspatz, dann spürte Leo eine zarte Berührung an der Hand, die das Töpfchen hielt. »Leo, was hast du da? Es riecht wie Arnika.«

Leo brummte zustimmend.

Mitternacht zerrte an seinen Fingern, bis er das Töpfchen widerstrebend losließ und einen Augenblick später hörte er sie wieder fluchen.

Leo öffnete widerstrebend ein Auge und sah, wie sie an dem Stopfen zerrte.

»Hier«, murmelte er und öffnete das Töpfchen für sie.

Mitternachts Augen hellten sich auf. »Oh ja! Wo hast du das her, Leo?« Sie griff den Rand des Töpfchens mit beiden Händen und schleifte es mit wild summenden Flügeln über den Boden.

»Mitternacht, was tust du da?«

»Dir helfen.«

»Und wie soll ich das Vater erklären?«

»Er wird es nicht merken, Leo. Bis zum Morgengrauen ist alles verflogen und du ziehst ohnehin ein Hemd über, bevor dein Stiefvater auch nur daran denkt, aufzustehen. Nun halt still.«

»Mitternacht –«

»Nein, Leo, lass mich das tun. Du wirst mir am Morgen danken, wenn du dich wenigstens ein bisschen bewegen kannst. Und nun erzähl mir, woher die Salbe kommt.«

Leo zuckte zusammen, als Mitternacht den ersten Striemen berührte, doch ihre Berührungen waren so sanft, dass er sich bald schon wieder entspannte.

»Die Köchin hat sie mir gegeben.«

»Die Köchin? Ich dachte, sie hasst dich!«

»Vielleicht hatte sie ein schlechtes Gewissen. Sie hat alles mitangesehen.«

»Und nichts getan?«, kreischte Mitternacht.

»Sch!«, zischte Leo. »Du weckst noch das ganze Haus auf.«

»Ich wecke niemanden auf«, zischte sie zurück, doch danach sagte sie nichts mehr, sondern blieb stumm, während sie die Salbe in die Striemen rieb, die Leos Rücken zierten. Offenbar war Arnika so gut, wie man sich erzählte, denn die Salbe fühlte sich wunderbar kühl an und zog den Schmerz aus seinen verkrampften Muskeln. Vielleicht war es auch der leichte Windhauch, der von Mitternachts Flügeln ausging. Was es auch war, Leo seufzte erleichtert und war beinahe eingedämmert, als das Flirren von Mitternachts Flügeln ihn weckte. Die Fee ließ sich auf seinem Arm nieder und baumelte mit den Beinen, ihr Gewicht kaum spürbar.

»Ich wusste nicht, dass du versucht hast, wegzulaufen«, sagte sie leise.

»Es war lange, bevor ich dich kennengelernt habe«, murmelte Leo schlaftrunken.

Mitternacht tätschelte seinen Arm. Er war dankbar, dass sie nicht versuchte, ihn mit irgendwelchen Floskeln aufzumuntern. Leo hatte bereits alles versucht.

»Man sollte meinen, dass er froh wäre, dich los zu sein, so wie er dich behandelt«, murmelte Mitternacht nachdenklich.

Leo zuckte die Achseln, bevor er sich daran erinnerte, warum das gerade keine gute Idee war. »Diener kosten Geld.«

Mitternacht schnaubte. »Seine beiden verwöhnten Gören kosten Geld.« Sie sah ihn an. »Ich könnte ihn für dich töten.«

Leo zuckte zusammen und sah Mitternacht aus weit aufgerissenen Augen an. »Bist du verrückt? Warum solltest du so etwas tun? Wir können ihn nicht einfach töten!«

»Warum nicht? Er hat auch keine Hemmungen, Wesen, die kleiner sind als er, zu töten. Oder glaubst du, ich könnte es nicht tun?« Mitternachts Augen blitzten herausfordernd.

»Bitte nicht, Mitternacht.«

Sie zog eine Schnute. »Warum nicht? Sag mir nicht, du hast Mitleid mit dem Kerl!«

»Ich will nicht, dass du irgendwen tötest. Vielleicht findet sich ja doch noch ein Weg zu verschwinden. Schließlich hatte ich dich vorher nicht dabei.«

»Da hast du recht. Ich werde darüber nachdenken. Vielleicht fällt mir etwas ein.« Mitternacht erhob sich flatternd und gab ihm einen Kuss auf die Wange. »Versuch, noch ein wenig zu schlafen, mein lieber Löwenherz. Der Alte wird dich nicht schonen.«

»Das tut er nie«, sagte Leo. »Mach dir um mich keine Sorgen.«

»Oh, aber das ist doch meine Aufgabe! Schließlich bist du mein Mensch!« Sie flog lachend davon und Leo blickte dem silbernen Schimmer nach, den sie hinterließ, bis er sich im Dunkel der Nacht verlor.

Kapitel 9

I hr wolltet mich sehen, Vater?«

Leo blieb in der Tür zu Vaters Laboratorium stehen, den Kopf unterwürfig gesenkt und die Hände gefaltet, so wie es sich für einen Diener gehörte. Sein Rücken ziepte ein wenig, doch dank der Salbe und Mitternachts Bemühungen war das Schlimmste bereits vorbei, obwohl es erst zwei Tage her war.

»Asche, mein Kind«, sagte Vater, »komm herein, komm herein.«

Leo schluckte, als er Vaters Aufforderung folgte. Vaters Laboratorium, das sich im oberen Stockwerk an der Südseite des Hauses befand, war ein unheimlicher Ort. Glasige Augen von Tieren, die Leo noch nie zuvor gesehen hatte, folgten ihm, während er sich vorsichtig einen Weg an den mit seltsam geformten Flaschen und Gläsern beladenen Tischen vorbei bahnte, um schließlich auf dem Stuhl Platz zu nehmen, auf den Vater zeigte.

»Es ist eine Weile her, seitdem ich dich das letzte Mal zur Ader gelassen habe, nicht wahr?«

»Drei Monate, Vater«, sagte Leo leise. Tatsächlich war das letzte Mal kurz vor dem Vandrosfest gewesen und Leo ging mit Erstaunen auf, dass Vater ihn den ganzen Winter in Ruhe gelassen hatte.

»Hm«, machte Vater, packte Leos Kinn in seinen knochigen Fingern und drehte sein Gesicht, während er Leo prüfend in die Augen blickte. »Drei Monate ist zu lang, Asche. Wir wollen doch nicht, dass du rückfällig wirst, hm?«

»Nein, Vater«, flüsterte Leo.

»Nein. Sieh zu, dass du das nächste Mal selbst dran denkst. Einmal alle acht Wochen. Ich habe deiner Mutter versprochen, auf dich aufzupassen.«

Es kostete Leo all seine Selbstbeherrschung, um nicht zu reagieren. Als er kaum vierzehn gewesen war, kurz nach dem Tod seiner Mutter, war Leo schwer krank geworden und wäre beinahe gestorben. Er konnte sich selbst nur noch vage daran erinnern, doch seitdem musste er regelmäßig Medikamente nehmen und Vater ließ ihn zumeist alle zwei bis drei Monate zur Ader. Leo hasste die Prozedur und hoffte jedes Mal inständig, Vater würde es einfach vergessen. Doch er vergaß es niemals.

»Streck den Arm aus«, befahl Vater.

Leo nahm einen zittrigen Atemzug und starrte an die gegenüberliegende Wand, von der ihn ein Maul voller nadelspitzer Zähne anstarrte, sodass er hastig den Blick abwandte, nur um stattdessen einen kleinen Glaskasten mit einer Fee zu bemerken, die wie ein Schmetterling aufgespießt war. Sein Magen hob sich und er schloss die Augen. Er bemühte sich, ruhig und gleichmäßig zu atmen, während Vater ihm die Aderpresse anlegte.

War die Fee schon immer hier gewesen? Er musste Mitternacht davon erzählen.

»Man sollte meinen, dass du nach all den Jahren daran gewöhnt bist«, sagte Vater, sein Tonfall amüsiert.

Sollte man meinen, dachte eine gehässige Stimme in Leo, die er sogleich niederstampfte. »Verzeiht, Vater«, sagte er unterwürfig.

»Oh, du musst dich nicht entschuldigen, mein Junge. Es liegt an deiner schwächlichen Konstitution. Nicht jeder kann so vor Gesundheit strotzen wie meine beiden Mädchen, nicht wahr?«

Schwächliche Konstitution. Leo hätte beinahe gelacht.

Andererseits war Leo noch immer hier, nicht wahr? Und ließ alles stumm über sich ergehen. Vielleicht war es das, was eine schwächliche Konstitution ausmachte. Aber was blieb ihm anderes übrig?

Leo beobachtete stumm, wie ihm das Blut den Arm hinablief und langsam in die silberne Schale tropfte, die Vater unter seinem Ellbogen aufgestellt hatte.

»Siehst du, dein Blut ist ganz dunkel. Das bedeutet, dass es voller verdorbener Säfte ist. Wir sind gerade noch rechtzeitig, Asche.« Vater tätschelte Leos Kopf.

Leo blieb stumm. Für ihn sah das Blut ganz normal aus. War es dunkler als Vaters Blut? Er wusste es nicht. Er beobachtete, wie sich die Schale langsam füllte. Es wunderte ihn immer wieder, wie viel Blut aus seinem Körper herausfließen konnte.

»Asche.« Leo hob mühsam den Kopf. Er fühlte sich immer benommen, nachdem Vater ihn hatte bluten lassen. Benommen und müde.

»Komm, mein Junge, du musst deine Medizin nehmen.« Leo rümpfte die Nase und Vater lachte leise. »Ich weiß, doch es muss sein. Komm.«

Seine Finger hielten behutsam Leos Hinterkopf, während er Leo einen Becher an die Lippen hielt. Leo schluckte gehorsam die bittere Flüssigkeit.

»So ist es gut«, murmelte Vater. »Guter Junge.«

Leo sah zu ihm auf und spürte ein seltsam warmes Gefühl in der Magengegend. Er lächelte und Vater lächelte zurück.

»Sehr gut. Bleib einen Moment sitzen, ja?«

Leo nickte und fiel beinahe vom Stuhl, als sich alles um ihn drehte.

»Oh, nicht so schnell!«, rief Vater und fing ihn auf. »Schön sitzen bleiben, hm?«

»Ja, Vater«, flüsterte Leo.

»Siehst du nun, warum wir darauf achten müssen, dass du regelmäßig blutest?«

»Ja, Vater«, flüsterte Leo gehorsam. Eine schwache Stimme in seinem Inneren machte ihn darauf aufmerksam, dass es ihm vor dem Bluten noch gut gegangen war. Doch das konnte nicht sein.

»Guter Junge«, sagte Vater wieder, tätschelte Leos Kopf, als wäre er ein gut dressierter Hund und entfernte sich.

Leo schloss die Augen und hoffte, dass der Schwindel von selbst wieder verschwinden würde.

»So, Asche, Zeit für dich zu gehen«, sagte Vater irgendwann.

Leo schreckte zusammen und öffnete blinzelnd die Augen. »Verzeihung«, murmelte er.

Vater musste ihm vom Stuhl helfen und hielt ihn dann einen Augenblick bei den Schultern, als Leo schwankte.

»Ich werde ein Auge darauf haben, dass wir das nächste Mal nicht so lange warten, Asche«, murmelte Vater. »Geh und ruh dich eine Weile aus.«

Leo sah ihn verständnislos an. »Aber die Wäsche ...«

Vater lachte gutmütig. Es war so seltsam, wie freundlich er immer war, wenn er Leo bluten ließ. Als würde er sich wirklich etwas aus Leo machen. »Die wird eine Weile warten können. Nun geh. Ich habe zu arbeiten.«

»Ja, Vater«, sagte Leo und wandte sich zum Gehen. Er taumelte aus dem Laboratorium, schloss die Tür hinter sich und lehnte sich gegen die Wand. Alles drehte sich und er wusste nicht, wie er seine Aufgaben erledigen sollte. Er musste sich um die Wäsche kümmern und das Holz musste auch wieder gehackt werden und –

Er presste die Handballen gegen die Augen und atmete langsam ein. Vater hatte ihm befohlen, sich eine Weile auszuruhen. Er würde Leo sicherlich nicht bestrafen, dass die Wäsche nicht gemacht war, wenn er selbst Leo befohlen hatte, sich auszuruhen. Nicht wahr?

Leo stöhnte leise und stolperte zur Treppe, eine Hand gegen die rechte Schläfe gepresst, während er sich mit der anderen Hand an der Wand festhielt.

Er wusste nicht, wie er seinen Weg zurück in die Küche fand. Leo musste sich ans Geländer klammern, weil die Stufen unter seinen Füßen schwankten, und als er es endlich in die Küche geschafft hatte, konnte er gerade noch einen Eimer heranziehen, bevor er sich übergeben musste. Sollte er Vater sagen, dass alles wieder herausgekommen war? Doch allein der Gedanke daran, die Treppen alle wieder hinaufzusteigen, ließ ihn schaudern.

Als alles heraus war, taumelte er zu seiner Schlafmatte, die noch immer neben dem Herd lag und brach prompt zusammen.

Er schlug mit der Hand, als etwas um seine Nasenspitze herumflatterte.

»Leo!«

Er blinzelte und beobachtete verwirrt, wie ein funkelndes Etwas vor ihm in der Luft hing, fast wie ein Stern.

»So schön«, murmelte er und stöhnte, als sich ein stechender Schmerz in seinen Kopf bohrte. Er hätte den Eimer nicht so weit wegstellen sollen.

»Leo! Was ist mit dir?«

Er öffnete die Augen einen Spaltbreit, doch alles war verschwommen. Wo kam die Stimme her? Sie gehörte weder seinen Schwestern noch sonst irgendjemandem, den er kannte. Oder doch?

»Leo, bitte. Sprich mit mir!«

Eine flüchtige Bewegung an der Wange, ein Kuss auf die Stirn. »Du bist ganz schwitzig, Leo.«

»Mitternacht«, murmelte er und fragte sich im selben Augenblick, warum er das gesagt hatte. Es war noch hell draußen, es konnte noch längst nicht Mitternacht sein.

»Ja, Leo, ich bin hier.«

Er öffnete die Augen ein weiteres Mal und der Stern vor seinen Augen verwandelte sich in eine winzige Frau mit schwarzem Haar, das einen leicht bläulichen Schimmer hatte. Mitternacht. Die Fee, die er vor Ratzel gerettet hatte. Sein Kopf war voller Spinnweben, klebrig und zäh, und als er versuchte, sich zu erinnern, spürte er einen stechenden Schmerz in der Schläfe.

»Leo, was hat er mit dir gemacht?«

Ein kühler Windhauch streifte sein Gesicht und ein Teil der Spinnweben löste sich und gab seine klebrigen Gedanken frei. Er seufzte. »Medizin«, murmelte er. »Und Aderlass. Wegen der giftigen Säfte.« Er presste sich die Finger in die Augen. »Es ist selten so schlimm.«

Schweigen folgte seiner Erklärung.

»Willst du damit sagen, so etwas kommt öfter vor?«

Leo öffnete blinzelnd ein Auge, doch das Licht fuhr wie eine Lanze in seinen Schädel. Sein Kopf war so heiß, vielleicht hätte er sich nicht neben den Herd legen sollen. Er kroch an der Wand entlang, bis nur noch seine Füße vom Herd gewärmt wurden, und es war ihm völlig gleichgültig, dass er nun auf dem kalten Steinboden lag. Seinem Kopf ging es schon viel besser, als er die Wange gegen die kalten Steine presste.

Eine federleichte Berührung auf der Stirn. »Leo, du bist ganz warm. Irgendetwas stimmt nicht mit dir.«

»Keine Sorge«, murmelte er. »Es geht bald wieder vorbei.«

»Leo, du wusstest nicht einmal mehr, wer ich bin, als du herunterkamst!«

Leo runzelte die Stirn. Das war tatsächlich noch nie vorgekommen. Sein rechter Arm fühlte sich unangenehm taub an und die Stelle, die Vater aufgeschnitten hatte, schmerzte noch immer. »Vielleicht, weil die Medizin wieder rausgekommen ist. Hätte Vater Bescheid sagen sollen.« Er rutschte ein Stück zur Seite, als der Stein unter seiner Wange zu warm wurde und seufzte erleichtert, als er eine kühle Stelle fand.

»Was für Medizin?«, fragte Mitternacht argwöhnisch und flog wie eine wütende Biene vor ihm auf und ab. »Und was ist ein Aderlass?«

Leo schloss die Augen, denn Mitternachts Bewegungen machten ihn ganz schwindelig. Er streckte den schmerzenden Arm aus, die Wunde pochte und war ebenfalls zu warm. »Ich muss bluten, damit die giftigen Säfte aus mir herausfließen. Und dann nehme ich Medizin, damit ich nicht wieder krank werde.« Es war seltsam, dass er sich nicht daran erinnern konnte, dass er jemals krank gewesen war. Und dass er seitdem auch nie wieder krank gewesen war, außer an den Tagen, nachdem Vater ihn bluten ließ. Es war alles so schrecklich verwirrend.

»Er lässt dich bluten?«, kreischte Mitternacht.

Leo zuckte zusammen und schlug sich die Hände über die Ohren.

»Sch, sch, sch. Entschuldige, mein Löwe. Ich wollte es nicht noch schlimmer machen.«

Leo blickte sie benommen an. Ihm war so elend zumute, dass er nicht einmal schlafen konnte.

»Gibt es irgendetwas, das ich tun kann?«

»Nein«, murmelte er gegen den Boden. »Es wird bald wieder vergehen. Vater sagte, ich solle mich ein wenig ausruhen.«

Leo spürte regelrecht, wie sie erstarrte. »Er hat das gesagt?«

»Ja. Er ist immer sehr behutsam. Er ist nicht so schlimm, wie du denkst.«

Mitternacht flog auf. Ihr Gesicht war vor Wut verzerrt. »Oh, glaub mir, Leo, dieser Mann ist wahrscheinlich noch viel schlimmer, als wir beide zusammen denken!«

Leo presste die Stirn gegen den kühlen Steinboden, als sich seine Augen mit Tränen füllten.

»Ich werde schon noch herausfinden, was in diesem Haus vor sich geht, Leo. Das verspreche ich dir.«

»Sie dürfen dich nicht sehen«, murmelte er schwach.

»Keine Sorge, das werden sie nicht. Niemand wird mich bei dir sehen. Ich verspreche es.« Sie streichelte seine Augenbraue und die Tränen, die er sich gerade verbissen hatte, brannten schon wieder in seinen Augen. Er musste sich auf die Lippe beißen, um Mitternacht nicht anzuflehen, bei ihm zu bleiben. Es war viel zu gefährlich, schließlich war es helllichter Tag und jeder konnte hereinspazieren.

Ein leichter Windhauch streifte seine Stirn.

»Ruh dich aus, mein Löwenherz. Ich werde über dich wachen.«

~*~

Eine Hand an der Schulter rüttelte ihn unsanft aus dem Schlaf.

»Leo?«

Das Rütteln wurde stärker. »Leonhard! Was ist mit dir?«

Leo stöhnte.

»Bist du krank?«

Leo öffnete mühsam die verkrusteten Augen und brauchte einen Augenblick, bis seine Augen sich an die Helligkeit gewöhnten und er die Umrisse der Köchin ausmachen konnte.

»Hm?«

»Du bist ganz warm, Junge. Ich hole deinen Vater.«

Leo schloss die Augen, als sich die Schritte wieder entfernten. Sein Kopf war heiß und pochte unangenehm, sein rechter Arm genauso.

Ah ja. Der Aderlass.

Leo bemühte sich, die Augen wieder zu öffnen. Die Köchin. Das war die Köchin gewesen. Das hieß, er hatte den ganzen Tag verschlafen. Warum hatte ihn niemand geweckt?

Er versuchte, sich aufzusetzen, doch alles drehte sich um ihn und er rollte sich mit einem Stöhnen auf die Seite, als sich sein Magen hob.

Vater kam und beäugte ihn kritisch, blickte ihm in die Augen und begutachtete die Wunde an seinem Arm, die noch immer unangenehm warm war.

»Du hättest mich gleich holen sollen, als du dich übergeben hast, Asche«, sagte er. Leo beobachtete, wie er ein Pulver in ein Glas mit Wasser mischte. »Hier, trink.«

Leo trank gehorsam. Kurz darauf stürzte er wieder zum Eimer und alles kam heraus. Tränen liefen ihm gegen seinen Willen über die Wangen, als er würgte und würgte, obwohl sein Magen bereits leer war.

Vater trat neben ihn und blickte mit finsterer Miene auf ihn herab.

»Ist so etwas schon einmal vorgekommen, Junge?«

Leo schüttelte den Kopf, presste die Lippen aufeinander und befahl seinem Magen, endlich Ruhe zu geben. Es würde Vater ähnlichsehen, Leo zu bestrafen, nur weil er die teure Medizin verschwendet hatte.

»Hm«, machte Vater.

Leo klammerte sich an den Eimer und schloss die Augen, während er sich zwang, ruhig und langsam zu atmen.

»Der Junge braucht nur ein bisschen Suppe und Ruhe«, mischte sich die Köchin ein. »Morgen wird er bestimmt wieder auf den Beinen sein.«

»Hm. Vielleicht«, murmelte Vater, packte Leo beim Kinn und sah ihm tief in die Augen. »Hast du mit irgendwem gesprochen? Irgendetwas vom Markt gekauft?«

Leo riss entsetzt die Augen auf. »Nein, Vater.«

»Bist du sicher?«

Leo nickte.

»Hm«, machte Vater wieder und sah sich misstrauisch in der Küche um. Und erst da erinnerte sich Leo an die Kerze, die noch immer auf dem Fenstersims brannte. Sie war deutlich kleiner geworden, seit er sie zum Vandrosfest entzündet hatte, doch sie brannte noch immer hell und unübersehbar. Leo hielt den Atem an, als Vaters Blick direkt auf die Kerze fiel und dort für einen Augenblick verharrte. Doch er runzelte lediglich die Stirn und sagte nichts.

Leo atmete erst auf, als Vater endlich die Küche verließ.

»Leg dich dort in die Ecke«, befahl die Köchin und deutete auf die Ecke, die am weitesten vom Herd entfernt war.

Leo nahm seine Matte und legte sich gehorsam nieder. Seine Augen schlossen sich fast augenblicklich und er war entsetzt, dass er noch immer so erschöpft war. Er konnte sich nicht erinnern, dass so etwas jemals zuvor geschehen war.

Die Köchin legte ihm ein kühles Tuch auf die Stirn und flößte ihm einige Löffel mit Suppe ein. Leo war sich sicher, dass sie auch wieder herauskommen würden, doch überraschenderweise blieb sein Magen ruhig.

»Es tut mir leid«, flüsterte er.

»Nein«, sagte sie und dann klang es fast, als würde sie leise hinzufügen: »Mir tut es leid.«

Leo döste eine Weile vor sich hin, bis die Köchin ihre Arbeiten für den Tag erledigt hatte. Sie kam noch einmal zu ihm, beugte sich zu ihm herab und tätschelte ihm den Kopf. »Schlaf, mein Junge. Morgen wird es dir besser gehen.«

Leo brauchte nicht lange zu warten, bis Mitternacht sich zeigte.

»Ich glaube, die Kerze ist der Grund, weshalb es mir so schlecht geht«, murmelte er.

Mitternacht zog die Brauen zusammen. »Nein, dieser furchtbare Mensch ist der Grund dafür, dass es dir so schlecht geht.« Sie blickte zur Kerze empor. »Aber es ist seltsam. Die Köchin ist auf einmal nett zu dir, dein Stiefvater kann dich nicht mehr vergiften und niemand hat der Kerze auch nur einen Blick geschenkt. Sag mir, Leo, was hat es mit dieser Kerze auf sich?«

Leo sah sie finster an. »Er wollte mich nicht vergiften.«

»Bist du sicher?«, fragte sie herausfordernd.

Leo presste die Lippen aufeinander und wandte den Blick ab. Das Problem war, dass er nicht mehr wusste, was er denken sollte. Er hatte es immer seltsam gefunden, dass Vater ihn so oft zur Ader ließ, obwohl es eigentlich keinen Anlass dafür gab. Dass es ihm danach immer schlecht ging, nie davor.

»Selbst wenn«, murmelte er übellaunig. »Was nützt es?«

»Was hat es mit der Kerze auf sich?«, wiederholte Mitternacht ihre Frage, ihre Stimme sanft, während sie Leos Braue streichelte.

Leo zuckte die Achseln. »Vandros ist der Schutzheilige meiner Familie und ich dachte, wenn ich eine Kerze entzünde und ihm zeige, dass ich ihn nicht vergessen habe, erhört er vielleicht meine Gebete und hilft mir.« Es klang albern und kindisch, als er es laut aussprach, undankbar sogar, denn schließlich hatte er jetzt Mitternacht, nicht wahr? Er war nicht mehr allein und sollte dankbar dafür sein. Mitternacht jedoch lachte nicht, sondern betrachtete ihn forschend.

»Wer ist dieser Vandros? Bin ich ihm schon einmal begegnet?«

Leo lachte leise. »Nein. Er ist einer der vier Heiligen, die Ostris aus dem Meer gehoben haben. Er und seine drei Geschwister waren mächtige Magier.«

Mitternacht wirkte verwirrt. »Und wo sind sie dann jetzt hin?«

»Das weiß niemand. Manche behaupten, sie würden noch immer unter uns wandeln, versteckt als normale Menschen. Diejenigen, die mit Magie geboren werden, sollen angeblich die Nachkommen der Heiligen sein.«

»Und was glaubst du?«

Leo zupfte an der Decke. »Ich weiß es nicht«, murmelte er. »Ich weiß, es ist albern, aber ich hoffe, dass Vandros noch immer hier ist und über uns wacht.« Er seufzte tief. »Die Feen verehren also nicht die Heiligen?«

Mitternacht lachte. »Leo, wir haben die Erde unter unseren Füßen, den Himmel über uns, die Sonne und den Mond, warum sollten wir vier Menschen huldigen?«

Leos Wangen flammten auf und er wandte das Gesicht ab. Natürlich machte sie sich nichts aus den Heiligen.

»Leo«, sagte Mitternacht sanft und schwebte vor seinen Augen in der Luft. »Das heißt nicht, dass es deinen Heiligen nicht gibt. Die Kerze ist der beste Beweis, dass jemand über dich wacht.« Sie grinste frech. »Obwohl ich glaube, dass es der hübsche Priester ist.«

»Mitternacht!«

Sie schüttelte sich vor Lachen und flog wie eine betrunkene Biene durch die Gegend, bis sie auf dem Boden landete.

»Du bist unmöglich.«

»Lass uns morgen zum Priester gehen und ihn fragen, ja?«

»Wenn ich Zeit finde. Ich muss die Arbeit von heute noch erledigen und du weißt, wie schwierig es ist, sich davonzuschleichen.«

»Ach papperlapapp. Wir werden schon einen Weg finden.«

~*~

Doch es war schwerer als gedacht, sich am nächsten Tag davonzuschleichen. Leo war noch immer erschöpft und müde und alles dauerte so viel länger als sonst, sodass er kaum eine freie Minute hatte.

Zwei Tage später weckte Mitternacht ihn mitten in der Nacht. Anders als die Nächte in den Monaten seit dem Vandrosfest begrüßte ihn nicht der warme Schein der Vandroskerze, sondern ein unruhiges Flackern, und er war augenblicklich hellwach und auf den Beinen, um die Kerze zu begutachten.

Mitternacht sank neben der Pfütze aus blauem Wachs, zu dem die Kerze herabgebrannt war, nieder, ein seltsam melancholisches Lächeln auf den Lippen. »Der Winter ist fast vorüber«, sagte sie leise.

Leos herz zog sich schmerzhaft zusammen. Bis auf den schrecklichen Aderlass vor zwei Tagen war es ein ausgesprochen ruhiger Winter gewesen. Die Köchin war freundlich gewesen, seine Schwestern hatten ihn weniger als üblich gepiesackt und selbst Vater war öfter als sonst außer Haus gewesen und hatte Leo weitgehend in Ruhe gelassen.

Leo zog sich einen Stuhl heran, stieg hinauf und umklammerte den Fenstersims mit einer Hand, während er beobachtete, wie die Flamme immer kleiner wurde und schließlich erlosch. Der Docht glomm noch eine Weile nach, während bläulicher Rauch emporstieg, und dann war nichts mehr von der Kerze übrig, das Wachs vollständig verbrannt und der Docht verglüht.

Leo fühlte sich seltsam im Stich gelassen und mutterseelenallein.

Mitternacht ließ sich auf seiner Schulter sinken und lehnte den Kopf gegen seinen Hals.

»Meinst du, wir können eine neue Kerze bekommen?«, fragte sie.

»Ich weiß nicht«, erwiderte Leo mit heiserer Stimme. Er spürte Mitternachts prüfenden Blick.

»Du brauchst keine Angst zu haben, Leo. Du hast immer noch mich. Und ich bin sicher, dass der Priester dir eine neue Kerze geben wird. Er schien nett zu sein.« Sie tätschelte seinen Kiefer.

Leo warf ihr einen Blick aus dem Augenwinkel zu. »Woher weißt du, dass der Priester nett ist?«

Ihre Zähne blitzten im Dunkel der Küche. »Oh, ich habe ihn beobachtet. Er ist der mit den hellen Haaren, nicht wahr? Derjenige, der nach Winter und Schnee riecht?«

Leo konnte nur stumm nicken, während er im Dunkeln der Küche stand und auf den Fleck starrte, wo drei Monate lang die Kerze gebrannt hatte.

Vandros steh mir bei, flüsterte er im Stillen und versuchte, nicht zu viel auf das ungute Gefühl in seiner Magengegend zu geben.

Kapitel 10

Der nächste Morgen begann grau in grau. Obwohl es der erste Tag des Frühlings war, war von Ruïrs Sonnenschein nicht das Geringste zu sehen. Leo verschlief prompt, sodass der Herd noch nicht heiß genug war, als die Köchin kam, was dazu führte, dass sie noch griesgrämiger als sonst war, Leo durch die Küche scheuchte und an allem, was er tat, etwas auszusetzen hatte. Er war fast froh, als das Frühstücksgeschirr endlich gespült und weggeräumt war, sodass er sich um die Wäsche kümmern konnte, die seit dem Aderlass liegen geblieben war. Wenigstens hatte Vater ihn nach dem Besuch in der Küche in Ruhe gelassen und nicht darauf bestanden, Leo noch einmal seine scheußliche Medizin einzuflößen. Allein bei dem Gedanken drehte sich Leo schon wieder der Magen um.

Er fühlte sich noch immer müde und völlig erschlagen und der Wäschekorb schien zentnerschwer, als Leo ihn die Treppe ins erste Stockwerk hochschleppte. Wie konnte er jetzt schon so müde sein, wenn der Tag kaum zur Hälfte vorüber war? Er hatte noch etliche Aufgaben bis zum Abend zu erledigen! Der ganze Tag schien wie verhext und Leo wünschte sich nur, er könnte das Haus verlassen, wie Mitternacht vorgeschlagen hatte, und den Tempel besuchen. War das der Grund für den missratenen Tag? Dass die Kerze nicht mehr brannte? Aber nein, dann hätte Vater ihn wohl vorher nicht zur Ader gelassen. Nein. Wahrscheinlich las Leo zu viel in die Kerze hinein und Mitternacht ebenso. Es war einfach nur eine Kerze gewesen mit wunderschönen Motiven und einem bläulichen Schimmer. Nichts weiter.

Leo hatte gerade den ersten Stock erreicht und rückte den Korb zurecht, als Carolina und Cordelia mit wildem Geheul um die Ecke sprangen. Leo zuckte zurück, doch da er die Treppe hinter sich hatte, trat sein Fuß ins Leere. Er ruderte mit dem freien Arm und seine Finger streiften noch das Treppengeländer, bevor er endgültig das Gleichgewicht verlor und fiel.

~*~

»Wie lange wird es dauern, bis er den Arm wieder gebrauchen kann?«

Leo unterdrückte eine Grimasse, als der Arzt den Faden abschnitt, mit dem er die Wunde auf Leos Stirn genäht hatte. Sein Kopf pochte unangenehm. Der Arzt betupfte die Wunde mit irgendetwas, das fürchterlich brannte, räumte sorgfältig seine Instrumente ein, bevor er sich Vater zuwandte, der mit finsterer Miene auf Leo herabsah.

»Er hat sich ordentlich den Kopf angeschlagen und wird ein paar Tage Ruhe brauchen«, sagte der Doktor, ein älterer Mann mit einem buschigen Schnauz- und Backenbart, der sein Kinn freiließ, und bedachte Vater mit einem strengen Blick. »Was den Arm angeht ...«

Er betrachtete Leos rechten Arm, der in einer Schlinge um seinen Hals hing, sorgsam geschient, und nicht annähernd so schmerzte wie Leos Kopf.

»Wie ich bereits sagte, ist der Arm gebrochen. Sechs Wochen Ruhe mindestens. Danach sehen wir weiter.«

Leo hob abrupt den Kopf, als sein Vater ausrief: »Sechs Wochen!«

Der Arzt bedachte Vater mit einem wenig beeindruckten Blick. »Leonhard kann von Glück reden, dass er so glimpflich davongekommen ist. Er hätte sich genauso gut den Hals brechen können.« Die Worte des Arztes waren scharf und Leo hielt die Luft an, während die beiden Männer sich anstarrten.

»Ich werde sicherstellen, dass der Junge sich schont«, sagte Vater dann zu Leos großer Überraschung.

»Tut das. Und wenn er anfängt, sich zu übergeben, oder halluziniert, lasst sofort nach mir schicken.«

Wie auf Kommando hob sich Leos Magen und er schloss die Augen und rang die Übelkeit mit Gewalt nieder.

»Ist das wahrscheinlich?«, fragte Vater.

Der Arzt legte Leo eine Hand auf die Schulter und drückte sanft. »Ich hoffe nicht. Ihr solltet trotzdem die nächsten zwei Tage ein Auge auf ihn haben.«

Stille herrschte, nachdem der Arzt sich verabschiedet hatte. Leo starrte auf den Boden und wagte kaum zu atmen.

»Was zur Tiefe habt ihr euch dabei gedacht?«, donnerte Vater, kaum dass die Haustür ins Schloss gefallen war.

Cordelia und Carolina, die sich im Hintergrund gehalten hatten, während der Arzt Leo behandelt hatte, blickten betreten drein, während Vater im Raum auf und ab ging. Leo war Vater direkt vor die Füße gefallen. Die Wäsche lag wahrscheinlich noch immer in der Eingangshalle, es sei denn, einer der Diener hatte sie weggeräumt. Wahrscheinlich musste nun alles wieder frisch gewaschen werden.

Leo nieste einmal, als ihm der Geruch von Staub und Putzmitteln in die Nase stieg, und stöhnte einen Augenblick später, als alles schmerzte. Bestimmt würde er am Abend voller blauer Flecken sein.

Vater warf ihm einen scharfen Blick zu, ehe er seine Aufmerksamkeit wieder auf seine Töchter richtete, die auf einem weiß-glänzenden Sofa saßen. Der goldene Salon war der einzige Salon, der noch benutzt wurde, wenn Gäste ihre Aufwartung machten, und Leo war ein wenig überrascht, dass Vater ihn hierhergebracht hatte. Vermutlich hatte er den Arzt beeindrucken wollen.

»Wir wollten ihn nur ein bisschen erschrecken«, gestand Carolina.

»Wer hätte gedacht, dass der Tollpatsch gleich die Treppe runterfällt.« Cordelia warf Leo einen wütenden Blick zu, der ihr jedoch gleich verging, als Vater sich vor ihr aufbaute.

»Ich dachte, meine Töchter besäßen mehr Verstand«, zischte er. Cordelia und Carolina zuckten beide zusammen und senkten schuldbewusst die Köpfe.

Leo wünschte, sein Kopf würde nicht so schmerzen, dann hätte er das Ganze noch mehr genießen können.

»Ihr werdet für die nächsten zwei Tage alle seine Aufgaben übernehmen.«

Die Mädchen rissen beide den Kopf in die Höhe und starrten Vater ungläubig an. Auch Leo blinzelte schockiert.

»Ich musste den Arzt holen«, knurrte Vater. »Habt ihr auch nur die geringste Ahnung, wie viel mich das kosten wird?«

Carolina sah aus, als wäre sie den Tränen nahe, und Leo hätte fast ein wenig Mitleid mit ihr gehabt, wenn ihm nicht plötzlich wieder übel geworden wäre. Er presste die Lippen aufeinander und atmete langsam ein und aus.

»Was ist mit dir, Junge?«, fragte Vater scharf, dem selbst in seinem Zorn offenbar nichts entging.

»Nichts«, sagte Leo schnell.

»Ab ins Bett mit dir. Nimm eins der leeren Dienstbotenzimmer.«

Leo blinzelte. Er hatte nicht mehr in einem richtigen Bett geschlafen, seit … Er konnte sich nicht einmal mehr daran erinnern, wie es war in einem richtigen Bett zu schlafen. Vater musste sich die Warnung des Arztes wirklich zu Herzen genommen haben.

»Hat dir der Sturz auch das letzte bisschen Verstand ausgeschlagen?«, donnerte Vater. »Geh schon. – Und ihr zwei –«, er wandte sich Carolina und Cordelia zu, »– geht besser an die Arbeit. Ich werde niemanden zusätzlich einstellen, nur weil ihr euch nicht benehmen könnt. Wenn er wieder auf den Beinen ist, werdet ihr zwei ihm zur Hand gehen, solange er seinen Arm nicht benutzen kann!«

»Aber Vater!«, hörte Leo Carolina jammern, während er langsam aus dem Zimmer schlurfte. Das hatte ihm gerade noch gefehlt: Dass Carolina und Cordelia ihm bei der Hausarbeit halfen.

~*~

Eine Berührung an der Nasenspitze schreckte Leo aus einem unruhigen Schlummer. Sein Kopf hämmerte und für einen Augenblick verschwamm alles vor seinen Augen, bis er Mitternachts Schimmer in der Dunkelheit ausmachen konnte. Die kleine Fee hatte es sich auf seiner Nasenspitze gemütlich gemacht und sah ihn besorgt an. Ihre Haare kitzelten ihn in der Nase und er konnte sie nicht einmal mehr warnen, als er auch schon niesen musste. Die Bewegung jagte eine glühende Lanze durch seinen Kopf, sodass er mit einem Stöhnen zurück in die Kissen fiel.

»Leo, mein Löwe, was ist geschehen?«, wisperte Mitternacht, als sie sich neben seinem Kopf auf dem Kissen niederließ.

Leo wandte ihr das Gesicht zu und kniff die Augen zusammen, um sie besser ausmachen zu können.

»Ich bin die Treppe runtergefallen«, murmelte er.

»Die Treppe!«, rief Mitternacht empört.

»Sch! Nicht so laut!«, mahnte Leo.

»Es ist mir vollkommen gleich, wenn mich das ganze Haus hört!«, brauste Mitternacht auf. »Wer war es? Wer von dieser dämonischen Familie hat dich runtergeschubst?«

»Woher weißt du, dass ich nicht einfach nur gestolpert bin?«

Mitternachts Augen blitzten in der Dunkelheit wie zwei Sterne, als sie vor ihm in der Luft hing und mit stürmischer Miene auf ihn hinabblickte. »Weil ich deine Familie kenne. Und weil ich dich kenne. Du bist kein Tollpatsch, ganz gleich, was du allen anderen immer weismachen willst.«

Leo schloss mit einem Seufzen die Augen. »Carolina und Cordelia haben mir aufgelauert, als ich die Treppe heraufkam. Sie haben mich überrascht und ich habe das Geländer nicht mehr zu fassen bekommen.«

»Jetzt sind sie endgültig zu weit gegangen, Leo.« Mitternacht streckte die Hand aus und hielt im nächsten Augenblick den Speer in der Hand, den sie schon bei ihrer ersten Begegnung gezückt hatte. Die Waffe war länger als Mitternacht selbst und mit leuchtenden Farben bemalt. Ein geflochtenes Band, das in zwei Quasten endete, war etwas unterhalb des spitzen Endes um den Schaft gewickelt. »Und es war verdammt noch mal *nicht deine Schuld!*«

»Mitternacht, nicht!«, zischte Leo, als sie zum Fenster flog. »Steck den Speer weg!«

»Nein. Ich werde ihnen eine Lektion erteilen, die sie nicht so schnell vergessen werden.«

»Bitte nicht. Mitternacht. Komm zurück. Vater hat sie ohnehin schon bestraft.«

Das ließ sie innehalten. »Hat er?«

»Ja. Sie müssen die nächsten zwei Tage meine Aufgaben erledigen, weil der Arzt gesagt hat, ich solle das Bett hüten. Und auch danach will Vater, dass sie mir helfen.« So wie Leo seine beiden Schwestern kannte, würden sie das hoffentlich wieder vergessen haben.

Der Speer verschwand urplötzlich und Mitternacht schoss zu ihm zurück, ehe sie über ihm in der Luft hängenblieb. Leo kniff die Augen zusammen, als sie plötzlich zu leuchten begann.

»Der Arzt war hier?«

Leo brummte zustimmend.

Der Schein wurde heller und Leo spürte, wie sie ihm eine Haarsträhne aus der Stirn strich.

»Oh, Leo«, sagte sie voller Kummer.

»Es ist nur ein Kratzer.«

»Ich bin gleich wieder da. Bleib, wo du bist.«

Er blickte ihr nach, als sie aus dem Fenster flatterte.

Es schien, als wäre nur ein Augenblick vergangen, bis sie wieder vor ihm schwebte wie ein kleiner Stern im Dunkel der Nacht. Sie hielt etwas in der Hand, das wie ein Blatt aussah, das zu einem Gefäß geformt war. Der Geruch von Sommer und Blumen stieg ihm in die Nase, als sie näher kam. Sie tunkte einen Finger in das Gefäß und betupfte dann die Wunde auf Leos Stirn, ihre Berührung so sanft wie ein Windhauch. Zu seiner Überraschung ließ das quälende Pochen allmählich nach.

»Arnika?«, fragte er.

»Und Ringelblumen und noch einige andere Dinge. Ich dachte mir, es könnte nicht schaden, ein wenig auf Vorrat zu haben, bedenkt man, wie deine Familie dich behandelt.« Ihre Stimme bebte vor Zorn, doch ihre Berührung war noch immer behutsam. »Was ist mit deinem Arm, Leo?«

»Gebrochen«, murmelte er.

Mitternacht fluchte, dass sich die Balken bogen. »Ich weiß nicht, ob die Salbe bei einem gebrochenen Knochen helfen wird.«

Leo wandte den Kopf in ihre Richtung und lächelte. »Es reicht schon, dass du hier bist, Mitternacht.«

Doch anstatt beruhigt zu sein, wirkte sie noch besorgter. Sie ließ die Salbe in einem Beutel an ihrem Gürtel verschwinden und flog zu ihm. Ihre Hand war kaum spürbar auf seiner Wange.

»Leo«, wisperte sie. »Es muss doch irgendetwas geben, was wir tun können.« Ihre Stimme klang verzweifelt.

Leo schloss die Augen. »Ich wüsste nicht, was. Es tut mir leid, Mitternacht.«

»Hör auf damit! Du bist der Letzte, der sich entschuldigen sollte.« Sie flatterte auf und küsste ihn auf die Nasenspitze. Sie verweilte einen Augenblick in der Luft und streichelte ihn. »Schlaf jetzt, mein Lieber. Ich werde über dich wachen. Morgen sehen wir weiter.«

Sie rollte sich auf seiner Brust zusammen und er legte schützend eine Hand über sie.

»Vater darf dich nicht finden«, warnte Leo noch.

»Hör auf, dir Sorgen um mich zu machen«, schnappte sie. »Ich kann auf mich selbst aufpassen. Was man von dir nicht gerade behaupten kann.«

»Nicht meine Schuld«, murmelte er schlaftrunken.

»Nein«, sagte sie leise. »Das ist es ganz gewiss nicht.«

Kapitel 11

Es kam selten vor, dass Feenkinder aus dem Sturm heraus geboren wurden. Für gewöhnlich brauchte es die großen Tänze der Sonnenwenden oder die unter dem Vollmond, doch gelegentlich hatte die Magie ihren eigenen Willen und schenkte dem Feenvolk neues Leben ganz unverhofft.

Mitternacht war ein solches Kind. Die Winde hatten sie in einer sturmumtosten Nacht unter dem Mond der Stürme hervorgebracht. Vielleicht war es deshalb nicht verwunderlich, dass sie so frei und ungebunden war wie der Sturm, der sie geboren hatte, sodass sie ihren heimatlichen Baum verlassen hatte, um unter den Menschen zu leben. Sie waren ein seltsames Volk und bisweilen fragte sich Mitternacht, ob ein einziges Leben wohl ausreichte, um sie zu verstehen.

Die Wut brodelte noch immer in ihrem Bauch, wenn sie daran dachte, was dieser grässliche Mann und seine beiden Gören Leo angetan hatten. Wäre ihr Löwe nicht gewesen, hätte sie die Menschen für Dämonen gehalten. Wenn eine Fee einer anderen so etwas angetan hätte, wäre sie ausgeschlossen worden. Niemand wollte ein solches Schicksal riskieren.

Außer dir, flüsterte eine leise Stimme in ihrem Inneren.

Außer mir, dachte sie wehmütig. Vielleicht hätte der Name Sturmtochter besser zu ihre gepasst. Manchmal wünschte sie sich, sie könnte einfach damit zufrieden sein, in der uralten Eiche zu wohnen und durch den Wald zu tanzen. Mit Mondfeuer an ihrer Seite.

Sie schüttelte den Gedanken hastig ab und blickte von ihrem Platz hoch oben in der Kastanie, die vor dem Haus wuchs, hinab auf die Straße, auf der die Kutschen entlangratterten. Wie seltsam die Menschen doch waren, dass sie sich von Pferden durch die Gegend ziehen ließen, anstatt auf ihren eigenen zwei Beinen zu laufen wie jedes andere Landwesen, das Beine und keine Flügel hatte.

Ihr Löwe hatte so etwas nicht nötig. Mitternacht musste unwill-kürlich lächeln. Ja, ihr Löwe war etwas ganz Besonderes. Er war wie sie: ein Kind des Sturmes, ein Kind der Magie. Auch wenn er offen-bar keine Magie benutzen konnte, was ausgesprochen bedauerlich war. Doch dafür war Mitternacht nun da, um ihn zu beschützen.

Sie ließ ihren Speer in ihre Hand fallen und strich mit den Fingern durch die dicken Quasten, die den Schaft unterhalb der Spitze zier-ten. Sie hielt nicht viel von Waffen, doch der Speer war ein Geschenk gewesen und sie konnte sich einfach nicht davon trennen. So viele Erinnerungen hingen daran. Mit einem wehmütigen Lächeln küsste sie den hölzernen Schaft und ließ ihn wieder verschwinden. Dies war nicht der Augenblick, der eine Waffe benötigte. Nein, um Leo zu helfen, musste sie mehr über diesen Stiefvater herausfinden.

Leo hatte ihr das Konzept von Familie, von Müttern und Vätern erklärt, doch es fiel ihr immer noch schwer, das Ganze zu begreifen. Wie bei manchen Tieren trugen die Frauen die Kinder aus und hatten immer nur einen Partner. Zumindest war das die Regel. Es war alles ganz schrecklich verwirrend. Das Menschsein beinhaltete so viele Regeln. Aber vielleicht wirkte das Feenreich auf einen Men-schen genauso? Mitternacht wusste es nicht. Fest stand jedoch, dass Leos Stiefvater ein furchtbarer Mensch war. Es war nicht nur die Art, wie er Leo behandelte, sondern auch das Haus. Sie konnte Magie darin spüren, so viel Magie, dass ihr manchmal die Haare zu Berge standen, wenn sie hineinflog. Doch es war nicht die Magie, die sie draußen in der Natur fand, die Magie der Bäume und Blu-men, die Kraft des Windes und der Sonne. Diese Form von Magie war ein verdrehtes, verdorbenes Ding und sie war sich sicher, dass Leos Stiefvater der Ursprung all dessen war.

Mitternacht versuchte vergeblich zu verstehen, warum Leo nicht einfach fortging, was mit ihm geschehen war, bevor sie gekommen war. Manchmal hatte sie das Gefühl, dass er wie eine Raupe war, die nicht aus ihrem Kokon kam. Und Mitternacht hatte vor, ihm heraus-zuhelfen.

Und so saß sie in der Kastanie hoch über den Köpfen der Men-schen, hoch über dem Haus, in dem Leo lag und sich von seinem fürchterlichen Sturz erholte, und heckte einen Plan aus, um sich an seinen garstigen Schwestern zu rächen. Die Mäuse zögerten, ihr zu helfen. Sie mochten das Haus genauso wenig wie Mitternacht und fürchteten sich davor, erwischt zu werden.

Die Elstern waren hellauf begeistert von Mitternachts Vorschlag, aber Mitternacht hatte nichts anderes erwartet. Elstern waren genauso abenteuerlustig wie Mitternacht.

Einige der Mäuse konnten sich schließlich doch noch für Mitternachts Vorschlag begeistern. Niemand im Haus und Garten mochte die beiden Schwestern und die meisten waren begierig darauf, ihnen eine Lektion zu erteilen.

Alle Beteiligten waren schnell in Position. Die Nachricht hatte sich wie ein Lauffeuer herumgesprochen, sodass sämtliche Vögel aus der Nachbarschaft herbeigekommen waren, um sich das Spektakel aus der Nähe anzusehen. Eichhörnchen keckerten begeistert und die Mäuse hatten es sich auf den hohen Ästen bequem gemacht, von wo aus sie in das Zimmer der zwei Frauen schauen konnten.

Es dauerte nicht lange, bis die erste der beiden Schwestern aufsprang und quiekte. Mitternacht kniete auf dem Fenstersims, von wo aus sie die beste Sicht hatte. Eine der Elstern hockte neben ihr und hatte sichtlich Mühe, ihr lautes Keckern zu unterdrücken.

»Eine Maus!«, kreischte die Zweite. »Da ist eine Maus!«

»Zwei Mäuse!«, kreischte die Erste wieder.

Die beiden Frauen hüpften durch die Gegend, ohne darauf zu achten, dass sie Kleider und andere Dinge herunterrissen und ein großes Durcheinander anstellten.

»Da ist noch eine!«

Die zwei rafften ihre Röcke und rannten aus dem Zimmer, als wäre eine Schar Krähen hinter ihnen her. Mitternacht sah die Mäuse davonhuschen und hoffte, das bedeutete, dass sie sich in Sicherheit brachten. Nun zum zweiten Teil ihres Planes. Die Elster krächzte laut, um die anderen zu informieren, dass die Frauen unterwegs waren. Mitternacht selbst flog hinüber zu einer Birke, ließ sich zwischen einem Eichhörnchen und einem Rotkehlchen nieder und beobachtete von dort, wie Leos Schwestern in den Garten stürmten und prompt von den Elstern attackiert wurden, die ihnen die glitzernden Haarspangen vom Kopf pickten, die Knöpfe von den Kleidern rupften und die schönen Bänder und Spitzen stahlen, während sie von den anderen Tieren im Baum angefeuert wurden.

Sie saßen alle zusammen in den Bäumen, die im Garten wuchsen, und lachten, als die beiden Frauen heulend und schluchzend wieder zurück ins Haus rannten und nach ihrem Vater schrien, der jedoch glücklicherweise außer Haus war. Mitternacht hatte ihn mit der Kutsche davonfahren sehen, nachdem er dem Dienstmädchen gesagt hatte, dass er zum Abendessen wieder zurücksein würde.

Das Mädchen, das den beiden Schwestern die Haare machte, kam einen Augenblick später aus dem Haus, blickte sich um und wurde leichenblass, als sie die versammelten Tiere im Baum sah. »Heilige Ruïr!«, entfuhr es ihr und sie presste sich beide Hände übers Herz. »Verzeiht, edle Herrin, verzeiht!« Sie verbeugte sich tief und schlich langsam rückwärts ins Haus zurück, den Kopf noch immer gesenkt.

»Wird dein Mensch nicht Ärger bekommen?«, zwitscherte das Rotkehlchen, das neben Mitternacht hockte.

Mitternacht sah es verwirrt an. »Warum sollte er?«

Das Rotkehlchen legte den Kopf auf die Seite. »Er bekommt immer Ärger, wenn etwas geschieht.« Dann flog es davon.

Mitternacht blickte ihm mit einem mulmigen Gefühl nach. Sicherlich würde niemand Leo verdächtigen? Er lag verletzt im Haus! Um ihr plötzlich schlechtes Gewissen zu beruhigen, flog sie auf und sah nach den Mäusen. »Sind alle wieder zurück?«

Ein Chor aus Zustimmung antwortete Mitternacht und sie atmete erleichtert auf. Nun, wenigstens die Mäuse waren in Sicherheit und hatten nicht für Mitternachts Impulsivität bezahlt. Dennoch, das ungute Gefühl blieb, und ihr ging auf, dass ein paar Streiche Leo niemals helfen würden. Hatte Mondfeuer nicht immer gesagt, dass sie irgendwann in Schwierigkeiten geraten würde, weil sie nicht nachdachte?

Mitternacht flog hastig ins Haus und hinunter in die kleine Kammer, in der Leo lag und sich von seinen Verletzungen erholte. Alles war ruhig, Leos Atem tief und gleichmäßig. Mitternacht ließ sich auf dem Kopfteil des Bettes nieder und betrachtete ihn. Nicht einmal im Schlaf wirkte er friedlich, sondern hatte die Brauen zusammengezogen. Sie seufzte. *Benutz deinen Kopf, Mitternacht*, schalt sie sich, während sie Leo beim Schlafen zusah. Sie musste herausfinden, was der Alte wirklich trieb. Leo hatte ein besseres Leben verdient und das konnte sie ihm nur geben, wenn sie herausfand, was in diesem Haus vor sich ging und warum der Alte Leo so unbedingt behalten wollte. Sie wusste bereits, dass der Alte einige besondere Räume im obersten Stockwerk bewohnte. Sie befanden sich an der südlichen Seite und nahmen das halbe Stockwerk ein. Ein seltsamer Geruch hing dort in der Luft und der alte Mann verschwand bisweilen für Stunden in den Räumen. Mitternacht hatte am Anfang dort herumspioniert, doch die Fenster waren alle fest verschlossen und sie war einige Male fast dem alten Mann in die Falle gegangen, sodass sie schließlich beschlossen hatte, dass es zu gefährlich war. Doch für Leo würde sie fast alles tun. Seltsam, wie schnell sie ihn ins Herz geschlossen hatte. Andererseits hatte er Mitternacht vor dem dummen Kater gerettet und sie vom ersten Augenblick an mit Respekt behandelt. Vielleicht war es kein Wunder, dass sie ihm verfallen war. Er war *ihr* Mensch und Mitternacht kümmerte sich mit größter Sorgfalt um die ihren. Der Gedanke brachte einen leisen Stich mit sich und eine Sehnsucht, die sie hastig wieder in den letzten Winkel ihres Geistes verbannte. Es brachte nichts, sich über die Vergangenheit zu grämen.

Die meisten Tiere hatten sich schon zerstreut, als Mitternacht zurück in den Garten flog, doch einige Vögel waren noch da, um den neusten Klatsch auszutauschen, und auch ein paar Mäuse huschten noch herum. Mitternacht hielt zunächst ein kleines Schwätzchen mit den Elstern und den Spatzen, doch die wussten nicht viel über die Höhle des Alten zu sagen. Interessant wurde es, als sie noch einmal mit den Mäusen sprach, die ihr erzählten, dass sie zumeist einen großen Bogen um eins der Zimmer im obersten Stock machten, weil einige von ihnen dort verschwunden und nie wieder aufgetaucht waren. Mitternacht war sich sicher, dass dies die Räume von Leos Stiefvater sein mussten. Die Mäuse beschrieben ihr den Weg unter den Dielen und hinter der Wandvertäfelung entlang, doch keine von ihnen wagte es, Mitternacht den Weg zu zeigen.

Nun, sie hatte ohnehin wenig Lust, sich durch einen engen Mäusegang zu zwängen. Sie war eine Fee, sicherlich würde sie einen anderen Weg in die Räume finden. Also machte sie sich ans Werk und begutachtete die hohen Fenster, vor die dunkle Vorhänge gezogen waren, sodass sie nicht ins Innere blicken konnte. Sie suchte jeden Fensterrahmen nach einer Schwachstelle ab, untersuchte das Mauerwerk und jede kleinste Ritze, doch nachdem die Sonne ihren Höhepunkt bereits überschritten hatte und Mitternacht noch immer keinen Schritt weitergekommen war, musste sie sich eingestehen, dass es vielleicht doch schwieriger sein würde als gedacht. Es gab nicht einmal einen winzigen Spalt, durch den sie sich hätte zwängen können. Mitternacht seufzte, fasste sich ein Herz und flog durch ein geöffnetes Fenster im Erdgeschoss ins Haus.

Der Alte war nicht da, erinnerte sie sich, und die Mädchen waren keine große Gefahr. Dennoch flog sie mit äußerster Vorsicht hinauf ins obere Stockwerk und hielt sich versteckt, so gut es ging, bis sie vor der schweren Eichentür angelangt war. Sie war verschlossen wie jedes Mal, wenn Mitternacht sie inspiziert hatte. Es gab nicht einmal einen Spalt unter der Tür und selbst das Schlüsselloch war mit einer Metallplatte verschlossen.

Sie versteckte sich eilig, als sie Schritte hörte.

Es war eines der Dienstmädchen, das blasse Mäuschen, das das Essen auftischte und Tee servierte. Sie tat Mitternacht ein wenig leid, weil sie so schreckhaft war. Doch in diesem Haus war das wohl kein Wunder. Leo hatte erzählt, dass das Mädchen keine Familie mehr hatte und die Arbeit dringend brauchte. Mitternacht konnte nicht verstehen, warum sie nicht einfach in den Wald ging und Nüsse und Beeren sammelte oder Kaninchen jagte. Wusste sie nicht, dass der Wald sehr großzügig war?

Das Mädchen warf einen furchtsamen Blick zu der Tür, die in die verschlossenen Räume führte, verschwand in einem der Räume, die den Gang säumten, und kam dann mit einem Arm voll Tüchern wieder heraus, bevor es schnell wie eine Maus davonhuschte.

Mitternacht wartete, bis die Schritte der Dienerin verklungen waren, ehe sie aus ihrem Versteck hinter einem Wandleuchter hervorkam und ihre Suche nach einem einfachen Weg in den verschlossenen Raum fortsetzte.

Sie vergeudete wertvolle Zeit und die Sonne stand schon erschreckend tief, als Mitternacht sich schließlich geschlagen gab und noch einmal mit den Mäusen sprach, um sich den Weg unter den Dielen erklären zu lassen.

Es war ein mühsames Unterfangen, sich durch den schmalen Mäusegang zu kämpfen und Mitternacht bog einmal falsch ab, sodass sie auf dem Dachboden landete. Einige Male blieb sie fast mit ihren Flügeln an herausstehenden Splittern hängen. Sie hatte keine Ahnung, wie die Mäuse es schafften, sich durch diese engen Gänge zu quetschen. Vielleicht hatten sie auch ein dickeres Fell als Mitternacht und ihre kurzen Beine waren eher dafür gemacht durch winzige Gänge zu kriechen.

Sie atmete erleichtert auf, als sie sich endlich unter der Fußleiste hervorkämpfte und in einem abgedunkelten Raum ankam, und bereute es im nächsten Moment. Der Gestank war geradezu überwältigend und trieb Mitternacht die Tränen in die Augen. Sie schlug sich beide Hände vor die Nase und flatterte versuchsweise mit den Flügeln, doch obwohl der rechte Flügel ein wenig mitgenommen aussah, tat er, was er sollte, und sie erhob sich mit einem leisen Flirren in die Luft.

Nur wenig Licht fiel durch die schweren Vorhänge, die vor die Fenster gezogen waren. Mitternacht flog höher auf, doch die Luft weiter oben war nur wenig besser und eine unangenehme Wärme hing im Raum, die Mitternacht schläfrig werden ließ. Von Leos schrecklichem Stiefvater war glücklicherweise weit und breit nichts zu sehen. Vielleicht blieb ihr das Glück noch eine Weile hold. Nachdem sie so lange für den Weg gebraucht hatte, hatte sie bereits befürchtet, er wäre schon zurück. Mitternacht stieg ein Stückchen höher auf und sah sich mit Schaudern um.

Tote Tierköpfe hingen an den Wänden und starrten mit glasigen Augen ins Leere. In der Mitte des Raumes standen lange Tische, die übersät waren mit allerlei seltsam geformten Gefäßen aus Glas und Metall. Regale mit Büchern säumten die Wände und Mitternacht wünschte, sie hätte Leo gebeten, ihr das Lesen beizubringen. Menschen schienen alles, was ihnen wichtig war, auf Pergament festzuhalten. Mitternacht spähte in ein Gefäß, in dem eine dunkle Flüssigkeit vor sich hin blubberte und dann durch eine lange gewundene Röhre tropfte. Sie rieb sich die Arme, als etwas über sie hinwegstrich wie der Atem eines Nachtmahrs.

Leo hatte ihr erzählt, dass sein Stiefvater Wissenschaftler war, jedoch was genau das war, hatte Mitternacht noch nicht herausfinden können. Jemand, der Wissen schaffte? Aber wie machte er das, wenn er allein in diesem Raum hockte? Wissen schaffte man, indem man hinaus in den Wald ging und den Blumen lauschte und mit den Vögeln sprach. Doch so wie es hier aussah, interessierte der Mann sich nicht für diese Art von Wissen. Nein, stattdessen roch es hier ... nach Magie? Sie fröstelte. Also hatte sie doch recht gehabt. Leos Stiefvater war der Grund dafür, dass das Haus nach kranker Magie stank. Wusste Leo, dass sein Stiefvater mit Magie herumspielte? Aber warum tat er es überhaupt, wenn sie doch überall zur Verfügung stand? Menschen waren ausgesprochen seltsame Wesen.

Mitternacht betrachtete ihr Spiegelbild in einem runden Gefäß und lachte, als ihre Wangen ganz dick wurden. Langsam flog sie weiter umher und erforschte den seltsamen Raum, streichelte die

Köpfe der toten Tiere, die an der Wand aufgehängt waren und sie traurig ansahen, und schrie einen Augenblick später auf, als sie an einem kleinen Glaskasten vorbeikam. Denn aus dem Glaskasten starrte sie eine aufgespießte Fee mit glasigen Augen an.

Mitternacht schlug sich die Hände vor den Mund und konnte die entsetzten Tränen nicht zurückhalten.

»Wer hat dir das angetan?«, flüsterte sie, während sie mit den Fingern über das Holz des Kastens strich.

Die Fee hatte Haut, die rötlich war wie das Fell eines Eichhörnchens. Mitternacht hatte noch nie eine solche Fee gesehen. Sie musste aus dem Süden stammen. Mitternacht hatte gehört, dass die Feen dort Haut und Haar in den Farben des Regenbogens hatten. Diese Fee hatte Haar so schwarz wie Mitternachts. Mitternachts Herz blutete für ihre arme Schwester, die hier ihr Ende gefunden hatte. Wie lange war sie wohl schon hier? Wusste Leo davon? Kein Wunder, dass er Mitternacht immerzu warnte, sich bloß nicht sehen zu lassen. Sie schauderte bei dem Gedanken, dass sie so enden könnte.

Sie presste eine Hand gegen das Glas. »Es tut mir so leid,« murmelte sie. »Ich verspreche dir, ich werde herausfinden, was hier geschieht.« Und dann zusehen, dass ihre arme Schwester hier herauskam und dem Wind übergeben werden würde.

Eine Spiegelung im Glas warnte Mitternacht gerade noch rechtzeitig, um in die Höhe zu schießen, sodass die Krallen des fetten Katers, der einen Satz auf sie zugemacht hatte, sie um Haaresbreite verfehlten. Der Kater sprang ihr hinterher und fegte ein paar Gläser vom Tisch, die mit einem lauten Klirren auf dem Boden zerbarsten. Ein Gedanke kam ihr da und sie drehte sich zu dem Biest um, ein breites Grinsen im Gesicht. »Fang mich doch, wenn du kannst!«

Mitternacht blieb dicht über den Tischen und flog nur höher auf, wenn der Kater ihr zu nahe kam. Glasröhren und Apparate krachten und klirrten zu Boden und Mitternacht konnte sich gerade noch hastig hinter einem Glas, das in einem Regal nahe der Tür stand, verstecken, als die Tür mit einem Krachen aufflog.

»Was geht hier vor?«

Der Kater erstarrte auf dem Tisch, den Blick auf Mitternacht gerichtet.

»Was zur Tiefe hast du hier zu suchen?«, donnerte Leos Stiefvater. Gottfried war sein Name, doch wer ihm diesen Namen gegeben hatte, hatte sich offenbar nicht die Mühe gemacht, in seine Seele zu blicken. Vielleicht hatten die Menschengötter auch eine andere Vorstellung von Frieden als die Feen. Mitternacht war noch keinem von ihnen begegnet.

Sie wartete nicht, um zu sehen, was Gottfried mit dem Kater anstellen würde. So schnell sie konnte, flog sie auf und schoss durch die Tür. Gottfried wirbelte herum, doch da war Mitternacht schon hinaus und versteckte sich hinter einem Kerzenleuchter, der auf einem Tisch in der Nähe stand.

»Verfluchte Motten«, knurrte er und dann hörte sie ihn schimpfen: »All das für eine verfluchte Motte?«

Mitternacht grinste. Mit ein bisschen Glück würde sie den Kater sogar loswerden. Das Grinsen verging ihr jedoch rasch, als ihr aufging, dass sie rein gar nichts herausgefunden hatte außer, dass der schreckliche Mann eine Fee getötet hatte. Nun, vielleicht ein wenig mehr, dachte sie, als sie sich an das Prickeln von Magie in der Luft erinnerte. Seltsam. Leo hatte nichts davon erwähnt, dass sein Stiefvater Magie wirken konnte. Was also hatte Gottfried mit Magie zu schaffen?

Es wurde Zeit, dass sie sich ein wenig umhörte. Sie würde diesem Rätsel schon noch auf den Grund gehen und irgendwie eine Möglichkeit finden, um Leo zu befreien.

Kapitel 12

D er gebrochene Arm hatte den Vorteil, dass Vater Leo von
den meisten seiner Aufgaben befreit hatte. Leo half noch
immer der Köchin, so gut es ging, kümmerte sich um die
Wäsche und war hellauf begeistert, als er ausgeschickt wurde, um
zum Markt zu gehen. Er hing sich eine große Tasche um und machte
sich in aller Frühe auf, um in die Stadt zu gehen.

Sein Herz pochte unangenehm, als er dem Weg, der zum
Nordeingang der Halle der Heiligen führte, folgte. Würde sich der
Priester überhaupt noch an Leo erinnern? Wahrscheinlich war er gar
nicht da. Er hatte sicherlich wichtigere Dinge zu tun, als den ganzen
Tag im Tempel zu warten. Leo schlüpfte durch den Seiteneingang,
der dem Saal des Winters am nächsten lag, huschte in den in Blau
getauchten Saal und blieb unschlüssig stehen, den Blick auf Vandros' Bildnis gerichtet. *Vor der Vandrosnacht,* hatte der Priester gesagt, doch nun waren etliche Wochen vergangen und es war bereits
Frühling. Vielleicht hatte er Leo einfach vergessen, vielleicht war er
gar nicht da, vielleicht ...

In diesem Moment erhob sich eine in Blau gekleidete Gestalt von
einer der Bänke im vorderen Bereich, drehte sich um und begegnete
Leos Blick.

Leo sah, wie sich die Augen des Priesters weiteten, bevor der
Mann durch den großen Saal direkt auf Leo zu eilte. Wie es schien,
hatte der Mann ein sehr gutes Gedächtnis.

»Heiliger Vandros, was ist mit dir geschehen, Kind?« Der Priester
wartete gar nicht auf eine Antwort, sondern steuerte Leo zur nächsten Bank und half ihm sich zu setzen. Seine Finger waren kühl, als
er Leos Gesicht zwischen seine Hände nahm und die Wunde an seinem Haaransatz begutachtete, eine steile Falte zwischen seinen hellen Brauen.

Leo spürte wieder das seltsame Prickeln, das er beim letzten Mal verspürt hatte, als der Priester ihn gesegnet hatte, wenngleich es viel schwächer war. Plötzlich richtete sich der Priester kerzengerade auf, den stechenden Blick auf Leos gebrochenen Arm gerichtet. Seine Finger legten sich behutsam in Leos Armbeuge und seine Augen wurden schmal, sodass Leo sich zusammenreißen musste, um nicht vor ihm zurückzuweichen, als er Leo ansah.

»Du wurdest zur Ader gelassen? Kürzlich?«

Leo sah den Priester völlig entgeistert an. »Woher wisst Ihr das?«

»Ich kann es spüren. Wann?«

»Vor nicht einer Woche.«

Die Miene des Priesters verfinsterte sich wie Vaters, wenn Leo dessen Missfallen erregt hatte. »Warte hier«, befahl er im nächsten Augenblick und hastete davon. Seine Schritte hallten durch den Tempel und wenig später hörte Leo das Murmeln von Stimmen.

Leo sank in sich zusammen. Hatte er nun auch den Priester verärgert?

Die eiligen Schritte des Priesters ließen ihn aufblicken und Leo beobachtete mit klopfendem Herzen, als der Mann mit wehenden Gewändern zurückkam. Es fehlte nur noch das Schwert, um ihn wie einen Krieger aussehen zu lassen, der in den Kampf zog. Leos linke Hand krampfte sich unwillkürlich um die Bank, doch zu seiner grenzenlosen Verwunderung, sank der Priester vor Leo auf ein Knie, entkorkte die kleine braune Flasche, die er in der Hand hielt, und hielt sie Leo hin.

»Hier, trink das«, befahl er. »Es wird bei der Heilung helfen«, setzte er hinzu, als Leo zögerte.

»Ich kann das nicht bezahlen«, murmelte Leo hilflos.

Die Mundwinkel des Priesters hoben sich leicht. »Ein Geschenk der Ruïr und nun trink.«

Der Trank war dickflüssig wie Sirup und schmeckte nach Honig, bitteren Kräutern und Blumen. Leo schüttelte sich, nachdem er die Flasche geleert hatte, und warf dem Priester einen alarmierten Blick zu, als ihm aufging, dass ihn das sehr undankbar wirken ließ.

Doch der Priester wirkte lediglich amüsiert. Amüsiert und … besorgt.

»Danke«, murmelte Leo, als er die Flasche zurückgab.

Der Priester gab ein kurzes Nicken und stellte die Flasche achtlos auf die Bank, als er sich neben Leo niederließ.

»Was ist geschehen?«, fragte er.

»Ich bin die Treppe hinuntergefallen.«

»Vor oder nach dem Aderlass?«

»Danach.«

Die langen Finger des Priesters trommelten auf die Rückenlehne der Bank und für einen Augenblick sah es so aus, als würden kleine Eiskristalle von seinen Fingern fallen.

»Kannst du mir sagen, wer dich zur Ader gelassen hat?«

Leo senkte den Blick und schüttelte den Kopf.

»Verstehe«, sagte der Priester. »Was war der Grund für den Aderlass?«

»Ich … bin krank, Ehrwürdiger Vater.«

»Hat man dir das erzählt?«, fragte der Priester scharf.

Leos Brust wurde eng und es fiel ihm plötzlich schwer, zu atmen. Mitternacht hatte etwas Ähnliches angedeutet, aber das konnte nicht sein. Warum sonst sollte Vater ihn zur Ader lassen?

Aber warum lässt er es dann nicht den Arzt tun?, fragte eine kleine Stimme in seinem Inneren.

Weil das zu teuer wäre, gab er trotzig zurück.

»Ich … ich glaube, ich sollte jetzt gehen.«

Der Priester seufzte tief und rieb sich die Stirn. »Verzeih, Leonhard, ich wollte dich nicht erschrecken. Sag mir nur eins, ehe du gehst. Wie oft wirst du zur Ader gelassen?«

»Alle acht Wochen.«

»*Alle acht* —«, begehrte der Priester auf und brach dann abrupt ab, presste die Lippen aufeinander und blickte zu Vandros empor, der mit kühlem Blick auf sie hinabsah.

»Der Tempel kann dich beschützen, Leonhard«, murmelte er, den Blick noch immer zu den Bleiglasfenstern erhoben. »Doch ich kann dich nicht zwingen hierzubleiben.« Er sah Leo an. »Ich werde hier sein, wann immer du jemanden zum Reden brauchst. Und falls es dir möglich ist, wäre es gut, du könntest kommen, ehe du zur Ader gelassen wirst. Doch du bist jederzeit willkommen. Tag und Nacht.«

»Ich … danke, Ehrwürdiger Vater.«

»Nestor genügt.«

Leo blinzelte verwirrt. »Vater … Nestor?«

Die Mundwinkel des Priesters zuckten wieder in Belustigung, was ihn seltsam jung erscheinen ließ. »Nein. Nur Nestor.«

~*~

Leo beeilte sich, seine Einkäufe zu erledigen, um die Zeit, die er im Tempel verbracht hatte, wieder aufzuholen, dennoch bereute er seinen Besuch nicht. In Gedanken ging er immer wieder die Reaktion des Priesters durch, die scharfen Fragen, die er gestellt hatte.

Der Tempel kann dich beschützen, Leonhard.

Doch konnte er das wirklich? Vor einem Mann wie Leos Stiefvater?

Leo hastete über den Marktplatz, der Beutel so schwer, dass Leo seine liebe Mühe hatte, ihn zu tragen, als er beinahe über Rudi stolperte.

»Wo warst du?«, sagte Rudi vorwurfsvoll und erstarrte im nächsten Moment, den Blick auf die Schlinge, in der Leos rechter Arm hing, gerichtet. Er sagte nichts, sondern hob den Kopf langsam, bis er Leo ins Gesicht sehen konnte. Er hatte ein paar Zweige im Haar stecken und Schmutz über die rechte Wange geschmiert, sodass Leo unwillkürlich lächeln musste und die Hand ausstreckte, um den Dreck wegzuwischen.

Rudi duckte sich unter Leos Hand weg, seine Miene stürmisch, und dann überraschte er Leo, indem er sich abrupt gegen Leo warf und die dünnen Arme um ihn schlang.

»Wenn ich größer bin, werde ich Meuchelmörder und dann hole ich dich da raus, Leo«, flüsterte der Junge.

Leo stieß ein ersticktes Lachen aus und drückte Rudi an sich. »Nichts dergleichen wirst du tun, Rudi. Du wirst lesen und schreiben lernen und eine gute Ausbildung bekommen.«

»Aber das ist eine gute Ausbildung!«, protestierte der Junge.

Leo musste sich das Lachen verbeißen. »Das sehen wir noch. Aber so lange wird niemand gemeuchelt, hast du mich verstanden?«

Rudi machte ein finsteres Gesicht. »Du erlaubst mir auch gar nichts, Leo. Oh, sieh nur, da ist der Fremde wieder! Glaubst du, er hat wieder Silber dabei?« Rudis Augen funkelten.

Leo drehte sich um, als Rudi aufgeregt mit dem Finger zeigte, und tatsächlich, da war der Fremde, groß und mit stechenden grünen Augen, die auf Leo gerichtet waren, während er sich einen Weg durch die Menge bahnte. Sein Mund verzog sich zu einem Lächeln, sobald sich ihre Blicke trafen, verblasste jedoch schlagartig, als er den gebrochenen Arm bemerkte, den Leo noch immer in der verhassten Schlinge trug. Sechs Wochen hatte der Arzt gesagt. Das war eine Ewigkeit. Auch wenn der Trank des Priesters mit den Schmerzen geholfen hatte.

Der Fremde blieb vor Leo stehen, seine Augen stürmisch wie der Himmel vor einem Gewitter. Sein Blick wanderte über Leos Gesicht. Er sagte nichts, als er die Hand hob und Leo behutsam eine Locke aus der Stirn strich. Seine Miene verdunkelte sich noch weiter und Leo erinnerte sich an die Wunde, die der Arzt genäht hatte. »Wer hat Euch das angetan?« Seine Stimme war so tief, dass Leo sie kaum wiedererkannte.

Leo schlug die Augen nieder. »Ich bin die Treppe hinuntergefallen.« Diesmal war es nicht einmal gelogen, trotzdem spürte er, wie ihm die Hitze in die Wangen stieg und seine Ohrenspitzen ganz heiß wurden.

Rudi schnaubte und zupfte Leo am Ärmel. »Kann ich meinen Silberpfennig haben?«

Bevor Leo seinen Geldbeutel hervorkramen konnte, hielt der Fremde bereits einen Silberpfennig in der Hand und hielt ihn Rudi hin, der vor Aufregung zitterte. Der Junge sah Leo flehend an, der seufzend nickte. Der Silberling verschwand blitzschnell von der Hand des Fremden und dann war auch Rudi fort, untergetaucht in der Menge, die sich über den Marktplatz schob.

»Ihr werdet ihn noch völlig verziehen«, sagte Leo.

Der Fremde brummte unbestimmt. »Ich glaube, der Junge kann ein wenig Aufmunterung gebrauchen.« Er sah Leo dabei direkt in die Augen und Leos Herz schlug unangenehm gegen seine Rippen.

»Die Treppe schon wieder, hm?«, sagte der Fremde dann.

Leo wich seinem Blick aus.

»Eure Schwestern haben nicht zufällig ein wenig nachgeholfen?«

Leo stockte der Atem in der Brust, als sein Blick zu dem Fremden flog, und verfluchte sich sogleich für seine Reaktion.

»Ich kann Euch helfen«, sagte der Fremde eindringlich.

Leo hätte beinahe gelacht. Sah er wirklich so schlimm aus, dass ihm zuerst der Priester und nun auch ein völlig fremder Mann Leo ihre Hilfe anboten? Leo schüttelte den Kopf und trat einen Schritt zurück. »Ich sollte nicht einmal mit Euch sprechen.«

Die Finger des Fremden schlossen sich um Leos gutes Handgelenk. »Kommt mit mir. Jetzt gleich. Ich kann Euch beschützen.«

Leo wich entsetzt zurück. Ein einziges Mal war er dumm genug gewesen, die Hilfe eines Freundes in Anspruch zu nehmen. Ein einziges Mal.

»Ich muss gehen«, sagte er hastig, wandte sich auf dem Absatz um und steuerte zu einer der Gassen, die ihn nach Hause bringen würde.

»Asche, bitte.«

Leo zuckte bei dem verhassten Namen zusammen und spürte die Wut aufflammen wie jedes Mal, wenn ihn jemand so nannte. Seine Schwestern hatten ihn *Aschenbursche* gerufen, nachdem Leo in die Küche verbannt worden war, um ihn zu verspotten, bis ihn schließlich sogar Vater nur noch *Asche* genannt hatte. Den Namen nun aus dem Mund dieses Mannes zu hören, war wie ein Schlag ins Gesicht. Leo biss die Zähne zusammen und ging stur weiter.

Doch der Fremde ließ sich nicht so leicht abschütteln. »Werdet Ihr wenigstens zu dem Ball kommen?«

Leos Schritte gerieten ins Stocken und er drehte sich wider besseres Wissen um. »Ball? Welcher Ball?«

Die Stirn des Fremden legte sich in Falten. »Der Frühlingsball. Das ganze Königreich ist eingeladen. Sicherlich wird man Euch dafür gehen lassen?«

Leo hätte beinahe gelacht. Vater würde ihm eine Tracht Prügel verpassen, wenn Leo es auch nur wagte, nach dem Ball zu fragen.

»Lebt wohl«, sagte er und hastete mit gesenktem Blick davon.

Der Fremde folgte ihm nicht.

~*~

»Was für ein attraktiver und freundlicher Mann!«, rief Mitternacht aus, als Leo wieder zu Hause angekommen war. »Wir hätten ihn schon viel früher besuchen sollen!«

Leo schnaubte, während er die Einkäufe sorgfältig in der Speisekammer verstaute.

»Findest du etwa nicht?« Mitternacht verschränkte die Arme vor der Brust und blickte Leo mit hochgezogenen Brauen an.

»Welchen von beiden meinst du?« Die Wut brodelte noch immer in Leos Bauch, wenn er an den Fremden vom Markt dachte. Der Kerl hatte sich nicht einmal die Mühe gemacht, Leos Namen herauszufinden! Das sollte Leo eine Lehre sein.

»Na, den Priester natürlich!«, rief Mitternacht.

Leo blinzelte, als sein Verstand einen Moment brauchte, um Mitternachts Worten zu folgen. Dann seufzte er. »Wenn du ihn so toll findest, kannst du ihn ja das nächste Mal fragen, ob er Interesse an dir hat.« Er nahm hastig den Schinken vom Haken, den die Köchin haben wollte. Leos Besuch im Tempel hatte mehr Zeit in Anspruch genommen, als er geplant hatte, sodass er die Zeit nun schleunigst aufholen musste, wenn er nicht wieder eine Tracht Prügel für seine Faulheit ernten wollte.

»Meinst du, er wäre an mir interessiert?«, fragte Mitternacht, während sie eine Locke ihres Haares um den Finger zwirbelte. »Er hat einige Male in meine Richtung gesehen.«

Leo erstarrte und blickte hinüber zu Mitternacht, die kopfüber von einem Fleischerhaken hing. Leo wünschte, sie würde sich nicht ständig im Haus zeigen. Wenn sie so weitermachte, war es nur eine Frage der Zeit, bis Vater oder einer der Diener sie entdeckte. Doch das schien Mitternacht nicht im Geringsten zu interessieren. »Meinst du, er hat dich gesehen? Die Priester verfügen über Magie.«

»Magie!« Mitternacht machte einen Salto vom Haken, schoss in die Höhe und wirbelte einige Male um die eigene Achse. »Oh, ich wollte ja schon verzweifeln. Ihr habt also doch Magie? Warum hast du nie welche gewirkt?«

Ein Seufzen schlüpfte Leo über die Lippen. »Nein, ich habe keine Magie. Nur die Priester verfügen über welche.«

Mitternacht machte ein langes Gesicht. »Warum denn nur die Priester? Tanzen sie? Dein Priester sah so aus, als würde er einen sehr guten Tänzer abgeben.«

»Tanzen?« Leo lachte. »Wie kommst du denn darauf? Nein. Sie tanzen nicht. Und er ist nicht mein Priester!« Er schüttelte den Kopf und hastete zur Tür. »Du verschwindest jetzt besser. Die Köchin wird gleich da sein und ich habe schon genug herumgetrödelt.«

Mitternacht zog eine Schnute. »Na gut. Später dann. Und glaub ja nicht, dass ich den Priester so leicht vergessen würde.«

Leo verdrehte die Augen. »Natürlich nicht.«

Kapitel 13

Die nächste Woche verging wie im Flug. Mit nur einem Arm wurde aus einer Aufgabe, die Leo für gewöhnlich im Schlaf erledigte, ein echtes Problem und ganz gleich, was Vater Cordelia und Carolina gesagt hatte, die beiden dachten nicht im Traum daran, Leo zur Hand zu gehen. Also schuftete er von früh bis spät, um die Böden zu schrubben, das Silber zu polieren, die Wäsche zu waschen und wieder die Böden zu schrubben, nachdem Carolina und Cordelia wie eine Wildschweinherde Dreck von der Haustür bis ins obere Stockwerk geschleppt hatten. Allein die Küche war ein unverhoffter Zufluchtsort geworden. Die Köchin war noch immer mürrisch und griesgrämig, doch sie sorgte dafür, dass Leo ausreichend aß, und ließ ihn nur einfache Arbeiten erledigen. Leos Blick wanderte gelegentlich zu dem Fenstersims, auf dem die blaue Kerze den Winter über gebrannt hatte, und er wünschte, er hätte bei seinem letzten Besuch daran gedacht, den Priester nach einer neuen zu fragen.

Als er am nächsten Markttag wieder in den Tempel ging, war vom Priester weit und breit nichts zu sehen. Leo versuchte, nicht enttäuscht zu sein, schließlich hatte der Priester noch andere Dinge zu tun, als nur für Leo da zu sein. Er seufzte und schlich durch den blauen Saal des Vandros zu dem schwarzen Basaltaltar, wo er einen blauen Stein, den er unterwegs gefunden hatte, zusammen mit einem winzigen Ehrenpreis ablegte, und hoffte, dass der Heilige keinen Anstoß an Leos mickriger Gabe nehmen würde. Er verharrte einen Augenblick, den Blick zu den Bleiglasfenstern mit Vandros' Bildnis erhoben, ehe er hinüberging zu dem Tisch mit den Kerzen, der links vom Hauptaltar stand. Leo zündete zwei der dünnen, blauen Kerzen an – eine für seinen Vater, eine für seine Mutter –, wie er es immer tat, wenn es seine Zeit zuließ.

Er atmete langsam aus, während er die Flammen beobachtete, und erneuerte sein Gebet.

Vandros, steh mir bei. Dann setze er hastig, um nicht undankbar zu erscheinen, hinzu: *Und danke für Mitternacht. Sie ist eine große Hilfe.*

Ein blauer Funke flog von einer der beiden Kerzen auf, genauso wie von der Vandroskerze, wann immer Leo sie berührt hatte, doch Leo versuchte, nicht zu viel hineinzulesen. Die Tempelkerzen taten das bisweilen, insbesondere die blauen, die Vandros gewidmet waren. Dennoch tat Leos verräterisches Herz einen Sprung und er hatte das Gefühl, dass der Schutzheilige seiner Geburt und seiner Familie tatsächlich zuhörte. Ganz so wie im Winter, als die Kerze in der Küche gebrannt hatte.

Leo wandte den Kopf, um zum Bildnis des Vandros aufzusehen, und erstarrte, als er den Fremden mit der Kapuze nicht weit entfernt stehen sah. Jedes Härchen auf seinem Körper stellte sich auf und Hitze stieg ihm in die Wangen. Der Fremde machte einen zögernden Schritt in Leos Richtung und hielt plötzlich eine rote Tulpe in der Hand, die er Leo reichte. Leo starrte einen Augenblick lang verwundert auf die Blume, ehe er den Blick hob und direkt in ein Paar vertrauter grüner Augen schaute.

»Was …?«

Der Fremde lächelte, nahm Leo den großen Korb ab, den er diesmal mitgenommen hatte, und drückte ihm die Blume in die Hand.

Einen Augenblick lang starrte Leo den Fremden einfach nur an, gefangen in dessen grünem Blick, ehe sein Verstand wieder einsetzte und ihn daran erinnerte, dass er zwar im Augenblick allein in Vandros' Teil der Kapelle war, aber jederzeit jemand hereinkommen konnte und ihn vom Mittelsaal jeder sehen konnte. Darüber hinaus war er immer noch wütend auf den Mann.

»Was tut Ihr hier?«, zischte er und schob den Fremden vor sich her und in eine der Seitenbänke, die nicht so leicht einzusehen war. Der Fremde wirkte überrascht, doch wenigstens bewegte er sich und rutschte gehorsam in die Bank, die Leo ausgesucht hatte.

Leo starrte ihn wütend an. Der Fremde rieb scheinbar verlegen über den Griff von Leos Korb und erwiderte stumm Leos Blick.

»Warum sagt Ihr nichts?«, zischte Leo und warf einen weiteren unbehaglichen Blick über die Schulter, doch sie waren nach wie vor allein.

Der Fremde hob eine Augenbraue und blickte auf die Blume.

»Ich verstehe nicht ...«

»Ihr habt mir verboten, mit Euch zu sprechen«, raunte der Fremde, die vertraute Stimme warm wie ein Sommerregen.

Leo wusste nicht, ob er in hysterisches Gelächter oder in Tränen ausbrechen sollte. Er stand abrupt auf und marschierte zum Ende der Bank, wo er stehenblieb und zu den blauen Fenstern über dem Hauptaltar aufblickte.

»Sagt mir wenigstens, ob es Euch gut geht«, raunte der Fremde.

»Es geht mir gut«, sagte Leo steif, ohne den Fremden anzusehen. Er hörte das Rascheln von Kleidung, gefolgt von verhaltenen Schritten, ehe die warme Stimme erneut über ihn hinwegspülte, ganz nah. »Werdet Ihr zum Ball kommen?«

Leo verfluchte sich, dass er dem Fremden überhaupt geantwortet hatte. Natürlich beließ er es nicht bei der einen Frage. »Nein«, sagte er einsilbig, wandte sich um und wollte die Hand nach dem Korb ausstrecken, als er bemerkte, dass er noch immer die verfluchte Blume in der Hand hielt.

Eine rote Tulpe. Was zu den Tiefen?

Der Fremde ließ die Schultern hängen. »Warum nicht?«

»Sehe ich aus wie jemand, der auf einen königlichen Ball gehört?« Leo spielte einen Augenblick lang mit dem Gedanken, die Blume einfach fallen zu lassen, doch das brachte er einfach nicht übers Herz. Schließlich konnte der Fremde nichts dafür, dass Leos Leben nicht ihm gehörte.

Der Fremde zog die Brauen zusammen. »Es ist ein Ball für jeden in Ostris, ganz gleich welchen Standes.«

»Vielleicht hätte der König dann daran denken sollen, dass nicht jeder in Ostris sich Ballkleider leisten kann, geschweige denn, drei Tage lang die Arbeit schleifen zu lassen«, gab Leo wütend zurück und warf die Tulpe in den Korb.

Der Fremde wirkte wie vor den Kopf geschlagen und schien nicht einmal zu bemerken, als Leo ihm den Korb aus der Hand nahm. »Daran hatte ich nicht gedacht.«

Leo schnaubte, warf einen Blick über die Schulter, um sicherzugehen, dass er noch immer allein war, ehe er sich zum Gehen wandte. Er hatte schon mehr als genug Zeit verschwendet.

»Dann erlaubt mir, Euch Kleider machen zu lassen.«

Leo hatte allmählich genug. »Was zur Tiefe wollt Ihr von mir? Ich kenne nicht einmal Euren Namen!«

Der Fremde erstarrte. Für einen Augenblick schien er nicht einmal zu atmen. »Verzeiht. Ich bin Nicholas, zu Euren Diensten.« Er verbeugte sich wie ein Adeliger. Natürlich war er ein Adeliger. Wer so viel Geld mit sich herumtrug, musste ein Adeliger sein.

»Nicholas, eh?«, sagte Leo spöttisch. Die halbe männliche Bevölkerung in Ostris trug einen Namen, der dem des Königs ähnelte. Seit sechs Generationen regierten die Albarans bereits und jeder von ihnen hatte den Namen Nikolaus getragen. Inzwischen glaubten alle, dass der Name selbst Glück brachte und für Wohlstand und Gerechtigkeit stand. Leo hatte in der Schule zwei Freunde gehabt, die beide den Namen Niko getragen hatten.

»Nun denn, Nicholas. Ein schönes Leben und viel Vergnügen auf dem Ball.« Er eilte hastig zum Ausgang, blieb dort noch einmal stehen und warf über die Schulter: »Und mein Name ist nicht Asche.« Dann schlüpfte er mit gesenktem Kopf aus dem nächsten Seiteneingang, huschte durch den Garten, der das gesamte Tempelgelände umgab, bis er auf einer Seitengasse herauskam. Eilends wand er sich zwischen zwei Waschfrauen hindurch, drückte sich an einem Karren vorbei und wich einer Kutsche aus. Leo wähnte sich bereits in Sicherheit, als sich eine Hand um seinen guten Arm legte und ihn aufhielt.

Leo blieb stockstill stehen und hielt den Kopf gesenkt. Nicholas' Hand fühlte sich wie ein Brandmal auf seiner Haut an und sein ganzer Körper prickelte in seiner Nähe. Was hatte der Mann nur an sich, dass er Leo so aus der Ruhe bringen konnte?

»Wie lautet Euer Name?«

»Das geht Euch einen feuchten Kehricht an!«, schnappte Leo.

»Bitte, ich …« Nicholas fuhr sich durchs Haar und fuhr mit leiser Stimme fort. »Warum könnt Ihr nicht mit mir sprechen?«

Leo hatte keine Ahnung, was ihn dazu verleitete, den Mund aufzumachen, doch er hörte sich selbst sagen: »Mein Vater sieht es nicht gern, wenn ich mit Fremden spreche.«

»Wer ist Euer Vater?«

Leo wurde heiß und kalt. Er hatte nicht einmal dem Priester so viel offenbart, warum vertraute er sich nun einem völlig Fremden an? Einem Adeligen noch dazu! Wahrscheinlich war er mit Vater befreundet!

Leo sah zu Nicholas auf. »Warum könnt Ihr mich nicht einfach in Ruhe lassen?«, sagte er verzweifelt.

»Ist es das, was Ihr wünscht?«, fragte Nicholas eindringlich.

Leos Augen brannten. »Ja«, stieß er hervor, dann riss er sich los und tauchte in der Menge unter.

~*~

Das Gespräch mit Asche – nein, nicht Asche, erinnerte sich Nicholas. Es hätte ihm gleich auffallen müssen, dass etwas mit dem Namen nicht stimmte, hätte sogleich nachfragen sollen. Bei allen Heiligen, er war dem Mann praktisch nachgestellt, hatte ihm eine rote Tulpe geschenkt, und sich nicht einmal vorgestellt! Was war nur los mit ihm? Doch der andere Mann, wie auch immer er hieß, ging Nicholas einfach nicht mehr aus dem Kopf. Nicholas hatte sich nie Gedanken darüber gemacht, was die Menschen zum Frühlingsball anzogen. Er machte sich ja nicht einmal Gedanken darüber, was er selbst anzog. Dafür hatte er schließlich Wilhelm.

War es das, was Seraphina meinte? Sie hatte Nicholas vorgeworfen, dass er sich ohne Wilhelms Hilfe nicht selbst anziehen könne. Und sie hatte recht, nicht wahr? Vielleicht konnte Nicholas sich eine Hose anziehen, doch spätestens an der Krawatte scheiterte er jedes Mal. Und die Kleider so zusammenzustellen, dass sie auch gut aussahen? Dafür hatte Nicholas keine Geduld.

»Meinst du, Menschen bleiben dem Frühlingsball fern, weil sie nichts zum Anziehen haben?«, fragte Nicholas, den Blick an die Decke gerichtet. Er lag auf dem Sofa mit einem Buch über die Stände in der Hand, das er in der Bibliothek gefunden hatte, konnte sich jedoch nicht konzentrieren, weil seine Gedanken immer wieder zu seiner Begegnung mit Asche – *nein, nicht Asche!*, rief er sich zur Ordnung, doch wie sollte er den anderen Mann sonst nennen? Eisprinz? Er hatte die Augen eines Nordländers, doch ansonsten war nichts Nordisches an sich. Doch er schien Vandros von allen Heiligen zu bevorzugen, zudem war er so schwer zu erweichen wie Eis im Winter. Nicholas lächelte unwillkürlich. Ja, sein Eisprinz, das klang gut. Auch wenn der Mann wahrscheinlich alles andere als ein Prinz war. Der Gedanke brachte Nicholas zurück zu seiner Begegnung am Vormittag und dem Zorn in der Stimme seines Eisprinzen. Nicholas zog unwillkürlich den Kopf ein. Bei allen Heiligen, er hatte sich wahrhaftig wie ein ungehobelter Klotz verhalten.

Wilhelm, der gerade damit beschäftigt war, den Überrock auszubürsten, aus dem er Nicholas nach dem Abendessen geschält hatte, hielt bei Nicholas' Worten mitten in der Bewegung inne, die Brauen hochgezogen. »Nun, ich weiß, dass Prinzessin Constanze gelegentlich damit droht, nicht zum Ball zu gehen, weil ihre Kleider nicht der gängigen Mode entsprechen und Eure Cousine Esmeralda war letztes Jahr nicht zugegen –«

»Ich rede nicht von meiner Familie, Wilhelm!«, unterbrach Nicholas ihn barsch und setzte sich auf. »Der Ball ist offen für Menschen jeden Standes. Was ist mit den Bauern und Bäckern, mit der Dienerschaft?«

Wilhelm blinzelte. »Die Dienerschaft muss entweder arbeiten oder hat die Abende frei und vergnügt sich deshalb fernab der Gesellschaften ihrer Herren.«

Nicholas konnte ihn nur anstarren. »Asche hatte also recht«, sagte er zögernd. Es widerstrebte ihm, den Namen auch nur in den Mund zu nehmen, doch er konnte vor Wilhelm den Mann vom Markt unmöglich als den Eisprinzen bezeichnen. Wilhelm würde ihm nur wieder einen mitleidigen Blick zuwerfen.

»Womit, Hoheit?«

»Niemand aus den unteren Ständen kann es sich leisten, zum Ball zu kommen.« Warum hatte Nicholas noch nie darüber nachgedacht? Bei allen vier Heiligen, er hatte sich auch noch über unmodische Kleider oder geflickte Anzüge lustig gemacht!

Er fiel mit einem Stöhnen zurück.

»Ich vermute, dass der Grund eher mangelndes Interesse ist«, erklärte Wilhelm, während er sich wieder dem Überrock widmete. »Manche mögen vielleicht aus Neugier kommen. Doch was sollte die Tochter eines Bäckers mit dem Sohn eines Herzogs? Sie wüsste sich nicht zu benehmen und würde sich nur blamieren. Niemand wünscht seiner Tochter ein solches Schicksal.«

Nicholas warf seinem Kammerdiener einen ungläubigen Blick zu. »Aber sie hätte Geld! Sie müsste nie wieder arbeiten! Ich würde erwarten, dass jeder versuchen würde, seine Tochter mit einem Sohn aus reichem Haus zu verheiraten!«

Wilhelm verzog den Mund und schüttelte den Überrock einige Male kräftig aus. »Nun, die Mädchen der Dienerschaft oder der niederen Stände gelten unter Adeligen oft als leichte Mädchen. Eine Gelegenheit für die jungen Männer, sich die Hörner abzustoßen.«

Nicholas wurde übel. »Das ist nicht dein Ernst.«

Wilhelm warf ihm nur einen kurzen Blick zu.

Nicholas nahm einen zittrigen Atemzug. »Bitte sag mir, dass so etwas nicht hier im Palast geschieht.«

Wilhelm hielt in seiner Arbeit inne. »Ihr wisst, dass Euer Onkel mit dem Sekretär Eures Großvaters verheiratet ist?«

»Sie sind verheiratet! Das ist etwas anderes!«

Wilhelm bedachte ihn mit einem mitleidigen Blick und ging dann ins Ankleidezimmer, um den Überrock aufzuhängen.

»Wilhelm!«, rief Nicholas ihm nach. »Wir müssen doch irgendetwas tun!«

Wilhelm kehrte zurück. »Und was schlagt Ihr vor?«

»Wir könnten Kleider für jeden machen lassen.«

»Kleider«, gab Wilhelm zurück. »Für jeden Bürger in ganz Ostris?«

Nicholas' Schultern sackten herab.

»Nicholas«, sagte Wilhelm sanft und hatte damit Nicholas' gesamte Aufmerksamkeit. Er nannte Nicholas so gut wie nie beim Namen. »Jeder, der auf den Ball kommen möchte, findet in der Regel eine Möglichkeit. Ich habe oft junge Mädchen in schlichten Kleidern gesehen. Niemand wird aufgrund der Einfachheit seiner Kleidung ausgeschlossen.«

Nicholas seufzte. »Außer denjenigen, die für ihre Herren arbeiten müssen.«

»Der Ball ist jedes Jahr«, wandte Wilhelm ein. »Kein Diener muss jedes Jahr arbeiten.«

Nicholas sah ihn an. »Der Mann vom Markt sagte, er würde arbeiten müssen.«

»Ihr kennt den Jungen kaum. Und vielleicht ergibt sich für ihn ja doch eine Gelegenheit.«

Nicholas seufzte. Gegen Wilhelm war einfach nicht anzukommen. »Ich habe mir nie Gedanken darüber gemacht, wie es ist, arm zu sein«, sagte er leise. »Oder für sein Geld arbeiten zu müssen. Tagein, tagaus. Ich bekomme einfach Geld von Großvater und damit hat sich die Sache. Wenn ich alles ausgebe, habe ich immer noch ein Dach über dem Kopf. Stell dir vor, Wilhelm, du müsstest den ganzen Tag Silber polieren oder … oder in der Küche stehen oder –« Er brach abrupt ab, als ihm aufging, mit wem er da sprach. Wilhelm arbeitete ebenfalls für sein Geld. Er ging hin, wo Nicholas hinging, band ihm seine Krawatte, bürstete seine Haare und war jeden Tag schon längst auf den Beinen, bevor Nicholas überhaupt daran dachte, das Bett zu verlassen.

Ihre Blicke trafen sich und Nicholas konnte den Ausdruck in Wilhelms Augen nicht wirklich deuten, doch das war nichts Neues. Wilhelm war, seit Nicholas denken konnte, an seiner Seite. Hatte er überhaupt eine Wahl gehabt? Nicholas schluckte. »Geht es dir ähnlich? Würdest du lieber etwas anderes machen? Ich ... ich kann dir freigeben, vielleicht hast du Familie –«

»Nicholas«, unterbrach Wilhelm ihn, seine Brauen erhoben. Es musste wirklich schlimm um Nicholas stehen, wenn Wilhelm ihn gleich zweimal beim Namen nannte. »Glaubt Ihr wirklich, ich würde etwas tun, was ich nicht tun will?«

Nicholas musterte ihn stumm. »Ich glaube, dass du und ich beide in der Tradition unserer Familien gefangen sind«, sagte er schließlich.

Ein mitleidiger Ausdruck trat in Wilhelms Augen, als hielte er Nicholas für ausgesprochen naiv. »Ich glaube, Ihr seid weitaus weniger in Eurer Familientradition gefangen, als Ihr glaubt.« Und mit diesen rätselhaften Worten ließ Wilhelm Nicholas allein.

Wilhelms Enthüllungen ließen Nicholas keine Ruhe. Er war immer stolz auf sein politisches Gespür gewesen, doch wie es schien, wusste er rein gar nichts. Schlimmer noch, er hatte den Verdacht, dass seine jüngste Schwester, die nicht einmal halb so alt war wie Nicholas, mehr über die Welt wusste als Nicholas selbst. Und wie konnte das sein? Woher nahm sie ihr Wissen, wenn sie den ganzen Tag in den Stallungen herumstreunte?

Nicholas beobachtete Wilhelm, doch der andere Mann schien tatsächlich ganz zufrieden in seiner Rolle zu sein – und warum auch nicht? Schließlich konnte er Nicholas jeden Tag herumkommandieren und wie eine Puppe ankleiden. Dem Eisprinzen – Nicholas verfluchte sich noch immer, dass er ihn nicht gleich nach seinem Namen gefragt hatte – hingegen ging es ganz offensichtlich nicht so. Er durfte ja nicht einmal mit Fremden sprechen! Was, wenn Nicholas etwas für ihn und andere Menschen wie ihn tun konnte?

Nicholas fand seinen Großvater am nächsten Morgen im großen Ballsaal in einem hitzigen Duell mit Hagen, der offiziell Großvaters Kammerdiener war, doch jeder wusste, dass Hagen Augen und Ohren von Arden und Großvaters Leibwächter war – und Wilhelms

Vater. Hagen war drahtiger als Wilhelm, die Familienähnlichkeit zwischen den beiden war dennoch unverkennbar.

»Ah, Niko! Du kommst gerade recht«, rief Großvater, als Nicholas gefolgt von Wilhelm den Saal betrat. »Nimm dir einen Degen und lass uns ein wenig trainieren!«

Hagen bedachte Nicholas mit einem kurzen Kopfnicken, ehe er sich an den Rand des Saales zurückzog. Nicholas seufzte innerlich. Ihm stand wirklich nicht der Sinn nach einem Duell, doch er hatte vor langer Zeit gelernt, dass es besser war, Großvater in solchen Dingen nicht zu widersprechen. Er hoffte nur, dass Hagen und Wilhelm nicht wieder aneinandergerieten. Nicholas hatte nicht die geringste Ahnung, was zwischen den beiden vorgefallen war, doch Vater und Sohn gingen sich schon seit Jahren aus dem Weg.

»Was macht die Suche nach einer Frau, mein Junge?«, rief Großvater, während er Niko durch den Saal jagte.

Nicholas dachte unwillkürlich an seinen Eisprinzen und wäre beinahe gestolpert. »Nicht viel.«

Großvaters buschige Augenbrauen schossen in die Höhe. »Bist du sicher?«

Nicholas musste sich konzentrieren, um Großvaters plötzliche Attacken abzuwehren. »Ganz sicher.«

»Hm, dann ist es kein Mädchen, für das du immer wieder in die Stadt zurückkehrst, obwohl du die Wette verloren hast?«

Nicholas konnte Großvaters Angriff gerade noch ausweichen, stolperte dabei jedoch über seine eigenen Füße und fiel hart zu Boden. Keuchend blickte er zu Großvater auf. Sein Herz hämmerte gegen seine Rippen und es hatte rein gar nichts mit ihrem Duell zu tun.

»Keine Sorge, von mir wird niemand etwas erfahren«, sagte Großvater mit einem Augenzwinkern, als er Nicholas die Hand hinstreckte, um ihm auf die Beine zu helfen. Nicholas hatte kaum Zeit, Atem zu holen, als sie bereits wieder im Kampf verstrickt waren. Nicholas wünschte, er könnte irgendwo in Ruhe mit Großvater sprechen. Gleichzeitig Großvaters Degen auszuweichen und ein Gespräch zu führen, war noch nie Nicholas' Stärke gewesen. Wusste Großvater von dem Eisprinzen? Aber wie sollte er?

»Was ist es dann, was dir auf der Seele liegt?«, fragte Großvater, nachdem er Nicholas einmal über die ganze Länge des Ballsaales getrieben hatte.

»Der Ball«, stieß Nicholas durch zusammengebissene Zähne hervor und steckte prompt einen weiteren Hieb aufs Handgelenk ein. Nicholas tänzelte hastig außer Reichweite. »Jeder Stand ist eingeladen, nicht wahr?«

Großvater hob eine Augenbraue und setzte Nicholas ausgesprochen behände nach, sodass Nicholas sich wie ein alter Mann vorkam.

»So ist es seit Jahrzehnten Brauch.« Seit Nicholas' Urgroßvater den Ball geöffnet hatte, um genau zu sein. Nicholas kannte die Geschichte seiner Vorfahren.

»Aber wie können sich die ärmeren Leute angemessene Kleidung leisten?«

Großvaters Augen wurden schmal und für eine Weile war das Klirren der Degen das einzige Geräusch im Saal.

»Hast du dich wieder mit Seraphina unterhalten?«

Nicholas konnte von Glück reden, dass die Degen stumpf waren, sonst hätte Wilhelm ihn wieder zusammenflicken müssen, als Großvaters Klinge erneut ihr Ziel fand.

»Konzentrier dich, Junge!«, befahl Großvater scharf.

Nicholas wischte sich den Schweiß von der Stirn, nickte und hob seinen Degen. Wie Großvater in seinem Alter noch so viel Energie und Ausdauer haben konnte, war Nicholas ein Rätsel. »Ich habe mich mit einigen Leuten auf dem Markt unterhalten«, gestand er schließlich zwischen keuchenden Atemzügen. »Viele können sich die Kleider nicht leisten oder müssen während des Balls arbeiten.«

Großvater entwaffnete Nicholas mit einer einfachen Handbewegung, die Nicholas hätte kommen sehen müssen. Doch mit seiner Konzentration schien es heute nicht weit her zu sein. Der Degen schlitterte über das glatte Parkett, bis er vor Hagens Füßen zum Liegen kam. Hagen, der mit verschränkten Armen an der Wand gelehnt und ihren Kampf beobachtet hatte, schob die Spitze seines Stiefels unter den Griff und im nächsten Augenblick flog der Degen in die Luft und direkt in Hagens ausgestreckte Hand. Seine Miene war geringschätzig, als er Wilhelm, der am anderen Ende des Saales stand, ansah. Als wäre Wilhelm für Nicholas' mangelnde Aufmerksamkeit verantwortlich.

»Niko«, sagte Großvater, nachdem er seinen eigenen Degen an Hagen weitergereicht hatte. Offenbar hatte auch er genug von Nicholas' Unaufmerksamkeit. »Die Menschen gehen auch auf Volksfeste und tanzen dort. Sie werden kaum nackt dorthin gehen. Lass dir von Seraphina nicht den Kopf verdrehen.«

Nicholas dachte an seinen Eisprinzen und den kleinen Jungen. An den Bäcker mit den Segelohren, der für jeden ein freundliches Wort hatte, und wusste nicht, was er glauben sollte. Natürlich hatten die niederen Stände ihre eigenen Feste und natürlich würden sie nicht in Lumpen tanzen.

»Und arbeiten müssen wir alle«, setzte Großvater hinzu, während er zwei Gläser Wasser von einer Karaffe, die auf einem kleinen Tisch an der Wand stand, einschenkte. Er reichte eins der Gläser an Nicholas weiter, der es auf einen Zug leertrank. Wie lange hatten sie trainiert? Es kam ihm wie eine Ewigkeit vor. »Viele der Mädchen arbeiten das ganze Jahr darauf hin, auf dem Frühlingsball einen Bräutigam zu finden. Du selbst bist dieses Jahr auf der Suche nach einer Braut.«

Das war etwas anderes, fand Nicholas, doch das sagte er nicht laut.

»Vielleicht solltest du weniger Zeit mit Seraphina und Theresias verbringen«, überlegte Großvater, während er Nicholas nachdenklich musterte. »Die beiden setzen dir nur Flausen in den Kopf und haben wenig Verständnis für die Regierung eines großen Reiches wie Ostris. Komm nach dem Abendessen in mein Arbeitszimmer. Es ist höchste Zeit, dass du ein paar verantwortungsvollere Aufgaben übernimmst. Niki verzieht Euch Kinder völlig.«

Nicholas unterdrückte ein Seufzen. Bisweilen fühlte er sich, als wäre er noch immer zwölf, während die Erwachsenen entschieden, was er zu tun und zu lassen hatte. Vielleicht sollte er noch einmal mit seinem Vater sprechen. Vater war oft ganz anderer Meinung als Großvater, aber auch Vater konnte bisweilen sehr verbohrt sein. Zudem würde Vater nur wieder davon anfangen, welche Frau Nicholas heiraten wollte, und das würde er sich ganz sicher nicht freiwillig antun. Nein, wie es schien, blieb ihm nichts anderes übrig, als seinen Eisprinzen dazu zu bewegen, wieder mit ihm zu sprechen. Und Nicholas endlich seinen richtigen Namen zu nennen.

Nicholas dachte nicht zu genau darüber nach, warum es ausgerechnet dieser Mann sein musste.

Kapitel 14

Alles Grübeln half nichts.

Tage vergingen, ohne dass Mitternacht der Lösung von Leos Problem auch nur das kleinste bisschen näher kam. Wenn sie wenigstens lesen könnte, doch sie wollte Leo nicht fragen, denn der hatte schon genug zu tun, obwohl er nur einen Arm gebrauchen konnte. Mitternacht rief ihren Speer und schickte ihn wieder fort, flog grübelnd im Garten herum, bis sie sich wieder in der Eiche niederließ, die im hinteren Garten stand, doch nicht einmal das vertraute Rascheln der Eichenblätter konnte ihr aufgeregtes Herz beruhigen.

Sie wusste einfach zu wenig über die Menschen und deren Magie. Vielleicht fühlte sich ja die Magie aller Menschen so verdreht und verdorben an wie die des Alten. Sie erwog, zurück zu ihrem Heimatbaum zu fliegen, doch die Feen dort wussten noch weniger über die Menschen als Mitternacht. Wenn sie nur eine andere Fee hätte, mit der sie reden könnte! Mitternacht dachte an die arme aufgespießte Fee, die sie im Haus entdeckt hatte, und schauderte.

Dann setzte sie sich kerzengerade auf. Die Fee. Sie hatte rotbraune Haut gehabt. Das heißt, sie musste von einem anderen Baum stammen. Und war das nicht der Grund gewesen, weshalb Mitternacht überhaupt erst in die Stadt gekommen war? Um die Feen eines anderen Baumes zu treffen?

Als sie noch ein Kind gewesen war, hatte Mitternacht gar nicht genug bekommen können von den Geschichten von anderen Feenvölkern, die das Land bewohnten. Feen so weiß wie der Schnee im Norden und Feen mit roter und brauner Haut im Süden. Man erzählte sich, dass die Feen einst wie die Bienen durchs ganze Land geflogen waren, von einem Baum zum anderen. Mitternacht kannte niemanden, der sich an diese Zeit erinnern konnte oder der jemals einer andersfarbigen Fee begegnet war. Die tote Fee war die erste gewesen, die Mitternacht je gesehen hatte. Wenn man den Geschichten jedoch Glauben schenkte, waren die Menschen der Grund dafür, dass Feen sich niemals zu weit vom Heimatbaum entfernten. Mitternacht war aufgewachsen mit Erzählungen von schrecklichen Menschen, die Feen fingen und für Tränke und Tinkturen verwendeten. Doch anstatt Mitternacht abzuschrecken, hatten diese Geschichten sie nur noch neugieriger gemacht auf diese seltsamen Wesen.

Und so war Mitternacht ausgezogen, um die Welt der Menschen zu erkunden und die Feen zu treffen, die inmitten der Stadt wohnten. Als sie zum ersten Mal hierhergekommen war, war sie schier überwältigt gewesen von all dem Lärm, dem Gestank und den vielen, vielen Menschen. Sie war hilflos umhergeirrt, bis sie völlig erschöpft in Leos Garten gelandet war. Sie würde ihrem Löwenherz auf ewig dankbar sein, dass er sie an jenem Tag davor bewahrt hatte, als Katzenfutter zu enden. Und nun lebte sie bereits seit mehreren Monden unter diesem seltsamen Volk und wusste noch immer nicht, ob an den Geschichten über die Menschen etwas dran war. Leos Stiefvater wirkte auf jeden Fall wie einer der Menschen, von denen die Geschichten erzählten. Leo hingegen und auch der Priester und einige andere Menschen, mit denen Leo sich gelegentlich unterhielt, schienen ganz umgänglich zu sein.

Sie war so von der Aufregung, einen leibhaftigen Menschen kennenzulernen, eingenommen worden, dass sie ganz vergessen hatte, dass es angeblich noch andere Feen hier in der Stadt gab. Und es war höchste Zeit, dass Mitternacht ihnen endlich einen Besuch abstattete! Sie tanzte und wirbelte, bis sie das Prickeln des Zaubers spürte, der sie für jeden Menschen, der in ihre Richtung sah, unsichtbar machte. Nun, für jeden Menschen außer Leo. Und war das nicht auch seltsam, dass er durch ihren Zauber sehen konnte? Doch er behauptete, keine Magie zu haben, und Mitternacht kannte sich zu wenig mit solchen Dingen aus, um herauszufinden, ob er recht hatte. Sie schlug den Weg zum Tempel ein und flog mit summenden Flügeln über die glänzenden Dächer der Häuser. Sie hatte sich inzwischen an das rege Treiben und den Trubel gewöhnt und jauchzte, als sie von einer vorwitzigen Bö durch die Luft gewirbelt wurde. Unterwegs traf sie Vögel und Eichhörnchen, Bienen und Käfer. Die Stadtvögel, so hatte sie schnell herausgefunden, waren ausgesprochen geschwätzige Tiere und es dauerte eine Weile, bis Mitternacht den Tempel erreicht hatte, weil sie immer wieder einigen ihrer neuen Freunde begegnete und nicht um ein kleines Pläuschchen herumkam.

Es war ein warmer Frühlingstag und Mitternacht genoss das Gefühl der Sonne auf ihren Flügeln, während sie in die Tempelgärten flog, in deren Mitte der Große Rote wuchs, der den Stadtfeen Heimat bot und der Legende nach der Mittelpunkt der Welt war. Feen, die seit jeher unter den Menschen lebten, konnten ihr sicherlich mehr über dieses Volk erklären. Dass Mitternacht nicht schon früher auf den Gedanken gekommen war! Nun, besser spät als nie. Vielleicht konnten die Stadtfeen Mitternacht sogar das Lesen beibringen! Schließlich lebten sie schon seit Generationen unter den Menschen. Vielleicht würde Mitternacht dann etwas in den Büchern von Leos Stiefvater finden. Vielleicht hatten die Stadtfeen auch eine Idee, wie Mitternacht Leo helfen könnte, seinem Stiefvater ein für alle Mal zu entwischen. Menschenmagie konnte nicht so stark sein, nicht wahr?

Nun, da Mitternacht sich endlich wieder an die Stadtfeen erinnert hatte, kam es ihr schon ein wenig seltsam vor, dass sie in all der Zeit, die sie nun schon in der Stadt lebte, noch keiner anderen Fee begegnet war. Nicht einmal, als sie mit Leo gemeinsam den Tempel besucht und sich vor dem hübschen Priester versteckt hatte, obwohl die Feen doch hier im Garten wohnen sollten.

Wo waren all die Feen, die den Geschichten nach über den Großen Roten wachten? Mitternacht sackte ein wenig herab, als ihr ein schrecklicher Verdacht kam: War an den Geschichten doch etwas dran und die Menschen hatten sie alle gefangen? Irgendwo musste ja die Fee hergekommen sein, die Leos Stiefvater in einem Glaskasten aufgespießt hatte. Mitternacht warf einen unruhigen Blick über die Schulter und hielt sich näher an den Bäumen, die zum Teil schon im saftigen Grün standen. Es waren jedoch nur wenige Menschen im Tempelgarten unterwegs und niemand schien in ihre Richtung zu schauen. Gut. Sie war zwar außer Leo noch keinem Menschen begegnet, der sie sehen konnte, doch es schadete nicht, auf der Hut zu sein.

Mitternacht war so damit beschäftigt, ein wachsames Auge auf ihre Umgebung zu haben, dass sie erst im letzten Moment bemerkte, dass sie den Großen Roten bereits erreicht hatte. Sie machte einen scharfen Bogen, flog ein Stück zurück und blickte staunend an dem riesigen Baum empor.

Sie hatte ihn aus der Ferne gesehen – er war nicht zu übersehen, so hoch wie er war –, doch aus der Nähe betrachtet war er geradezu gigantisch. Der Baum war größer noch als die Geschichten erzählten, größer als jede Buche, der höchste Baum, den Mitternacht je gesehen hatte. Sein rötlich-brauner Stamm war mit tiefen Furchen und Rissen durchzogen, in denen sich Mitternacht ohne Probleme hätte verstecken können. Mitternacht kannte jede einzelne Geschichte vom Großen Roten, der im Mittelpunkt der Welt wuchs. Der Mutterbaum. Es hieß, dass seine Wurzeln die Welt bildeten und seine Krone den Himmel. Mitternacht wusste nicht, ob sie den Geschichten wirklich glauben konnte, doch es sah so aus, als würde sie sehr, sehr lange brauchen, um die Spitze des Baumes zu erreichen.

Bienen summten überall und Vögel zwitscherten fröhlich und schossen durch den Garten auf der Jagd nach Insekten und Würmern. Alles war voller Lebensmagie, sodass selbst Mitternacht sich ganz übermütig fühlte und nicht umhinkonnte, ein wenig zu tanzen. Vielleicht war es kein Wunder, dass die Feen nie ihren Baum verließen, wenn er so riesig war. Wahrscheinlich brauchte es ein ganzes Leben, um jeden Winkel zu erkunden. Wie lange würde sie wohl brauchen, um bis zur Spitze zu fliegen? Sie wollte gerade losfliegen, als sie von zwei Feen in die Zange genommen wurde, die alles andere als freundlich aussahen und mit spitzen Speeren bewaffnet waren. Selbst ihre bläulich-schwarzen Flügel brummten bedrohlich.

»Wer bist du und was willst du?«, fragte die weibliche Fee, die ein langes Gesicht und Haar so grün wie Eichenlaub hatte. Ihre Haut war rötlich-braun wie die der toten Fee. Wie die Rinde des Großen Roten.

»Man nennt mich Mitternacht und ich stamme aus dem Wald westlich von hier«, erklärte Mitternacht stolz. »Ich lebe seit einer Weile in der Stadt und dachte, ihr könntet mir ein paar Fragen zu den Menschen beantworten.«

»Die Ausgestoßene«, höhnte die männliche Fee. Sein Haar war so rot wie der Stamm des Baumes und zu einem dicken Zopf geflochten. Er wäre ganz hübsch gewesen, wenn er nicht so grimmig dreingeschaut hätte.

»Ich wurde nicht *ausgestoßen!*«, schnappte Mitternacht.

»Und warum lebst du dann unter den Menschen?«, fragte die weibliche Fee. Mitternacht fand es ein wenig unhöflich, dass sie sich noch immer nicht vorgestellt hatten.

»Warum lebt ihr unter den Menschen?«, gab sie zurück.

Die beiden Feen brachen in schallendes Gelächter aus.

»Wir leben nicht unter den Menschen«, sagte die mit dem langen Gesicht. »Wir haben nichts mit ihnen zu tun.«

Mitternacht starrte sie ungläubig an. »Aber ihr lebt mitten in ihrem Tempelgelände!«

Die beiden schüttelten sich wieder vor Lachen, was Mitternacht allmählich auf die Nerven ging. Die beiden schienen nicht sonderlich helle zu sein.

»Wir leben nicht in *ihrem* Gelände«, sagte die Grünhaarige herablassend. »Wir dulden sie in *unseren* Gärten.«

Mitternacht fragte sich, was sie wohl dachten, mit ihren mickrigen Speeren ausrichten zu können gegen einen Mann wie den Priester oder Leos Stiefvater, hielt jedoch wohlweislich den Mund.

»Nun, so interessant es auch war, eure Bekanntschaft zu machen, so spreche ich doch lieber mit jemandem, der meine Fragen beantworten kann«, sagte sie spitz. »Wo finde ich eure Königin?«

Das Gelächter verstummte abrupt und die beiden kreuzten ihre Speere direkt vor Mitternachts Gesicht.

»Wir erlauben keinen Fremden Zuflug zum Mutterbaum«, sagte der Rothaarige scharf.

»Aber der Baum ist für alle da!«, protestierte Mitternacht.

»Wir wurden damit beauftragt, den Baum zu beschützen und das tun wir«, verkündete die Grünhaarige. »Jetzt verschwinde, ehe ich dich aufspieße.«

Mitternacht dachte unwillkürlich an die Fee, die in der Höhle von Leos Stiefvater aufgespießt an der Wand hing. Sie hob die Augen auf zur Krone des Mutterbaums, die hoch in die Wolken ragte, und begegnete nur feindseligen Blicken und erhobenen Speeren. Keine von den Feen, die Mitternacht aus dem Schutz der höheren Äste heraus beobachteten, schien erpicht darauf, mit ihr zu sprechen. Ganz offensichtlich war den Feen das Leben in der Stadt nicht sonderlich gut bekommen.

»Es ist traurig, wenn nicht einmal wir Feen untereinander Gastfreundschaft üben können«, sagte sie leise, dann flog sie, ohne eine Antwort abzuwarten, davon.

Etwas Blaues erregte ihre Aufmerksamkeit, als sie mit summenden Flügeln das Tempelgelände verließ. Sie flog zurück und hielt vor den bunten Fenstern des großen Tempels an, in dem Leo sich mit dem hübschen Priester getroffen hatte. Mitternacht hatte sich die blauen Fenster bisher noch nie aus der Nähe angesehen und war überrascht, dass der Mann, der auf dem mittleren Fenster dargestellt wurde, dem Priester überraschend ähnlich sah. Sie flog näher heran und streichelte sein Gesicht, ließ die Hand im nächsten Moment hastig wieder sinken, als sie das Gefühl hatte, dass der Mann sie direkt ansah. Aber das war völlig unmöglich. Es war nur ein Fenster. Oder nicht? Sie brachte sicherheitshalber ein wenig Abstand zwischen sich und das Fenster. Wer wusste schon, wozu Menschen in der Lage waren.

Sie flog zu dem zweiten Fenster, dass nur einen weißen Baum zeigte, und warf dem Mann aus Glas einen misstrauischen Blick zu, der nun ganz unschuldig den Himmel zu beobachten schien. Sie ließ ihn nur widerwillig aus den Augen, um durch das Fenster hindurch in den Tempel zu spähen. Leos Priester jedoch war zu ihrer Enttäuschung nirgendwo zu sehen. Wo steckte er nur, wenn er nicht im Tempel war? Vielleicht würde er auftauchen, wenn sie ein wenig wartete. Es konnte nicht schaden, nicht wahr?

»Kann ich dir helfen?«

Mitternacht schrie vor Schreck, schoss in die Höhe und wirbelte herum, um den Wind zu rufen, doch es war nur der Priester, nach dem sie gesucht hatte. Leos Priester. Der sie neugierig und ein bisschen beschämt ansah.

»Verzeih, ich wollte dich nicht erschrecken.«

Mitternacht konnte ihn nur völlig entgeistert anstarren. »Du kannst mich sehen?«

Er legte den Kopf auf die Seite. »Ja, sollte ich das nicht können?«

Mitternacht bedachte ihn mit einem finsteren Blick. »Nein, ganz gewiss nicht.« Dann erinnerte sie sich daran, was Leo gesagt hatte. »Du hast Magie.«

Die Miene des Priesters hellte sich auf. »Ah ja, das könnte es sein.«

»Heißt das, alle Priester können mich sehen?« Hieß das, Leo hatte doch Magie?

Der Priester legte die Stirn in Falten. »Ich … bin tatsächlich nicht sicher. Bisher dachte ich schon.« Er warf einen Blick über die Schulter, doch der Garten war verlassen. »Wir könnten einen der anderen Priester fragen. Ella vielleicht. Hm.«

Mitternacht betrachtete ihn neugierig, während er damit beschäftigt war, nach einem anderen Priester Ausschau zu halten. Sie hatte noch nie jemanden wie ihn gesehen. Er roch nach Schnee und Eis, wie der Wald im Winter, seine Haut war unnatürlich blass und selbst sein Haar und seine Augen wirkten ausgeblichen. Wie ein Kind, das aus Schnee geboren worden war.

»Du bist wie der Winter«, murmelte Mitternacht.

Der Priester richtete seine Aufmerksamkeit wieder auf Mitternacht, ein trauriger Ausdruck in seinen eisblauen Augen. »Ja, das bin ich wohl. Es ist meine Magie.« Er streckte die Hand aus, die Handfläche nach unten und Mitternacht sah erstaunt, wie kleine Schneeflocken von seiner Hand fielen und still zu Boden segelten. Als sie ihn wieder ansah, waren seine Lippen ganz blau und zu einem winzigen Lächeln verzogen.

Mitternacht stemmte die Hände in die Hüften. »Warum schmilzt du dann nicht wie der Winterschnee?«

»Warum …?« Er brach mit einem erstickten Laut ab. Zuerst dachte Mitternacht, sie hätte ihn beleidigt, doch dann ging ihr auf, dass er lachte. Verhalten und leise, so wie Leo es oftmals tat, anstatt laut und ungezwungen wie Mitternacht oder ihre Schwester Dahlia oder die anderen Feen. Heimlich. Waren alle Menschen so? Doch nein. Leos Schwestern hatten keine Scheu laut zu gackern wie die Elstern.

»Verzeih«, sagte er schließlich. »Ich … nein. Ich schmelze nicht. Ich …« Er stockte abrupt, die Brauen zu einem weißen Strich zusammengezogen, während sein Blick für einen Augenblick ins Leere ging. »Oder vielleicht tut es nur ein Teil von mir«, setzte er gedankenverloren hinzu. Dann schüttelte er den Kopf. »Du bist Leonhards Freundin, nicht wahr?«

Mitternacht sackte ein gutes Stück in der Luft hinab, als ihre Flügel für einen Augenblick stockten. »Woher weißt du das?«

»Ah. Dein Haar. Es ist nicht grün oder rötlich wie das der Feen, die hier im Garten leben, sondern blauschwarz. Ich habe dich bei seinem letzten Besuch mit ihm zusammen gesehen.«

»Du hast mich gesehen?« Dabei hatte sie gedacht, sich so gut versteckt zu haben. Nicht einmal Leo hatte sie bemerkt, doch den scharfen Augen des Priesters schien nichts zu entgehen.

»Ja, in der Tat. Verzeih, du bist die erste Fee, mit der ich spreche.«

»Aber … die anderen wohnen hier!«

Er lachte leise. »Ja, doch sie scheinen nicht gut auf Menschen zu sprechen zu sein. Ich kann es ihnen nicht verdenken.« Der abwesende Ausdruck schlich sich wieder in seine Augen, als würde er sich an etwas erinnern.

Mitternacht musterte ihn aus dem Augenwinkel. Er war ein seltsamer Mensch, doch da sie nur wenig Erfahrung mit Priestern und magiebegabten Menschen hatte, war er vielleicht auch gar nicht so seltsam. Sie musste Leo fragen. Was sie daran erinnerte, dass sie aus einem bestimmten Grund hier war.

»Also, warum hast du nach mir Ausschau gehalten?«, fragte der Priester. »Oder hast du nach Leonhards Verehrer gesucht?«

»Du weißt wirklich eine ganze Menge.«

Seine blassblauen Augen funkelten. »Ich bin gut darin, unbemerkt zu beobachten.«

»Und dich anzuschleichen.«

»Offensichtlich.« Seine Lippen zuckten und für einen Augenblick erinnerte er sie so sehr an Mondfeuer, dass Mitternacht die Luft wegblieb.

»Oh, habe ich dich schon wieder beleidigt?«, fragte der Priester, die ausgeblichenen Augenbrauen gehoben.

Der Priester war ein ausgesprochen seltsamer Mensch, entschied Mitternacht dann. Seltsam sogar für einen Menschen. Nun, was hatte sie erwartet? Er war der Winter. War er es, der den Schnee rief? Sie traute sich nicht zu fragen.

Der Priester seufzte tief und rieb sich die Stirn. »Verzeih. Was habe ich gesagt?«

Mitternacht blinzelte und schüttelte hastig den Kopf. »Du bist ganz und gar nicht so, wie ich mir den Winter vorgestellt habe.«

Er wandte den Blick ab, als hätte sie ihn verletzt.

»Bitte«, sagte sie und flog um ihn herum, bis sie ihm wieder ins Gesicht sehen konnte. »Ich habe Fragen und verstehe die Menschen nicht und ich habe das Gefühl, dass selbst Leo vieles nicht versteht. Kannst du mir helfen?«

Der Priester musterte sie einen Augenblick, den Kopf zur Seite geneigt, ehe er auf den Weg deutete, der in den Garten führte. »Wollen wir ein Stück gehen?«

Mitternacht wies ihn nicht darauf hin, dass sie ganz sicher nicht gehen würde. »Vielleicht nicht. Ich möchte den Feen, die hier wohnen, nicht noch einmal begegnen. Ich glaube, sie mögen keine anderen Feen.«

Er hob die Augenbrauen, sagte jedoch nichts. »Vielleicht suchen wir uns dann einfach ein gemütliches Plätzchen hier im Garten. Vielleicht in der Sonne?«

Sie blickte ihn misstrauisch an. »Bist du sicher, dass du nicht schmelzen wirst?«

Der Priester wandte kurz den Blick ab und rieb sich die Brust. Seltsam. Sehr seltsam. »Keine Sorge, mir wird nichts geschehen.«

Was nicht die Antwort auf ihre Frage war. Leo mochte den Priester und Mitternacht mochte ihn auch. Selbst wenn er seltsam war und etwas verbarg. Doch schließlich war er der Winter und verbargen nicht auch Schnee und Eis das Grün darunter und schützten es vor den eisigen Winden? Mitternacht schalt sich eine Närrin. Sie konnte sich nicht um noch einen Menschen kümmern! Aber wer sollte es sonst tun?

»Nein«, sagte sie langsam. »Nicht in der Sonne.«

Er hob lediglich eine Augenbraue, folgte ihr jedoch gehorsam, als Mitternacht auf ein schattiges Plätzchen unter einer Erle ansteuerte, das von Hasel und Rotbeerensträuchern gesäumt war.

Der Priester – Nestor, erinnerte sie sich, war sein Name – wirkte amüsiert, als er sich mit überkreuzten Beinen im weichen Gras niederließ.

»Nun?«, fragte er.

Mitternacht schwirrte um Nestor herum, um sicherzustellen, dass er nicht zu viel Sonne abbekam, ehe sie sich auf seinem Knie niederließ. Sie war überrascht, als er sich plötzlich anspannte, und sah sich hastig um, doch niemand war in der Nähe, nicht einmal eine der Stadtfeen.

»Was ist?«, fragte sie verwirrt.

Sein Gesicht war noch weißer als üblich.

»Vielleicht … vielleicht setzt du dich besser auf den Strauch hier«, murmelte er und deutete auf die Haselnuss, die zu seiner Rechten wuchs.

Mitternacht grinste zu ihm auf. »Oh, deine Kälte macht mir nichts aus.«

»Trotzdem«, sagte Nestor mit bebender Stimme. Er schien nicht einmal mehr zu atmen.

»Geht es dir nicht gut?« Mitternacht musterte ihn eindringlich.

Nestor verzog das Gesicht. »Ich würde es bevorzugen, du würdest mich nicht berühren«, presste er durch zusammengebissene Zähne hervor.

Mitternacht versuchte, nicht gekränkt zu sein, doch das war gar nicht so leicht. Fast war sie versucht, aus Trotz einfach auf seinem Knie sitzen zu bleiben, doch schließlich kam sie seiner Bitte nach und erhob sich mit flirrenden Flügeln.

Sie hörte, wie Nestor erleichtert den Atem ausstieß, kaum dass sie in der Luft war. Mitternacht ließ sich auf einem Maulwurfshügel nieder und beobachtete, wie er sich mit einer zitternden Hand über das Gesicht rieb. Schneeflocken fielen von seinen Fingerspitzen, die vereinzelt vor seinem Gesicht tanzten, in der Wärme jedoch rasch dahinschmolzen. Seine Züge glätteten sich langsam und auch die Anspannung fiel offensichtlich von ihm ab.

Mitternacht hatte plötzlich ein schlechtes Gewissen. »Habe ich dir wehgetan?«

Nestor ließ die Hände sinken und schenkte ihr ein schiefes Lächeln, das seine Augen nie erreichte. »Nein. Nein, nicht im Geringsten. Ich hatte nur Sorge, ich könnte *dir* etwas tun.«

»Oh, ich bin aus härterem Holz gewachsen!«, rief Mitternacht unbekümmert, doch er hielt rasch eine Hand hoch und schüttelte den Kopf, als sie Anstalten machte, zu ihm zurückzufliegen.

»Bitte nicht.«

»Wie du willst«, sagte sie, noch immer ein wenig verwirrt und gekränkt, dass er ihr so wenig zutraute. »Doch du solltest wissen, dass ich aus dem Sturm geboren bin. Ein wenig Schnee und Eis können mir nicht schaden.«

»Das ist schön zu hören«, sagte Nestor mit einem müden Lächeln. Er zog seine Gewänder enger um sich, als wäre ihm kalt. Vielleicht hätte sie doch mit ihm in die Sonne gehen sollen? Aber er war der Winter!

»Ich hoffe, mit Leonhard ist alles in Ordnung?«, fragte er sanft und riss sie aus dem Durcheinander ihrer Gedanken.

»Nein!«, platzte Mitternacht heraus und machte einen Satz in die Luft. »Nichts ist in Ordnung! Sein Stiefvater ist ein Ungeheuer und ich verstehe nicht, warum Leo nicht einfach davongeht!«

»Hast du ihn gefragt?«

Sie sank zurück auf den Maulwurfshügel und ließ die Flügel hängen. »Ja! Und er sagt, er kann nicht.«

Nestor runzelte die Stirn. »Vielleicht solltest du ihn dann nach seiner Geschichte fragen.«

Mitternacht nickte betrübt. »Ja, vielleicht. Können wir nicht irgendetwas anderes tun?«

»Was schwebt dir vor?«

Mitternacht zuckte die Achseln, hielt die Hand auf und rief ihren Speer.

Nestor hob rasch die Hände. »Ho! Vielleicht steckst du den besser wieder weg. Ich glaube nicht, dass uns Gewalt hier weiterhelfen wird.«

»Aber warum nicht? Leos Stiefvater ist ein böser Mann. Er sollte nicht einmal mehr in dieser Stadt leben! Warum habt ihr ihn nicht ausgestoßen? Das würde ich gern wissen!«

»Vielleicht hat bisher niemand davon gewusst, was geschieht.«

»Aber du weißt es nun! Du musst etwas tun.« Mitternacht deutete mit der Speerspitze auf Nestor.

»Leonhard ist ein erwachsener Mann. Ich kann ihn nicht zwingen, meine Hilfe anzunehmen.«

»Aber warum nicht?«

Nestor musterte sie einen Moment lang schweigend. »Deine Sorge um ihn ehrt dich«, begann er schließlich mit sanfter Stimme. »Doch wie würdest du dich fühlen, wenn dich jemand aus der Stadt herausholt, weil er nur dein Bestes wollte?«

Mitternacht dachte an Mondfeuer und alle anderen Feen, die sie bekniet hatten, nicht fortzugehen. Sie schluckte schwer und schickte den Speer wieder fort, als sie die Augen niederschlug. »Gibt es also nichts, was wir tun können?«

»Du kannst für ihn da sein und ihm zuhören und ...« Nestor stockte auf einmal, und als Mitternacht ihn ansah, hatte er eine tiefe Falte zwischen den Brauen, die ihn streng und hart aussehen ließ.

Nestor rieb sich das bärtige Kinn. »Vielleicht habe ich eine Lösung«, murmelte er, ehe er seine Aufmerksamkeit auf Mitternacht richtete. »Meinst du, du kannst Leonhard überreden, mich noch einmal zu besuchen?«

Mitternacht legte den Kopf auf die Seite. »Was hast du vor?«

»Es ist besser, ich sage nichts.«

»Wird es ihm helfen?«

»Ich hoffe es.«

Kapitel 15

Mitternacht hatte ein wirklich übertriebenes Interesse an dem Priester. Sie lag Leo fast täglich in den Ohren damit, den Tempel wieder zu besuchen.

»Warum besuchst du ihn nicht selbst, wenn du ihn so unbedingt sehen willst?«, fragte Leo ungehalten, während er sich hastig wusch, um in die Stadt zu gehen.

Ein seltsamer Ausdruck huschte über Mitternachts Gesicht, ehe sie in übertriebener Unschuld die Schultern hob. »Ich bin nicht diejenige, die sein Interesse geweckt hat.«

Leo musterte sie aus schmalen Augen. »Mitternacht. Was hast du getan?«

Sie schoss in die Höhe und verschränkte die Arme vor der Brust. »Was soll das denn heißen?«

»Nicht so laut!«, zischte Leo und warf einen Blick über die Schulter, doch offenbar hatte niemand Mitternachts Ausbruch gehört. Das würde ihm noch fehlen, dass jemand sich darüber wunderte, mit wem er sich in der Küche unterhielt, nachdem die Köchin gerade das Haus verlassen hatte. »Warum ist es dir plötzlich so wichtig, dass ich wieder in den Tempel gehe?«

»Du bist gerne dort!«, gab Mitternacht mit etwas leiserer Stimme zurück. »Und der Priester ist so nett! Und wir brauchen noch immer eine neue Kerze!«

Leo schüttelte den Kopf. »Du heckst irgendetwas aus. Aber genug davon. Ich bin schon spät dran. Wir reden später.« Er trocknete sich Gesicht und Hände und schlüpfte durch den Dienstboteneingang aus dem Haus.

»Aber der Tempel!«, rief sie ihm nach.

»Nicht heute!«, rief er zurück und wandte sich zum Gehen. Nachdem Carolina und Cordelia Kuchen zum Abendbrot verlangt hatten und das Mehl nicht wie üblich am Abend zuvor geliefert worden war, hatten ihre Vorräte so gerade noch fürs Frühstück gereicht, doch nun war nur noch ein kümmerlicher Rest da. Deshalb hatte die Köchin Leo ausgeschickt, um zu versuchen, beim Bäcker noch Mehl zu besorgen. Niemand wollte sich Vaters Zorn zuziehen, wenn es kein ordentliches Brot zu den Mahlzeiten gab.

Der Bäcker ein paar Straßen weiter scheuchte ihn wie einen räudigen Hund davon. Leo hastete weiter durch die engen Gassen der Stadt und musste den ganzen Weg bis zum Marktplatz laufen, bis er endlich einen Bäcker fand, der einen Sack Mehl entbehren konnte. Ole war ein rundlicher Mann mit roten Wangen und abstehenden Ohren. Sein sonst so fröhlicher Ausdruck hatte einem Stirnrunzeln Platz gemacht, als er die Schlinge sah, in der Leos Arm ruhte. »Bist du sicher, dass du das selbst tragen willst, Junge? Ich kann später bestimmt einen der Burschen entbehren und mit einem Karren schicken.«

»Keine Sorge«, sagte Leo, als er sich den Sack mit Hilfe des Bäckermeisters auf die gute Schulter hievte. »Es ist nicht weit und ich habe schon Schwereres getragen.«

»Du bist ein kräftiger Bursche, das ist wohl wahr«, sagte der Bäcker, der noch immer skeptisch wirkte. Er war einer der wenigen, die Leo noch immer mit Freundlichkeit begegneten. Nach Mutters Tod und nachdem sein Stiefvater Leo in die Rolle des Dieners gezwungen hatte, schien jeder in der Stadt Leonhard Silberschild vergessen zu haben. Niemand erinnerte sich mehr an den Jungen, der Leo vor Mutters und Vaters Tod gewesen war, der Junge, der in jeder Bäckerei gern gesehen war. Seit Mutters Tod war Leo nur ein einfacher, schmutziger Diener, wie es so viele in der Stadt gab. Nur Ole ließ sich davon nicht abschrecken.

»Vielen Dank«, sagte Leo und schenkte dem freundlichen Mann ein Grinsen. »Ich hoffe, ich brauche eure Hilfe so schnell nicht wieder.«

Der Bäckermeister lachte, wobei seine Ohren fröhlich winkten. »Du weißt doch, Leo, du bist jederzeit willkommen. Hier nimm noch ein Rosinenbrötchen mit, damit du unterwegs nicht schlapp machst.«

»Oh ich kann nicht –«

»Unsinn«, widersprach der Bäckermeister und drückte Leo ein ofenwarmes Brötchen in die Hand. »Pass auf dich auf, Junge.«

Leo wedelte mit dem Brötchen. »Werde ich!«

Leo marschierte, so schnell es der Sack auf seiner Schulter zuließ, über den Marktplatz, als ihn etwas am Ärmel zupfte. Er wollte sich bereits verärgert umdrehen, doch es war nur Rudi, der ihn mit großen Augen ansah. Leo war sogleich alarmiert.

»Rudi, ist alles in Ordnung? Ist etwas geschehen?«

Rudi schüttelte vehement den Kopf. »Alles in Ordnung, Leo.«

Er betrachtete neugierig den Sack auf Leos Schulter und das halb angebissene Brötchen. »Du warst bei Ole, hm?«

Leo grinste. »Uns ist das Mehl ausgegangen und Ole war der Einzige, der mir etwas abgeben wollte.«

»Pfft«, machte Rudi. »Ole ist in Ordnung.« Dann lehnte er sich vor und senkte die Stimme zu einem Flüstern, sodass Leo sich herunterbeugen musste, um ihn zu verstehen. »Ich soll dich von dem Fremden mit dem Geld fragen, was er tun muss, damit du wieder mit ihm sprichst.«

Leo erstarrte und konnte sich gerade noch davon abhalten, nach dem Mann Ausschau zu halten. Das hatte ihm gerade noch gefehlt. Die Brust wurde ihm eng, doch er wusste nicht, ob es Ärger, Hoffnung oder Verzweiflung war, welches er empfand. Vielleicht alles gleichzeitig. »Er soll mich verdammt noch mal in Ruhe lassen«, zischte Leo, als er sich von dem Schock wieder erholt hatte, und zuckte zusammen, als Rudis Augen sich bei seinem Ausbruch überrascht weiteten.

»Soll ich ihm das sagen?«, fragte Rudi.

Leo hob den Blick zum Himmel. »Du sollst ihm gar nichts sagen, Rudi. Er sollte dich nicht für Botengänge missbrauchen.«

Rudi zuckte die Achseln. »Mir macht es nichts aus. Er ist interessanter als die meisten anderen hier.« Rudi legte den Kopf schief. »Warum magst du ihn nicht?«

»Es geht nicht darum, ob ich ihn mag. Aber ich kann mich nicht mit ihm unterhalten. Du weißt, dass mein Vater es nicht gern sieht, wenn ich mich mit Fremden unterhalte.« Leo hievte den Sack, der allmählich schwer wurde, ein wenig höher auf seine Schulter. Er sollte schleunigst nach Hause gehen, ehe sich die Köchin fragte, wo Leo wohl blieb.

Rudis Augen wurden schmal. »Aber du unterhältst dich mit mir.«

Leo tippte Rudis abgewetzten Schuh mit seinem eigenen Fuß an. »Das ist etwas anderes. Und wenn er dich das nächste Mal anspricht, sag ihm, dass du keine Botengänge mehr für ihn übernimmst.«

Rudi machte ein langes Gesicht. »Aber ich bekomme jedes Mal einen Silberling!«

Leo schloss die Augen und bat Vandros innerlich um Geduld. »Rudi. Was machst du mit dem ganzen Geld?«

Der Junge zuckte die Achseln. »Manchmal kaufe ich Kuchen. Die Kuchen von Ole sind ganz saftig und voller Kirschen! Soll ich dir auch einen kaufen, Leo? Ich habe noch genug Geld!« Er steckte die Hand in die Hosentasche, aus der ein Klimpern erklang. Rudi grinste breit.

»Nein. Behalt dein Geld«, erwiderte Leo und hielt die Hälfte von seinem Rosinenbrötchen hoch. »Genieß deine Kuchen, ich bin versorgt. Aber sieh zu, dass die anderen Kinder nichts davon mitbekommen, sonst sind Kuchen und Geld schneller weg, als du gucken kannst.«

Rudi wippte auf den Zehenspitzen auf und ab. »Ich pass schon auf, Leo. Du machst dir immer zu viele Sorgen. Vielleicht solltest du es auch einmal mit einem Kuchen probieren. Die Rosinenbrötchen sind gut, aber nicht so gut wie die Kuchen. Die würden bestimmt deine Laune heben.«

Leo hob eine Augenbraue und wandte sich zum Gehen. »Oh, meinst du?«

Rudi nickte entschieden. »Auf jeden Fall.«

»Hm, dann werde ich mir Euren Ratschlag zu Herzen nehmen, Herr Rudolph«, sagte er mit einem höflichen Kopfnicken.

Rudi kicherte. »Pass auf dich auf, Leo!« Er umarmte Leo kurz und flitzte davon.

»Du auch, Rudi«, murmelte Leo und ignorierte die vertraute Gestalt, die am Rande des Marktplatzes herumlungerte und Leo beobachtete.

~*~

Als der nächste Markttag anstand, ging Leo mit einem prickelnden Gefühl im Magen durch die Straßen. Ein kleiner verbotener Teil von ihm sonnte sich in der Aufmerksamkeit, die ihm Nicholas zuteilwerden ließ, doch der Rest von ihm wusste, dass er den Mann schleunigst loswerden musste, wenn er selbst nicht in Schwierigkeiten geraten wollte. Es war ohnehin ein Wunder, dass Vater noch nichts davon erfahren hatte.

Leo warf einen sehnsüchtigen Blick zum Tempel. Mitternacht hatte recht, er war gern dort, insbesondere im Saal des Winters, in dem es immer ruhig und kühl war. Doch dafür hatte er nur wenig Zeit. Er konnte es kaum erwarten, bis er seinen Arm wieder gebrauchen konnte. Alles war so unendlich viel schwieriger mit nur einem Arm.

Leo hatte gerade Safran und einige andere Gewürze beim Gewürzhändler erstanden, als ein Schatten an ihm vorüber glitt. Leo sah sich hastig um, doch alles, was er sah, war eine hochgewachsene Gestalt mit dunklem Umhang, die sich von ihm entfernte.

Leo ließ mit einem Seufzen die Schultern hängen. Er gab einfach nicht auf. Warum gab er nicht auf?

Sein Blick fiel auf einen Farbtupfer in seinem Korb. Eine einzelne Kornblume lag auf den in Papier eingeschlagenen Fischen. So unschuldig, dass ihm die Tränen kamen, die Botschaft wie ein Messer in Leos Herz: *Ich gebe die Hoffnung nicht auf.*

Warum? Warum konnte Nicholas ihn nicht einfach in Ruhe lassen? Leos Leben war ohnehin schon kompliziert genug, da brauchte er nicht auch noch einen Verehrer, um den er sich Sorgen machen musste.

Leo stellte den Korb auf dem Boden ab und nahm die Kornblume in die Hand. Er war versucht, sie mit nach Hause zu nehmen und zu pressen, damit er eine Erinnerung an ihn hatte, wenn Nicholas unweigerlich das Interesse an ihm verlor.

Hoffnung. Er könnte ein wenig Hoffnung gebrauchen, nicht wahr? Und wenn Leo sie in einem Buch presste, in das Vater bestimmt niemals hineinschaute, könnte er vielleicht sogar damit davonkommen.

Aber nein. Hoffnung war etwas für Träumer und Kinder. Er hatte vor langer Zeit gelernt, nicht mehr an solche Dinge zu glauben. Als er den Blick hob, sah er eine ältere Frau mit einem jungen Mädchen in feinen Kleidern auf sich zukommen. Das Mädchen sah so alt aus wie Rudi, hatte die Hände jedoch ordentlich vor sich gefaltet. Ihre blonden Locken wippten mit jedem Schritt. Leo lächelte, als sie zu ihm aufblickte.

»Eine Blume für eine Dame«, sagte er mit einer galanten Verbeugung und hielt ihr die Blume entgegen. Das Mädchen kicherte und streckte die Hand aus, doch bevor es die Blume nehmen konnte, zerrte die Gouvernante ihren Schützling hastig aus Leos Reichweite. »Luise«, zischte die Frau ungehalten. »Wie oft soll ich dir sagen, dass du dich nicht mit dem niederen Volk abgeben sollst? Sieh dir nur seine Kleider an! Er ist wahrscheinlich ein Dieb!« Die Gouvernante bedachte Leo mit einem vernichtenden Blick, während sie das Mädchen hastig davonzerrte. Das kleine Mädchen drehte den Kopf und sah Leo traurig an, während sie ihrer Gouvernante stolpernd folgte.

Leo nahm einen zittrigen Atemzug. Was hatte er sich nur gedacht?

»Was hast du da, mein Junge?«

Alles in Leo erstarrte zu Eis, als die vertraute Stimme seines Stiefvaters hinter ihm erklang. Für einen verzweifelten Augenblick überlegte er, ob er die Blume fallen lassen und davonlaufen sollte. Doch es war ohnehin zu spät. Vater hatte ihn bereits gesehen und nahm ihm die Blume aus der Hand.

Leo wagte kaum zu atmen, geschweige denn den Blick zu heben.

»Hm, eine Kornblume.« Vater drehte die kleine Blume zwischen seinen langen, knochigen Fingern. »Die Kornblume steht für Hoffnung, wusstest du das?«

Leo rührte sich nicht, sondern hielt den Blick gesenkt. Wie es sich für einen braven, unterwürfigen Diener gehörte.

»Ist es das, wofür du mein Geld ausgibst? Stiehlst du von mir, Asche?«

»Sie wächst am Wegesrand, Vater,« flüsterte Leo.

»Tut sie das, hm?«

Vater beugte sich zu Leo und zischte: »Muss ich einen der Diener zum Markt schicken, Asche? Bist du der Aufgabe nicht länger gewachsen?«

Leo starrte zu Boden.

»So schweigsam heute?«

Leo sagte nichts.

»Hast du alles bekommen, was du besorgen solltest?«

Leo nickte. »Ja, Vater.«

»Dann komm. Ich glaube, es wird Zeit für eine weitere Lektion.« Er hielt die Blume hoch. »Und Hoffnung, mein Junge, ist etwas für Schwächlinge.« Er warf die Blume achtlos zu Boden, wo sie einen Augenblick später von einem ahnungslosen Passanten zertreten wurde. Leo folgte Vater in gebührendem Abstand und hielt den Blick gesenkt, bis sie zu Hause angekommen waren.

~*~

Nicholas verspürte einen Stich, als er sah, wie sein Eisprinz die Kornblume einem kleinen Mädchen hinhielt. Wusste er nicht, was sie bedeutete? Was Nicholas ihm versuchte, damit zu verstehen zu geben? Es fühlte sich an wie ein Schlag in die Magengrube und er wollte sich bereits abwenden und zum Schloss zurückgehen, um seine Wunden in Ruhe zu lecken, als sich ein Mann dem Eisprinzen näherte, der Nicholas vage bekannt vorkam.

Nicholas spannte sich an, als das Gesicht seines Eisprinzen alle Farbe verlor und hatte bereits die Hand auf das Messer an seinem Gürtel gelegt, als sich starke Finger mit eisernem Griff um sein Handgelenk legten. »Was zur Tiefe –« Es war Wilhelm, der mit grimmiger Miene neben ihn trat und ihn in die entgegengesetzte Richtung drängte.

»Hast du den Verstand verloren?«, zischte Nicholas. »Lass mich sofort los.«

»Nein«, grollte Wilhelm, während er Nicholas in eine Seitengasse zerrte.

»Bist du verrückt geworden? Hast du nicht gesehen, wie dieser Mann zu meinem Eis–, ich meine, zu Asche getreten ist? Wir müssen ihm helfen!«

Wilhelm riss ihn an seinem Arm herum und stieß ihn unsanft gegen die Wand, wo er Nicholas mit seinem eigenen Körper festhielt.

»Haltet den Mund«, zischte Wilhelm. »Und seht nicht in seine Richtung. Ihr bringt den Jungen nur unnötig in Gefahr.«

Das nahm Nicholas den Wind aus den Segeln. Er starrte Wilhelm an, der aus schmalen Augen den Marktplatz beobachtete. Nicholas' Herz hämmerte in seiner Brust. Wer war dieser andere Mann? Und warum war Wilhelm so außer sich?

Nicholas stolperte, als Wilhelm ihn urplötzlich losließ, und nur Wilhelms rasches Zugreifen bewahrte ihn davor, nähere Bekanntschaft mit dem Unrat, der den Boden der Gasse bedeckte, zu schließen. Nicholas riss sich los und richtete sich wütend zu voller Größe auf. »Was zur finstersten Tiefe war das Wilhelm?«, zischte er.

Wilhelm schüttelte den Kopf, die Stirn in Falten gelegt. »Ich kann es Euch nicht erklären. Ich …« Er brach ab und schüttelte abermals den Kopf. Nicholas hatte Wilhelm noch nie so durcheinander erlebt und bekam eine Gänsehaut. Was ging hier vor sich?

Wilhelm straffte sich und war wieder ganz der Alte, als er sagte: »Habt Ihr den anderen Mann nicht erkannt?«

Nicholas zuckte die Achseln. »Seine Züge wirkten vertraut, warum?«

»Er ist mit Eurem Vater bekannt und dem König, wenn mich nicht alles täuscht.«

»Du täuschst dich niemals, Wilhelm. Und mit meinem Vater? Ein solcher Mann? Asche hatte panische Angst!«

»Hm, so sah es aus.«

»So sah es aus? Bist du blind, Mann?«

»Nein, aber irgendetwas geht hier vor sich. Ich habe ein ungutes Gefühl.« Wilhelm runzelte die Stirn.

»Du hast ein ungutes Gefühl, seit ich ihm begegnet bin!«, rief Nicholas entrüstet.

»Und ich habe Euch gewarnt, Euch von ihm fernzuhalten«, gab Wilhelm völlig unbeeindruckt zurück.

»Das versuche ich ja!«, begehrte Nicholas auf. »Ich habe schon seit Wochen kein Wort mehr mit ihm gewechselt! Aber sieh ihn dir doch an, Wilhelm! Er braucht unsere Hilfe!«

»Das könnt Ihr nicht wissen!«, zischte Wilhelm. »Ihr wisst nichts über ihn. Ich konnte nichts über ihn finden. Niemand spricht über ihn. Er hat Euch nicht einmal seinen wahren Namen verraten und ich konnte ihn bislang auch nicht in Erfahrung bringen. Es ist, als wäre er ein Geist, und das sollte Euch zu denken geben!«

»Ich weiß, dass er zwei Schwestern hat, die ihn wie einen Diener behandeln, und dass er offensichtlich misshandelt wird – vermutlich von diesem Kerl!«, entgegnete Nicholas. »Und darüber hinaus habe ich dir ausdrücklich gesagt, du sollst keine Nachforschungen über ihn anstellen!«

Wilhelm trat auf Nicholas zu, seine Augen schmal. »Es ist meine Aufgabe, für Euren Schutz zu sorgen, insbesondere nun, da jede heiratsfähige Frau im gesamten Königreich versuchen wird, Euch für sich zu gewinnen. Und ich nehme meine Aufgabe sehr ernst.«

Nicholas fuhr sich mit einer Hand durchs Haar und erntete dafür einen von Wilhelms abschätzigen Blicken, doch anders als sonst, trat sein Kammerdiener nicht direkt hinter Nicholas, um seine Frisur wieder zu richten, was vielleicht daran lag, dass Nicholas ohnehin wie eine Vogelscheuche aussah.

»Du hast es selbst gesagt, irgendetwas geht hier vor sich«, begann Nicholas, um einen versöhnlichen Ton bemüht. »Wir sollten –«

»Wir sollten die Sache ruhen lassen, Eure Hoheit«, unterbrach Wilhelm ihn barsch. Als Nicholas ihm einen ungläubigen Blick zuwarf, setzte er mit einem Seufzen hinzu: »Wenigstens bis nach dem Ball. Der Palast wird voller Fremder sein.«

Und erst da bemerkte Nicholas, wie erschöpft Wilhelm auf einmal wirkte. Der Mann schien niemals Schlaf zu brauchen und einen unerschöpflichen Vorrat an Energie zu haben, doch für einen kurzen Augenblick konnte Nicholas ihm ansehen, unter welchem Druck er stand, ehe alles wieder hinter Wilhelms poliertem Äußeren verschwand.

»Du hast recht. Vater wird alles andere als begeistert sein, wenn ich mich ständig davonstehle. Meinst du …« Nicholas nahm einen tiefen Atemzug. »Meinst du, der Mann wird Asche etwas tun?«

»Ich kann nicht sicher sein, doch meine Vermutung ist nein«, erwiderte Wilhelm. »Er wirkte wie jemand, der auf Einschüchterung setzt. Für den Moment sollte der junge Mann sicher sein.«

Nicholas musterte Wilhelm. Der Mann verbarg etwas. Nun, er verbarg eigentlich immer etwas, doch diesmal wurde selbst Nicholas mulmig zumute. Was um alles in der Welt hatte es mit seinem Eisprinzen auf sich? Und seit wann war der andere Mann *sein* Eisprinz? »Du sagtest, mein Vater und Großvater sind beide mit dem älteren Mann bekannt?«

Wilhelm nickte knapp. Nach einem kurzen Zögern setzte er hinzu: »Ich werde mit meinem Vater sprechen. Vielleicht weiß er mehr über den jungen Mann.«

Nicholas hob überrascht die Brauen, doch er hielt wohlweislich den Mund. Wilhelm hatte kein sonderlich inniges Verhältnis zu seinem Vater, obwohl die beiden sich so ähnlich waren. Dass er anbot, mit ihm zu sprechen, rechnete Nicholas ihm hoch an.

»Danke, mein Freund«, sagte er.

Wilhelm zog lediglich die Augenbrauen hoch und wandte sich zum Gehen.

Kapitel 16

Nicholas starrte aus dem Fenster, ohne auch nur einen Blick für die Schönheit des Frühlingstages zu haben. Gedanken an den Eisprinzen plagten ihn und er fragte sich, ob er mit seiner Blume nicht alles nur noch schlimmer gemacht hatte.

Das schreckensbleiche Gesicht, als der hagere Mann aufgetaucht war, ging Nicholas nicht mehr aus dem Kopf. Wer war dieser Mann und warum kam er Nicholas so bekannt vor? Wilhelm wusste ganz genau, mit wem sie es zu tun hatten. Warum er Nicholas allerdings nicht den Namen des Mannes verriet und sich stattdessen in vagen Andeutungen erging, die Nicholas nicht weiterbrachten, wussten die Heiligen allein.

Deshalb hatte er nur wenig Gewissensbisse, als er sich trotz seines Versprechens einige Tage später abermals zum Markt schlich, um einen Blick auf seinen Eisprinzen zu erhaschen. Und dann wieder. Und wieder.

Nicholas wusste nicht, ob die Heiligen ihm wohlgesonnen waren oder ihn quälen wollten, doch Nicholas musste nie lange warten, bis der andere Mann auftauchte. Und so kehrte er zurück, Tag für Tag. Der Eisprinz war wie ein Rauschmittel und Nicholas konnte sich seinem Bann nicht entziehen. Der Gedanke ließ Nicholas stutzig werden. War es das, was es war? Magie? Hatte der Eisprinz Nicholas mit einem Bann belegt, um sich den Enkel des Königs zu schnappen? Aber warum bestand er dann darauf, dass Nicholas sich von ihm fernhalten sollte?

Nein. Der Gedanke war absurd. Und Wilhelm wäre es ganz sicher aufgefallen, wenn jemand Nicholas verzaubert hätte.

Was bedeutete, dass Nicholas selbst das Problem war. Er redete sich ein, dass er nur zum Markt ging, weil er eine Pause brauchte von der Hektik vor dem Frühlingsball. Und vor allem von seiner Familie, die nicht müde wurde, ihn ständig zu fragen, ob er sich schon eine Frau ausgesucht hätte. Besser, er schlich sich davon, denn er war sich sicher, dass ein Unglück geschehen würde, wenn Vater ihn noch einmal fragte, ob er bereits eine Entscheidung getroffen hätte. Der ganze Palast schien über nichts anderes mehr zu reden als darüber, welche Frau wohl Nicholas' Gunst erringen würde.

Nicholas wünschte, er wäre niemals auf diese irrsinnige Wette eingegangen, doch nun war es zu spät und alles, was er tun konnte, war, die Zähne zusammenzubeißen und zu beten, dass er eine Frau finden würde, für die er wenigstens freundschaftliche Gefühle aufbringen konnte.

Wilhelm war wie ein Schatten an seiner Seite und unglücklicherweise auch stumm wie einer. Die Missbilligung war ihm deutlich anzusehen, wann immer Nicholas sich aus dem Palast schlich, doch er verlor nicht ein Wort darüber. Nicholas hatte ihn einige Male gefragt, ob Wilhelm etwas aus seinem Vater hatte herausbekommen können, doch nachdem Wilhelms Miene mit jeder Nachfrage finsterer geworden war, hatte Nicholas den Versuch schnell wieder aufgegeben. Wilhelm würde mit ihm reden, wenn er die Zeit für gekommen hielt und nicht früher.

So blieb Nicholas mit seinen Gewissensbissen allein und schalt sich einen Narren, dass er den Eisprinzen so bedrängt hatte. Nicholas war sich so schlau vorgekommen, als er Rudi für seine Zwecke eingespannt hatte, als er seinem Eisprinzen die Blume in den Korb gelegt hatte. Im Rückblick jedoch kam er sich nur noch unendlich dumm vor. Sein Eisprinz hatte solche Angst gehabt. Wer war dieser ältere Mann und was würde er dem Eisprinzen antun? Nicholas hatte seinen Prinzen nur aus der Ferne gesehen, doch Kleidung konnte viel verbergen und hatte sein Eisprinz nicht gehetzter als sonst gewirkt?

Bei allen Heiligen, warum hatte Nicholas nicht auf Wilhelm gehört? War der gebrochene Arm nicht schon schlimm genug gewesen?

Nicholas rieb sich über die Augen.

Warum konnte er den Eisprinzen nicht einfach vergessen? Was hatte der Mann an sich, dass er Nicholas derart vereinnahmte? Er war nichts. Ein niederer Diener mit Dreck unter den Fingernägeln und wilden Locken und doch ...

Und doch bekam Nicholas ihn nicht mehr aus dem Kopf.

Wenn er nur mit jemandem reden könnte.

»Niko ist verlie-hiebt, Niko ist verlie-hiebt!«

Nicholas zuckte zusammen, als seine Schwester Seraphina an ihm vorbeitanzte, und konnte sie nur völlig entgeistert anstarren. Wie um Himmels willen hatte sie herausgefunden, worüber er nachdachte? Er warf dem Mädchen einen vernichtenden Blick zu, den sie natürlich wie immer ignorierte, und vollkommen unbekümmert um ihn herumtanzte und sang.

»Hör auf mit dem Unsinn«, knurrte Nicholas.

»Aber es stimmt, oder nicht?«, flötete Seraphina und drehte sich auf einem Bein.

»Nichts stimmt. Wie kommst du nur auf diese Idee?«

Sie lachte. »Du stehst schon eine ganze Weile hier und starrst aus dem Fenster und dann seufzt du immer wieder, genauso wie Constanze es tut, wenn sie an den neuen Hauptmann der Wache denkt.«

»Ordinius?«, fragte Nicholas entsetzt, als er an den dürren Mann mit strohblonden Locken dachte.

Seraphina nickte und lachte fröhlich, während sie sich weiter durch die Bibliothek drehte. »Ich weiß auch nicht, was sie an ihm findet. Seine Nase ist zu spitz und er hat Glubschaugen, aber Constanze hatte schon immer einen seltsamen Geschmack – in allen Dingen.« Sie stolperte über einen Hocker und riss ein Buch von einem Auslagetisch.

»Hoppla!«

»Hoppla?«, schimpfte Nicholas und war bereits aufgesprungen, um nach dem Buch zu sehen. »Wenn Vater dich erwischt, wird er dich umbringen.«

»Oh, Vater kann keiner Fliege was zu Leide tun. Und es ist nur ein Buch.«

»Nur ein Buch!«, protestierte Nicholas, während er das Buch behutsam wieder auf den Tisch legte. Es war ein unbezahlbares Exemplar des Vandros-Kodexes, der seit Generationen in der Familie war, mit wunderschönen Illuminationen und Darstellungen des Heiligen selbst. Nicholas ließ die Finger über den dunkelblauen Ledereinband gleiten und prüfte sorgsam den Schnitt des Buches, doch er konnte keine Beschädigungen oder Knicke in den Seiten finden. Dank den Heiligen.

Seraphina trat neben ihn und blickte auf das Buch herab. »Oh«, machte sie, als sie das Buch erkannte, und zog den Kopf ein. »Es tut mir leid.«

»Das sollte es auch. Es gibt nur diese Abschrift des Kodexes, Seraphina.« Das Original lag im Kristalltempel hoch im Norden. Es erzählte vom Leben des Vandros, nachdem er mit seinen Geschwistern Ostris aus dem Meer erhoben und sich hier eine Heimat gebaut hatte. Die Abschrift war Vaters größter Schatz und Nicholas' Kindheit war erfüllt gewesen mit Geschichten über Vandros.

»Vielleicht sollte sie dann nicht so offen hier herumliegen!«, begehrte Seraphina auf.

»Vielleicht solltest du dir einen anderen Ort zum Tanzen suchen«, gab Nicholas zurück.

Sie seufzte und schaute dann keck zu ihm empor. »Also, wer ist die Glückliche?«

»Welche Glückliche?«, ertönte eine nur allzu bekannte Stimme hinter ihnen.

Nicholas unterdrückte ein Stöhnen. Vater. Nun, es hätte schlimmer kommen können. Es hätte Großvater sein können oder seine Mutter, oder mochten die Heiligen ihn bewahren, eine seiner Tanten!

Seraphinas Augen weiteten sich und sie warf Nicholas einen panischen Blick zu. Vater war grundsätzlich ein gutmütiger Mann, der seine Bücher mehr als seine eigenen Kinder liebte – zumindest kam es Nicholas bisweilen so vor. Wenn er herausfand, dass Seraphina unachtsam genug gewesen war, um das Buch herunterzureißen, könnte die Strafe sehr unangenehm werden. So gutmütig Vater auch war, wenn es um seine Büchersammlung ging, verstand er keinen Spaß.

»Ah ja, der Vandros-Kodex.« Vater trat zwischen sie und blickte mit einem liebevollen Lächeln auf das aufgeschlagene Buch hinunter. »Ein wirklich außergewöhnliches Buch. Es wird langsam Zeit, dass du dich für diese Dinge interessierst, Seraphina.« Seine Brauen zogen sich zusammen, als er die Ränder des Buches genauer betrachtete und es behutsam schloss.

Nicholas stockte der Atem in der Brust und er hörte, wie auch Seraphina scharf die Luft einsog. Ein Kratzer. Es sah aus wie ein Sprung in einer Glasscheibe, eine gezackte Linie, die sich durch das mitternachtsblaue Leder des Buchrückens zog. Wo um alles in der Welt war der Kratzer hergekommen?

»Was habt Ihr mit dem Kodex gemacht?«, fragte Vater mit gefährlich leiser Stimme und sah von Seraphina zu Nicholas.

»Es war meine Schuld«, sagte Nicholas rasch, ehe Seraphina den Mund aufmachen konnte. »Ich war unachtsam und habe das Buch heruntergerissen.«

»Unachtsam!«, entfuhr es Vater. »Wirklich, Nicholas, ich hatte Besseres von dir erwartet. Wozu all die Tanz- und Fechtlehrer, wenn du nicht einmal an einem einfachen Buch vorbeigehen kannst, ohne es zu beschädigen? Dieses Buch ist unbezahlbar! Es gibt nur diese eine Abschrift, die einzigen Hinterlassenschaften, die uns vom Leben der Heiligen geblieben sind! Ich erwarte mehr Respekt von dir!«

Nicholas blinzelte. Er hatte Vater noch nie so außer sich erlebt. »Ja, Vater«, sagte er, während er die Hitze, die ihm in die Wangen zu steigen drohte, niederkämpfte. »Verzeihung, Vater.«

»Es sollte dir leidtun, Nicholas, du bist keine zwölf mehr. Seraphina –« Er blickte sich verwirrt um, doch Seraphina hatte sich klugerweise davongemacht. Vaters finsterer Blick richtete sich wieder auf Nicholas. »Von Seraphina bin ich solche Dinge gewöhnt, nicht jedoch von dir, Nicholas.«

Nicholas hörte ein verhaltenes Keuchen ganz in der Nähe und hoffte, seine Schwester würde sich zusammenreißen.

Vater verfiel in eine Lektion über den Wert von Büchern und dieses Kodexes im Besonderen, die Nicholas nicht zum ersten Mal hörte, und er hielt nur mit Mühe ein Seufzen zurück. Es war nicht so, als interessierte Nicholas sich nicht ebenso für Bücher wie Vater. Nun, vielleicht nicht ganz genauso. Vater konnte bisweilen ein bisschen zu besessen von seinen Büchern sein. Dennoch: Nicholas liebte Bücher und wenn Vater nicht so blind wäre, wäre ihm das auch aufgefallen.

Vater endete seine Lektion mit einem finsteren Blick. »Ich werde den Buchbinder bitten, sich das Ganze anzusehen. Wirklich, Nicholas, ich hätte große Lust, dich als Strafe den gesamten Kodex abschreiben zu lassen, aber du bist kein Kind mehr. Es wird höchste Zeit, dass du dir endlich eine Frau nimmst. Erst streunst du ständig in der Stadt herum und tust die Heiligen allein wissen, was, und nun randalierst du in meiner Bibliothek. Was ist nur los mit dir?«

Nicholas biss die Zähne zusammen. »Es tut mir leid, Vater.«

»Ich werde das Geld für den Buchbinder von deinem Stipendium abziehen, Nicholas. Und nun geh mir aus den Augen.«

Nicholas verneigte sich leicht und ging steifbeinig davon. Alles in allem war er glimpflich davongekommen und er bereute es nicht,

Seraphina geschützt zu haben, doch manchmal wünschte er sich, Vater würde noch etwas außer seinen Büchern sehen und nicht ständig davon anfangen, dass Nicholas eine Frau bräuchte.

Er marschierte durch die langen Gänge des Palastes, schlüpfte in einen der schlichteren Salons und ließ sich mit einem lauten Stöhnen in einen Sessel fallen. Dieser ganze Unsinn mit dem Ball setzte ihm zu und der Gedanke erinnerte ihn nur wieder an den Eisprinzen. Nicholas rieb sich die Schläfen und wünschte, er wüsste, was er tun sollte. Wie konnte er den Eisprinzen dazu bringen, Nicholas' Hilfe anzunehmen? Wie konnte er seinem Vater verständlich machen, dass eine Frau nicht ganz das war, was er suchte?

Nicholas sprang auf und begann auf und ab zu gehen, fühlte sich wie ein Tiger im Käfig. Er wirbelte herum, als die Tür aufging, doch es war nur Seraphina, die in den Raum schlüpfte, Tränen in den Augen.

»Es tut mir so leid, Niko«, brach es aus ihr hervor, als sie mit raschelnden Röcken auf ihn zueilte. »Ich hatte keine Ahnung, dass er so wütend werden würde.«

»Nenn mich nicht Niko«, brummte Nicholas verärgert und ging wieder zurück zu seinem Sessel, von wo aus er einen Blick über die südlichen Gärten hatte.

»Aber jeder nennt dich Niko!«, protestierte Seraphina. Sie setzte sich auf die Armlehne des Sessels ohne Rücksicht darauf, dass sie damit ihre Waden entblößte. Aber das war Seraphina. Sie verschwendete für gewöhnlich keinen Gedanken an Sitte und Anstand.

»Und ich habe jedem schon hundertmal gesagt, dass ich nicht Niko genannt werden möchte!«, begehrte Nicholas auf. »Aber es interessiert hier ohnehin niemanden, was ich will.«

Seraphinas Augen waren kreisrund. »Das stimmt nicht!«

»Vergiss es«, brummte er und legte sich eine Hand über die Augen. Er atmete erleichtert auf, als er das Rascheln von Röcken hörte und kurz darauf das leise Klicken der Tür. Bei allen vier Heiligen. Dieser ganze Unsinn mit dem Ball würde ihn noch in den Wahnsinn treiben.

Es dauerte nicht lange, bis die Tür wieder aufging. Nicholas platzte der Kragen. »Ich habe dir doch gesagt –« Doch es war seine Mutter, die mit ernster Miene den Raum betrat, leise die Tür hinter sich schloss und sich in dem Sessel, der Nicholas gegenüberstand, niederließ.

Nicholas stöhnte. »Hat Vater sich bei dir über mich beschwert?«

Sie hob die Augenbrauen. »Nein. Gibt es einen Grund, weshalb er sich beschweren sollte?«

»Nein«, brummte Nicholas und stöhnte, als ihm ein Gedanke kam. »Was hat Seraphina gesagt?«

»Dass du hier sitzt und Trübsal bläst.«

»Sie übertreibt wie immer.«

»Ich bin nicht sicher, ob sie diejenige ist, die übertreibt.«

»Was soll das schon wieder heißen?«, blaffte er.

Mutter beugte sich vor und nahm seine Hände. »Nicholas, du musst dir keine Frau auf diesem Ball aussuchen, wenn du nicht möchtest.«

Nicholas lachte bitter. »Wie würde das denn aussehen? Das ganze Königreich spricht bereits davon, dass der sechste Nikolaus sich auf diesem Ball endlich eine Frau aussuchen wird. Nein. Ich habe mein Wort gegeben. Ich werde jetzt nicht meine Meinung ändern.«

»Bist du sicher?«

Nicholas hatte keine Ahnung, was ihn ritt, den Mund aufzumachen, doch im nächsten Augenblick hörte er sich sagen: »Was, wenn ich gar nicht heiraten will?« Er erstarrte und hielt den Atem an.

Mutter musterte ihn eingehend. »Ist es, weil dein Vater so darauf drängt, dass du eine *Frau* heiraten sollst?«

Die Art und Weise, wie Mutter das Wort *Frau* betonte, sandte ein unheilvolles Prickeln über Nicholas' Haut und er konnte Mutter nur stumm anstarren. Warum hatte er den Mund aufgemacht?

»Das ist es, nicht wahr?«, rief sie aus und zog seine Hände gegen ihre Brust. »Hast du einen Mann gefunden?«

Nicholas saß da wie gelähmt. Er wagte nicht einmal zu atmen. Wie um alles in der Welt war sie nur auf diesen Gedanken gekommen?

»Oh, Niko«, sagte sie und Nicholas musste an sich halten, um sie nicht anzufahren, ihn verdammt noch mal nicht Niko zu nennen. Warum konnte seine Familie nicht einmal tun, was er sich wünschte? War es so schwer, sich einen verfluchten Namen zu merken?

Irgendetwas musste sich auf seinem Gesicht abgezeichnet haben, denn seine Mutter seufzte. »Verzeih, Nicholas. Wenn wir dich Niko nennen, dann nicht aus Bösartigkeit.«

Nicholas befreite sich aus dem Griff ihrer Hände und blickte in den Garten. »Seraphina ist ein Plappermaul.«

»Nein. Es ist gut, dass sie etwas gesagt hat. Vielleicht sollten wir uns alle mehr Mühe geben, nachzudenken, bevor wir den Mund aufmachen.« Mutter warf ihm einen vielsagenden Blick zu. »Oder überhaupt mal den Mund aufmachen. Also, du hast einen Mann gefunden.«

Nicholas' Finger klammerten sich unwillkürlich an die Armlehnen seines Sessels und er wünschte, er hätte einen Diener beauftragt, ihm etwas zu trinken zu besorgen.

»Nicholas, niemand verurteilt dich, wenn du dir nichts aus Frauen machst.«

»Ach ja?«, sagte Nicholas wütend. »Ich bin der zweite in der Thronfolge und von mir wird erwartet, einen Erben zu zeugen. Ich kenne meine Pflichten.«

Mutter wirkte völlig erstaunt.

»Vater redet von nichts anderem! *Nicholas, es wird Zeit, dass du dir eine Frau nimmst und Kinder zeugst. Nicholas, wenn du erst eine Frau hast ...*«

Mutter ergriff abermals seine Hände und zog sie in ihren Schoß. »Nicholas. Dein Vater macht sich nichts aus Männern, deshalb kommt es ihm nicht einmal in den Sinn, dass es dir anders gehen könnte. Wirklich, Nicholas, warum hast du nicht schon früher etwas gesagt? Wie lange trägst du das schon mit dir herum?«

Nicholas zuckte die Achseln und kam sich auf einmal ausgesprochen dumm vor. Großvater war ein Adoptivkind. Und Onkel Theresias hatte ebenfalls einen Mann geheiratet. Einen Diener noch dazu!

»Also, wer ist der Glückliche?«

»Niemand.«

»Hast du ihn zum Ball eingeladen?«

Nicholas rieb sich über die Augen.

»Oh. Er hat abgesagt?«

»Ich habe nichts gesagt!«, protestierte Nicholas.

Mutter hob nur eine Augenbraue. »Nicht jeder von uns ist so blind wie dein Vater.«

»Er ist nicht blind, wenn es um seine Bücher geht«, brummte Nicholas, als er daran dachte, dass Vater auf Anhieb bemerkt hatte, dass der Vandros-Kodex beschädigt war.

»Nein, da hast du recht. Ich liebe ihn wirklich sehr, aber seine Bücher waren schon immer seine erste Liebe. Seraphina hat das Buch heruntergerissen, nicht wahr?«

Nicholas sah seine Mutter überrascht an. Hatte Seraphina gebeichtet?

»Oh, ich bin an der Bibliothek vorbeigekommen und habe das Gezeter gehört. Und als Seraphina mich geholt hat, stand ihr das schlechte Gewissen mehr als deutlich ins Gesicht geschrieben.«

»Sie bekommt ohnehin schon genug Ärger«, murmelte Nicholas. »Sie ist ein Kind und ein bisschen wild. Aber nur weil sie ein Mädchen ist, heißt das nicht, dass sie den ganzen Tag stumm in der Ecke sitzen muss. Nicht jeder liebt Bücher so sehr wie Vater. Und den Heiligen sei Dank!«

Mutter küsste seine Fingerknöchel. »Du hast so ein gutes Herz, Nicholas. Ich weiß nicht, womit ich drei so wunderbare Kinder verdient habe.«

»Mutter«, brummte Nicholas ein wenig verlegen und entzog ihr seine Hände.

Sie lachte nur. »Ich rede mit deinem Vater wegen des Buchs.«

»Nein!«, sagte Nicholas rasch. »Nein. Er hat mich ohnehin nur gescholten. Es gibt keinen Grund, dass wir beide Ärger bekommen. – Und ich kann ihm ohnehin nichts recht machen«, setzte er murmelnd hinzu.

Mutter seufzte. »In dieser Hinsicht seid dein Vater und du euch leider sehr ähnlich.«

»Was soll das schon wieder heißen?«

Mutter hob die Augenbrauen. »Hast du dir mal deinen Großvater angesehen, wenn er neben deinem Vater steht? Oder mit deinem Großvater versucht, über Bücher zu sprechen?«

Nicholas lachte auf. Es würde ihm im Traum nicht einfallen, Bücher in Großvaters Gegenwart auch nur zu erwähnen. Großvater hielt mehr von einem Schwert in der Hand und einem Pferd zwischen den Schenkeln. Das Lachen verging ihm jedoch rasch, als ihm aufging, worauf Mutter hinauswollte. Sein Magen zog sich zusammen, als einige von Großvaters Lieblingssticheleien durch den Kopf gingen: *Nikolai, du bist blass wie ein Fisch. Nikolai, Bücher sind nichts für einen richtigen Mann, lass uns jagen gehen.*

»Aber Großvater meint es nie böse.« Die Worte schmeckten schal und zum ersten Mal fühlte er mit seinem Vater. Jeder lachte, wenn Großvater über seinen eigenen Sohn scherzte. Selbst Nicholas.

Mutters Lächeln haftete ein Hauch von Traurigkeit an. »Nein. Genau wie dein Vater.«

Nicholas schlug die Augen nieder. »Er wird furchtbar enttäuscht sein, wenn ich ihm erzähle, dass ich nicht nach einer Frau suche.«

»Gib ihm eine Chance, vielleicht wird er dich überraschen.«

Nicholas packte ihre Hand. »Sag ihm nichts.«

»Keine Sorge. Ich glaube, das ist etwas, das du ihm selbst sagen solltest.«

Kapitel 17

Leo liebte Mitternacht und war froh, dass sie noch immer bei ihm war, doch der Frühling schien ihr zu Kopf gestiegen zu sein, denn sie lag Leo jeden Tag in den Ohren mit dem Priester oder Nicholas oder allen beiden. Als ihm ihr Drängen schließlich zu bunt wurde, schlich er sich eines Morgens, nachdem das Frühstück abgeräumt war und Vater das Haus verlassen hatte, ebenfalls aus dem Haus und rannte zum Tempel. Er hatte das Gefühl, wenn er nicht mit jemandem sprach, würde er platzen.

»Leonhard.« Erleichterung zeichnete sich auf dem Gesicht des Priesters ab und er kam mit ausgestreckten Armen auf Leo zu.

»Ich hatte mir Sorgen gemacht, nachdem du das letzte Mal so überstürzt geflohen bist. Geht es dir gut?«

Leo nickte und brach in Tränen aus.

»Nicht doch«, murmelte der Priester und legte zögernd einen Arm um Leo, was diesen nur noch mehr heulen ließ. Leo wusste nicht einmal, warum. Vater hatte ihn seit der Geschichte mit dem Arm in Ruhe gelassen und nicht einmal für die Kornblume geschlagen. Leo war ein solcher Waschlappen.

Der Priester führte Leo wieder zu der Priesterbank neben dem Altar und kniete vor ihm nieder, die Stirn in Falten gelegt. Eine Hand schwebte über Leos Knie, als wüsste er nicht, was er damit anstellen sollte. »Ist es der Mann, mit dem ich dich das letzte Mal hier gesehen habe? Bedroht er dich? Hat er dir etwas getan? Ich kann ihn der Wache melden.«

Leo schüttelte hastig den Kopf. Das hätte ihm gerade noch gefehlt, dass Nicholas verhaftet wurde, nur weil er versucht hatte, Leo zu helfen.

»Bist du sicher? Ich habe gesehen, wie du vor ihm geflohen bist.«

Leo wischte sich die Tränen aus dem Gesicht und atmete einige Male tief durch. »Er wollte mir helfen.«

»Ah«, machte der Priester und setzte sich auf den Fersen zurück. »Und er hat vermutlich dieselbe Antwort bekommen, die du mir gegeben hast.«

Leo nickte beschämt. »Er hat mir eine Kornblume geschenkt. Und eine rote Tulpe.«

»Hm«, machte der Priester. Er erhob sich leichtfüßig und Leo war erleichtert, als der Priester sich neben Leo auf der Seite der Bank, die näher zum restlichen Tempel lag, niederließ, sodass Leo noch ein wenig mehr vor flüchtigen Blicken verborgen war. »Eine interessante Kombination. Keine Rosen?«

Leo schüttelte den Kopf und redete sich ein, dass es besser so war und es auf gar keinen Fall Enttäuschung war, die er darüber empfand. Was sollte er mit einer Rose anfangen?

»Stößt sein Interesse auf Gegenseitigkeit?«, fragte der Priester sanft.

»Ich weiß es nicht«, flüsterte Leo und spürte, wie ihm das Blut in die Wangen schoss und die Spitzen seiner Ohren heiß wurden. Interesse. Er wagte nicht einmal, darüber nachzudenken. Interesse konnte ausgesprochen gefährlich werden.

»Ah«, machte der Priester wieder. »Vielleicht musst du ihn erst ein wenig besser kennenlernen?«

Leo lachte bitter. Das würde ganz sicher niemals geschehen. »Ich kann nicht.«

»Nicht einmal, wenn du ihn hier im Tempel triffst? Zwei junge Männer, die zum Gebet hierherkommen, würden nur wenig Aufmerksamkeit erregen.«

Leo konnte den Priester nur völlig entgeistert anstarren. Ein schelmisches Funkeln stand in den Augen des Mannes, das ihn seltsam jung aussehen ließ. Kein Wunder, dass Mitternacht ihn so attraktiv fand.

»Ihr wärt nicht das erste Paar, das den Tempel für heimliche Treffen benutzt«, erklärte der Priester, überkreuzte die Beine und verschränkte die Hände vor seinem Knie. »Obwohl es für gewöhnlich eher Ruïrs Tempel sind, die aufgesucht werden und weniger der Tempel des Vandros. Zu düster für Romantik.« Der Priester lachte leise.

»Aber es ist so friedlich hier«, protestierte Leo.

»Das ist es«, sagte der Priester mit sanfter Stimme und warf Leo einen Blick aus dem Augenwinkel zu. »Du könntest hierherkommen, um mit ihm zu sprechen, mehr über ihn zu erfahren.«

Die Versuchung war geradezu überwältigend. Leo konnte es vor seinem inneren Auge sehen, wie er Seite an Seite mit Nicholas auf der Bank saß und sie sich über ihre Kindheit unterhielten und die Heiligen und …

Leo rieb sich die Stirn. »Nein«, sagte er widerstrebend. »Besser nicht. Es ist noch immer ein öffentlicher Ort und es ist schon gefährlich, dass ich mich mit Euch unterhalte.«

Der Priester stieß ein langes Seufzen aus. »Du machst es nicht leicht, dir zu helfen, Kind.«

Leo zog den Kopf ein.

»Nicht doch.« Der Priester hielt eine beschwichtigende Hand hoch. »Ich will deinen Schmerz nicht vergrößern. Dennoch will ich dich daran erinnern, dass ich hier bin, wenn du darüber sprechen willst. Meine Priesterschwüre verpflichten mich, nichts von dem weiterzugeben, was du mir im Vertrauen erzählst.«

Leo spürte Hoffnung in sich aufsteigen. Wenn der Priester tatsächlich Stillschweigen bewahren würde, vielleicht könnte er Leo einen Rat geben. Dann erinnerte er sich daran, dass er nicht viel Zeit hatte.

»Nach dem Ball vielleicht«, murmelte er. »Ich kann nicht so lange bleiben.«

»Nach dem Ball dann«, bestätigte der Priester. »Ich werde hier sein.«

»Nehmt Ihr Euch für jeden so viel Zeit?«, fragte Leo.

Der Priester lachte. »Mein Kind, falls es dir noch nicht aufgefallen sein sollte, unser Heiliger Vandros ist nicht der beliebteste unter den Heiligen, vor allem nicht hier in der Hauptstadt.«

»Ich konnte das noch nie verstehen«, murmelte Leo.

»Nein«, erwiderte der Priester. »Ich auch nicht.«

Sie blickten beide zu Vandros empor, der sie mit kühlem Blick beobachtete.

»Ich würde dich gerne im Tempel unterrichten«, sagte der Priester unvermittelt.

Leo zuckte zusammen und riss den Kopf herum. »W-Wie bitte?«

»Ich würde dich gerne hier im Tempel unterrichten als einen der Adepten«, wiederholte der andere Mann geduldig.

Leo blieb der Mund offenstehen. »Aber … ich habe keine Magie!«

Die Brauen des Priesters zogen sich zusammen, als er Leo zwei Finger auf die Stirn legte, die Berührung kühl und sanft. »Da ist …

etwas«, erklärte er, ehe er seine Finger wieder zurückzog und ein seltsames Prickeln hinterließ. »Und ich würde gern herausfinden, was es ist. Der Tempel bezahlt Adepten für gewöhnlich keinen Lohn, doch du würdest mit Essen und Kleidung versorgt und hättest einen Platz zum Schlafen. Ich würde auch mit deinem Herrn sprechen und ihm die Sache erklären.«

Und zum zweiten Mal hatten die Worte des Priesters Leo völlig die Sprache verschlagen. In seinen Ohren rauschte es, während sein Herz vor Aufregung auf und ab hüpfte. Frei. Er könnte frei sein. Lernen. Den Gebrauch von Magie lernen. Alles wäre vorbei. Er brauchte nur ein Wort zu sagen und er könnte hierbleiben für immer.

Warum dann zögerte er?

»Ich … kann ich darüber nachdenken? Ich würde sehr gern, aber es kommt alles so plötzlich und –«

»Natürlich«, sagte der Priester freundlich. »Du darfst dir so viel Zeit lassen, wie du möchtest, und falls du Fragen hast, will ich sie dir gern beantworten.«

»Ihr seid zu freundlich, Ehrwürdiger Vater.«

»Nein«, sagte der Priester leise. »Nein, ich glaube nicht.« Als Leo ihn ansah, blickte er wieder zu Vandros empor.

»Spricht er zu Euch?«, fragte Leo neugierig. »Der Heilige Vandros?«

»Manchmal«, erwiderte der Priester, ohne den Blick von den blauen Fenstern zu nehmen. »Nicht mit Worten, sondern eher … mit einem inneren Wissen. Manchmal ist es ein Drängen.«

Leo stopfte die Hände unter die Beine und sah zu Boden. »Wie könnt Ihr es von Euren eigenen Gedanken unterscheiden?«

Der Priester lachte leise. »Das ist die hohe Kunst. Es hilft, dass ich viel Zeit im Gebet oder in meiner Magie verbringe. Die Stille und Abgeschiedenheit hier im Tempel helfen ebenfalls. Aber es ist nicht leicht. Zu oft lasse ich mich von meinem eigenen Kopf leiten.« Er wandte sich Leo zu, seine hellen Augen voller Wärme, obwohl er der Priester des Eisheiligen war. »Hab Vertrauen, mein Kind. Unser Heiliger mag kalt und unnahbar wirken, doch er lässt seine Kinder niemals im Stich.«

»Wie könnt Ihr Euch da so sicher sein?«, flüsterte Leo.

»Weil ich es selbst erlebt habe.«

~*~

Nestor saß noch lange da und blickte zu Vandros' Bildnis empor, nachdem der Junge ihn verlassen hatte. Schließlich erhob er sich und verließ gemächlichen Schrittes den Saal des Winters, durchquerte den Garten, der zum Haupttempel führte, und wanderte dann durch die luftigen Hallen des Tempels der Ruïr, bis er das Archiv erreichte, das in den Kellergewölben unter dem Haupttempel untergebracht war und die Register beherbergte. Es war ein kühler und dunkler Ort, was Nestor sehr entgegenkam. Obwohl er nun schon seit fast zwanzig Jahren in der Hauptstadt des Reiches lebte, hatte er sich doch noch immer nicht an die Wärme von Arden gewöhnt. Er war ein Kind des Nordens und würde es auch immer bleiben.

Der Archivar, ein blasser, drahtiger Mann mit schütterem Haar, warf Nestor einen misstrauischen Blick zu, doch sein Tonfall war höflich, als er fragte: »Ehrwürdiger Vater, was kann ich für Euch tun?«

»Vielen Dank, Caleb. Ich finde mich zurecht.«

Calebs Augen wurden schmal und er machte sich nicht die Mühe, seine Missbilligung zu verbergen, als er sagte: »Wie Ihr wünscht, Ehrwürdiger Vater.«

Nestor bewegte sich zielstrebig durch das Labyrinth aus Regalen hindurch, bis er fand, wonach er suchte. Nachdem er das Priesteramt übernommen hatte, hatte er Monate hier in den staubigen Hallen verbracht, sodass er sich inzwischen ebenso gut auskannte wie die Archivare selbst. Nestors Vorgänger hatte ein wahres Chaos hinterlassen, und obwohl Nestor sich alle Mühe gegeben hatte, die Versäumnisse, die er mit dem Priesteramt geerbt hatte, aufzuholen, war er ganz offensichtlich nicht gründlich genug gewesen.

Das Leder war weich und butterig unter seinen Händen, als Nestor ein Register von vor acht Jahren aus dem Regal nahm. Das schwere Buch landete mit einem dumpfen Geräusch, als Nestor es auf einem Tisch in der Nähe ablegte. Er hielt kurz den Atem an, doch alles blieb still, und er lachte leise über sich selbst, dass er noch immer wie ein kleiner Junge zusammenfuhr, wenn er zu viel Aufmerksamkeit auf sich zog.

Die Tinte war noch immer gestochen scharf, doch Nestor hatte nichts anderes von den Archiven des Tempels erwartet. In einer ruhigen Minute hatte er einmal die älteren Bereiche des Archivs erkundet und Aufzeichnungen, die mehr als vierhundert Jahre zurückreichten, entdeckt. Die Tinte war so frisch wie am ersten Tag gewesen. Lediglich die Schrift hatte sich so sehr verändert, dass Nestor Mühe gehabt hatte, sie zu entziffern.

Nestor zog sich einen Stuhl heran und begann, die Einträge über die Magieprüfungen durchzugehen. Der Tempel bewahrte alle Aufzeichnungen über die Magieprüfung, die für jedes Kind im Land verpflichtend waren, in den ledergebundenen Registern auf. Jahrzehnte über Jahrzehnte von Aufzeichnungen. Jahrhunderte sogar.

Er war überrascht, als er sogleich über einen Leonhard stolperte. Leonhard Morhaus war dem Tempel vor exakt acht Jahren im Alter von vierzehn präsentiert worden und hatte geringes magisches Talent gezeigt. Nestor war sich sicher, dass dies nicht der Eintrag war, den er suchte, er notierte sich dennoch alle relevanten Informationen und blätterte weiter. Zu seinem Glück schien Leonhard kein sonderlich beliebter Name in Arden zu sein, denn es gab Jahre, in denen es kein einziges Kind mit dem Namen gab. Das Jahr, in dem Leonhard dem Tempel hätte präsentiert werden sollen, war ein solches Jahr.

Nachdem Nestor jeden einzelnen Eintrag der letzten acht Jahre sorgfältig geprüft und vier weitere Leonhards gefunden hatte, von denen jedoch keiner wirklich auf den jungen Mann passte, der ihn im Tempel aufgesucht hatte, ging er die älteren Register durch. Er war mitten im Register von vor zwölf Jahren, als Caleb sich verabschiedete. Nestor winkte ihm nur geistesabwesend zu, seine ganze Aufmerksamkeit auf den Einträgen. Irgendwo musste es doch einen Vermerk über Leonhard geben. Es sei denn, Leonhard war in einem der anderen drei großen Tempel geprüft worden. Vielleicht hätte Nestor ihn fragen sollen. Nun, das könnte er noch immer tun, doch erst musste er sichergehen, dass nicht ein Fehler bei dem Jungen gemacht worden war. Der Stapel mit den durchgesehenen Büchern wurde immer größer und als Nestor bei den Registern, die fünfzehn Jahre in die Vergangenheit reichten, angekommen war, gab er schließlich auf.

Nicht einmal er hatte so früh seine Magie manifestiert.

Er saß eine Weile in der Stille des Archivs und starrte auf die Notizen, die er sich gemacht hatte. Eine Erinnerung stieg in ihm auf, an einen kleinen Jungen mit eisblauen Augen und dunklen Locken, der einsam am Ufer stand, während ein kleines Boot den Leichnam seines Vaters hinaus aufs Meer trug. Doch das war ganz und gar unmöglich. Dennoch brachte es Nestor auf die Idee, die Geburtsregister zu überprüfen. Er räumte die Register über die Prüfungen zurück in die Regale und nahm sich die Register von vor zwanzig Jahren vor.

Eine Hand auf der Schulter riss ihn aus seiner fieberhaften Suche. Er schreckte auf, doch es war nur Caleb, der mit hochgezogenen Brauen auf ihn herabsah. Nestor schob das Register, das er gerade überprüft hatte, über die Notizen, die er sich gemacht hatte.

»Habt Ihr die ganze Nacht hindurch gearbeitet?«, fragte Caleb, während sein Blick über die aufgeschlagenen Register wanderte. »Ich hätte Euch helfen können!«

Nestor rieb sich die pochenden Schläfen. »Ist es bereits Morgen?«

Calebs Lippen zuckten, doch er hatte sich besser im Griff, als über einen der Priester zu lachen. »Das zweite Morgengebet ist bereits vorbei.«

»Das zweite Gebet!«, rief Nestor entsetzt. Kein Wunder, dass seine Augen so brannten und er das Gefühl hatte, sein Schädel müsse jeden Moment platzen. Er erhob sich und stolperte, als ihm seine Beine nach all der Zeit auf dem harten Stuhl nicht so recht gehorchen wollten. Caleb streckte instinktiv die Hand nach ihm aus, doch Nestor wich ebenso instinktiv vor ihm zurück und stolperte gegen die Wand. Frost breitete sich von seiner Hand aus und einige vereinzelte Schneeflocken rieselten zu Boden.

»Vater!«, rief Caleb, die Augen weit aufgerissen.

Nestor biss die Zähne zusammen und verfluchte sich im Stillen. Eine Nacht ohne Schlaf war nichts. Er sollte sich wahrhaftig besser unter Kontrolle haben. »Kein Grund zur Sorge«, versicherte Nestor rasch. »Ich habe wohl zu lange über den Registern gebrütet.« Und darüber Essen, Schlaf und alles andere vergessen. »Du hast recht. Ich hätte nicht die ganze Nacht arbeiten sollen.«

Caleb hob eine Braue. »Ich habe nichts gesagt.«

»Nein. Aber du hast trotzdem recht.«

Caleb beäugte ihn misstrauisch. Wahrscheinlich überlegte er, ob an den Gerüchten, dass die Priester Gedanken lesen konnten, etwas dran war.

»Würde es dir etwas ausmachen, wenn ich alles so liegenlasse?« Nestor kramte seine Notizen hervor, rollte sie zusammen und ließ sie in einer tiefen Tasche seiner Roben verschwinden. »Ich werde später wiederkommen und alles aufräumen.«

»Aber das kann ich doch machen!«, protestierte Caleb.

»Ich weiß. Doch ich wollte noch einige Einträge überprüfen.«

Caleb ließ erneut den Blick über die Geburtsregister wandern. »Wenn Ihr mir verraten würdet, wonach Ihr sucht, könnte ich Euch sicherlich helfen.«

»Sosehr ich deine Hilfe auch zu schätzen weiß, Caleb, gibt es gewisse Dinge, die den Priestern vorbehalten sind.«

Caleb rümpfte die Nase. »Selbstverständlich, Ehrwürdiger Vater. Ich werde nichts anrühren.«

»Danke Caleb.« Nestor stieß sich von der Wand ab und musste dem Drang widerstehen, sich den Schädel zu halten. Er hoffte nur, dass er Mutter Wilhelmina nicht über den Weg lief. Sie würde ohnehin schon ungehalten genug sein, dass er sich zu keinem der beiden Frühgebete hatte blicken lassen. Die Hohepriesterin der Ruïr hatte noch nie viel Verständnis dafür gezeigt, dass Vandros die Nacht bevorzugte. Nestor hatte vor langer Zeit seinen Frieden damit gemacht, dass er Wilhelmina niemals etwas recht machen konnte. Vielleicht sollte er die anderen Gebete ebenfalls schwänzen und einfach den Rest des Tages schlafen.

Ja. Genau das würde er tun.

Kapitel 18

D ie Tage bis zum königlichen Ball waren angefüllt mit Arbeit, Arbeit und noch mehr Arbeit. Cordelia und Carolina scheuchten Leo dreimal am Tag in die Stadt, weil ihnen ständig etwas einfiel, was sie unbedingt haben mussten, am Ende aber doch nicht brauchten.

Vater hatte seine Drohung, Leo nicht mehr in die Stadt zu lassen, glücklicherweise nicht wahr gemacht und Leo konnte sein Glück kaum fassen, dass er nach der Sache mit der Kornblume mit nicht mehr als einer Strafpredigt davongekommen war. Wenngleich er sich inzwischen fast wünschte, einer der wenigen Diener, die sie noch beschäftigten, hätte seine Aufgaben übernommen, denn es kümmerte seine beiden Schwestern nur wenig, dass er nach wie vor nur einen Arm zur Verfügung hatte.

»Leo, hol mein Kleid vom Schneider ab.«

»Leo, hol meine Schuhe vom Schuster ab.«

»Leo, bring die Schuhe wieder zurück.«

»Leo, näh mir einen Knopf an.«

Er stellte sich vor, wie sie versuchten Richard, Vaters Kammerdiener und Mann für alles, so herumzuscheuchen, und musste bei dem Gedanken beinahe lachen.

Seit dem Vorfall mit Vater und der Kornblume hatte es keine weiteren Blumen mehr gegeben und auch Rudi hatte keine Botschaften mehr für ihn gehabt. Dennoch sah Leo Nicholas fast jedes Mal, wenn er über den Marktplatz hastete, und jedes Mal tat sein Herz einen verräterischen Sprung. Es war kindisch und albern und er sollte es besser wissen – bildete er sich wirklich ein, Nicholas wäre wegen *ihm* hier? Der Mann war ein verfluchter Adeliger, was sollte Nicholas mit einem schmutzigen Diener? Doch Leos Augen fanden die vertraute Gestalt jedes Mal wie von einem unsichtbaren Band gelenkt und er bildete sich ein, dass auch Nicholas' waldgrüner

Blick auf ihm ruhte, wenngleich Nicholas meist zu weit entfernt war, als dass Leo dessen Augen hätte erkennen können.

Bisweilen gab Leo sich Tagträumen hin, während er beim Schneider wartete oder die Straßen der Stadt entlangeilte, träumte von Nicholas, davon, wie sie gemeinsam tanzten. Des Nachts, wenn das Haus still war, zündete Leo eine einzelne Kerze an und die Küche verwandelte sich in einen großen Ballsaal mit blankpoliertem Parkett und kristallenen Leuchtern, durch den Leonhard von Silberschild, Erbe der Silberschilds tanzte.

»Ohh«, machte Mitternacht und wirbelte um Leo herum. »Ich wusste doch, dass du ein ausgesprochen guter Tänzer sein würdest.«

Leo erlaubte sich ein verhaltenes Lachen, während seine Füße sich nach ein wenig Stolpern über die unebenen Steinplatten wieder an die korrekten Schrittfolgen erinnerten.

»Deine Männer würden dir zu Füßen fallen, wenn sie dich jetzt sehen könnten«, schwärmte Mitternacht.

Leo stolperte vor Lachen. »Meine Männer?«

Mitternacht wirbelte durch die Luft. »Natürlich. Nestor und Nicholas. Und den Prinzen wirst du ganz sicher im Sturm erobern, wenn du mit ihm tanzt.«

Leo verschluckte sich an seiner eigenen Spucke und hielt sich beide Hände vor den Mund, damit er das Haus nicht mit seinem Husten und Lachen weckte. »Mitternacht! Was redest du da? Was soll ich mit drei Männern? Einer würde mir schon reichen.«

Mitternacht hielt mitten in der Luft an und stemmte die Hände in die Hüften. »Warum solltest du dich für einen entscheiden müssen, wenn du sie alle haben kannst?«

Leo schüttelte den Kopf. »Drei. Du hast wirklich seltsame Vorstellungen.« Er ließ sich seufzend auf einen Stuhl fallen. »Und ich habe dir gesagt, dass Vater Nestor einfach nur freundlich zu mir ist.«

»Aber du musst zugeben, dass er ein wirklich attraktiver Mann ist. Blass und ein wenig unterkühlt, aber sehr attraktiv.«

Leo lachte wieder. Manchmal kam es ihm so vor, dass Mitternacht jeden zweiten Mann attraktiv fand. Vielleicht sollte er ihr einen Mann besorgen.

»Er ist ein attraktiver Mann, das gebe ich zu«, sagte Leo, »aber er ist viel zu alt.«

»Und was ist mit Nicholas?«, fragte Mitternacht und wackelte mit den Augenbrauen, sodass Leo erneut das Lachen unterdrücken musste.

»Ebenfalls ein attraktiver Mann.«

Mitternacht warf die Arme in die Luft. »Du weißt, was ich meine! Du kannst mir nicht erzählen, dass er zu alt ist.«

»Nein«, sagte Leo leise und dachte an waldgrüne Augen und starke Schultern. Leo erhob sich mit einem Ruck und blies die Kerze aus. »Es kann nicht sein, Mitternacht.«

Er spürte einen Lufthauch, als die kleine Fee sich auf seiner Schulter niederließ. »Was, wenn du Nestors Angebot annimmst?«

»Nestor, hm? Seit wann bist du so vertraut mit dem Priester?«

»Er hat dir gesagt, du sollst ihn Nestor nennen!«, protestierte Mitternacht. Ein wenig zu vehement, wie Leo fand. Die Fee heckte etwas aus. Nun gut, sie schien immer etwas auszuhecken.

»Das ist wahr. Ich werde nach dem Ball zu ihm gehen, Mitternacht.«

»Und sein Angebot annehmen?«, fragte Mitternacht hoffnungsvoll.

»Ich ... ich denke schon.« Kaum, dass die Worte heraus waren, spürte Leo, wie ihm der kalte Schweiß ausbrach. Wollte er wirklich einen weiteren Fluchtversuch wagen? Hoffnung war gefährlich und er hatte sie in den letzten Jahren sorgsam unterdrückt. Was, wenn der Priester sein Wort nicht halten konnte? Was, wenn Vaters Einfluss bis in den Tempel reichte?

Mitternacht hingegen stieß bei Leos Worten ein Jubeln aus, klatschte aufgeregt in die Hände und schraubte sich in die Höhe, ehe sie sich wieder fallen ließ, bis sie wie ein kleiner Stern vor Leo in der Luft hing. »Warum können wir nicht jetzt gleich gehen, Leo? Alle schlafen, niemand wird dich vermissen. Lass uns jetzt gleich verschwinden.«

»Ich habe ihm gesagt, nach dem Ball.«

»Aber warum warten?«, fragte Mitternacht verständnislos.

Leo wusste es selbst nicht so genau. Doch alles in ihm sträubte sich dagegen, jetzt gleich zu verschwinden. Vielleicht bräuchte er noch ein paar Tage, um sich mit dem Gedanken anzufreunden. Ja, das war es ganz sicher. Er hatte dem Priester versprochen, ihm nach dem Ball seine Entscheidung mitzuteilen, und genau das würde Leo auch tun. Danach wäre alles vorbei.

Vandros mochte ihm beistehen. Allein bei dem Gedanken wurde ihm ganz schwummerig.

»Nach dem Ball Mitternacht.«

»Versprochen?«

»Versprochen.«

Selbst im Dunkel, das in der Küche herrschte, konnte Leo Mitternachts prüfenden Blick ausmachen. Schließlich wirbelte sie davon.

»Können wir dann auf den Ball gehen?«

Leo lachte leise. »Du kannst tun und lassen, was du willst, Mitternacht. Ich werde ganz sicher nicht auf einen königlichen Ball gehen.«

»Aber du tanzt wie ein Prinz! Du gehörst auf einen Ball!«

Leo verdrehte die Augen, prüfte noch einmal die Glut im Ofen, ehe er sich auf seiner Schlafmatte niederließ. »Du weiß nicht einmal, was ein Ball ist.«

»Ein Fest, bei dem getanzt wird!«, rief Mitternacht aufgeregt und plumpste wie ein Stein auf Leos Brust. Ihre dunklen Augen glänzten im Dunkel der Küche. »Also, können wir gehen?«

»Ich glaube nicht, Mitternacht.«

»Ich werde dich schon noch überzeugen, mein Löwe. Schließlich musst du mit dem Prinzen tanzen!«

»Wir werden sehen«, murmelte Leo leise und legte schützend die Hand über Mitternacht, die sich wie ein Kätzchen an seine Brust kuschelte. »Wir werden sehen.« Doch Leo wusste es besser. Vater würde ihm niemals erlauben, auf den Ball zu gehen, und Leo würde sich hüten zu fragen. Er war nach der Sache mit der Kornblume glimpflich davongekommen und würde sein Glück nicht noch einmal auf die Probe stellen. Vor allem nicht, wenn er vorhatte, in den Tempel zu fliehen. Leo verdrängte den Gedanken hastig, als ihm ein Schauder über den Rücken lief. Daran würde er erst wieder denken, wenn der Ball vorbei war. So lang war es besser, Leo würde so wenig Aufmerksamkeit wie nur möglich auf sich lenken.

Am Tag des Balls konnte Leo einen Anflug bitteren Neides nicht unterdrücken, als Carolina und Cordelia in ihren hübschen neuen Kleidern die Treppe hinunterschwebten.

»Leo«, rief Vater gebieterisch, »du weißt, was du zu tun hast.«

Leo senkte den Blick. »Ja, Vater.« Das Tafelsilber wartete darauf, poliert zu werden.

Vater würdigte ihn keines weiteren Blickes, als er mit seinen beiden Töchtern zur wartenden Kutsche stolzierte, herausgeputzt wie ein Pfau, und einer nach der anderen hinaufhalf. Leo sah ihnen nach, bis die Kutsche hinter einer Straßenbiegung verschwand und schlurfte mit hängenden Schultern zurück ins Haus. Es half nichts, sich in Kummer zu ergehen. Es würde sich ohnehin nichts ändern.

Leo hatte bereits alle Löffel und Gabeln sorgsam poliert, als Mitternacht hereingeflattert kam.

»Leo!«, rief sie aufgebracht. »Was tust du hier? Du bist ja noch nicht einmal gewaschen!«

Leo sah sie verständnislos an.

»Na, der Ball, du Hornochse! Wir müssen uns beeilen, damit du noch rechtzeitig kommst!«

»Der Ball«, wiederholte Leo und verstand noch immer rein gar nichts.

Mitternacht zerrte an seinem Ärmel, und als er sich nicht rührte, begann sie an seinen Haaren zu zerren. »Natürlich der Ball. Nun beweg dich schon. Du musst dich waschen gehen. So kannst du dem Prinzen unmöglich unter die Augen treten.«

Leo lachte hysterisch. »Ich kann nicht auf den Ball gehen, Mitternacht. Vater würde mich umbringen, wenn er mich dort sähe. Er hat mir aufgetragen, das Tafelsilber zu polieren. Und ich habe rein gar nichts zum Anziehen.«

Mitternacht verdrehte die Augen. »Sei nicht so einfallslos. Du hast eine Fee auf deiner Seite und nun beweg dich endlich!« Es klang wie ein Befehl und Leo hielt es für das Beste, ihr zu gehorchen, wenn sie in dieser Stimmung war.

Er zögerte an der Tür. »Was ist mit dem Silber?«

»Lass das meine Sorge sein und nun geh dich endlich waschen!«

Leo tat wie geheißen, ein seltsames Kribbeln im Bauch. Er wusste, dass Mitternacht über Magie verfügte, sie konnte mit den Vögeln und den anderen Tieren im Garten sprechen und kannte sich mit allerhand Kräutern aus, aber Leo hatte noch nie gesehen, wie sie echte Magie wirkte. Der Legende nach hatten die vier Heiligen über Magie verfügt und Ostris damit aus dem Meer gehoben. Einige der Heiligenpriester konnten angeblich Magie wirken, doch bis auf die Schneeflocken, die von Vater Nestors Hand gefallen waren, hatte Leo es noch nie mit eigenen Augen gesehen. Konnte Mitternacht wirklich so etwas wie Kleidung zaubern? Leo würde sich auf keinen Fall in seinen schmutzigen Kleidern auf einen königlichen Ball wagen. Das konnte sie sich aus dem Kopf schlagen.

Er schrubbte sich die Fingernägel, bis der ganze Dreck darunter verschwunden und seine Finger wund und rosa waren. Mitternacht erwartete ihn bereits und Leo spürte, wie ihm das Blut in die Wangen stieg, als sie ihn prüfend musterte und schließlich entschieden nickte. Dann packte sie seinen Ärmel und zupfte daran, bis er ihr in das Dienstbotenzimmer folgte, in dem Leo ein paar Nächte geschlafen hatte, nachdem er sich den Kopf angeschlagen hatte.

»Wo hast du das her?«, wisperte Leo in ehrfürchtigem Staunen, als er den feinen Anzug sah, der auf dem Bett lag. Der Stoff fühlte sich seidig und edel unter seinen Fingern an und weckte Erinnerungen an steife Kragen und zu enge Krawatten.

»Ich habe ihn in einer Truhe gefunden«, sagte Mitternacht leise. »Ich glaube, er gehörte deinem Vater. Deinem ersten Vater.«

Leo riss den Kopf in die Höhe und starrte sie an. »Mein Stiefvater hätte niemals etwas von ihm aufbewahrt.«

»Nein. Nicht, wenn er davon gewusst hätte. Aber er hat ein paar Dinge von deiner Mutter aufbewahrt. Der Mond allein weiß warum.«

»Du hast in seinen Sachen herumgeschnüffelt?«

Mitternacht verschränkte die Arme vor der Brust und reckte stolz das Kinn. »Ich bin eine Fee. Ich schnüffele nicht herum wie ein Hund. Ich ... erforsche. Und nun zieh dich endlich an.«

Das Hemd und der Überrock waren etwas zu lang in den Ärmeln und die Hosenbeine waren ebenfalls zu lang. Leos Vater musste ein gutes Stück größer als Leo gewesen sein. Leo konnte sich nicht mehr erinnern.

»Ich kann so nicht gehen, Mitternacht.«

»Geduld, mein Löwenherz, Geduld.« Sie schob ihn zur Tür.

»Mitternacht!«

Doch sie schob ihn nicht zur Vordertür, sondern zur Hintertür, die zum Garten führte. Leo stolperte beinahe über die viel zu langen Hosenbeine und wünschte, er könnte sich noch an seinen Vater erinnern. Es war acht Jahre her, dass das Typhusfieber Vater dahingerafft hatte. Warum konnte Leo sich nicht mehr an ihn erinnern?

Mitternacht schob Leo quer durch den Garten bis zu dem großen Haselnussstrauch, der in der südlichen Ecke wuchs. Die Blätter wisperten im Wind, als er unter den ausladenden Ästen stehen blieb.

»Schwester Hasel!«, rief Mitternacht, während sie durch die raschelnden Blätter schwirrte. »Wir brauchen deine Hilfe. Mein Bruder Löwenherz geht heute auf einen Ball und braucht passende Kleidung, kannst du uns helfen?«

Die Blätter raschelten.

Leo fühlte ein seltsames Kribbeln, als stünde er in einem Regenschauer ohne nass zu werden. Ein Glitzern lag in der Luft, das wie feiner silbriger Schnee auf ihn herabrieselte, sich auf sein Haar und seine Kleider legte, und als er die Hand ausstreckte, schimmerte sogar seine Haut einen Augenblick lang, bevor der Glanz wieder verschwand.

Mitternacht flatterte in der Luft, die Augen weit vor Staunen.

»Leo«, flüsterte sie. »Mein Löwenherz, du siehst aus wie ein Prinz.«

Leo blickte an sich herab, strich über den feinen Samt und Brokat, die aufwändigen Stickereien, die die Säume zierten und wie reines Gold schimmerten. Die Hosenbeine schleiften nicht länger über den Boden und aus den abgewetzten Lederschuhen, die er vorher getragen hatte, war ein Paar glänzender Stiefel geworden, die ihm bis zum Knie reichten. Er wackelte mit den Zehen, doch selbst die Stiefel passten wie angegossen.

»Vater wird nur einen Blick auf mich werfen und wissen, dass ich es bin.«

Mitternacht kicherte. »Leo. Niemand wird dich erkennen. Nicht einmal ich hätte dich erkannt, wenn ich nicht wüsste, dass du es bist.« Ihre Augen glänzten. »Komm, ich zeige es dir.«

Leo blickte noch einen Augenblick lang zweifelnd an sich herab, bevor er ihr widerstrebend zurück ins Haus folgte. Das Klappern der Stiefelabsätze auf den Dielen war so laut, dass Leo sicher war, dass die ganze Nachbarschaft ihn durchs Haus gehen hörte. Dank den Heiligen, dass Vater allen Dienern für den Abend freigegeben hatte. Mitternacht führte ihn nach oben in Cordelias Ankleidezimmer, in dem ein mannsgroßer Spiegel stand.

Mitternacht verbeugte sich in der Luft und machte eine ausladende Bewegung mit dem Arm in Richtung Leo. »Ich präsentiere, Prinz Löwenherz von Silberschild.«

Leo starrte den Mann an, der ihm aus dem Spiegel entgegenblickte und verstand zuerst nicht, dass der in feinsten Zwirn gekleidete Fremde tatsächlich er sein sollte. Er strich über den dunkelgrünen Brokat seines Mantels und der Mann im Spiegel folgte seiner Bewegung. Er zupfte an seinen Locken und sein Spiegelbild tat es ihm gleich. »Mitternacht, ich kann unmöglich mit diesen Haaren zu einem Ball gehen.«

Mit nur einem Arm war es ihm unmöglich, seine Haare zu schneiden, und nun waren sie so lang geworden, dass sie sich wieder lockten und in alle Richtungen abstanden.

Mitternacht kicherte. »Wer hätte gedacht, dass du so eitel sein kannst.« Sie ließ sich inmitten seiner Locken nieder und klopfte seine Stirn. »Du bist wunderschön, Leo. Jeder wird sich auf dem Ball nach dir umdrehen.«

Leo riss die Augen auf. »Ich hoffe nicht. Mitternacht, ich darf keine Aufmerksamkeit auf mich ziehen.«

Mitternacht schnalzte mit der Zunge. »Ich kann nichts dafür, dass du so gut aussiehst und noch dazu einen guten Charakter hast. Und jetzt hör auf, dir Sorgen zu machen. Wir sind ohnehin schon spät dran.«

Leo hob eine Augenbraue. »Hast du dir auch Gedanken darüber gemacht, wie ich zu diesem Ball kommen soll?«, fragte er. Das Schloss lag am anderen Ende der Stadt, hoch oben auf den Klippen.

Mitternacht grinste. »Selbstverständlich.« Sie umklammerte mit beiden Händen seinen Zeigefinger und zerrte ihn wieder hinaus in den Garten. Leo folgte ihr durch die hintere Gartenpforte auf die schmale Gasse, die hinter den Häusern verlief. Er blieb wie angewurzelt stehen, als er die fuchsbraune Stute sah, die ihn mit einem Schnauben begrüßte. Sie kam schnurstracks auf ihn zu und schnupperte an der Hand, die er ihr hinhielt. Dann warf sie den Kopf und rieb das Gesicht an seiner Seite. Leo brauchte einen Augenblick, bis ihm aufging, dass sie in seinen Taschen nach etwas zu naschen suchte.

Er lachte und rieb ihr den Hals. »Ich habe leider nichts für dich.«

Die Stute schnaubte beleidigt, tänzelte auf der Stelle und warf wieder den Kopf.

»Ungeduldig, hm?« Eine Erinnerung stieg in ihm auf, ein Paar eisblauer Augen, die ihn freundlich anlächelten, ein Paar starker Arme, die ihn in die Luft hoben, während er umgeben war von dem warmen Stallgeruch.

»Leo?«, fragte Mitternacht leise.

Leo schüttelte den Kopf. »Ich glaube, mein Vater hatte ein solches Pferd. Mein ... richtiger Vater.«

Mitternacht küsste ihn auf die Wange und sagte nichts.

Leos Hände ergriffen wie von selbst die Zügel und es war, als wüssten seine Hände und seine Beine ganz genau, was zu tun war, als er einen Fuß in den Steigbügel setzte, sich in den Sattel hievte und die Zügel aufnahm. Wann hatte er das letzte Mal in einem Sattel gesessen? Erinnerungen bestürmten ihn, als wäre ein Damm gebrochen, eine tiefe Stimme, die ihm erklärte, wie er die Zügel zu halten hatte, wie er ein Pferd aufzäumte, Hände, die ihn in den Sattel hoben, als er zu klein war, um an die Steigbügel zu kommen.

»Leo?«, fragte Mitternacht leise. Er spürte den sanften Hauch ihrer flatternden Flügel.

Leo schüttelte den Kopf. »Woher wusstest du, dass ich überhaupt reiten kann?« Seine Stimme klang ungewöhnlich rau und er räusperte sich verlegen.

Mitternachts Lächeln wirkte traurig. »Manche Dinge weiß ich einfach. Und nun lass uns aufbrechen, damit du noch eine Gelegenheit hast, mit dem Prinzen zu tanzen!«

Leo sah sie misstrauisch an. »Woher kommt das Pferd, Mitternacht?«

Sie setzte eine unschuldige Miene auf.

»Mitternacht?«

»Nun, sagen wir so, du solltest dich bemühen, vor Mitternacht wieder zu Hause zu sein.«

»Woher kommt das Pferd?«

»Ein Eichhörnchen hat sich bereit erklärt, uns zu helfen!«, platzte sie schließlich heraus.

Leo starrte auf die rote Mähne seines Pferdes. »Ein Eichhörnchen. Ich reite ein Eichhörnchen.«

»Sei kein Narr. Du reitest ein Pferd. Das vorher ein Eichhörnchen war und später auch wieder eins sein wird. Diese Zauber halten nie sonderlich lang. Also, bleib nicht zu lange, hm?« Mitternacht grinste breit.

Leo rieb sich mit einer Hand über das Gesicht und dann trieb er seine Eichhörnchenstute in Bewegung.

Kapitel 19

Leo war geradezu geblendet von der Pracht des königlichen Schlosses. Alles schien zu funkeln und zu glitzern. Frauen glitten an ihm vorbei, die so ausladende Kleider trugen, dass Leo gar nicht wusste, wie sie sich überhaupt darin bewegen konnten. Wie im Traum folgte er einem Diener durch die Empfangshalle und sog scharf die Luft ein, als er den Ballsaal betrat. Leo hatte immer gedacht, sein eigenes Haus wäre groß und prachtvoll, doch Haus Silberschild war nichts gegen das königliche Schloss. Der Ballsaal allein musste so groß sein wie die Halle der Heiligen, goldene Leuchter hingen von der Decke, die sich hoch über den bunten Paaren, die über die Tanzfläche wirbelten, wölbte und mit aufwendigen Bildhauerarbeiten geschmückt war.

Der Diener lächelte nur verständnisvoll, als wäre er diese Reaktion gewöhnt, und huschte davon, nachdem Leo ihm versichert hatte, dass er zurechtkam.

Ein seltsames Gefühl überkam ihn, als wäre er schon einmal hier gewesen. Leo musste sehr klein gewesen sein, denn die Erinnerungen waren ausgesprochen vage, mehr ein Eindruck von demselben Gefühl, dass ihn nun überkam. Hatte sein Vater ihn hergebracht? Wahrscheinlich. Mutter hatte Leo einmal erzählt, dass Vater in der ganzen Stadt beliebt gewesen war, doch auch diese Erinnerungen verblassten allmählich, je älter Leo wurde. Er konnte sich kaum noch an ihr Gesicht erinnern. Vaters hatte er schon lange vergessen.

Im nächsten Augenblick musste Leo mit dem Gleichgewicht kämpfen, als ihn ein Mann mit mohnrotem Haar anrempelte. Hände griffen eilends nach ihm, ehe Leo das Gleichgewicht verlieren konnte, und als er aufblickte, sah er direkt in ein Paar Augen, die wie Feuer loderten. Leo konnte den anderen Mann nur überrascht anstarren. Er hatte noch nie jemanden getroffen, der Sorins Gabe des Feuers besaß. Die Hände des Mannes waren fast schon fiebrig warm, wo sie Leos Arme noch immer festhielten, und Leo spürte ein seltsames Prickeln auf der Haut.

»Verzeihung«, murmelte Leo und konnte seinen Blick noch immer nicht von dem Mann abwenden. Er hatte sonnengebräunte Haut wie ein Westländer und markante Züge, die Leo besorgt musterten.

»Nein, ich muss um Verzeihung bitten«, sagte der Mann mit samtiger Stimme. »Ich hoffe, dir ist nichts geschehen?«

Leo brauchte einen Augenblick, bis ihm auffiel, dass der Mann eine Frage gestellt hatte, und schüttelte stumm den Kopf.

»Gut«, sagte der Mann. »Vielleicht sehen wir uns später wieder.« Er drückte Leos Hände, zwinkerte ihm zu und dann war er auch schon wieder verschwunden und ließ Leo mit seiner Verwirrung allein zurück. Er brauchte einen Augenblick, um seine Fassung wiederzuerlangen und sich daran zu erinnern, dass er noch immer in der Nähe des Eingangs stand. Kein Wunder, dass der Rothaarige ihn umgerannt hatte. Leo sollte sich schleunigst unsichtbar machen, damit er nicht noch mehr Aufmerksamkeit erregte.

Leo blieb nah an den Wänden, während er den Ballsaal erkundete. Menschen aller Haut- und Haarfarben tanzten an ihm vorbei, Frauen mit prachtvollem Kopfschmuck und Männer in bunten Röcken oder langen Pluderhosen. Er erspähte die hochgewachsene Gestalt der Hohepriesterin von Arden, die in smaragdgrüne Gewänder gehüllt war, ein riesiger Vogel auf ihrer Schulter, der sich einen Augenblick später zu dem Erstaunen der Menge in die Lüfte erhob und hoch oben auf dem Geländer eines schmalen Balkons landete.

Die Hohepriesterin gab ein würdevolles Nicken, als die Menge Beifall klatschte. Erst da bemerkte Leo den Mann, der neben ihr stand und durch seine hellen Haare und blasse Haut aus der Menge herausstach: Vater Nestor. Als hätte der Priester Leos Aufmerksamkeit gespürt, wandte er den Kopf und sah direkt in Leos Richtung. Für einen Moment trafen sich ihre Blicke und eine tiefe Falte erschien zwischen den Brauen des Priesters.

Leo erschrak bis ins Mark und tauchte hastig in der Menge unter. Hatte der Priester ihn erkannt? Leos Herz raste, während er sich hinter einer der hohen Säulen verbarg. Er musste wirklich vorsichtiger sein. Er drückte den Rücken gegen den kühlen Stein der Säule, bis sich sein hämmerndes Herz beruhigt hatte, und riskierte einen Blick in den Saal. Es war nicht schwer, seinen Stiefvater auszumachen. Er hielt in einer Ecke des Ballsaales Hof, Carolina und Cordelia an seiner Seite, und lachte mit dem Kronprinzen. Leo war fast versucht, auf dem Absatz kehrtzumachen und schleunigst das Weite zu suchen, doch nun war er schon einmal hier, also sollte er das Beste daraus machen. Außer seinem Stiefvater und Vater Nestor sollte es niemanden geben, der Leo erkennen konnte. Er musste sich nur von den beiden fernhalten.

Leo schlich eine Weile in den Schatten herum, wobei er immer seinen Stiefvater im Auge behielt, doch der schien nur Augen für seine Töchter zu haben und stellte sie einem Mann nach dem anderen vor, sodass Leo sich allmählich ein wenig zu entspannen begann. Wahrscheinlich hatte Mitternacht recht. In seinen feinen Kleidern und so sauber, wie er war, hatte Leo sich ja nicht einmal selbst im Spiegel erkannt.

Leo bemerkte eine junge Frau, die wie er am Rande der Tanzfläche stand und sehnsüchtig auf die Tanzenden starrte. Er hatte sie schon bei seinem ersten Rundgang bemerkt, doch offenbar hielt es niemand für nötig, sie zum Tanz aufzufordern. Ihr Kleid war schlicht, jedoch mit liebevollen Stickereien besetzt, und ihr Haar war mausgrau und zu einem einfachen Knoten aufgesteckt. Leo bewunderte ihren Mut, dass sie es gewagt hatte, in einem so einfachen Aufzug auf einen königlichen Ball zu gehen. Andererseits waren alle Bewohner von Ostris eingeladen, ganz gleich welchen Standes. Sie hatte also jedes Recht hier zu sein.

Leo haderte einen Augenblick lang mit sich. Es schickte sich ganz und gar nicht, eine Frau einfach anzusprechen, ohne dass sie einander vorgestellt wurden. Doch sie wirkte so verloren. War sie ganz allein hier? War es inzwischen üblich, dass Frauen allein zu einem Ball gehen konnten? Konnten sich die Gepflogenheiten so schnell geändert haben? Leo hatte keine Ahnung.

Er fasste sich schließlich ein Herz und gesellte sich zu ihr. »Verzeiht, wenn ich so dreist bin und mich selbst vorstelle, doch ich sah Euch ganz allein hier stehen und das ist keine Beschäftigung für eine Dame bei einem solchen Ereignis.« Leo nahm ihre Hand und verbeugte sich tief, als er ihr einen Kuss auf den Handrücken gab. »Leonhard zu Euren Diensten.«

Sie kicherte und ein Hauch von Rot zierte ihre Wangen, als er sich wieder aufrichtete.

»Nur Leonhard?«

»Nur Leonhard.«

»Was für ein schöner Name«, sagte sie mit einem strahlenden Lächeln. »Ich bin Lisa. Lisa Odont.«

Er verbeugte sich wieder. Der Name sagte ihm nichts, doch das hieß nur wenig. Es war lange her, dass er die Namen aller wichtigen Familien in der Stadt hatte auswendig lernen müssen. »Ich freue mich sehr, Eure Bekanntschaft zu machen, Fräulein Odont. Darf ich Euch um den nächsten Tanz bitten?«

Eine zarte Röte breitete sich über ihre Wangenknochen aus. »Oh, es ist Frau Odont. Mein Mann ist vor zwei Jahren gestorben.«

Leos Herz sank. »Mein Beileid und ich bitte um Verzeihung.« Er verbeugte sich respektvoll.

Sie machte eine wegwerfende Handbewegung und wirkte ganz und gar unbekümmert. »Ach, es ist besser so.« Ihre Augen glitzerten. »Eine Witwe genießt gewisse Freiheiten, nicht wahr?«

Leo blinzelte. »In der Tat«, sagte er langsam, darauf bedacht, sich seine Verwirrung nicht anmerken zu lassen. Seine eigene Mutter hatte nach Vaters Tod sofort wieder geheiratet. Warum hatte sie das getan, wenn eine Witwe mehr Freiheiten genoss? Warum hatte sie sich ausgerechnet auf Rosendorn eingelassen?

»Ein Tanz dann?« Leo hielt ihr seine behandschuhte Hand hin.

Die junge Dame blinzelte, blickte auf die ausgestreckte Hand, sah sich nach allen Seiten um und beugte sich dann vor. »Ich bin keine Adelige«, flüsterte sie.

Er beugte sich zu ihr und erwiderte mit gesenkter Stimme: »Ich auch nicht.« Der Gedanke versetzte ihm einen unerwarteten Stich. Vater war von adeliger Abstammung gewesen. Warum also hatte Leo nicht seinen Titel geerbt? Leo stopfte den verräterischen Gedanken zurück in den hintersten Winkel seines Geistes, so wie er es jedes Mal tat, wenn der Gedanke wieder hervorkroch. Vater war lange tot und wenn Leo den Titel geerbt hätte, hätte ihm sicherlich jemand Bescheid gesagt, nicht wahr? Vielleicht, flüsterte eine leise Stimme in seinem Inneren, war es an der Zeit, dass er dem ganzen Thema noch einmal gründlich seine Aufmerksamkeit widmen. Nach dem Ball.

Nun wartete eine junge Dame auf ihn, die ihn bereits amüsiert musterte.

»Händler dann?«, fragte sie neugierig.

Leo schüttelte den Kopf. »Nur ein einfacher Mann.«

»Niemand, der nicht von Stand ist, könnte sich einen solch teuren Zwirn leisten!«, rief sie überrascht.

Leo strich über die Goldstickereien und lächelte still. Er mochte ihre direkte Art. »Es ist ein Geschenk.«

Frau Odonts Augen weiteten sich und ihre Wangen färbten sich feuerrot. »Verzeiht. Ich ... das war sehr unhöflich.« Sie schlug die Augen nieder.

»Keineswegs. Nun. Was ist mit dem nächsten Tanz?«

Sie sah sich wieder nach allen Seiten hin um. »Ich kenne die meisten Tänze nicht«, gestand sie mit gesenkter Stimme. Ah, das bedeutete, dass sie aus niederem Haus sein musste. Oftmals wurden auf den Volksfesten andere Tänze getanzt als in gehobener Gesellschaft.

Leo lächelte verständnisvoll. »Dann werde ich Euch helfen. Habt keine Angst. Ich kenne die meisten Tänze sehr gut. Überlasst alles mir.« Zumindest hoffte er das. Es waren bereits zwei Tänze gespielt worden, die er auch noch nie getanzt hatte. Und es war lange her, dass er überhaupt eine Partnerin im Arm gehalten hatte.

Frau Odont gab schließlich nach und folgte ihm, als der nächste Tanz begann, ihre Wangen rot vor Aufregung.

Leos Arm zwickte unangenehm, als er ihn in Position brachte, aber er wollte verdammt sein, wenn er nicht wenigstens ein paar Tänze mitmachte. Und solange er nur mit Frauen ohne Stand tanzte, sollte sein Stiefvater auch nicht auf ihn aufmerksam werden.

Fünf Tänze später und Leo fand sich in einer dunklen Ecke des Ballsaales wieder, von wo aus er den ganzen Raum überblicken konnte, ohne wirklich gesehen zu werden. Sein Arm schmerzte und erinnerte ihn daran, dass die sechs Wochen, von denen der Arzt gesprochen hatte, noch lange nicht um waren. Aber das war es wert gewesen. Er konnte sich nicht erinnern, wann er das letzte Mal so viel Spaß gehabt hatte.

Er nippte an seinem Wasser und hielt seinen gebrochenen Arm gegen seine Mitte gepresst. Leo hatte einen Diener beknien müssen, um ihm ein Glas Wasser zu bringen, denn wie es schien, hatte der König befohlen, nichts anderes als den besten Wein auszuschenken. War der Prinz so hässlich, dass er erst die ganze Gesellschaft betrunken machen musste, um sich eine Braut auszusuchen? Aber nein. Leo hatte ihn einige Male über die Tanzfläche wirbeln sehen. Er war alles andere als hässlich und der Mittelpunkt des gesamten Abends.

Leo suchte ihn auf der Tanzfläche – der Prinz war nicht schwer auszumachen, weil er wie dessen Großvater, der König, recht hochgewachsen war –, konnte ihn jedoch nirgends entdecken. Vater stand mit einigen Männern zusammen, lachte und scherzte und wirkte wie der vollendete Edelmann.

Wie der Edelmann, der Leo hätte sein sollen.

Leo riss den Blick von ihm los. Er würde sich nicht von seinem Stiefvater den Abend verderben lassen. Stattdessen erlaubte er sich, die aufwändige Architektur des Saales zu bestaunen. Er konnte sich kaum sattsehen an den imposanten Wölbungen, dem Stuck und den filigranen Steinmetzarbeiten. Als Junge war er geradezu besessen gewesen von Steinmetz- und Bildhauerarbeiten und hatte sich in jeder freien Minute davongeschlichen, um dem Steinmetz bei seiner Arbeit zuzusehen. In der Schule dann hatte Leo jedes Buch über Architektur gelesen und seinen Vater mit Fragen über Haus Silberschild gelöchert. Nachdem Leo nach Mutters Wiederheirat jedoch nicht mehr zur Schule hatte gehen dürfen und die Universität erst recht nicht in Frage kam, hatte Mutter heimlich einen Lehrvertrag mit dem Steinmetz ausgehandelt. Doch nachdem auch Mutter gestorben war, war von einer Lehre keine Rede mehr gewesen.

Seltsam, dass Leo das erst jetzt wieder einfiel.

»Prachtvoll, nicht wahr?«, murmelte eine Stimme neben ihm.

Leo warf dem Mann, der sich zu ihm gesellte, nur einen flüchtigen Blick aus dem Augenwinkel zu. Sein Gesicht lag im Schatten, doch er war groß, größer noch als Leo, und äußerst fein gekleidet. Ein weiterer Adeliger also. Leo hatte sich bisher von ihnen ferngehalten und hauptsächlich mit den jungen Mauerblümchen von niederer Herkunft getanzt, die niemand zum Tanz aufforderte.

»Ich finde es wunderschön«, sagte Leo und hob den Blick zur stuckbesetzten Decke, die sich über ihnen wölbte. »Seht Ihr die Fresken dort.« Er zeigte auf das Gewölbe über ihnen. »Das sind die vier Heiligen. Ich habe gelesen, dass es derselbe Bildhauer erschaffen hat, der auch den Saal des Heiligen Vandros hier in Arden gestaltet hat. Seine Werke sind so lebendig, dass man das Gefühl hat, Vandros würde einen direkt anblicken.«

Der Fremde schien für einen Augenblick überrascht und folgte Leos Blick. »Vermutlich habt Ihr recht«, sagte er leise. »Die Dinge verlieren oftmals ihre Bedeutung, wenn man sie jeden Tag sieht.«

»Ihr seid also häufig hier im Palast?« Leo hätte sich ohrfeigen können. Warum ließ er sich auf ein Gespräch mit einem Adeligen ein? Doch der Mann hatte etwas an sich, das seltsam vertraut wirkte. Fast, als wären sie sich schon einmal begegnet. Kannte Leo ihn von früher? Er warf dem anderen Mann einen verstohlenen Blick aus dem Augenwinkel zu, doch es wollte ihm beim besten Willen nicht einfallen, wo er den Mann schon einmal gesehen hatte.

Der Fremde lachte dunkel. »Öfter als mir lieb ist.« Er nahm einen großen Schluck aus seinem Weinkelch. »Wart Ihr schon einmal im Tempel des Vandros im Norden?«

Leo winkte ab. »Oh nein. Ich war noch nie außerhalb der …« Er brach verwirrt ab. War er schon einmal im Tempel des Vandros gewesen? Er hob den Blick zu dem Fresko hoch über ihren Köpfen und begegnete Vandros' kühlem Blick.

»Es ist auf jeden Fall eine Reise wert«, erklärte der Fremde. Offenbar zog auch er es vor, anonym zu bleiben, denn er hatte sich noch nicht vorgestellt. Leo war das ganz recht. »Vor allem im Winter, auch wenn die Reise recht unangenehm werden kann.«

»Ist es wirklich so schön, wie die Bücher behaupten?«

»Es wäre wahrscheinlich schöner mit einem Kundigen wie Euch an der Seite«, raunte die Stimme des Fremden.

Leo zuckte zusammen und warf dem Fremden einen erneuten Blick aus dem Augenwinkel zu, doch der hatte das Gesicht abgewendet und lachte leise in seinen Weinkelch. War er betrunken?

»Seht nur, wie scharf sie einander beäugen«, murmelte der Mann und deutete mit seinem Kelch in Richtung der Tanzfläche. »Alle versuchen, sich in Position zu bringen, um die Aufmerksamkeit des Prinzen zu erregen, und wenn nicht seine Aufmerksamkeit, dann doch die eines anderen Adeligen.«

»Ich dachte, das wäre das Ziel eines jeden Balles: Geeignete Ehepartner zu finden,« gab Leo zurück.

Der Adelige schnaubte. »Wahrscheinlich habt Ihr recht. Und auf wen habt Ihr ein Auge geworfen?«

Leo verschluckte sich fast an seinem Wasser, als er unvermittelt lachte. »Oh, ich bin nicht auf Brautschau. Nur hier, um den Abend zu genießen.«

Er spürte den ungläubigen Blick seines Gesprächspartners und musste unwillkürlich lächeln.

Der andere Mann lachte leise und nippte an seinem Wein. »Vielleicht sollten wir uns alle ein Beispiel an Euch nehmen. Oder seid Ihr bereits vom Markt?«

Leo lachte wieder. »Nein, nichts dergleichen.« Die Sache war so viel komplizierter, aber das würde er ganz sicher nicht einem Fremden erzählen.

Der Fremde brummte unwillig.

Sie verfielen in Schweigen, während sie die Tanzfläche beobachten. Gelegentlich machte der Adelige einen Kommentar über einen der Tanzenden. Zumeist waren es kleine skandalöse Informationen, die immer so geschickt platziert waren, dass Leo mehr als einmal vor Lachen beinahe an seinem Wasser erstickte.

»Erweist Ihr mir die Ehre des nächsten Tanzes?«, raunte der Fremde plötzlich.

Leo blinzelte, drehte sich dann überrascht um und ließ im nächsten Moment beinahe den Kelch fallen, den er in der Hand hielt. Denn der Fremde, mit dem er sich so ungezwungen unterhalten hatte, war niemand anderer als Prinz Nikolaus Nepomuk Stanislaus Albaran, Enkelsohn des Königs und zweiter in der Thronfolge.

Leo verbeugte sich hastig und verfluchte sich im Stillen, dass er den Mann nicht gleich erkannt hatte. »Eure Hoheit.«

Doch ehe Leo Gelegenheit hatte, sich vollständig zu verbeugen, wurde er unsanft gepackt und noch weiter in den Schatten gezerrt. »Seid Ihr völlig verrückt?«, zischte der Prinz ungehalten und presste Leo gegen die Wand. »Ihr werdet noch jeden auf uns aufmerksam machen!«

»Aber ... Ihr seid der Prinz!«

»Glaubt mir, dessen bin ich mir sehr wohl bewusst. Ich brauche Eure Verbeugungen und Ehrerbietungen nicht.«

Leos Augen wurden schmal. »Es ist das, was Euch zusteht. Es kann sogar hart bestraft werden, sich nicht gebührlich zu verbeugen. Ich habe gelesen, dass —«

»Tut Ihr auch etwas anderes, als Bücher zu lesen?«, knurrte der Prinz.

Leo sog scharf die Luft ein. Die Worte schnitten wie ein Messer in Leos Herz und er senkte beschämt den Kopf. »Verzeihung, Eure Hoheit.«

Der Prinz seufzte tief und ließ den Kopf hängen. »Nein. Ich bin es, der um Verzeihung bitten muss.« Er stieß sich von der Wand ab und rieb sich mit einer Hand über das Gesicht. Er stieß ein bitteres

Lachen aus. »Glaubt mir, ich würde nichts lieber tun, als in der Bibliothek mit einem guten Buch zu sitzen.«

»Aber … es ist Euer Ball«, wandte Leo leise ein. Carolina und Cordelia hatten von nichts anderem geredet, als dass der Enkel des Königs dieses Jahr auf dem Frühlingsball eine Braut erwählen würde.

»Auch dessen bin ich mir bewusst.« Der Blick des Prinzen wanderte zu den Tänzern, die durch den Saal wirbelten, und sein Gesicht verzerrte sich zu einer Grimasse. »Wenn ich ehrlich bin, widert es mich an. Niemand hier ist ehrlich, jeder trägt eine Maske und ich kann nicht denken bei all dem Geschnatter. Wie soll ich eine Braut finden, wenn sie alle nur auf mein Gold aus sind?«

Leo sah ihn völlig entgeistert an. »Aber Ihr lacht und scherzt mit allen und habt ein freundliches Wort für jeden. Ich habe Euch gesehen! Ihr seid der Mittelpunkt des Abends.«

Der Prinz nahm einen tiefen Schluck aus seinem Kelch und murmelte düster: »Ich weiß wohl, wie ich mich zu verhalten habe.«

Ihre Blicke trafen sich, und ehe Leo recht wusste, was er tat, hatte er die Hand um den Arm des Prinzen gelegt. »Ich –«

Sie blickten beide im selben Moment auf Leos Hand hinab.

Leo wollte seine Hand gerade zurückziehen, als der Prinz die seine über Leos legte, ein warmes Lächeln auf den Lippen. »So gefallt Ihr mir besser. Und verzeiht mein Gejammere. Ich sollte es wahrhaftig besser wissen. Habt Ihr auch einen Namen, geheimnisvoller Fremder?«

Leos Ohren brannten und er war plötzlich froh, dass seine Haare etwas länger waren, um das Schlimmste zu verbergen. »L-Leonhard, Eure Hoheit.« Zu spät ging ihm auf, dass es nicht sonderlich klug war, seinen wahren Namen zu nennen, wenn er unerkannt bleiben wollte.

Der Prinz hob erwartungsvoll die Augenbraue und Leos Gedanken rasten. Familienname, Familienname, er brauchte einen Familiennamen. »Leonhard Wendling, zu Euren Diensten.« Es war der Mädchenname seiner Mutter gewesen und ein recht verbreiteter Name in Zentralostris. Leo hoffte, das würde genügen, um unerkannt zu bleiben. Sicherlich würden noch ein paar andere Wendlings anwesend sein.

Die Verbeugung kam wie von selbst, doch die Hand des Prinzen schoss vor und hielt ihn auf.

»Hört endlich auf mit dem unsinnigen Verbeugen und diesem Hoheitsunsinn, bevor Euch noch jemand hört und auf mich aufmerksam wird«, zischte Prinz Nikolaus.

Leo blinzelte. »Verzeiht«, murmelte er und erstarrte dann, als ihm aufging, dass er soeben den Prinzen angelogen hatte. Oh, bei allen vier Heiligen! Und da hatte sich der Prinz gerade darüber beschwert, dass niemand auf dem Ball ehrlich zu ihm war. Leo wollte im Boden versinken, flüchten. Seine Ohren wurden heiß und er wünschte plötzlich, er hätte nie auf Mitternachts Drängen nachgegeben. Nun war es zu spät.

Der Prinz schien nichts von Leos innerem Aufruhr mitzubekommen, sondern atmete langsam aus und rieb sich die Stirn. »Und erneut bin ich derjenige, der für meine Grobheit um Verzeihung bitten muss.« Er hob den Blick und sah Leo an, der sich nur noch schlechter fühlte. Wenn er wüsste, was Leo getan hatte ...

»Also, was ist? Werdet Ihr mit mir tanzen?«

Leo konnte ihm nicht in die Augen sehen, sondern starrte stattdessen auf seine hochpolierten Stiefel. »Warum ausgerechnet ich?«

»Ihr seid der Erste auf diesem ganzen verfluchten Ball, der nicht versucht, mich um den Finger zu wickeln. Ihr seid ein guter Tänzer, ausgesprochen gut, von dem was ich gesehen habe, und die Goldstickereien stehen Euch ganz ausgezeichnet.« Prinz Nikolaus fuhr mit dem Finger über die filigranen Stickereien, die die Ränder von Leos Überrock zierten.

»Ihr habt mich gesehen?« Leos Blick hob sich fast gegen seinen Willen.

Der Prinz wölbte eine Braue. »Natürlich, ich habe mir jeden angesehen, den ich noch nicht kenne. Und es ist mir durchaus aufgefallen, dass Ihr ausschließlich mit standeslosen Frauen getanzt habt, und selbst unter ihnen habt Ihr nur die Mauerblümchen und ... nun ja, wenig ansehnlichen Frauen ausgesucht. Sagt mir, Leonhard Wendling, warum ist das so?«

Leo presste die Lippen aufeinander und senkte den Blick. Seine Ohren glühten schon wieder. Oder immer noch, da war er sich nicht ganz sicher.

»Verzeiht«, sagte der Prinz, als Leo keine Anstalten machte, das Wort zu ergreifen. »Mein Vater tadelt mich stets für meine unsägliche Neugier. Ich wollte Euch nicht zu nahe treten. Ich hoffe, ich habe damit nicht meine Hoffnungen auf einen Tanz mit Euch vertan.«

Leo sah ihn zweifelnd an. »Aber … ich bin ein Mann.«

Der Mund des Prinzen verzog sich zu einem langsamen Lächeln und seine grünen Augen funkelten. »Glaubt mir, dessen bin ich mir sehr wohl bewusst.« Er zwinkerte Leo zu.

Leo konnte ihn nur stumm anstarren. »Ihr habt bisher nur mit Frauen getanzt.«

Der Prinz blinzelte. Dann lachte er leise. »Ich scheine nicht der Einzige zu sein, der heute Abend die Tanzenden beobachtet.« Er nickte langsam. »Nun, wenn Ihr Sorge habt, der einzige Mann zu sein, mit dem ich tanze, wie wäre es dann, wenn ich erst mit einigen anderen Männern tanze? Werdet Ihr dann zustimmen? Sagen wir in vier Tänzen? Das sollte genügen, damit der erste Schock sich legt, und ich habe meiner Schwester ohnehin versprochen, auch mit ein paar Männern zu tanzen.«

Leo starrte ihn noch immer an.

Der Prinz trat näher zu ihm und legte ihm eine Hand auf seinen gebrochenen Arm, seine Finger behutsam. »Ich verspreche Euch auch, dass ich Euren Arm nicht weiter strapazieren werde.«

Leo schnappte nach Luft und trat unwillkürlich einen Schritt zurück. War es so offensichtlich?

Prinz Nikolaus gab ihm ein schiefes Lächeln. »Ich habe gesehen, wie ihr ihn dicht an Eure Mitte gehalten habt, als hättet Ihr Schmerzen. Was ist geschehen?«

Es war der besorgte Tonfall, der stechende Blick, und mit einem Mal wusste Leo, warum ihm Prinz Nikolaus so bekannt vorkam: Er war der Fremde vom Markt. Derjenige, der Leo angeboten hatte, ihm zu helfen. Derjenige, der jedes Mal da war, wenn Leo auf den Markt ging. Der ihm Blumen schenkte.

Ich gebe die Hoffnung nicht auf.

Leos Herz begann zu rasen. Wusste er, wer Leo war? Aber nein, nein. Er hatte nichts mit dem schmutzigen Diener gemein, den er auf dem Markt gesehen hatte. Mitternacht hatte gesagt, dass nicht einmal sie ihn erkannt hätte.

Warum war Prinz Nikolaus auf dem Markt gewesen, gekleidet wie ein schmutziger Reisender? Warum hatte er sich so für Leo interessiert? Warum –

»Leonhard?«

Leo blinzelte, als er sich an die Frage erinnerte. »Ein ... Unfall.«

Der Prinz verzog mitfühlend das Gesicht. »Reitunfall oder auf der Jagd?«

»Reitunfall«, log Leo und wünschte plötzlich mit solcher Macht, er könnte die Wahrheit sagen. Aber die Wahrheit würde niemandem nützen. Trotzdem fühlte er sich elend und schmutzig.

»Hm«, machte der Prinz und sein Blick war so durchdringend wie auf dem Markt, als wüsste er genau, dass Leo ihn gerade angelogen hatte, und vielleicht tat er das sogar. Leo stockte der Atem in der Brust. Leo war noch nie ein besonders guter Lügner gewesen und er hatte den Prinzen nun schon zum zweiten Mal angelogen!

»Nicht doch.« Die sanfte Stimme schnitt durch Leos panische Gedanken. Seine Hand sandte ein Prickeln durch Leos Arm, wo sie sanft über den Ärmel strich. »Habt keine Angst. Ich werde nicht weiter nachfragen. Jeder von uns hat ein Recht auf seine Geheimnisse.«

Leo zwang sich, ruhig zu atmen. Was wenn der Prinz herausfand, dass Leo der geprügelte Hund vom Markt war, der vor seinen Schwestern kuschte?

Der Prinz beugte sich vor und hauchte Leo einen Kuss auf die Wange. »Ich komme nach vier Tänzen wieder und hole Euch. Wartet auf mich, mein Löwenherz.«

Und dann war er fort und ließ Leo mit pochendem Herzen und dem Gefühl seiner Lippen auf Leos Wange zurück.

~*~

»Ich glaube, ich hatte Euch den nächsten Tanz versprochen.« Leo zuckte zusammen, als sich eine warme Hand um seine schloss.

Schweißperlen standen dem Prinzen auf der Stirn, was nach vier Tänzen hintereinander nicht weiter verwunderlich war, doch seine Augen leuchteten, als er Leo ansah.

»Tanzt mit mir, Leonhard Wendling.« Er drückte Leos Hand und wie hätte Leo ihm widerstehen können, als im nächsten Augenblick die Musiker zu einem Walzer ansetzten?

»Könnt Ihr den Arm auf meinem ablegen?«, murmelte der Prinz und hielt Leo seinen Arm hin. »Dann fällt es weniger auf.«

Leo schmolz förmlich dahin, als der Prinz ihre Arme so arrangierte, dass der gebrochene Knochen Leo nicht den ganzen Tanz verderben würde und es dennoch nicht so aussah, als würde er den Arm schonen.

»Erlaubt Ihr mir, die Führung zu übernehmen?«, raunte der Prinz und wartete gar nicht erst auf eine Antwort, als er sie bereits in die ersten Schritte führte. Leo konnte ihn nur hilflos anstarren. Hatten sich so die schüchternen Damen gefühlt, die er zum Tanz aufgefordert hatte?

»Mein Vater hält den Walzer für einen ausgesprochen schamlosen Tanz«, vertraute Prinz Nikolaus Leo an, als er sie durch eine komplizierte Schrittfolge führte. Leos Füße wussten glücklicherweise, was zu tun war, denn sein Verstand hatte nur Augen für Prinz Nikolaus. Er erwartete fast, jeden Augenblick aus diesem Traum aufzuwachen. Nicht einmal die Furcht vor seinem Vater konnte ihn hier berühren.

»Und was denkt Ihr?«, hörte er sich selbst fragen.

Leo hatte geglaubt, dass sie kaum enger zusammenstehen könnten, doch Prinz Nikolaus gelang es, sich trotz der Schritte, die sie taten, noch dichter gegen Leo zu pressen. Leos Ohren wurden heiß.

»Ich glaube, dass es der beste Tanz ist, um jemanden kennenzulernen.«

Leo schluckte und nickte. Es war auf jeden Fall ein hervorragender Tanz, um seinen Tanzpartner auf sehr … intime Weise kennenzulernen.

»Vergesst nicht zu atmen, Leon«, raunte ihm der Prinz ins Ohr. »Erlaubt Ihr mir, Euch Leon zu nennen?«

Leo blinzelte. »Meine Freunde nennen mich Leo.«

Der Prinz zog die Brauen zusammen und ließ seinen Blick langsam über Leos Gesicht wandern, sodass Leos Ohren wieder zu glühen begannen. Wie er es hasste, dass er ständig rote Ohren bekam.

»Nein«, sagte der Prinz langsam. »Ihr seht nicht aus wie ein Leo.«

Leo lachte überrascht. »Wie sieht denn ein Leo Eurer Meinung nach aus?«

Der Prinz musterte Leo mit einem weiteren prüfenden Blick, ehe sich seine Lippen zu einem langsamen Lächeln verzogen und er sich vorbeugte, bis er Leo ins Ohr flüstern konnte: »Leo, das ist der Schalk, der in Euren Augenwinkeln sitzt, Leon hingegen …« Er lehnte sich zurück und fing Leos Blick auf. »Leon ist der Name für eine Kreatur voller Majestät und Anmut. So wie Ihr.«

Leo konnte den Prinzen nur völlig entgeistert anstarren und stolperte mehr als einmal über seine Füße. So viel zur Anmut.

»Also«, sagte der Prinz und zog Leo enger an seinen Körper, »erlaubt Ihr mir Euch Leon zu nennen?«

Leo konnte nur benommen nicken. »Ja, Eure Hoheit«, flüsterte er.

»Nicholas.«

»Hm?«

»Nennt mich Nicholas.«

Leo schnappte nach Luft. »Ich kann unmöglich …«

»Natürlich könnt Ihr das, solange wir unter uns sind.« Sein Lächeln war voller Wärme.

»Warum Nicholas?«, fragte Leo.

»Nun, es ist ein wenig verwirrend, wenn alle Erstgeborenen in unserer Familie Nikolaus heißen. Die meisten haben ihren Zweitnamen zum Rufnamen gemacht. Doch mein Großvater konnte keinen seiner Beinamen leiden und hat innerhalb der Familie die Tradition eingeführt, seinen Erstnamen ein wenig abzuwandeln, um sich von den anderen zu unterscheiden. Er war Großvater Claus, mein Vater nennt sich Nikolai und für mich blieb Nicholas.«

»Der Name passt zu Euch«, sagte Leo und versuchte gar nicht erst, sein Lächeln zu verbergen. Er hatte gedacht, dass es genug wäre, mit den Mauerblümchen zu tanzen, doch es machte einen Unterschied, einen erfahrenen Tänzer als Partner zu haben. Vielleicht lag es auch nur an Prinz Nikolaus, dass sein Herz anschwoll, bis es fast schmerzte. Leo wünschte, der Tanz würde niemals enden.

Der Prinz legte den Kopf auf die Seite. »Sagt mir, Leonhard, sind wir uns schon einmal begegnet?«

Leos Herz setzte einen schmerzhaften Schlag aus. Er wusste nicht, ob aus Furcht oder Hoffnung. »Ich wüsste nicht wo, Eure Hoheit.« Er stolperte wieder und betete zu Vandros um Weisheit. So viele Lügen. Er würde sich noch um Kopf und Kragen reden, wenn er so weitermachte.

»Hm«, machte der Prinz und sah Leo einen Augenblick lang prüfend an, bevor die nächsten Schritte seine Aufmerksamkeit erforderten. »Ihr wirkt so vertraut, als würde ich Euch schon lange kennen«, murmelte er.

Leo senkte den Blick und sagte nichts.

»So still, Leon?«, fragte der Prinz.

»Verzeiht, der Tanz erfordert mehr Aufmerksamkeit, als ich dachte«, sagte Leo.

»Oh?«, machte der Prinz und beugte sich dann vor und raunte Leo ins Ohr: »Da habe ich ganz anderes gesehen, als Ihr mit den Mauerblümchen getanzt habt. Sagt mir Leon, wieso wirkt ihn nun selbst wie eines dieser Mauerblümchen?«

»Ich … ah …«

»Könnte es sein, dass Ihr an ihnen keinerlei Interesse hattet?« Die Stimme des Prinzen sandte einen Schauer über Leos Rücken. »Dass sie eine sichere Wahl waren?«

Leo stolperte, doch der Prinz hielt ihn sicher, bis Leos Füße ihm wieder gehorchten.

Das leise Lachen des Prinzen rieselte über ihn hinweg, bis ihm die Knie weich wurden. Doch zu Leos Erleichterung bedrängte ihn der Prinz nicht weiter. Was hatte dieser Mann nur an sich, dass Leo ihm nicht widerstehen konnte? Es war vollkommen lächerlich. Vater würde ihn umbringen, wenn er Leo erkannte.

»Was bedeuten die Sorgenfalten, Leon?«, murmelte der Prinz, während er sie durch mehrere Drehungen führte.

Leo sah zu ihm auf, öffnete den Mund und war fast versucht, ihm sein Herz auszuschütten, als er sich an all die Gründe erinnerte, weshalb das keine gute Idee war. Er senkte den Blick und blieb stumm.

»Was ist, Leon? Woher kommt der plötzliche Kummer?« Prinz Nikolaus' Stimme war besorgt, wie sie es schon auf dem Markt gewesen war.

Leo lehnte sich gegen ihn und ließ sich von ihm durch die nächsten Schritte des Tanzes führen.

»Ist es der Arm?«

Leo schloss die Augen und sagte nichts, plötzlich unfähig, diesen aufrechten Mann auch nur einen Augenblick länger zu belügen. Prinz Nikolaus drückte mitfühlend Leos Hand und hakte nicht noch einmal nach, sodass sie schweigend durch die nächsten Schrittfolgen flossen.

»Bitte, schenkt mir noch einen weiteren Tanz«, bat der Prinz, als der Walzer sich dem Ende neigte.

Leo schüttelte den Kopf. »Ich kann nicht. Ich hätte Euch nicht einmal diesen einen Tanz erlauben dürfen.«

Die Augen des Prinzen verengten sich. »Seid Ihr in Gefahr?« Sein

Griff um Leos Hand verstärkte sich kurz. »Ihr seid kein Krimineller, oder?«

»Nein!«, rief Leo ein wenig zu laut und senkte hastig seine Stimme, als sich etliche Köpfe zu ihnen umdrehten. »Wie kommt Ihr darauf?«

»Ihr habt einen verletzten Arm, vermutlich gebrochen, Ihr versucht keinerlei Aufmerksamkeit auf Euch zu ziehen und verzeiht mir, wenn ich so offen bin, aber es ist nicht zu übersehen, dass Ihr etwas zu verbergen habt. Was soll ich denn denken?«

Leo konnte den Prinzen nur mit offenem Mund anstarren. »Ich bin kein Krimineller«, flüsterte er.

»Verzeiht mir«, raunte der Prinz und sein Daumen rieb entschuldigend über Leos Finger. »Ich hatte es auch nicht von Euch erwartet, aber …«

»Aber was?«

»Ihr seid ein Rätsel, Leon, und ich stelle fest, dass ich Euer Geheimnis ergründen möchte. Was Euch auch bedrückt, lasst mich Euch helfen.«

Die letzten Noten des Walzers verklangen und Leo verbeugte sich vor dem Prinzen. »Habt Dank für den Tanz, Eure Hoheit«, sagte er leise.

Der Prinz nahm seine Hände. »Leon, bitte. Noch ein Tanz.«

Leo schüttelte den Kopf. »Ich kann nicht.« Er drückte die Hände des Prinzen. Sie waren so warm. »Ihr habt mir mehr geschenkt, als ich je zu träumen gewagt hatte.« Dann verbeugte er sich noch einmal tief und ging davon.

Er hielt den Kopf gesenkt und sah aus dem Augenwinkel, wie Vater in seine Richtung schaute. Leo konnte seinen Ausdruck nicht erkennen, aber es war alles andere als gut, dass er überhaupt in Leos Richtung blickte. Sein Tanz mit dem Prinzen hatte offenbar so viel Aufmerksamkeit erregt, dass Leo gleich drei weitere Einladungen erhielt, als er sich einen Weg durch die Menge bahnte, alle drei von niederen Adeligen, wie es aussah. Leo lehnte sie alle ab. Er wusste, dass es wahrscheinlich das Beste wäre, sofort zu verschwinden, doch nach dem Tanz war er erfüllt mit einem so warmen Gefühl, dass er in seine dunkle Ecke zurückkehrte und dem Prinzen noch eine Weile beim Tanzen zusah. Es war noch lange nicht Mitternacht und solange Vater ihn nicht fand und Leo keine weitere Aufmerksamkeit auf sich zog, würde er sicher sein.

~*~

Leo hatte gerade beschlossen, dass es höchste Zeit war, den Ball zu verlassen, als sich zwei Hände auf seine Schultern legten und ihm eine Stimme ins Ohr flüsterte: »Ihr müsst mich retten, Leon.«

Leo zuckte zusammen und sah sich hastig um. »Was? Warum?«

»Diese zwei Weiber sind schon den ganzen Abend hinter mir her und treiben mich noch in den Wahnsinn.«

Leo unterdrückte ein Lachen. »Welche zwei Weiber?«

»Beide blond, die ältere hat eine Schweinsnase und die jüngere sieht aus wie ein Wiesel. Nein! Nicht hinsehen, sonst macht Ihr sie noch auf uns aufmerksam!«

Leo unterdrückte ein weiteres Lachen über die plötzliche Theatralik des Prinzen. Das Lachen verging ihm jedoch rasch, als sein Blick auf seine Schwestern fiel.

»Ich sehe, Ihr kennt sie ebenfalls«, bemerkte der Prinz.

»Flüchtig«, sagte Leo ausweichend.

»Garstige Frauen. Ich verstehe allmählich, warum Ihr Euch an die Mauerblümchen gehalten habt. Ich fürchte, die beiden haben es sich in den Kopf gesetzt, dass eine von ihnen mich unter allen Umständen heiraten wird.«

»Das klingt nicht, als wäret Ihr an ihnen interessiert.«

Der Prinz stieß ein sehr unprinzliches Schnauben aus. »Nicht wenn sie die letzten Menschen auf Erden wären.« Der Blick, mit dem er in ihre Richtung schaute, war finster. »Ich fürchte, dass sie ihren Bruder misshandeln.«

»Oh?«, machte Leo.

»Ich habe ihn auf dem Markt getroffen. Er wollte sich mir nicht anvertrauen, doch es war offensichtlich, dass irgendetwas nicht mit rechten Dingen zuging. Ich hatte die Hoffnung, dass ich ihn heute Abend hier treffen würde, doch er ist nicht aufgetaucht.«

Er sah Leo an und zupfte an einer seiner Locken. »Ihr erinnert mich ein wenig an ihn, Leon.«

Leos Atem stockte ihm in der Brust. Oh, das war nicht gut. »Ach«, sagte er spitz und hob die Augenbrauen. »Ich bin also nur Eure zweite Wahl?«

Der Prinz zuckte zusammen und ließ die Hand fallen, als hätte er sich verbrannt. »Verzeiht, ich wollte nicht andeuten … Das war ganz und gar nicht …«

Leo schüttelte den Kopf und schalt sich einen Narren. War er nun eifersüchtig auf sich selbst? Es war völlig lächerlich. »Ich muss um Verzeihung bitten. Es zeigt nur, dass Ihr ein gutes Herz habt, dass Ihr Euch Sorgen um ihn macht.«

Der Prinz lächelte schwach. »Ihr habt schon recht, mich zu tadeln. Da stehe ich hier mit einem attraktiven Mann und erzähle ihm von einem anderen Mann. Verzeiht mir, Leon.«

»Es gibt rein gar nichts zu verzeihen, Hoheit«, sagte Leo mit einem Zwinkern.

»Es ist nur so, Ihr wirkt so vertraut«, raunte der Prinz und trat näher zu ihm. Leo hielt den Atem an, als er die Hand hob und behutsam über Leos Wange strich.

»Das könnte daran liegen, dass ich ein Allerweltsgesicht habe.« Leos Stimme klang viel zu hoch.

»Nein«, sagte der Prinz nachdenklich. »Ganz sicher nicht. Schenkt mir noch einen Tanz, Leon.«

Leo schüttelte den Kopf. »Ihr habt mit niemandem zweimal getanzt.«

Die Lippen des Prinzen verzogen sich zu einem breiten Grinsen. »Ihr habt mich also beobachtet?«

Leo war auf einmal viel zu heiß in den vielen Lagen aus Stoff, die er trug und das Halstuch schien sich in eine Würgeschlange verwandelt zu haben.

»Tanzt mit mir.«

Leo spürte ein Ziehen in der Brust, als er wieder den Kopf schüttelte. »Ich kann nicht.«

»Warum nicht?«

»Ihr solltet nicht so viel Zeit mit mir verbringen«, flüsterte Leo eindringlich.

Die grünen Augen blitzten. »Warum nicht? Wenn Ihr schon nicht mit mir tanzen wollt, dann muss ich einen anderen Weg finden, Euch näher kennenzulernen.«

Leo widerstand dem Drang, sich die Haare zu raufen. Zu gut erinnerte er sich daran, wie sein Stiefvater Leo nach dem Walzer mit dem Prinzen eindringlich gemustert hatte. Leo konnte dem Prinzen unmöglich einen zweiten Tanz erlauben, das würde viel zu viel Aufmerksamkeit auf ihn ziehen, die er sich nicht erlauben konnte. Vor allem nicht, weil Vater unbedingt eine seiner beiden Töchter mit dem Prinzen verheiraten wollte.

Als hätten seine Gedanken ihn heraufbeschworen, bemerkte Leo Vater am anderen Ende des Raumes. Er starrte direkt in Leos Richtung. Leo rutschte das Herz in die Hose, als sein Vater sich plötzlich mit einem Ruck in Bewegung setzte und auf ihn zukam.

»Ich muss gehen«, sagte Leo hastig. Vater durfte ihn auf keinen Fall erwischen.

Der Prinz ergriff seinen guten Arm und hielt ihn auf. »Ihr könnt noch nicht gehen. Bitte.«

Der flehende Ausdruck in den Augen des Prinzen schnitt Leo glatt durchs Herz. »Ich muss. Es tut mir leid.«

»Werde ich Euch morgen wiedersehen?«

Leo sah zu ihm auf.

»Bitte«, raunte der Prinz und legte den Arm um Leo. »Versprecht mir, dass Ihr morgen wiederkommt.«

Leo nickte und hielt den Atem an, als er das strahlende Lächeln des Prinzen sah. Er warf einen Blick in Vaters Richtung und Entsetzen packte ihn, als er sah, dass sein Stiefvater bereits den halben Saal durchquert hatte. »Ich muss sofort aufbrechen.«

Der Prinz blickte in Vaters Richtung. »Wer ist dieser Mann, Leon?«

»Niemand. Danke für den Tanz.« Er drückte kurz die Hand des Prinzen und dann schlüpfte er durch eine der Seitentüren hinaus und flog über den Schlossplatz hin zu den Stallungen.

Kapitel 20

Jeder Muskel in Leos Leib spannte sich an, als er eine Kutsche vor dem Haus halten hörte und die schnatternden Stimmen seiner Schwestern einen Augenblick später vor der Tür erklangen. Leo rollte sich zur Wand und zwang sich zur Ruhe. Vater konnte ihn nicht erkannt haben. Alles war gut. Wenn Vater sah, dass Leo genau da war, wo er ihn erwartete und schlief, würde er ihn sicherlich in Ruhe lassen.

Er hörte das Klappern von Absätzen, als seine Schwestern die Treppe hinaufrannten. Die Stimme von Vaters Kammerdiener. Wusste er, dass Leo fortgewesen war? Aber nein. Er hatte Vater begleitet und alle anderen Diener waren außer Haus gewesen, als Leo sich davongestohlen hatte. Und auch bei seiner Rückkehr war er niemandem begegnet.

Leo wollte bereits aufatmen, als sich schwere Schritte der Küche näherten. Ein Lichtschein fiel hinein, als die Tür aufging. Leo rührte sich nicht, sondern zwang sich, ruhig und gleichmäßig weiterzuatmen.

»Asche«, sagte Vater, sein Tonfall nicht zu deuten.

Leo blieb still, unschlüssig, was er jetzt tun sollte. Sollte er weiterhin so tun, als schliefe er?

»Steh auf, wenn ich mit dir spreche, Junge!«

Leo zuckte unwillkürlich zusammen und setzte sich langsam auf, tat so, als würde er sich den Schlaf aus den Augen reiben. Dann erst sah er Vater an und kam eilig auf die Füße.

»Vater! Ihr seid schon zurück?«

Vater musterte ihn von Kopf bis Fuß. Leo hatte sich die Asche in die Hände und ins Haar gerieben, nachdem er zurückgekehrt war. Mitternacht hatte ihm versichert, dass er so wie immer aussah, doch unter Vaters stechendem Blick fühlte er sich plötzlich nackt.

»Wo warst du heute Abend, Asche, mein Junge?«, fragte Vater mit gefährlich leiser Stimme.

Leo sprang das Herz beinahe aus der Brust. »H-Hier«, stammelte er. »Ich habe das Silber poliert.« Er war noch nie ein guter Lügner gewesen, doch unter der Herrschaft seines Stiefvaters hatte er gelernt, dass es oftmals reichte, einen Teil der Wahrheit zu sagen. Er betete inständig zu allen Heiligen, dass Vater nicht weiter nachfragte.

»Hm, ja«, sagte Vater langsam, während er Leo umkreiste wie ein Wolf seine Beute. »Das Silber ist poliert.«

Leo atmete innerlich auf. Er hatte das Silber nach seiner überstürzten Ankunft nicht mehr überprüft. Doch er hätte wissen müssen, dass er sich auf Mitternacht verlassen konnte.

Ein Schauer lief Leo über den Rücken, als Vater hinter ihm stehen blieb, sich zu ihm beugte und ihm ins Ohr raunte: »Die Frage ist, hast du es poliert?«

»N-Natürlich, Vater.« Leos Stimme war nicht mehr als ein heiseres Flüstern. Immerhin hatte er die Gabeln und Löffel poliert.

»Seltsam dann, dass ich jemanden auf dem Ball gesehen habe, der dir zum Verwechseln ähnlich sah.« Vater stand immer noch hinter ihm, doch Leo wagte es nicht, ihn anzusehen.

Leo schluckte. »Vater?«

»Ich weiß nicht, wie du es angestellt hast, aber ich werde es noch herausfinden«, sagte Vater leise und trat einen Schritt zurück. »An die Wand!«

Leo taumelte einen Schritt zurück. »Vater?«

»Tu was ich sage oder ich verdoppele deine Strafe.«

Leo zog sich mit zitternden Fingern das Hemd über den Kopf, reichte Vater seinen Gürtel, lehnte sich gegen die Wand und ließ seine Gedanken zu dem Tanz mit Prinz Nikolaus wandern.

~*~

Leo hörte das Flirren von Mitternachts Flügeln, kaum dass Vaters schwere Schritte verklungen waren.

Sie sagte nichts, sondern ließ sich in seinem Haar nieder und streichelte seine Schläfe. Er hätte sich schämen sollen, in ihrer Gegenwart zu weinen – er war ein erwachsener Mann und kein Kind mehr –, doch sie wusste ohnehin alles über ihn und so ließ er die Tränen fließen. Er warf ihr ein schiefes Lächeln zu und sah, dass sie ebenfalls weinte, ihre Tränen so silbern wie Mondlicht.

»Das war es wert«, sagte er irgendwann mit rauer Stimme. »Ich habe mit dem Prinzen getanzt.«

»Ich weiß«, sagte sie leise.

»Du warst da?«

Sie lächelte schwach. »Irgendjemand muss doch ein Auge auf dich haben, mein Löwenherz. Auch wenn ich meiner Aufgabe offenbar nicht sehr gerecht werde.«

Leo schüttelte den Kopf. »Es ist nicht deine Schuld.«

Sie lächelte wieder. »Ich weiß. Aber es macht mich trotzdem wütend, dass ich einfach nur zusehen muss, wie er dich behandelt. Leo ...« Sie ließ sich auf seinem Arm nieder und er war überrascht über den ernsten Ausdruck auf ihrem sonst so fröhlichen Gesicht. »Bist du sicher, wir können nicht jetzt gleich zum Tempel gehen? Der Priester ist ein netter Mann und er hat Magie.«

Leo presste sich eine Hand gegen die Augen, als sie zu brennen begannen. »Ich ...« Fliehen und niemals wieder zurückkehren müssen. Magie im Tempel lernen. Frei sein. Nicholas' Gesicht drängte sich wieder in seine Gedanken.

Versprecht mir, dass Ihr morgen wiederkommt ...

Er hatte Leo ebenfalls Hilfe angeboten, genau wie Vater Nestor. Warum dann nahm Leo ihre Hilfe nicht an? Warum lag er hier und ließ sich von Vater züchtigen wie ein gemeiner Dieb?

Ein Laut entrang sich seiner Kehle, viel zu laut in dem ansonsten stillen Haus und Leo biss sich auf die Lippe, bis er Blut schmeckte.

»Nicht doch, Leo, wir finden schon einen Weg«, murmelte Mitternacht und drückte einen Kuss so sanft wie ein Windhauch auf seine Stirn.

»Es tut mir leid«, murmelte er, als er sich wieder im Griff hatte.

»Nein, das muss es nicht. Gib nichts auf meine Ungeduld. Selbst Mondfeuer ...« Sie biss sich auf die Lippe und wandte hastig den Blick ab. »In meiner Heimateiche bin ich allgemein bekannt für meine Ungeduld. Ich ... Es ist nur so schwer, dabei zuzusehen, wie er dir wehtut.«

»Ich ... Vielleicht ...« Er wollte ihr sagen, dass sie morgen gehen könnten, doch die Worte blieben ihm im Hals stecken. Was war nur los mit ihm?

»Sch. Nicht mehr heute Nacht.« Sie streichelte seine Wange, während ihr selbst ein paar Tränen übers Gesicht liefen.

Er nickte und bemühte sich um ein Lächeln. »Die Sache war es trotzdem wert, Mitternacht. Ich habe mich lange nicht mehr so gut amüsiert. Danke.«

Das ließ ihre Tränen nur noch stärker fließen, aber sie nickte. »Hast du noch etwas von der Arnikasalbe?« Sie schniefte und putzte sich mit etwas, das wie ein Blatt aussah, die Nase.

Leo wedelte schwach mit der Hand. »Auf dem obersten Regal, hinter dem Koriander.«

»Warum hinter dem Koriander?«, rief sie. Leo hörte ihre Flügel sirren, doch er war zu erschöpft, um den Kopf zu heben.

»Weil den niemals jemand benutzt.«

»Nie? Aber er schmeckt so gut!«

»Wir benutzen ihn nur für Vandrosgebäck.« Und da Leos Stiefvater nichts von Vandros hielt, hatte es seit Jahren keine Vandroskuchen oder Plätzchen mehr gegeben. Er schob den Gedanken hastig von sich, als ihm die Kehle schon wieder eng wurde. Hatte er nicht genug geheult?

»Vandros?«, rief Mitternacht vom Regal. Leo hörte, wie sie die Gläser herumschob. Hoffentlich ließ sie keins fallen. »Ist das nicht einer eurer Heiligen? Der Winter, nicht wahr? Der mit der Kerze.«

Leo brummte zustimmend und fügte leise hinzu: »Und der Schutzheilige meiner Familie.«

»Oh.« Ihre Flügel brummten angestrengt wie die einer Hummel, als sie mit dem Salbentiegel zurückkam und ihn mit einem Schnaufen vor Leo absetzte. Er biss die Zähne zusammen und richtete sich weit genug auf, um den Deckel zu öffnen.

»Das hätte ich auch tun können!«, schimpfte Mitternacht. »Leg dich wieder hin.«

Leo lächelte. »Danke«, murmelte er in seine verschränkten Arme. »Danke, dass du meine Freundin bist. Ich weiß nicht, was ich ohne dich tun würde.«

Sie lachte unter Tränen. »Wahrscheinlich weniger in Schwierigkeiten geraten.«

»Der Prinz ist der Fremde, Mitternacht«, sagte er, während sie behutsam die Salbe in seinen Rücken rieb.

Ihre Finger stockten. »Der Fremde vom Markt? Derjenige, der dir helfen wollte? Der Mann mit den schönen Augen?«

Leos Ohren wurden heiß. »Genau der.«

»Leo«, hauchte sie, »wenn er der Prinz ist, vielleicht kann er dann wirklich helfen!« Einen Moment später, spürte Leo ihre winzigen Finger wieder auf seinem Rücken.

»Mein Vater ist mit seinem Vater befreundet, Mitternacht.«

Er zuckte zusammen, als Mitternacht plötzlich fester rieb.

»Verzeih«, murmelte Mitternacht, »aber dieser Kerl macht mich einfach so wütend! Wie hat er dich erkannt? Ich verstehe das nicht. Nicht einmal deine eigene Mutter hätte dich erkannt. Wie macht er das?«

»Ich weiß es nicht«, murmelte Leo und schloss die Augen, als die Erschöpfung ihn übermannte.

»Ich werde es noch herausfinden«, hörte er Mitternacht sagen, als er unter ihrer sanften Berührung in den Schlaf glitt.

~*~

»Nun, was denkst du, Nicholas?«

Nicholas unterdrückte ein Seufzen. Er hatte ein wenig allein sein wollen und sich deshalb einen der Balkone im oberen Stockwerk ausgesucht, doch wie so oft mit einer großen Familie wie der seinen, hatte ihn jemand gefunden.

»Es war erst der erste Tag, Vater.« Und schon jetzt hatte Nicholas gründlich die Nase voll. Seine Ohren summten von dem Lärm und er war völlig erschöpft von all den Gesprächen, dem Kichern der Damen. Er rieb sich die pochenden Schläfen, doch das half nur wenig.

»Ich war überrascht, dass du mit einigen Männern getanzt hast«, bemerkte Vater in flachem Tonfall. »Ich dachte, wir wollten eine Frau für dich finden?«

Nicholas starrte in den Sternenhimmel und dachte an Leonhard, dachte an Mutters Worte, doch alles, was ihm über die Lippen kam, war: »Ja, Vater.«

»Komm schon, Nicholas. Ich weiß, diese Bälle können eine wahre Qual sein, aber du weißt, dass ich deine Mutter auf einem solchen Ball kennen gelernt habe. Ich wünschte, ich hätte den ganzen Abend nur mit ihr tanzen können.«

Nicholas Gedanken kreisten um Leonhard. Sie hatten so wenig Zeit zusammen gehabt und doch …

Heiliger Vandros, erst Asche, nun Leonhard. Was war nur in ihn gefahren? Liebe auf den ersten Blick? Lächerlich. Nein.

»Nicholas?«

Nicholas blinzelte und als er seinem Vater einen Seitenblick zuwarf, musterte dieser ihn prüfend.

»Hast du jemanden kennengelernt?«

Dem Lachen, das seiner Kehle entschlüpfte, hing ein Hauch von Bitterkeit an. »Ich habe das Gefühl, dass ich ganz Ostris heute Abend kennengelernt habe, Vater.«

»Übertreibe nicht. Ich gebe zu, dass es sehr viele Menschen waren, mehr als ich erwartet hatte, aber du hast nicht mit jedem getanzt. Also? Ich persönlich fand ja die Töchter von Rosendorn ganz bezaubernd.«

Nicholas starrte ihn ungläubig an. »Wenn du mit Mutter nicht so viel guten Geschmack bewiesen hättest, würde ich mir ernsthafte Sorgen machen!«

Vater schnaubte. »Was hast du nur gegen sie?«

»Sie sind aufdringlich und gehässig.«

»Du bist nur zu empfindlich.«

Nicholas klammerte sich an das Balkongeländer und versuchte, nicht die Beherrschung zu verlieren. »Wahrscheinlich ist es nur das, Vater«, sagte er durch zusammengebissene Zähne.

Vater klopfte ihm auf die Schulter. Wie immer entging ihm, was seine Worte angerichtet hatten. »Du wirst sie schon finden. Vielleicht braucht es einen zweiten oder dritten Tanz. Mir ist aufgefallen, dass du mit jedem nur einmal getanzt hast. Ein zweiter Tanz morgen könnte nicht schaden. Vielleicht brauchst du einfach länger, um mit deiner zukünftigen Braut warm zu werden. Vielleicht bist du eher wie dein Großvater. Du weißt, dass er deine Großmutter, nun ja, sagen wir, dass er ihr nicht so wohlgesonnen war, als sie geheiratet haben, und am Ende war sie seine große Liebe. Alles wird sich fügen.«

Nicholas konnte sich gerade noch davon abhalten, laut zu lachen. Was hatte Mutter gesagt? Dass Nicholas seinem Vater so ähnlich war? Sie hatte ja keine Ahnung. Aber wie um alles in der Welt sollte sich alles fügen, wenn er eine Frau heiraten sollte und stattdessen … Er presste sich die Finger gegen die Schläfen, als die Schmerzen schlimmer wurden.

Vater nahm seine rechte Hand und drückte ihm einen Weinkelch in die Hand. Es war gut gemeint, Nicholas konnte so viel eingestehen, doch allein bei dem Geruch drehte sich ihm der Magen um.

»Nein. Nein, danke.« Er gab Vater den Kelch hastig zurück.

Vater stellte ihn auf einem kleinen Tisch ab, lehnte sich mit dem Rücken gegen das Balkongeländer, die Arme vor der Brust verschränkt, und musterte Nicholas wieder. »Du weißt, dass du mit mir reden kannst.«

Nicholas lehnte die Ellbogen auf das Balkongeländer und starrte in den Garten, um Vaters stechendem Blick zu entkommen. Warum musste er ausgerechnet jetzt Interesse an Nicholas zeigen? »Vater, ich habe den ganzen Abend nichts anderes getan, als zu reden. Ich hätte erwartet, dass gerade du mich verstehen würdest.«

Vater stieß ein Seufzen aus und aus dem Augenwinkel sah Nicholas, wie er sich von der Brüstung abstieß. Er zögerte einen Augenblick, seufzte wieder und legte Nicholas für einen Augenblick die Hand auf den Rücken. Dann ging er ohne ein weiteres Wort davon.

Nicholas fühlte sich erbärmlich. Da kam Vater nun und suchte ihn auf, bot ihm an, mit ihm zu reden, und Nicholas jagte ihn davon. Vielleicht hatten die Rosendorntöchter auf ihn abgefärbt. Er rieb sich wieder die pochenden Schläfen, doch es war ein nutzloses Unterfangen. Er rollte die Schultern, die völlig steif und verspannt waren, und hob den Blick zum strahlenden Mond empor. Er hatte gehofft, seinen Eisprinzen auf dem Ball zu sehen, und stattdessen Leonhard bekommen. Mochten die Heiligen ihm beistehen. Er war nicht für Liebe gemacht.

Wieso dann schlug sein Herz nun für zwei Männer?

Kapitel 21

A sche.«

Der Tonfall in Vaters Stimme jagte Leo einen Schauer über den Rücken. Er hatte den ganzen Tag den Kopf unten gehalten und genau das getan, was ihm sein Vater und seine Schwestern aufgetragen hatten. Leo hatte sich bereits in Sicherheit gewähnt, als die Kutsche vor dem Haus hielt, doch anscheinend hatte er sich zu früh gefreut.

Vater stand neben der Tür zur Speisekammer und machte eine scharfe Kopfbewegung hinein. Widerstrebend kam Leo der Aufforderung nach und wartete mit klopfendem Herzen zwischen den Regalen mit Eingemachtem und den Kisten mit Kartoffeln, Äpfeln und Zwiebeln.

Vater ging an ihm vorbei und deutete mit einer Hand an die Wand, an der immer die Schweinehälften von der Decke hingen.

Leos Herz setzte einen schmerzhaften Schlag aus, als er das Seil bemerkte, das von einem der Haken baumelte. Vater legte ihm eine Hand auf die Schulter, schwer wie Blei. »Warum nur, machst du es uns beiden so schwer«, murmelte er. »Ich will dich doch nur beschützen.«

Leo hätte beinahe gelacht. Beschützen? Vater war der Einzige, vor dem Leo beschützt werden musste. Doch wie Leo schmerzhaft gelernt hatte, gab es niemanden, der seinem Stiefvater das Wasser reichen konnte.

»Heb die Arme«, befahl Vater.

»Aber Vater, der Arzt hat gesagt —«

»Wenn du den ganzen Abend tanzen kannst, scheint es deinem Arm schon wieder besser zu gehen«, schnitt Vater Leo das Wort ab. Seine Augen blitzten warnend. »Jetzt tu, was ich gesagt habe.«

Vater wickelte das Seil um Leos Handgelenke, straffte es, bis Leo fast auf den Zehenspitzen stehen musste, und band es irgendwo hinter Leos Rücken fest.

»Das wird dir eine Lehre sein, das Haus ohne Erlaubnis zu verlassen«, murmelte Vater.

»Vater, bitte«, flüsterte Leo, doch sein Stiefvater hatte bereits die Kammer verlassen.

Einen Augenblick später hörte er das Rascheln von Stoffen und Cordelia und Carolina lugten um die Tür herum. Cordelia schürzte abschätzig die Lippen.

»Was hast du nun schon wieder angestellt?«, sagte sie voller Häme.

Leo hielt den Kopf gesenkt und schwieg.

»Geschieht dir recht, Aschenbalg.« Sie wandte sich um und verschwand mit einem höhnischen Lachen. Carolina verblieb einen Augenblick länger.

Leo sah sie nicht an, doch als sie verschwand, war ihm fast, als hörte er sie sagen: »Es tut mir leid, Leo.«

~*~

Leo versuchte, seinen Arm zu schonen, so gut es ging, doch als Mitternacht endlich kam, um ihn loszumachen, hatte sich ein pochender Schmerz eingenistet, der aufflammte, als Leo den Arm herunternahm und mit einem Stöhnen zu Boden sank.

»Ich bringe ihn um!«, schrie Mitternacht, als Leo sich um seinen Arm krümmte. »Ich bringe sie alle um!«

»Nein, Mitternacht«, presste Leo durch zusammengebissene Zähne hervor. »Wir bringen niemanden um.«

»Nicht einmal, wenn sie es verdient haben?«

Leo richtete sich langsam auf. Die Striemen auf seinem Rücken protestierten und er fühlte sich wie ein alter Mann. »Nicht einmal, wenn sie es verdient haben. Danke, dass du mich losgemacht hast.«

Mitternacht biss sich auf die Lippe. »Willst du heute zum Ball gehen? Oder … oder in den Tempel?«

Wollte er das? Leo hatte den ganzen Tag darüber nachgegrübelt, was er tun sollte. Aber was, wenn Vater Nestor auch an diesem Abend wieder auf dem Ball war? Er erwartete Leo ohnehin erst nach dem Ball.

»Ich habe es dem Prinzen versprochen«, sagte er zögernd.

»Ja, aber willst du gehen, Leo?«

Leo wandte den Blick ab.

»Leo?«

»Was, wenn Vater mich wieder sieht?« Es war Wahnsinn, das wusste er. Er sollte es sich einfach gemütlich machen und sich ausruhen, bis Vater und seine Schwestern wiederkamen und bis zum nächsten Markttag warten, um wieder in den Tempel zu gehen.

»Dann müssen wir einfach dafür sorgen, dass er es nicht tut«, erwiderte Mitternacht bestimmt.

»Also keine Tänze. Nicht einmal mit den Mauerblümchen«, sagte Leo mit einem Seufzen.

Mitternacht ließ sich auf seiner Schulter nieder und lehnte sich gegen seinen Hals. »Ich wünschte, ich könnte mehr tun.«

Leo schnaubte. »Mitternacht, ohne dich wäre ich niemals in die Nähe des Balls gekommen. Genug Trübsal geblasen. Lass uns den Abend genießen. Wirst du mich begleiten?«

Mitternacht flatterte auf und machte eine Verbeugung in der Luft. »Mit Vergnügen, mein Prinz.«

Leo lachte und ging sich waschen.

~*~

Nach dem Fiasko vom vorigen Tag wagte Leo sich nicht noch einmal in den Ballsaal hinein. Stattdessen schlenderte er ein wenig durch die königlichen Gärten, bis er schließlich auf einer der Terrassen ankam, von der aus er einen Blick in den Ballsaal hatte. Nur wenige Gäste trieben sich hier draußen herum und keiner von ihnen war Leos Stiefvater, sodass Leo sich ein wenig entspannte und der Musik lauschte, während er durch die offenen Flügeltüren hin und wieder einen Blick auf die Tanzenden warf. Die Kleider schienen noch prunkvoller als am Abend zuvor und Leo strich sich unwillkürlich seinen eigenen Überrock glatt. Er war von einem so dunklen Blau, dass er fast schwarz wirkte und die goldenen Stickereien nur noch mehr zur Geltung kamen. Leo hätte nie gedacht, dass er sich einmal etwas aus Kleidung machen könnte, doch das, was die Haselnuss für ihn gezaubert hatte, war so wunderschön, fast zu schön, um es anzuziehen.

»Hier versteckt Ihr Euch also«, sagte da eine vertraute Stimme.

Leo riss den Kopf in die Höhe und da war er: Nikolaus Nepomuk Stanislaus Albaran, Prinz von Ostris. Das strahlende Lächeln des Prinzen trieb Leo die Hitze in die Wangen und jeder Gedanke aus seinem Kopf verflüchtigte sich augenblicklich. Als hätten sie sich abgesprochen, trug auch der Prinz einen dunkelblauen Überrock mit goldenen Stickereien in der Form von Raben, dem Wappentier des Königshauses, während Leos Überrock mit Schneeflocken, Ranken und Eisblumen verziert war.

»Tanzt mit mir.« Der Prinz hielt ihm eine Hand hin.

Leo warf einen Blick zurück in den Saal und spürte ein Ziehen in der Brust, doch er schüttelte den Kopf und trat einen Schritt zurück von den offenen Türen. »Heute nicht. Es tut mir leid.«

Der Prinz musterte ihn eindringlich. »Ich habe Erkundigungen eingeholt. Der Mann, vor dem Ihr gestern geflüchtet seid, ist Gottfried Rosendorn. Mein Vater kennt ihn ganz gut, ein aufrechter Mann. Was hat er Euch getan?«

Leo erstarrte, sein Kopf plötzlich leer. Der Prinz hatte Erkundigungen eingeholt? Oh, das war nicht gut. Gar nicht gut. »Es ist … kompliziert«, erklärte er schwach und trat noch einen Schritt zurück. In der Nähe stand eine Frau mit einem Weinkelch in der Hand, die ihnen neugierige Blicke zuwarf.

Der Prinz wölbte eine Braue. »Kompliziert?« Er trat dichter zu Leo. »Ihr hattet Angst vor ihm. Was hat er Euch getan?«

»Wir … wir kommen nicht gut miteinander aus.« Leos Herz hämmerte in seiner Brust und er tat ein paar Schritte seitwärts, sodass er sich hinter einer Palme verstecken konnte.

Die Brauen des Prinzen schossen in die Höhe, während er Leo folgte und sich glücklicherweise so stellte, dass Leo vor neugierigen Blicken verborgen war. »Eine Blutfehde?«

Leo gab einen unbestimmten Laut von sich, den der Prinz deuten konnte, wie er wollte. Leo wollte ihn nicht schon wieder anlügen.

»Hm«, machte der Prinz. »Ich hätte weder Rosendorn noch Euch so etwas zugetraut. Andererseits können wir uns unsere Familienhinterlassenschaften nicht aussuchen, nicht wahr?«

Leo lächelte schwach. »Ja.«

Der Prinz ergriff Leos Schulter. Leo war sich sicher, dass die Geste aufmunternd gemeint war, doch seine Finger streiften einen der Striemen, die Leos Rücken zierten, sodass Leo unwillkürlich zusammenzuckte.

Der Prinz zog seine Hand hastig zurück und sah Leo besorgt an. »Leon? Was ist mit Euch?«

Leo schüttelte den Kopf. »Es ist nichts.«

Der Prinz hob sein Kinn sanft. »Leon, was ist geschehen?«

Leos Hand umklammerte den Arm des Prinzen, verloren in seinem Blick. Seine Lippen öffneten sich bereits, um ihm alles zu erzählen, als er sich wieder an Gregor erinnerte. Er tat einen abrupten Schritt zurück, schüttelte den Kopf und zwang sich zu einem Lächeln. »Schlecht geschlafen.« Das war nicht einmal gelogen. Nach einer Tracht Prügel schlief er nie gut. Dennoch fühlte er sich unter dem stechenden Blick des Prinzen furchtbar elend und wünschte nicht zum ersten Mal, er könnte ihm alles sagen. Doch wohin sollte das führen? Vater würde dem Prinzen ganz sicher nichts antun, zumindest hoffte Leo das. Doch Leo schauderte allein bei dem Gedanken daran, was sein Stiefvater *ihm* antun könnte.

Der Prinz zog die Brauen zusammen und musterte Leo durchdringend. »Ich wünschte, Ihr würdet Euch mir anvertrauen«, murmelte er und neigte den Kopf zur Seite. »Es ist, als würde ich Euch schon länger kennen.«

Leo hielt den Atem an, als der Prinz ihm mit den Fingerspitzen über die Wange strich. »Ich werde Euer Geheimnis schon noch ergründen, Leonhard Wendling.« Er lächelte, doch Leo fühlte, wie sich sein Herz zusammenzog. Warum nur war er gekommen?

»Lasst uns hier draußen tanzen, Leon. Der Abend ist lau und die Musik ist auch hier auf der Terrasse wunderbar zu hören.«

»Ihr solltet dort drinnen sein«, wandte Leo ein.

Der Prinz machte eine wegwerfende Handbewegung. »Sie werden schon eine Weile ohne mich auskommen.« Er hielt Leo seine Hand hin. »Darf ich bitten, mein Herr?«

Leo biss sich auf die Lippe und blickte von der ausgestreckten Hand des Prinzen zu den Glastüren, die zurück in den Saal führten, und den wenigen Gästen, die sich hier draußen aufhielten und ihnen neugierige Blicke zuwarfen. »Danke, aber … lieber nicht.«

Nicholas folgte seinem Blick und eine steile Falte erschien zwischen seinen Brauen. »Aber natürlich. Ein Spaziergang dann. Ein wenig frische Luft wird mir guttun, bevor ich mich wieder in die Massen stürzen muss.« Er seufzte. »Ich wünschte, ich könnte den ganzen Abend mit Euch tanzen, Leon. Wollt Ihr Euch wirklich nicht erweichen lassen?«

»Ich kann nicht«, flüsterte Leo.

»Dann will ich nicht weiter in Euch dringen.« Der Prinz hielt Leo seinen Arm hin. »Kommt. Nur ein paar Schritte. Das heißt, wenn

Euch Euer Rücken nicht zu sehr schmerzt?« Er wirkte plötzlich besorgt und trat näher zu Leo. Seine Finger fuhren behutsam über Leos gebrochenen Arm.

Leo konnte kaum atmen. »Ein paar Schritte werden nicht schaden.«

Er sah zu dem Prinzen auf und die Luft schien zwischen ihnen zu prickeln, als sich ihre Blicke trafen.

Der Prinz nahm Leos Hand in seine und küsste seine behandschuhten Fingerknöchel, bevor er Leos Hand in seine Armbeuge legte.

Leos Wangen flammten und seine Ohren glühten. Ein Spaziergang mit dem Prinzen. Vielleicht träumte er. Ganz sicher träumte er.

Die Nacht war lau und erfüllt mit dem Zirpen der Grillen. Leo atmete auf, je weiter sie sich vom Palast entfernten. Selbst der Prinz schien mit jedem Schritt zu entspannen.

»Verzeiht, wenn ich so direkt bin, doch Ihr scheint nicht viel von Bällen zu halten. Warum um alles in der Welt veranstaltet Ihr dann einen dreitägigen Ball?«

Der Prinz seufzte. Seine andere Hand legte sich über Leos. Er schien nicht einmal zu bemerken, als sein Daumen zärtlich über Leos Finger rieb.

»Ich gebe zu, dass ich die Gesellschaft eines guten Buches der Gesellschaft der meisten Menschen vorziehe.«

Leos Augenbrauen schossen in die Höhe.

Nicholas lachte leise. »Ich weiß, nicht das, was man von dem nächsten Herrscher von Ostris erwartet.« Er hob den Kopf und sah in die Ferne. »Mein Vater empfindet ähnlich. Er versichert mir laufend, dass es eine Stärke ist. Doch an Tagen wie heute …« Seine Stimme verlor sich und er zog die Brauen zusammen, als wäre ihm gerade ein Gedanke gekommen. Dann warf er einen Blick über die Schulter zurück zum Palast und seufzte wieder.

»Wieso dann ein dreitägiger Ball?«, fragte Leo.

Nicholas blinzelte, als hätte Leo ihn aus seinen Gedanken gerissen, und grinste schief. »Die Bälle sind Tradition.«

Leo schnaubte. »Das ist mir durchaus bewusst, aber dieses Jahr steht Ihr im Mittelpunkt. Warum?«

»Ich habe eine Wette verloren.«

Leo stolperte. »Wie bitte?«

Der Prinz lachte leise. »Meine jüngste Schwester hat es sich offenbar in den Kopf gesetzt, die Stände abzuschaffen und behauptete, ich könne mich nicht unters einfache Volk mischen.« Er seufzte tief. »Sie hatte recht. Also muss ich mir nun während des Frühlingsballs eine Frau aussuchen.«

Leo konnte ihn nur voller Entsetzen anstarren. »Eine Wette? Ihr wollt Euch für den Rest Eures Lebens binden, nur weil Ihr eine Wette verloren habt?« Und wie konnte er die Wette verloren haben, wenn nicht einmal Rudi ihn erkannt hatte?

Der Prinz schnitt eine Grimasse. »Ich halte meine Versprechen. Und darüber hinaus liegt mein Vater mir schon seit Jahren in den Ohren, dass ich endlich heiraten soll. Er ist der Ansicht, dass sechsundzwanzig schon fast zu alt fürs Heiraten ist. Er und meine Mutter waren da bereits sechs Jahre verheiratet und hatten drei Kinder.«

Leo starrte mit gerunzelter Stirn in die Nacht. »Er sollte Euch nicht drängen. Es geht hier um den Rest Eures Lebens.«

Nicholas blieb stehen, und als Leo ihn verwirrt ansah, stand ein seltsames Lächeln auf Nicholas' Gesicht, bei dem Leos Herz flatterte und sein Bauch kribbelte.

»Wo wart Ihr nur all die Jahre, Leon?«, murmelte er und legte Leo eine Hand an die Wange.

Leo hielt den Atem an und konnte den Blick nicht von dem Prinzen wenden. Sie waren einander so nah, dass ihr Atem sich miteinander vermischte. Wenn Leo sich nur ein Stück nach vorn lehnte …

Er trat hastig einen Schritt zurück und rief sich innerlich zur Ordnung. Dies war der Prinz. Es gab keine Zukunft für sie. Doch Leos verräterisches Herz pochte seinen Widerspruch und seine Hand fand wie von selbst ihren Weg zurück in Nicholas' Armbeuge, als sie sich wieder in Bewegung setzten.

Wäre es zu anmaßend, Nicholas' Hand zu nehmen? Leo hätte lieber seine Hand gehalten, als wie ein hilfloses Mädchen an seinem Arm zu hängen. War er mutig genug?

Er schüttelte den Kopf. Was dachte er sich nur? Er sollte nicht einmal hier sein!

»Worüber denkt Ihr nach?«, murmelte der Prinz und riss Leo mit einem Ruck aus seinen unsinnigen Gedanken. Seine Ohren brannten und er war froh um die Dunkelheit, denn die Röte breitete sich auch über seine Wangen aus.

»Nichts von Belang«, sagte er und blieb abrupt stehen, als er ein vertrautes Geräusch hörte. Er legte den Kopf auf die Seite und schloss die Augen. »Hört Ihr das?«, flüsterte er.

Nicholas blieb stehen und neigte den Kopf ähnlich wie Leo. »Eine Nachtigall.«

Leo lächelte ihn an. »Ja. Meine Mutter hat ihr Lied geliebt. Sie sagte immer, wem die Nachtigall ein Lied singt, dem bleibt das Glück hold.« Er lächelte bei der Erinnerung an das Funkeln in ihren Augen, als sie zusammen dem Lied der Nachtigall gelauscht hatten.

»Sie singt nur für Euch, Leon«, raunte der Prinz, sein Blick durchdringend. Leos Hand hatte ihren Weg irgendwie in die Hand des Prinzen gefunden. Plötzlich wünschte er sich, er hätte eine Gelegenheit gefunden, sich der Handschuhe zu entledigen. Was für eine alberne Sitte.

Nicholas hielt Leos Blick gefangen. Seine Augen schimmerten im bleichen Licht des Vollmondes und wie am Abend zuvor während ihres Tanzes, wünschte Leo nun, dass ihr Spaziergang niemals enden würde.

»Leon«, hauchte Nicholas und dann beugte er sich vor und jeder Gedanke verschwand aus Leos Kopf, als sich ihre Lippen trafen.

Leo hatte noch nie jemanden geküsst. Es fühlte sich an, als würde er in Flammen aufgehen. Seine Hand wanderte über Nicholas' Brust, hart und muskulös unter seinen Fingern. Er hatte sich nie Gedanken darüber gemacht, ob er Frauen oder Männer bevorzugte, doch das, was er unter den Lagen aus Brokat und feinem Stoff erahnte, weckte durchaus sein Interesse.

Er wusste nicht, wie lange sie so dastanden. Leo hätte am liebsten gar nicht mehr aufgehört, doch irgendwann setzte glücklicherweise sein Verstand wieder ein und erinnerte ihn daran, weshalb es eine ausgesprochen dumme Idee war, den Prinzen mitten im Schlossgarten zu küssen.

»Wir ...« Leo schluckte. »Wir sollten wieder zurückgehen.«

»Ja«, murmelte der Prinz gegen Leos Lippen, seine Stimme rau. Doch er machte keine Anstalten zu gehen, sondern sah Leo einfach nur an, als gäbe es für ihn nichts anderes auf der Welt. Seine Augen waren so dunkel.

»Nicholas«, sagte Leo sanft, »Ihr werdet sicher schon vermisst.«

Der Prinz verzog die Lippen zu einer Grimasse, schloss die Augen, seufzte tief und nickte.

Als er Leo wieder ansah, wirkte sein Lächeln gequält und seine Augen hatten ihren Glanz verloren. »Die Pflichten eines Prinzen. Überlegt Euch die Sache gut, Leon.« Und mit diesen seltsamen Worten nahm er Leos Hand, drückte sie und schlug den Weg zurück zum Schloss ein.

Sie waren noch nicht weit gekommen, als Nicholas Leo plötzlich in den Schatten einer Eiche zog, keinen Augenblick zu früh, als ein kleiner, runder Mann mit einer großen, ausgesprochen üppigen Frau im Arm den Weg kreuzte und sie hinter eine Hecke zog.

»Oh Ophelia, wie lieblich du doch aussiehst.«

Die Angesprochene kicherte.

Nicholas' Augen waren kreisrund, bevor er Leo hinter sich herzog, gerade als der Mann sein Gesicht im Dekolleté der Dame vergrub. Viel weiter reichte er ohnehin nicht.

»Oh, mein Tiger,« schnurrte die Dame und Leo wusste, er sollte nicht hinsehen, aber … Heilige Ruïr!

Nicholas brach in Gelächter aus, kaum dass sie außer Hörweite waren. Leo sah ihn aus weiten Augen an.

»Wer hätte gedacht, dass Baron Webelshaus es in sich hat.« Er machte ein fauchendes Geräusch. »Grr, Tiger.«

Und nun konnte auch Leo nicht mehr an sich halten.

Nicholas' Gesicht wurde weich. »Gut für die beiden. Dame Rohrschild ist erst kürzlich verwitwet und … Nun, sagen wir so, ich bin sicher, dass sie nicht ganz unglücklich ist, dass sie ihren Gatten endlich los ist.« Er schnitt eine Grimasse. »Webelshaus ist ein guter Mann.«

»Ihr scheint sehr gut informiert zu sein über jeden Adeligen«, bemerkte Leo.

Nicholas lachte leise. »Ich werde nach meinem Vater König sein, Leon, es ist meine Aufgabe, gut informiert zu sein, wenn ich meine Sache gut machen will.«

Ihre Blicke trafen sich. Leo dachte daran, wie Nicholas sich als einfacher Reisender verkleidet hatte und nicht nur einem armen Dieb eine Freude gemacht hatte, sondern auch einen schmutzigen Diener gesehen und vor seinen gehässigen Schwestern in Schutz genommen hatte.

»Ich habe keinerlei Zweifel daran, dass Ihr einmal ein sehr guter König sein werdet, Prinz Nikolaus.« Und er wünschte plötzlich,

Nicholas hätte ihn ebenfalls erkannt, wünschte, er könnte diese ganze Scharade beenden.

»Nicholas, ich …«

Leos Blick fiel auf die Terrasse, als sie eine Gruppe von Bäumen umrundeten, und jedes Wort verflüchtigte sich, als er die hagere Statur seines Stiefvaters auf der Terrasse ausmachte. Leo trat eilends in den Schutz der Bäume zurück. Hatte Vater ihn bereits gesehen?

»Ich muss gehen«, sagte Leo hastig. »Vielen Dank für den Spaziergang.«

Nicholas runzelte die Stirn und reckte den Hals, um auf die Terrasse zu sehen. Leo zog ihn hastig zurück. »Nicht hinsehen.«

Nicholas' Miene verdüsterte sich. »Warum jagt Euch dieser Mann so viel Angst ein, Leon?«

Leo schüttelte den Kopf. »Nein, es ist nichts. Es ist … ist spät und ich muss gehen.«

Nicholas hielt ihn am Arm zurück. »Sehe ich Euch morgen wieder?«

Leo war den Tränen nahe. »Ich kann nicht.«

»Bitte. Kommt morgen wieder.«

»Ich … ich weiß es nicht.« Er riss sich los, als er das Knirschen von Kies in der Nähe hörte, und lief davon.

~*~

»Ich will alles über Gottfried Rosendorn und Leonhard Wendling wissen. Finde alles heraus, was du kannst!«, befahl Nicholas, als er zurück zum Ballsaal marschierte, und Wilhelm wie ein Schatten an seiner Seite auftauchte. Nicholas blieb vor den großen Flügeltüren stehen, drehte sich auf dem Absatz um und begann am Rand der Terrasse auf und ab zu marschieren.

Wilhelms Augen weiteten sich. »Ist alles in Ordnung, Hoheit?«

»Nein, nichts ist in Ordnung.« Nicholas zerrte an seiner Krawatte, die sich anfühlte, als wolle sie ihn erwürgen. Wilhelm trat ihm in den Weg, schlug seine Hände fort und richtete das elende Ding.

»Reißt Euch zusammen«, murmelte Wilhelm, während er mit der Krawatte beschäftigt war. »Dies ist weder der Ort noch der richtige Zeitpunkt.« Er warf einen vielsagenden Blick in Richtung der neugierigen Ohren, die sich auf der Terrasse tummelten und mit unverhohlenem Interesse in Nicholas' Richtung blickten.

Wilhelm hatte recht, aber Nicholas konnte sich unmöglich wieder ins Getümmel werfen. Der entsetzte Gesichtsausdruck auf Leons Gesicht quälte ihn. Warum war er Leon nicht nachgelaufen?

Wilhelms Seufzen holte ihn wieder zurück in die Wirklichkeit. »Die Bibliothek, Eure Hoheit?«

Nicholas nickte stumm und ließ sich von Wilhelm am Ballsaal vorbei durch einen der Nebenräume zur Bibliothek führen, wo er ausgerechnet seinem Vater in die Arme lief, der ganz offensichtlich vor den Massen geflüchtet war.

»Sohn?«

»Was weißt du über Gottfried Rosendorn?«, platzte Nicholas heraus.

Vaters Augenbrauen schossen in die Höhe. Er klappte das Buch, das er in der Hand hielt, langsam zu und legte es auf den Beistelltisch neben sich. »Er ist ein guter Freund. Ein tüchtiger Geschäftsmann.« Seine Augen funkelten. »Und er hat zwei sehr hübsche Töchter.«

Nicholas biss die Zähne zusammen. »Hübsch würde ich sie nicht nennen«, sagte er finster.

Vater hob eine Augenbraue.

»Was ist mit seinem Sohn?«, fragte Nicholas.

»Sohn? Er hat keinen Sohn, soweit ich weiß.«

Nicholas runzelte die Stirn und dachte zurück an Asche. Nicholas war sich sicher, dass der Eisprinz die beiden als Schwestern bezeichnet hatte. »Was ist mit einem Leonhard Wendling?«

Vater schüttelte den Kopf. »Nie gehört.« Das Funkeln war zurück in seinen Augen. »Also hast du jemanden kennengelernt.«

Nicholas war zu aufgebracht, um auf Vaters Sticheleien einzugehen. Er dachte an Leons entsetzte Miene, als er Rosendorn bemerkt hatte, seine überstürzte Flucht. Er fuhr sich mit der Hand durchs Haar und ging aufgeregt auf und ab.

Vaters Blick schärfte sich, als er von seinem Sessel aufstand. »Nicholas, was ist geschehen?«

Nicholas blieb stehen und seufzte. »Ja, ich habe einen Mann getroffen. Sein Name ist Leonhard Wendling. Zumindest behauptete er das.« Nicholas zog die Brauen zusammen. Was, wenn der Name falsch war? Er wünschte, er hätte nicht einen weiteren Balltag vor sich, sonst hätte er vielleicht einen Ausflug zum Markt unternehmen können, um sich ein wenig umzuhören. Vielleicht würde er den Eisprinzen wiedersehen. Der Gedanke gab ihm einen Stich. Der Eisprinz. Leon. Wie kam es, dass er sein ganzes Leben nicht einen Menschen kennengelernt hatte, der ihn auf diese Art berührte, und nun war er gleich zweien begegnet. Er war ein solcher Narr.

»Und weiter?«, fragte Vater und riss ihn aus seinen Gedanken.

»Er ist jedes Mal verschwunden, sobald Rosendorn auf uns aufmerksam geworden ist.« Er sah seinen Vater an. »Vater, er hatte furchtbare Angst vor Rosendorn.«

Vater runzelte die Stirn. »Das kann ich mir nur schwerlich vorstellen. Gottfried ist ein angenehmer Zeitgenosse. Ich habe nie erlebt, dass er ausfällig geworden ist. Selbst die Dienerschaft behandelt er freundlich.«

Nicholas spürte wieder dieses unangenehme Prickeln, das ihn jedes Mal überkam, wenn er sich mit Rosendorn unterhalten musste. »Irgendetwas stimmt mit dem Mann nicht.«

Er schüttelte den Kopf, als Vater anhob zu protestieren. »Nein, ich kann dir keine Gründe nennen, außer ein ungutes Gefühl, wann immer er in der Nähe ist. Und ich weiß, was ich gesehen habe. Leon war außer sich.«

»Und du vertraust einem Mann, den du gerade erst kennengelernt hast, mehr als der jahrelangen Freundschaft, die uns mit Rosendorn verbindet?«

»Ich vertraue meinen Instinkten, Vater,« erwiderte Nicholas mit Nachdruck. »Und die sagen mir, dass irgendetwas nicht stimmt. Was, das werde ich noch herausfinden. Aber ich werde keine von seinen Töchtern heiraten.« Er schauderte.

Vaters Augenbrauen schossen wieder in die Höhe. »Das hat auch niemand verlangt.«

»Du solltest einmal erleben, wie die beiden mir bei jeder Gelegenheit auflauern. Ich bin froh …« Nicholas brach abrupt ab und starrte Vater entsetzt an, als ihm aufging, was er gerade enthüllt hatte. *Ich habe einen Mann getroffen.* Hatte er das wirklich gesagt? Zu Vater? Dachte Vater nun …? Nun, Nicholas hatte mit einigen Männern getanzt, doch das hieß nichts, oder?

»Nicholas? Du bist ganz blass, vielleicht solltest du dich setzen.« Vater nahm seinen Arm und Nicholas fiel in den Sessel, in dem Vater zuvor gesessen hatte. In seinen Ohren rauschte es und er hatte keine

Ahnung, was er sagen sollte. *Das hat auch niemand verlangt.* Hieß das, dass Vater nicht darauf bestand, dass er eine Frau heiratete? Nein. Es hieß nur, dass er keine von Rosendorns Töchtern heiraten musste.

Vater drückte ihm einen Kelch in die Hand und Nicholas leerte ihn in einem Zug und schüttelte sich bei dem Geschmack von Anis.

Vater kniete vor ihm auf dem Boden, sein Gesicht voller Sorge, sein Blick so durchdringend, wie Nicholas ihn noch nie zuvor gesehen hatte. Und plötzlich konnte Nicholas den zukünftigen König in ihm sehen.

»Was geht dir im Kopf herum, Nicholas?«

Nicholas öffnete den Mund, doch kein Laut kam durch seine enge Kehle. Er konnte Vater nur wie ein Narr anstarren.

Vater starrte zurück, die Stirn in tiefe Falten gelegt, während er Nicholas musterte.

»Nicholas«, sagte Vater langsam. »Ich hoffe, du starrst mich nicht deshalb so entsetzt an, weil du denkst, ich hätte ein Problem damit, dass du einen Mann kennengelernt hast.«

Nicholas Gesicht flammte auf und seine Krawatte drohte abermals, ihn langsam aber sich zu erwürgen.

Vaters Augen weiteten sich und er sog scharf die Luft ein. Dann lehnte er sich zurück und rieb sich eine Hand über das Gesicht. Er wirkte plötzlich älter und Nicholas zog unwillkürlich den Kopf ein. Er hatte genau dies verhindern wollen. Vaters Enttäuschung.

Vater erhob sich ohne ein Wort, ging zu einem Beistelltisch und goss sich einen großen Schluck von seinem geliebten Anisschnaps ein, ehe er das Glas auf einen Zug leerte.

Nicholas starrte seinen Rücken an und wagte kaum zu atmen. Vaters Verhalten war so untypisch, dass er keine Ahnung hatte, was ihm bevorstand.

Vater warf ihm einen Blick über die Schulter zu und erstarrte. Sein Mund verzog sich zu einem sardonischen Grinsen, das Nicholas noch nie gesehen hatte.

»Wie es scheint, bin ich doch wie er geworden.« Er goss sich einen weiteren Schluck Schnaps ein und trank auch den auf einen Zug leer.

Nicholas dachte an Mutters Worte und wünschte, er wüsste, was Vater von ihm erwartete.

»Bin ich dir ein so schlechter Vater gewesen, dass du meinen Zorn fürchtest, weil du dich für einen Mann interessierst?«, sagte Vater leise, noch immer mit dem Rücken zu Nicholas.

Nicholas schluckte. Der Anis brannte in seiner Kehle. »Du hast immer von einer Frau gesprochen und ich dachte ...« Nicholas schluckte wieder. »Ich dachte ...«

»Ja«, sagte Vater leise. »Ich kann sehen, wie das auf dich gewirkt haben muss.« Er rieb sich die Stirn und seufzte wieder.

Dann drehte er sich um. Er wirkte erschöpft, als er Nicholas ansah.

»Ich gebe zu, dass ich diese Entwicklung nicht erwartet habe, und es wird vielleicht einen Augenblick dauern, bis ich mich an den Gedanken gewöhne, doch ich liebe dich deshalb nicht weniger, Nicholas.«

Nicholas' Kehle wurde eng und das Atmen fiel ihm schwer. Und noch immer konnte er Vater nur stumm anstarren. Wie es schien, hatte Mutter recht gehabt und Nicholas wünschte plötzlich, er hätte sich früher ein Herz gefasst. Vater wirkte so ... verletzt.

Vater senkte den Kopf und kniff sich in die Nasenwurzel. »Leonhard Wendling«, murmelte er. »Wo habe ich den Namen schon einmal gehört?«

»Du kennst ihn?«

Vater hob den Blick. »Der Name kommt mir vage bekannt vor, doch mehr kann ich nicht sagen. Ich werde Luise fragen. Ich ...« Er fuhr sich mit einer fahrigen Geste durchs Haar. Nicholas hatte ihn noch nie so ... durcheinander erlebt.

Vaters grüne Augen richteten sich auf Nicholas und musterten ihn.

»Wie ernst ist es dir mit ihm?«

Nicholas blinzelte. »Ich ... ich habe ihn erst zweimal getroffen.«

Vaters Mundwinkel hoben sich zu einem schwachen Lächeln und er legte eine Hand auf Nicholas' Arm, doch ehe er etwas sagen konnte, flötete Constanzes Stimme von der Tür der Bibliothek: »Habe ich recht gehört? Niko hat jemanden kennengelernt?« Nicholas war geradezu geblendet von ihrem goldenen Kleid, als sie durch die Bibliothek schwebte. »Wer ist sie? Eine von den beiden Blonden, die dich den ganzen Abend verfolgen?«

»Das geht dich gar nichts an«, sagte Nicholas barsch.

»Es hat tatsächlich jemand sein Interesse geweckt«, mischte sich Vater ein und setzte zu Nicholas' Entsetzen hinzu: »Aber es ist ein Mann.«

»Was?«, quietschte Constanze und sah Nicholas aus großen Augen an. »Seit wann interessierst du dich für Männer?«

»Wer interessiert sich für Männer?«, fiel Seraphina ein und Nicholas stöhnte, als er sah, wie sich hinter ihr Mutter und Großvater in die Bibliothek drängten.

»Was tut ihr alle hier?«, fragte Großvater in befehlsgewohntem Tonfall. »Nicholas, du kannst nicht einfach von deinem eigenen Ball verschwinden. Alle suchen dich bereits.«

»Nicholas hat jemanden kennengelernt«, sagte Vater mit einem Grinsen im Gesicht, jedes Anzeichen von seiner früheren Erschöpfung wie weggeblasen. Nicholas starrte ihn an und es war, als würde er seinen Vater zum ersten Mal sehen, nein, als würde er sich selbst sehen, wann immer sein eigener Vater den Raum betrat.

Großvaters Gesicht hellte sich auf. »Glückwunsch, mein Junge«, sagte er und schlug Nicholas auf den Rücken. »Wer ist die holde Dame?«

»Es ist ein Mann!«, platzte Constanze aufgeregt heraus.

Großvaters buschige Augenbrauen schossen in die Höhe, während Mutter sich die Hand vor den Mund schlug.

Seraphina rümpfte die Nase. »Aber wie sollen sie denn dann Kinder bekommen?«

Nicholas stöhnte wieder.

»Oh, was ist das?«, ertönte Onkel Karls Stimme von der Tür. »Ich war mir sicher, ich würde Nicholas bei einem kleinen Stelldichein erwischen. Was macht ihr alle hier?«

»Nicholas hat jemanden kennengelernt!«, riefen Seraphina und Constanze wie aus einem Munde.

Nicholas überlegte, ob er sich vielleicht heimlich davonstehlen könnte. Er begegnete dem Blick seines Vaters und war überrascht, als er seine eigene Resignation in dessen Augen widergespiegelt sah. Vater verzog leicht den Mund, zog sich die Schnapsflasche heran und hob fragend die Augenbraue.

Nicholas zögerte, doch der Anis brannte noch immer auf seiner Zunge und so schüttelte er den Kopf.

Vater runzelte die Stirn, warf der Flasche in seiner Hand einen kurzen Blick zu, ehe er sie zurück auf den Tisch stellte. Er erhob sich abrupt und marschierte ohne ein Wort zur Tür.

»Nikolai!«, rief Mutter entrüstet, doch da war Vater schon verschwunden. So viel zu väterlichem Beistand.

»Was hat der Junge nun schon wieder?«, fragte Großvater sichtlich verärgert.

»Ach, lass ihn«, meinte Karl und ließ sich auf dem nun frei gewordenen Stuhl sinken. Er griff nach der Flasche, roch daran und stellte sie hastig wieder zurück auf den Tisch. »Obwohl ich nicht verstehen kann, wie irgendjemand dieses Zeug mögen kann.«

Einen Augenblick später wurde die Tür zur Bibliothek wieder aufgerissen und Vater kam zurück, eine Flasche Wein in der Hand und einen Kelch, den er Nicholas in die Hand drückte.

»Ich glaube, diese Unterredung erfordert ein wenig Unterstützung«, murmelte er mit einem reumütigen Ausdruck in den Augen. Dann richtete er sich auf und warf Onkel Karl einen finsteren Blick zu. »Finger weg von meinem Schnaps!«, rief er, bevor er sich mit verschränkten Armen gegen Nicholas' Sessel lehnte.

»Ach komm, Nikolai, niemand außer dir trinkt dieses Zeug«, protestierte Onkel Karl. »Hättest du nicht ein wenig mehr mitbringen können?«

Nicholas nippte an seinem Wein. Es war Rotdörfer. Sein Lieblingswein. Er schluckte schwer und starrte in den Wein, während er um Fassung rang. Vater hatte ihm seinen Lieblingswein gebracht.

Vaters Hand fiel auf seine Schulter, drückte kurz, als ahnte er, was in Nicholas vor sich ging. Sie blieb dort die ganze Zeit, während seine Familie ihn mit Fragen löcherte, die Nicholas nur ausweichend beantwortete.

~*~

Als die Tür zur Speisekammer aufging, waren Leos Tränen bereits versiegt.

Vater blieb direkt vor ihm stehen und sah ihn an. Leo hielt den Blick gesenkt und hoffte, dass Vater ihn losmachen würde. Sein Arm brannte wie Feuer und sein Rücken schmerzte nach dem scharfen Ritt nach Hause. Er wollte sich nur noch neben dem Herd zusammenrollen und schlafen.

Mitternacht hatte geflucht wie ein Rohrspatz, als er sie angefleht hatte, ihn wieder festzubinden, doch am Ende hatte sie nachgegeben. Leo musste wenigstens versuchen, Vaters Misstrauen zu zerstreuen.

Er keuchte, als die Spannung in dem Strick plötzlich nachließ, und fiel auf die Knie. Leo hatte nicht einmal bemerkt, dass Vater sich bewegt hatte. Dumm.

»Prinz Nikolaus ist heute Abend einige Zeit im Garten verschwunden«, sagte Vater im Plauderton. »Mit einem jungen Mann.«

Leo rührte sich nicht, wagte kaum zu atmen, aus Angst sich zu verraten. Er spürte Vaters Blick, schwer wie Blei.

»Ich weiß, dass du es warst«, sagte Vater schließlich. »Wer hat dir geholfen? Lukas?«

Leo sah ihn entsetzt an und schüttelte den Kopf. »Ich weiß nicht, wovon Ihr sprecht, Vater.«

»Stell dich nicht dumm, Asche. Ich weiß, was ich gesehen habe. Und das warst du gemeinsam mit dem Prinzen.«

»Eine Verwechslung. Wie hätte ich dort sein können, wenn Ihr mich hier festgebunden habt?« Leo biss sich auf die Zunge, doch der Schmerz und die Erschöpfung fachten seinen mühsam beherrschten Ärger an und ließen ihn unvorsichtig werden.

Vater packte ihn am Arm, zerrte ihn auf die Füße und sah ihm direkt in die Augen. »Glaubst du wirklich, ich würde meinen eigenen Sohn nicht erkennen?«

Leo sah rot. Er riss sich los, reckte das Kinn und schrie: »Ich bin nicht dein verfluchter Sohn!«

Stille folgte Leos Ausbruch. In Leos Ohren rauschte es und er konnte nicht atmen. Oh bei allen Heiligen, was war nur in ihn gefahren? Warum hatte er das gesagt? Vandros mochte ihm beistehen, was hatte er getan?

Vater wirkte für einen Augenblick wie vom Donner gerührt und Leo betete voller Inbrunst, dass es nicht so schlimm werden würde, doch dann verfinsterte sich Vaters Miene.

»An die Wand.«

Leo taumelte, als ihm sämtliches Blut aus dem Gesicht wich. Sein Rücken war noch immer völlig wund von den gestrigen Schlägen. Leo senkte den Blick und schluckte sämtlichen Protest herunter. Protest würde Vater nur noch mehr in Rage bringen. Warum hatte er nicht einfach den Mund halten können?

Vater war furchterregend, wenn er wütend war, und es kümmerte ihn nicht im Geringsten, dass er Leo am vorigen Abend erst eine Tracht Prügel verpasst hatte. Es dauerte nicht lange, bis Leos Knie zitterten und ihm das erste Blut über den Rücken lief. Er biss die

Zähne zusammen und zwang sich weiterzuatmen. Er hatte vor langer Zeit gelernt, dass es besser war, den Schmerz einfach zu akzeptieren.

Er war schweißgebadet, als die Schläge endlich aufhörten. Jeder Muskel in seinem Leib zitterte. Er hörte, wie Vater davonging, doch er wagte es nicht, sich zu rühren, und so wartete er mit angehaltenem Atem, bis Vaters schwere Schritte zurückkamen und in der Tür zur Speisekammer stehenblieben.

»Ich hoffe, das ist dir eine Lehre, Asche.«

Leo senkte den Kopf. »Ja, Vater.«

»Gut.« Dann war er fort und Leo sank zitternd auf die Knie.

Kapitel 22

Leo hielt den ganzen Morgen den Atem an. Er hatte nur mit Mühe seine Aufgaben erledigen können, jede Bewegung zerrte an den Wunden auf seinem Rücken und wenn Mitternacht und die Arnikasalbe nicht gewesen wären, hätte er sich wahrscheinlich gar nicht mehr rühren können.

Vater ließ ihn in Ruhe, aber Leo wusste, er würde erst aufatmen, wenn sie alle aus dem Haus waren.

Er schrubbte gerade den Küchenboden, als er Vaters schwere Schritte hörte.

»Asche, folge mir.«

Leo räumte Eimer und Bürste hastig zur Seite und eilte Vater nach. Das Herz rutschte ihm in die Hose, als Vater auf die Kellertür zuging. Die Speisekammer war schon schlimm genug gewesen, aber der Keller?

Vater öffnete die Tür und sah Leo erwartungsvoll an.

»Vater?«

»Stell meine Geduld nicht auf die Probe, Asche. Hinein mit dir.«

»Bitte, nicht der Keller«, flüsterte Leo. »Ich tue alles, was Ihr verlangt.«

»Das hättest du dir vielleicht überlegen sollen, bevor du dich hinter meinem Rücken auf den Ball gestohlen hast und danach die Dreistigkeit besaßest, mir ins Gesicht zu lügen.«

»Ich lüge nicht, Vater! Wie hätte ich denn auf den Ball gehen können? Ich habe alles getan, was Ihr verlangt habt! Bitte!«

Vater hielt einen Augenblick inne, die Stirn in tiefe Falten gelegt. Dann schüttelte er den Kopf.

»Ich kann es nicht riskieren. Eine von meinen beiden Töchtern wird den Prinzen heiraten und du wirst ihnen nicht in die Quere kommen. Nun geh schon oder willst du eine weitere Tracht Prügel haben?«

Leo unterdrückte ein Schluchzen, als er in den finsteren Keller stolperte und die Tür mit einem Klicken ins Schloss fiel. Einen Moment später kreischte der schwere Schlüssel im Schloss und dann entfernten sich Vaters Schritte und Leo war allein.

Ein wenig Licht fiel durch die schmalen Fensterschlitze, doch die Sonne war bereits ums Haus herum und die Schatten wurden mit jedem Atemzug länger.

Leo blieb in der Mitte des Kellers stehen und versuchte sich nicht zu bewegen. Seine Kehle war wie zugeschnürt.

»Er wird dich heute Abend wieder hinauslassen. Alles wird gut«, flüsterte er sich zu und zuckte zusammen, als er ein Kratzen in der Dunkelheit hörte.

Leo hasst die Dunkelheit und wusste, was darin lauerte. Nach seinem letzten Fluchtversuch hatte Vater ihn zwei Wochen hier unten eingesperrt. Es war die Hölle gewesen. Aber das war lange her und Leo hatte auch das überlebt, nicht wahr? Er würde ein paar Stunden im Keller aushalten. In gewisser Weise war es sogar besser als gestern, denn er konnte seinen Arm schonen. Er kletterte auf ein paar Kisten, zog die Beine an und lauschte angestrengt auf das Trappeln kleiner Füße in der Dunkelheit.

~*~

»Leo!«

Er blinzelte, als die Tür aufflog und ein kleiner schwarzer Punkt in dem hellen Viereck flatterte.

»Mitternacht?«

»Leo, komm raus.«

Er kletterte vorsichtig von seinem Kistenstapel herunter und stolperte die Stufen zur Tür hinauf, während Mitternacht aufgeregt um ihn herumschwirrte.

»Hat er dir etwas angetan?«

Leo schüttelte benommen den Kopf und ließ sich auf dem erstbesten Stuhl in der Küche sinken. Der Herd war noch warm und machte ihm bewusst, wie kalt es im Keller gewesen war. Er zitterte und rieb sich die Arme, zog die Knie an die Brust und schlang die Arme darum. Tränen brannten in seinen Augen und er fühlte sich schwach und elend, ganz gleich wie sehr er sich dafür zurechtwies. Es war nur ein verdammter Keller und er hatte nicht eine einzige Ratte gesehen!

Mitternacht ließ sich auf seinem rechten Knie nieder und streichelte seinen Kopf. Sie sagte lange Zeit kein Wort.

»Was hat er mit dir gemacht, bevor ich kam?«

Leo schüttelte den Kopf. »Nichts,« murmelte Leo, ohne sie anzusehen. »Er hat mich nur in den Keller gesperrt. Es war nicht so schlimm.«

»Das meine ich nicht«, sagte sie leise. »Was ist geschehen, bevor wir uns kennengelernt haben? Was ist im Keller geschehen?«

Leo hob den Kopf und sah sie an. Mitternacht lächelte traurig.

Leo bemühte sich ebenfalls um ein Lächeln, das ihm jedoch nicht so recht gelingen wollte. Er schluckte, wandte den Blick ab und dann kamen die Worte wie von selbst. Er erzählte er ihr von all den Fluchtversuchen und Vaters Strafen. Und von Gregor. Er war ein Lehrer gewesen am Rande der Stadt, ein seltsamer Kauz mit einem Herz aus Gold. Leo hatte ihn auf dem Markt kennengelernt. Gregor hatte eine alte Jagdhütte auf dem Land besessen, in der er Leo untergebracht hatte. Doch Vater hatte ihn trotzdem gefunden. Wenig später hatte Gregor am Galgen gebaumelt wie ein schändlicher Mörder. Das war der Moment gewesen, als Leo verstanden hatte, dass es kein Entkommen für ihn gab.

»Wir können einfach im Garten sitzen, bis es dunkel wird«, sagte Mitternacht leise, als Leo die Worte ausgingen.

Der Gedanke war verlockend. Wenn Leo nicht auf dem Ball war, konnte Vater ihn auch nicht sehen. Aber wahrscheinlich würde er ihn dann dafür verantwortlich machen, dass der Prinz keine von seinen beiden Töchtern heiraten wollte.

»Ich möchte ihm wenigstens Lebewohl sagen«, gestand Leo leise. Er wusste, dass es eine ausgesprochen dumme Idee war, aber sein Herz kam häufig auf dumme Ideen und dieses eine Mal wollte er ihm nachgeben, bevor er seine Tage wieder wie ein Sklave fristen musste.

~*~

»Er ist nicht gekommen?« Großvater trat neben Nicholas, der auf einem der Balkone stand und gedankenverloren in den Nachthimmel blickte.

Nicholas schüttelte stumm den Kopf.

»Es tut mir leid, mein Junge.« Großvater legte Nicholas einen Arm um die Schultern. Er war ein Bär von einem Mann und hatte nur wenig von der Eleganz seiner Vorfahren. Nicholas kam ganz nach ihm, wenngleich er nicht ganz so stämmig war, während Vater zwar genauso groß, aber eher schlank und drahtig war.

»Ich mache mir Sorgen«, gestand Nicholas.

»Sorgen?«

Nicholas stützte die Unterarme auf die Balustrade und ließ den Kopf hängen. »Ich habe Wilhelm auf die ganze Sache angesetzt, aber er konnte nichts herausfinden. Vater sagt, Rosendorn sei ein guter Mann, aufrecht und ehrlich.«

»Ich kenne ihn«, gab Großvater zu. »Konnte ihn noch nie leiden. Die Heiligen allein wissen, was dein Vater an ihm findet.«

Nicholas fuhr herum. »Wie bitte?«

Großvater lachte leise. »Sieh mich nicht so an. Dein Vater und ich sind nicht immer einer Meinung, das solltest du allmählich wissen.«

Nicholas dachte an sein Gespräch mit Vater und fragte sich, was ihm noch alles in der Familie entgangen war. War er wirklich so blind? So naiv?

Großvater stieß ihn mit der Schulter an. »Mach nicht so ein langes Gesicht, Nicholas. Wir werden deinen jungen Mann schon wiederfinden.«

Nicholas biss sich auf die Lippe. »Was weißt du über Rosendorn?«

»Nicht viel außer dass er Nikis Busenfreund ist. Ein Emporkömmling. Hat eine reiche Witwe geheiratet, wenn ich mich recht erinnere, und sich irgendwie das Vertrauen deines Vaters erschlichen.«

»Erschlichen?«, rief Nicholas entsetzt aus.

Großvater hob eine Braue. »Dein Vater muss selbst entscheiden, mit welchen zwielichtigen Gestalten er sich herumtreibt. Ich schreibe dir doch auch nicht vor, mit wem du reden darfst, nicht wahr?«

Nicholas entließ langsam den Atem. »Natürlich.« Er rieb sich mit den Fingern die Stirn. »Großvater, Leonhard war verletzt. Ein gebrochener Arm. Und als ich ihn gestern traf, war irgendetwas mit seinem Rücken nicht in Ordnung. Was, wenn es Rosendorn war, der ihn verletzt hat? Was, wenn das der Grund ist, weshalb Leonhard nicht kommen kann? Was, wenn –«

»Beruhige dich, Niko,« befahl Großvater und packte Nicholas' Arm. »Panik hat noch niemandem geholfen. Ich werde sehen, ob ich etwas herausfinden kann. Es wäre mir ganz recht, wenn Rosendorn mir endlich einen Grund liefern würde, um ihn aus Nikis Leben zu verbannen.« Das Lächeln auf Großvaters Lippen jagte einen Schauer Nicholas' Rücken hinab. Großvaters lässige Einstellung zum Leben ließ Nicholas manchmal vergessen, dass er über ganz Ostris regierte und sich nicht davor scheute, schwere Entscheidungen zu treffen. Großvater schlug Nicholas auf die Schulter. »Wir werden ihn schon wiederfinden. Gib die Hoffnung nicht so schnell auf, Niko. In der Zwischenzeit solltest du etwas Vorsicht walten lassen.«

Nicholas fühlte einen Stich und senkte den Blick. »Heißt das, ich soll ihn gehen lassen?«

Großvater packte seine Schulter und schüttelte ihn leicht. »Nein, ich sage dir, Junge, dass du deinen Instinkten vertrauen solltest. Wenn sich etwas seltsam anfühlt, dann ist es das für gewöhnlich auch.«

»Aber Vater sagte –«

Großvater schnaubte. »Dein Vater ist ein guter Mann und ich liebe ihn sehr, aber er ist manchmal so sehr in seinen Büchern versunken, dass er wenig von der Welt mitbekommt. Alles, was ich sage, ist, dass du nichts überstürzen solltest und Rosendorn besser mir überlässt.«

Nicholas dachte daran, wie Vater ihm am Abend zuvor seinen Lieblingswein gebracht hatte. Wie er sich plötzlich verwandelt hatte, als Großvater den Raum betreten hatte. »Ich liebe auch Bücher«, gestand er leise.

Großvater lachte schallend. »Ja, aber das hält dich nicht davon ab, raus in die Welt zu gehen. Apropos, was ist mit dem jungen Mann, den du auf dem Markt kennengelernt hast?«

Nicholas sah Großvater fassungslos an. »Du weißt davon.«

Großvater stieß ein dröhnendes Lachen aus. »Ich bin König, Niko, ich weiß alles, was in meiner Stadt vor sich geht.«

Nicholas ließ den Kopf hängen. »Er weigert sich, mich zu sehen.«

»Hm, vielleicht besser so, wenn du deinen Leonhard umwirbst.«

»Vielleicht.«

Ein Windhauch streifte seine Wange und er hörte das Sirren von Flügeln und fast war ihm, als würde ihm eine Stimme ins Ohr flüstern: »Leo wartet auf dich auf der nördlichen Terrasse.«

»Niko«, sagte Großvater leise. »Beweg dich nicht, da ist irgendetwas ...«

Der Windhauch verschwand urplötzlich.

Großvater zog die Brauen zusammen. »Jetzt ist es fort. Geht es dir gut?« Er packte Nicholas' Kinn und drehte sein Gesicht zur Seite, um seine Wange zu inspizieren. »Ich kann nichts erkennen. Vielleicht sollte der Heiler –«

Nicholas schüttelte ihn ab. »Ich glaube, er ist da«, flüsterte er, während er den Blick über den Garten wandern ließ.

»Was sagst du da?«

»Ich glaube, Leonhard ist hier. Lass uns später weiterreden, Großvater.«

»Aber –«

Doch Nicholas hörte ihm schon nicht mehr zu, sondern eilte zurück in den Ballsaal und hinaus auf die nördliche Terrasse.

~*~

Der Ball war bereits in vollem Gange, als Leo endlich den Palast erreichte, doch das war ihm ganz recht. So sahen ihn nur die Stallburschen, als er ungelenk vom Pferd fiel und dann einen Augenblick brauchte, um wieder zu Atem zu kommen. Sein Rücken brannte und er wusste, er hätte zu Hause bleiben sollen, doch er wollte den Prinzen nur noch ein einziges Mal sehen.

Die Stallburschen warfen Leo besorgte Blicke zu, als er sich in Richtung Garten davonmachte. Er hatte sie gebeten, Eichhörnchen gesattelt zu lassen, und hoffte, dass er nicht schon wieder in aller Eile würde fliehen müssen.

Leo blieb im Schatten einiger Bäume stehen, von wo aus er die Terrasse und den Ballsaal im Blick behalten konnte, ohne selbst gesehen zu werden. Mitternacht war bereits losgeflogen, um den Prinzen zu holen. Wie sie das anstellen wollte, ohne Aufmerksamkeit zu erregen, war ihm ein Rätsel und er spürte wie die Unruhe in ihm wuchs. Was, wenn ihr etwas zustieß? Leo krallte die Hände in den Stoff seines Überrocks und betete, dass der Prinz endlich kommen würde. Aber würde er überhaupt kommen? Leo war ein Niemand. Oh, dies war eine so dumme Idee gewesen. Er würde es sich niemals verzeihen, wenn Mitternacht etwas geschah. Wo steckte sie nur? Leo wusste, dass die meisten Menschen sie nicht sehen konnten, wenn sie nicht gesehen werden wollte, doch was, wenn sie doch jemand entdeckt hatte? Jemand wie sein Stiefvater?

Leo presste sich die Faust gegen den Mund. Warum war er überhaupt hergekommen? Er brachte alle damit in Gefahr.

Im nächsten Augenblick war jede Sorge vergessen, als Prinz Nikolaus hinaus auf die Terrasse trat und sich suchend umblickte. Der Atem stockte Leo in der Brust und sein Herz setzte einen Schlag aus. Der Prinz sah zum Garten, runzelte die Stirn und schlenderte über die Terrasse, die Stufen herab auf den Hauptweg, der zwischen den Grünflächen hindurchführte. Leo konnte die Augen nicht von ihm nehmen. Er trug einen Überrock aus rotem Brokat. Genau wie Leo. Wie um alles in der Welt hatte die Haselnuss schon wieder gewusst, was der Prinz tragen würde?

Leo nahm seinen Anblick in sich auf und hatte gerade beschlossen, dass ein letzter Blick genügte und er sich besser schleunigst aus dem Staub machen sollte, als der Prinz auf ihn aufmerksam wurde.

Ihre Blicke trafen sich und Leo blieb wie angewurzelt stehen, jeder Gedanke an Flucht ausgelöscht.

»Leon«, murmelte der Prinz und eilte auf ihn zu. »Ich hatte die Hoffnung schon aufgegeben, Euch zu sehen.« Er ergriff Leos Hand, küsste seinen Handrücken und hielt Leos Hand zwischen seinen beiden.

Leo konnte die Tränen nur mit Mühe zurückhalten. Wer hätte gedacht, dass es so schwer werden würde, sich zu verabschieden? Sie hatten kaum Zeit miteinander verbracht, selbst wenn man die Gespräche vom Markt mitbedachte.

Nicholas' Augenbrauen zogen sich zusammen. Er umfing Leos Wange mit der linken Hand. »Was bedrückt Euch?«

Leo nahm einen tiefen Atemzug. »Ich bin nur hier, um Lebewohl zu sagen und … Euch zu danken. Für drei unvergessliche Tage«, flüsterte er. Und all die Tage zuvor, als er mit Leo auf dem Markt gesprochen hatte, doch das konnte er nicht sagen.

Nicholas erstarrte und sein Gesicht wurde blass. »Leon?«, fragte er mit schwacher Stimme.

»Ich hätte nie gedacht, dass ich einmal mit dem Prinzen sprechen würde, geschweige denn, mit ihm zu tanzen, und ich wünschte …« Leo biss sich auf die Lippe und schüttelte den Kopf. »Lebt wohl, Eure Hoheit.« Er verbeugte sich so tief, wie es ihm sein Rücken erlaubte. »Es war die größte Ehre meines Lebens, Eure Bekanntschaft zu machen.«

Der Prinz schüttelte den Kopf. Der Griff seiner Finger um Leos Hand verstärkte sich, als er sie an seine Brust zog. »Nein, Leon. So einfach kommt Ihr mir nicht davon. Ihr müsst wissen, wie viel Ihr mir in den letzten Tagen ans Herz gewachsen seid.«

Leos Augen weiteten sich und er fühlte sich heiß und kalt zugleich. »Bitte, Eure Hoheit, Ihr müsst mich vergessen.«

»Wie könnte ich Euch je vergessen, Leon? Ihr seid der Einzige, der diese drei Tage erträglich gemacht hat. Leon …« Er trat näher zu Leo, während er Leos Hand noch immer dicht an seinem Herzen hielt. »Ihr wisst, was das Ziel dieses Balls war?«

Leo schnappte nach Luft. Natürlich wusste er, was das Ziel des Balls war. Ganz Ostris sprach inzwischen davon, dass sich der Enkelsohn des Königs auf dem Frühlingsball eine Braut unter allen heiratsfähigen Mädchen in Ostris auswählen würde. Carolina und Cordelia hatten sich ständig darüber gezankt, welche von beiden den Prinzen für sich gewinnen und heiraten würde.

»Es gibt nur einen, den ich erwählen würde«, sagte der Prinz und blickte Leo tief in die Augen.

Leos Blick zuckte zum Ballsaal und zurück zum Prinzen. Er konnte unmöglich meinen …

»Leon, mein Löwe, werdet Ihr mir die Gunst erweisen, mein Gemahl zu werden?«

Leo schloss die Augen und konnte die Tränen nicht länger zurückhalten.

»Nicht doch«, raunte der Prinz und zog Leo tiefer in die Schatten und legte die Arme um ihn. Leo zuckte zusammen, als sein Arm sich auf Leos Rücken legte, direkt über die blutigen Striemen.

Der Prinz spannte sich an. »Leon, was ist mit Euch? Und sagt mir nicht wieder, Ihr hättet schlecht geschlafen.«

Leo schüttelte den Kopf und hielt den Blick gesenkt, während er vergeblich versuchte, der Tränenflut Herr zu werden.

Nicholas legte ihm einen Finger unter das Kinn und hob seinen Kopf, bis Leo Nicholas' Blick nicht länger ausweichen konnte. »Ihr habt Schmerzen und es ist mehr als nur der Arm. Was ist geschehen?«

Leo biss sich auf die Lippe.

»Ist es der ganze Rücken?«

Leo nickte zögernd.

Prinz Nicholas sog zischend die Luft ein und dann zog er Leo zurück in den Schutz seiner Arme, sorgsam darauf bedacht, Leos Rücken nicht zu berühren.

»Wer hat Euch das angetan?«, flüsterte der Prinz. »Was ist geschehen?«

Leo schüttelte den Kopf und blinzelte die Tränen weg. Er hatte sich geschworen, er würde nicht weinen. Wie es schien, lief heute nichts so, wie er es sich vorgestellt hatte.

»Leon.« Der Prinz küsste seine Schläfe und Leo barg das Gesicht in seiner Halsbeuge, klammerte sich an ihn und erlaubte sich diesen einen Augenblick der Schwäche.

»Leon, bitte. Wer auch immer es ist, ich werde mich um ihn kümmern«, raunte der Prinz ihm zu und streichelte Leos Nacken. »Ihr könnt hier im Schloss bleiben. Bitte. Vertraut Euch mir an. War es Rosendorn? Ist er derjenige, der Euch so zugerichtet hat?«

Leo klammerte sich noch fester an den Prinzen und er hatte schon den Mund geöffnet, um ihm alles zu erzählen, als ihm wieder Gregors Gesicht vor Augen stand. Die Augen weit vor Schock, als er am Galgen gebaumelt hatte wie ein Mörder.

Und Vater war mit dem Kronprinzen bekannt. *Ein aufrechter Mann*, hatte der Prinz gesagt.

Der König würde niemals zulassen, dass der Prinz Leo heiratete. Niemand würde ihm glauben, was für ein Mann Vater tatsächlich war.

Leo ließ abrupt von dem Prinzen ab, taumelte zurück und wäre gefallen, wenn Nicholas ihn nicht am Arm ergriffen hätte.

»Leon!« Die grünen Augen waren dunkel vor Sorge. »Leon, was ist mit Euch?«

Und erst da fiel Leo auf, dass sie mitten auf dem Hauptweg standen, der in den Garten führte. Als Leo den Blick zur Terrasse hob, begegnete er dem stechenden Blick seines Vaters. Plötzlich fühlten sich Nicholas' Hände wie ein Brandeisen an und er riss sich entsetzt los.

»Ich muss gehen«, keuchte er. »Ich hätte niemals kommen dürfen.«

»Leon, nein! Bitte! Ich kann Euch beschützen!«

Der Prinz rannte ihm nach und ergriff seine Hand, doch Leo hatte die Macht der Verzweiflung auf seiner Seite und alles, was der Prinz zu fassen bekam, war ein weißer Handschuh.

~*~

Leo wusste nicht, wie er es nach Hause schaffte. Er fühlte sich wie im Nebel, als er sich aus den Kleidern kämpfte. Mitternacht zerzauste sein Haar und rieb Asche in sein Gesicht und seine Hände, wie sie es auch an den letzten beiden Abenden getan hatte.

Sein Rücken brannte, sein Arm pochte, doch das war nichts im Vergleich zu dem Schmerz in seinem Herzen. Er kletterte auf den Stapel aus Kisten, nachdem Mitternacht ihn unter lautstarkem Protest wieder in den Keller gesperrt hatte, zog die Knie an die Brust und schluchzte. Nicht einmal der Keller konnte ihn in diesem Augenblick schrecken.

Der Prinz hatte ihn heiraten wollen. Ihn, Leo! Dabei kannte er nicht einmal Leos Namen. Es war alles nur Lug und Trug gewesen.

Es dauerte nicht lange, bis die Tür zum Keller mit einem Krachen aufflog. Vater stand einen Augenblick lang in der Öffnung, bevor er die Treppe herabstieg.

Leo fühlte sich seltsam taub.

Vater musterte ihn schweigend. Dann ließ er seinen Blick durch den Keller schweifen. Leo hoffte, dass Mitternacht sich versteckt hielt.

Vater beugte sich zu ihm, seine Augen schmale Schlitze. »Wir wissen beide, dass du auf dem Ball warst. Wie hast du ihn gefügig gemacht, hm? Ein Liebestrank?«

Leo konnte Vater nur vollkommen entgeistert anstarren.

»Du willst mir nicht erzählen, dass der Prinz sich ausgerechnet dich ausgesucht hat? Er braucht eine Frau, er würde sich niemals freiwillig mit jemandem wie dir abgeben.«

Leo schluckte die Tränen hinunter. Die würden niemandem helfen.

»Ich werde die Wahrheit schon noch aus dir herausbekommen«, sagte Vater da, packte Leos Arm und zerrte ihn von seinem Kistenstapel herunter.

»Vater!«

Vater drehte sich um und das Lächeln auf seinem Gesicht ließ alles in Leo zu Eis erstarren. »Gewisse Lektionen müssen offenbar gelegentlich wiederholt werden, Asche, mein Junge, findest du nicht?«

Vater band ihn an einem Haken in der Decke fest und Leo biss die Zähne zusammen, als sein Körper lautstark protestierte.

»Ich gebe dir eine letzte Chance, mein Sohn«, sagte Vater und packte Leos Kinn. »Wie hast du von der Magie erfahren?« Seine Finger bohrten sich in Leos Wangen.

Leo spürte Tränen in seinen Augen brennen. Warum war er nur so dumm gewesen? Dies würde so schlimm werden wie nach seinem letzten Fluchtversuch, wenn nicht gar schlimmer. »Ich weiß nicht, wovon Ihr sprecht, Vater.«

Vaters Augen wurden schmal, als er Leo anstarrte. Leo wagte es nicht, den Blick abzuwenden, wagte es kaum zu atmen.

»Du weißt es wirklich nicht.«

Leo versuchte, den Kopf zu schütteln, doch Vater hielt noch immer sein Kinn in eisernem Griff. »Wie bist du dann zu den Kleidern gekommen? Wie hast du den Prinzen sonst gefügig gemacht?«

Leo lachte hysterisch. »Ich habe niemanden gefügig gemacht!«, schrie er.

»Ich werde es schon noch aus dir herausbekommen«, versprach Vater düster. »Ich habe nicht so lange gearbeitet und so viel riskiert, nur damit du mir nun davonkommst.« Ein unheimliches Funkeln lag in seinen Augen, bevor er aus Leos Blickfeld verschwand.

Leo klammerte sich an die Stricke, mit denen Vater ihn an den Haken gebunden hatte, und wünschte, er hätte dem Prinzen die Wahrheit erzählt, wünschte, er wäre nie auf diesen verfluchten Ball gegangen, wünschte sich weit, weit weg, als der erste Schlag fiel.

Aber er hatte vor langer Zeit gelernt, dass Wünsche selten in Erfüllung gingen.

~*~

Mitternacht hockte am Kellerfenster und konnte nur hilflos zusehen, wie der verhasste Mensch, der sich Leos Vater nannte, Leo in der Mitte des Kellers aufhängte und dann einen Lederriemen hervorholte und sich um die Hand wickelte. Sie sammelte ihren Feenstaub und blies ihn in den Kellerraum, um den schrecklichen Mann aufzuhalten.

Er hielt kurz inne, blinzelte … und dann sah er sie direkt an. Seine Lippen verzogen sich zu einem hämischen Grinsen. »Du bist also der Grund für seinen Starrsinn«, hörte Mitternacht ihn sagen.

Mitternacht starrte ihn wie gelähmt an. Er konnte sie nicht sehen, das war vollkommen unmöglich, wie …

Und dann sah sie das Blut an seinen Händen. Leos Blut.

Sie war so entsetzt, dass sie den verfluchten Kater gar nicht kommen sah und ihm nur mit Mühe und Not entkam und völlig entkräftet in der Haselnuss landete, die schützend die Blätter um sie legte.

Sie musste Hilfe holen. Allein würde sie es niemals mit diesem Scheusal aufnehmen können.

Kapitel 23

Nestor streifte sich die eleganten Roben von den Schultern und atmete einige Male tief ein und aus, um die Anspannung aus seinem Körper zu entlassen. Gesellschaftliche Anlässe waren die reinste Qual für ihn, doch als oberster Priester des Vandros in Arden, war es seine Pflicht, dem Frühlingsball beizuwohnen, ganz gleich, wie sehr er es auch hasste. Wenigstens bestand Wilhelmina nicht mehr darauf, dass er auch noch tanzte.

Er hatte sich gerade das Gesicht gewaschen und sich zu einer kurzen Meditation niedergelassen, als es an der Tür klopfte. Ein verschlafener Tempeldiener blickte entschuldigend zu ihm empor und hielt ihm einen Brief hin.

»Ihr sagtet, Tag oder Nacht, Ehrwürdiger Vater«, sagte der Junge, die Schultern bis an die Ohren hochgezogen.

Nestor schenkte ihm ein beruhigendes Lächeln. »Und das meinte ich auch so. Vielen Dank, Frederick.«

Der Junge nickte und war auch schon wieder verschwunden.

Nestor verlor keine Zeit, den Brief zu öffnen und überflog die überraschend lange Antwort, die er auf seine Nachfrage erhalten hatte. Er hatte nicht mehr viele Kontakte im Norden und noch weniger, die ihm seine Frage hätten beantworten können, sodass er sich schließlich an den Hohepriester selbst gewendet hatte.

Doch der Brief klang nicht so, als würde Vater Gregor ihm seine Impertinenz übelnehmen. Ganz im Gegenteil. Der Brief war voller Wärme, die Nestor ganz und gar nicht erwartet hatte.

Nestors Blick blieb schließlich an einem Abschnitt am Ende hängen.

Zu deinem Anliegen. Ich kann mich noch immer sehr gut an die Silberschilds erinnern. Sie waren einige Male hier im Norden, um ihren Sohn zu segnen, und für Orins Beisetzung natürlich, möge er Frieden in Vandros' Hallen finden. Der Junge hatte braune oder schwarze Locken, ausgespro-

chen wild, wenn ich mich recht erinnere, und nicht im Geringsten der Mode
entsprechend. Das einzige Nordische an ihm waren die eisblauen Augen …

Nestor sank auf den einfachen Holzstuhl, der vor seinem kleinen Schreibtisch stand und starrte auf die elegante Schrift, bis die Zeilen vor seinen Augen verschwammen.

Silberschild.

Leonhard war ein Silberschild. Der letzte lebende Erbe der gesamten Familie. Nestor selbst hatte den Vater des Jungen dem Meer übergeben.

Seine Hände zitterten, während er im Geiste all ihre Gespräche wieder durchging.

Ich habe kein Geld … ich würde meinen Namen lieber für mich behalten …

Aber warum? Was war mit dem Jungen geschehen? Die Silberschilds waren vermögend gewesen, vermögend genug, um den Jungen auf die königliche Universität zu schicken. Warum war er nun so arm, dass er sich nicht einmal eine Kerze leisten konnte? Und warum hatte er Nestors Hilfe nicht angenommen?

Nestor rieb sich über das Gesicht und bemerkte erst da den Schnee, der leise von der Decke fiel. Eisblumen hatten sich über den Schreibtisch ausgebreitet, bedeckten den Brief und krochen langsam die Wände hinauf.

Nestor zischte und rief seine Magie wieder zurück in sein Inneres, atmete langsam und kontrolliert ein, bis er nicht mehr das Gefühl hatte, jeden Augenblick zerrissen zu werden.

Die Tinte war ein wenig verschmiert, wo ein paar Schneeflocken auf den Brief gefallen waren, doch die Bücher, die auf seinem Schreibtisch lagen, waren unversehrt. Etwas Schnee hatte sich auf dem Boden und dem schmalen Bett angesammelt, und Nestor fegte ihn hastig von den Decken, die leicht feucht geworden waren. Doch Nestor hatte ohnehin nicht vor, sich in dieser Nacht noch einmal schlafen zu legen.

Leonhard war ein Silberschild.

Und aus irgendeinem Grund hatte Nestor versäumt, ihn vor sechs Jahren im Tempel zu prüfen.

Das war wahrscheinlich das Schlimmste an allem. Alles, was Leonhard erlitten hatte, hätte Nestor verhindern können, wenn er den Jungen nur geprüft hätte.

Doch das war jetzt nicht weiter wichtig. Wichtig war nur, was jetzt geschah und wie der Junge sein Erbe zurückbekommen konnte. Nestor wurde übel, als er an all die Folgen der Misshandlungen dachte. Der gebrochene Arm. *Ich habe kein Geld ...*

Erst als ihm eine Schneeflocke ins Auge flog, bemerkte er, dass seine Gefühle wieder einmal seiner Kontrolle entschlüpft waren. Er schüttelte seine Hände und die Schneeflocken verschwanden. Es war noch zu früh, um Wilhelmina aufzusuchen. Stattdessen ging Nestor in den Saal des Vandros und kniete vor dem Altar nieder, den Blick zu dem Heiligen des Winters erhoben, der mit strengem Blick auf ihn hinabsah.

Nestor konzentrierte sich auf seinen Atem und ließ all seine Schuldgefühle, all seine Verfehlungen in den kühlen Marmor unter sich sinken. Er verharrte in dieser Position, bis sein Gefühl ihm sagte, dass es Zeit war. Er schwankte leicht, als er sich erhob, doch er hatte während seiner Ausbildung viel Schlimmeres ertragen und schüttelte die Schwäche rasch ab, während er in den Haupttempel eilte, um Mutter Wilhelmina, die Hohepriesterin der Ruïr und Herrin des Tempels von Arden aufzusuchen.

Eine Tempeldienerin öffnete Nestor auf sein Klopfen hin und führte ihn wortlos in einen Empfangsraum mit hohen Decken und hohen Bogenfenstern, die bis zum Boden reichten und hinaus in den Garten im Innersten des Tempeldistrikts führten. Einige Vögel hockten auf Stangen, die von der Decke hingen und beäugten Nestor neugierig, als er eintrat.

»Die Heilige Mutter wird gleich bei Euch sein, Ehrwürdiger Vater«, murmelte die Dienerin, ehe sie wieder davonhuschte, um Wilhelmina in dem Komplex ihrer luxuriösen Gemächer zu suchen. Mäßigung war noch nie eine Eigenschaft der Ruïr gewesen. Nestor, der noch immer die kleine Kammer bewohnte, die er als Adept bezogen hatte, konnte sich nicht vorstellen, was man mit so viel Platz anstellte. Andererseits war er auch nicht der Hohepriester. Vielleicht hatte es so viel Prunk nötig, wenn man Besuch von Adeligen und dem König selbst bekam.

»Es überrascht mich, dass du so früh schon auf den Beinen bist, Nestor«, begrüßte Wilhelmina ihn, als sie wie eine Königin in den Raum trat, ihre grünen Priesterroben kunstvoll um ihren Körper drapiert.

Wilhelmina war eine hochgewachsene Frau, so groß wie Nestor selbst, mit einer schlanken Statur und Haut, die so dunkel wie frische Erde war. Selbst Nestor konnte sehen, dass sie eine wunderschöne Frau war, doch trotz ihrer Schönheit und obwohl sie die Hohepriesterin der Heiligen der Liebe war, war sie eine eher kühle Frau, die mit strengem Blick über den Tempel wachte. Nestor hätte sie für ihre Geradlinigkeit bewundert, wenn sie nicht so viel Freude daran gehabt hätte, Nestor bei jeder Gelegenheit zu demütigen.

Glücklicherweise kreuzten sich ihre Wege nur ausgesprochen selten.

»Ich hoffe, du hast einen guten Grund, um mich noch vor dem ersten Gebet zu stören.«

Sie streckte den Arm aus und Nestor musste sich hastig ducken, als ein riesiger Vogel über ihn hinwegflog und auf Wilhelminas Arm landete. Gelbe Augen musterten ihn mit demselben herablassenden Ausdruck, der auch auf Wilhelminas Gesicht stand.

»Es ist eine vertrauliche Angelegenheit, Heilige Mutter«, sagte Nestor mit einem Blick auf die Dienerin, die gerade Tee servierte.

Wilhelmina presste die Lippen zusammen und machte eine knappe Handbewegung zu dem Mädchen, das sich respektvoll verbeugte und ohne ein weiteres Wort verschwand. Dann ließ sie sich auf einer Chaiselongue nieder und schlug die Beine über, während sie sich einen Tee nahm, ohne Nestor auch nur einen Platz anzubieten. Doch Nestor war nicht hier, um Höflichkeiten auszutauschen.

Der große Vogel hüpfte von Wilhelminas Arm auf die Lehne der Chaiselongue, den unheimlichen gelben Blick noch immer auf Nestor gerichtet.

»Nun?«, sagte Wilhelmina kühl und nippte an ihrem Tee.

Nestor schluckte. »Ich erbitte Verschwiegenheit, Heilige Mutter. Es geht um eine andere Person, die womöglich in Gefahr schwebt.«

Wilhelminas Augenbrauen schossen in die Höhe. Nestor musste sich zusammenreißen, um nicht den Kopf einzuziehen, als sie ihn abschätzend musterte.

»Wie du wünschst«, sagte sie schließlich und stellte ihre Teetasse auf dem Silbertablett ab. Sie faltete die Hände, die Zeigefinger ausgestreckt, die Daumen in die andere Richtung gespreizt im Zeichen der Ruïr. »Ruïr selbst soll meine Zeugin sein, dass nichts von dem, was du mir erzählst, an fremde Ohren getragen werden wird.«

Sie öffnete die Hände in einem Bogen und einige der gemalten Vögel, die die Wände zierten, schlugen mit den Flügeln, während einige der schlafenden Vögel, die auf den Stangen an der Decke hockten, aufwachten und aufgeregt zwitscherten. Nestor spürte das Prickeln von Schutzmagie, das sich über den Raum legte. Der Blick, mit dem Wilhelmina Nestor bedachte, war scharf. »Sprich, Kind.«

»Einer der Tempelbesucher suchte meine Hilfe, ein junger Mann –«

»Oh?«, unterbrach sie ihn mit einem süffisanten Grinsen. »Der Junge, der dich regelmäßig im Tempel besucht? Wenn du mit ihm das Bett teilst, brauchst du dir keine Sorgen zu machen. Es wird langsam Zeit, dass du dir einen Geliebten nimmst.«

Nestor spürte, wie ihm die Hitze in die Wangen stieg. »Nein, das ist ganz und gar nicht –«

»Ach, zier dich nicht so. Ihr Nordländer tut immer so unnahbar. Jeder braucht ein bisschen Spaß.«

»Er ist einer meiner Schützlinge.«

»Na und? Er ist hübsch und jung und bestimmt gut im Bett. Also, meinen Segen hast du. Nimm ihn dir, ehe dir jemand zuvorkommt.«

Die Haut um Nestors Augen prickelte und er war sich sicher, dass sich der Frost bereits über seine Schläfen ausbreitete. Er ballte die Hände zu Fäusten, ehe der erste Schnee fallen konnte. »Ich würde mein Amt niemals derart ausnutzen!«

»Setz dich, Nestor«, befahl Wilhelmina kalt.

Nestor zögerte nur einen Augenblick, ehe er ihrem Befehl nachkam und sich steif auf einer Récamiere niederließ. Das Herz hämmerte gegen seine Rippen und er konnte sein Eis nur mit Mühe zurückdrängen.

»Glaubst du wirklich, du bist so viel besser als der Rest von uns?«, spuckte die Hohepriesterin. »So nobel mit deinen Prinzipien.«

Nestor versteifte sich. Also war sie immer noch wütend, weil er sie vor Jahren abgewiesen hatte. Nun, das hätte er sich denken können, nicht wahr? Die Hohepriesterin der Ruïr, Heilige der Liebe und Fruchtbarkeit, wies man nicht einfach so ab. Selbst wenn sie mehr als fünfzig Jahre älter war als man selbst.

»Nein«, sagte er kühl. »Ich glaube nicht, dass ich besser bin.« Ganz im Gegenteil. »Doch es geht hier nicht um mich. Ich ersuche Euren Rat in einer Sache, die einen meiner Tempelbesucher betrifft.«

Wilhelmina musterte ihn eine ganze Weile.

»Nun gut. Sprich, Kind«, sagte sie förmlich.

»Vor einiger Zeit suchte mich ein junger Mann auf und erbat eine Vandroskerze«, begann Nestor, den Blick auf die bunten Teppiche gerichtet, die den Boden bedeckten, während er sich an seine erste Begegnung mit Leonhard erinnerte. »Er schien aus ärmlichen Verhältnissen zu kommen. Als ich ihm den Segen zusprach, spürte ich … etwas. Einen Nachhall von Magie, also bat ich ihn wiederzukommen.« Nestor seufzte, als er daran dachte, wie Leonhard sich in den Tempel geschlichen hatte, den Kopf eingezogen wie ein Igel. »Ich habe die Befürchtung, dass jemand ihn seiner Magie beraubt.«

Wilhelminas Augen wurden schmal. »Das ist eine schwerwiegende Beschuldigung, Nestor. Hast du Beweise?«

»Nur Hinweise, Heilige Mutter. Als Leonhard das nächste Mal kam, wirkte er blass und krank und erzählte mir, dass er zur Ader gelassen wurde, und die Magie in ihm war noch schwächer. Er wollte mir jedoch nicht verraten, wer ihn zur Ader gelassen hatte. Und beim letzten Mal war da eindeutig Magie.«

»Er kommt regelmäßig in den Tempel?«

»Wann immer es seine Zeit zulässt. Da ... da ist noch mehr.«

Wilhelminas Blick richtete sich auf ihn.

»Er ist ein Silberschild.«

»Die Silberschilds sind mit Albert ausgestorben«, erwiderte sie herablassend.

Nestor hielt ihrem Blick stand. »Das dachte ich auch, doch ich habe die Geburtsregister überprüft und es ist ein Sohn mit Namen Leonhard gelistet.«

»Ein Zufall!«

»Ich fürchte nicht. Nachdem Albert von Silberschild starb, heiratete seine Witwe erneut. Kurze Zeit später starb auch sie. Danach verliert sich Leonhards Spur. Ich habe versucht, mich umzuhören, doch die gängige Geschichte ist, dass Leonhard gemeinsam mit seiner Mutter verstarb.«

»Sein Stiefvater hat den Tod des Silberschilderben vorgetäuscht?«

»So sieht es aus.«

Wilhelminas Augen brannten. »Wie heißt dieser Mann?«

»Gottfried Rosendorn.«

Wilhelmina schnaubte. »Gottfried, hm? Rosendorn. Der Name kommt mir vage bekannt vor. Kein Adeliger, nicht wahr? Nein, das wüsste ich.« Sie runzelte die Stirn, während sie nachdachte, und Nestor hasste es, sie zu unterbrechen, doch er musste ihr auch den Rest erzählen.

»Ich … Heilige Mutter, ich fürchte, es ist meine Schuld. Ich war bereits Priester des Vandros, als der Junge hier im Tempel hätte geprüft werden sollen, doch das ist nie geschehen. Ich verstehe nicht, wie mir das entgehen konnte …« Er brach ab, als Wilhelmina eine Hand hochhielt.

»Wann hätte er geprüft werden sollen?«

»Vor sechs Jahren.«

Sie seufzte. »So gerne ich dir auch die Schuld dafür geben möchte, Nestor, so ist es diesmal doch unberechtigt.« Nestor war ein wenig überrascht, dass sie die Worte überhaupt über die Lippen gebracht hatte. »Wir hatten zu dem Zeitpunkt unglücklicherweise einen Registrator, der sich etwas dazuverdienen wollte.«

»Er hat Tempelregister gefälscht?«, rief Nestor aus.

Wilhelmina bedachte ihn mit einem irritierten Blick.

»Sind die Kinder nicht noch einmal geprüft worden?«

»Und zugeben, dass der Tempel jahrelang einen bestechlichen Registrator beschäftigt hat?«, erwiderte Wilhelmina abfällig. »Nestor, ich bitte dich. Aber mach dir keine Sorgen, die meisten haben ihre Kinder freiwillig geschickt. Niemand wollte schließlich einen Skandal riskieren.«

Nestor hörte ein Rauschen in den Ohren und sah entsetzt, wie sich Eisblumen um seine Füße herum ausbreiteten. Er zog seine Magie mit Macht zurück und hatte einen Augenblick lang das Gefühl, es würde ihn zerreißen, ehe er sich wieder unter Kontrolle hatte.

Wilhelmina beobachtete ihn mit unverhohlener Missbilligung. »Wie ich sehe, hast du noch immer Probleme mit Kontrolle, Nestor.« Sie schnalzte mit der Zunge. »Wirklich, Nestor. In deinem Alter und in deiner Position. Kein Wunder, dass sie dich ins Exil geschickt haben.« Sie lachte leise.

Nestor presste die Lippen zusammen und sagte nichts. Wilhelmina war eine der wenigen, die ihn seit seiner Ankunft in Arden kannte und sie wurde niemals müde, ihn daran zu erinnern, weshalb er in der Hauptstadt lebte.

»Wir können von Glück reden, dass niemand zu Schaden gekommen ist«, sagte er durch zusammengebissene Zähne.

»Oh, mach dich nicht lächerlich, Nestor. Natürlich hat der Tempel sichergestellt, dass keins der Kinder über so viel Magie verfügt.«

»Leonhard wurde offenbar vergessen.«

Wilhelmina hob die linke Braue, womit sie deutlich machte, was sie von ihm hielt: rein gar nichts. »Das wissen wir noch nicht, nicht wahr? Oder hast du bereits das volle Ausmaß seiner Magie messen können?«

»Nein, Heilige Mutter.« Er hasste es, dass sie ihm jedes Mal das Gefühl gab, wieder siebzehn und vollkommen hilflos zu sein.

»Da hast du es«, sagte sie und schürzte die Lippen. »Dennoch sollten wir der Angelegenheit nachgehen. Der König wird mehr wissen. Ich glaube, er war eng mit den Silberschilds befreundet.« Sie stand auf und Nestor erhob sich ebenfalls hastig. »Hol die notwendigen Register und alles, was du herausgefunden hast. Der König wird Beweise fordern.«

»Jetzt?«, fragte er verwirrt.

»Natürlich jetzt«, sagte sie mit einem irritierten Blick in seine Richtung. »Falls er tatsächlich ein Silberschild ist und Magie hat und sie ihm jemand stiehlt, muss der König sofort davon erfahren. Und Claus war schon immer ein Frühaufsteher.«

Kapitel 24

Mitternacht raste durch die Stadt zum Tempel und schlüpfte durch eine angelehnte Tür hinein. Sie schoss auf direktem Wege in den blaugetünchten Saal, in dem einige vereinzelte Kerzen gegen das Dunkel der Nacht ankämpften, doch Nestor war weit und breit nicht zu sehen.

Ein junger Mann kam aus einer Seitentür und legte Kerzen in einen Korb hinein.

Mitternacht rang einen Moment mit sich, ob sie ihn ansprechen sollte. So schlimm konnten die Menschen nicht sein, wenn sie Nestor und Leo hervorgebracht hatten, nicht wahr? Doch Mitternacht war mit Geschichten von der Grausamkeit der Menschen aufgewachsen und war Leos Stiefvater nicht das beste Beispiel dafür, dass an den Geschichten etwas dran sein musste? Nein, sie konnte es nicht wagen, sich unnötig in Gefahr zu bringen. Nicht jetzt. Aber wo um alles in der Welt steckte Nestor nur?

Sie flog auf zu dem Fenster mit dem seltsamen Mann, der wie Nestor aussah. »Bitte. Weißt du, wo er ist? Ich brauche Hilfe!«

Doch der Mann blieb stumm und Nestor tauchte nicht auf. Mitternacht wollte ihm den Hals umdrehen. Einmal brauchte sie den Priester und er war nicht da. Sie raufte sich die Haare. Sie brauchte sofort Hilfe. Jetzt gleich. Was sollte sie nur tun?

Sie sah auf zu dem Mann aus Glas, Vandros, dem Heiligen des Winters. Mitternacht wollte ihn gerade erneut um Hilfe anflehen, als der Mond durch ihn hindurch in den Tempel schien, ehe er wieder hinter einer Wolke verschwand.

Natürlich. Mondfeuer. Warum hatte sie nicht gleich daran gedacht?

Der Mond oder Vandros oder wer auch immer über Leonhard und sie wachte, schenkte ihr eine weitere offene Tür, sodass Mitternacht aus dem Tempel surren konnte, und die Stadt Richtung Westen verließ. Der Wald begrüßte sie mit dem Rauschen des Windes und dem Rascheln der Nachttiere, die durchs Unterholz schlichen, doch Mitternacht ignorierte sie alle. Sie hatte schon genug Zeit mit der Suche nach Nestor vergeudet und der Mond allein wusste, was Leos Stiefvater in der Zwischenzeit mit Leo anstellte.

Fast einen Jahreslauf war es her, dass Mitternacht ihrer heimatlichen Eiche den Rücken gekehrt hatte, und sie nach all dieser Zeit wiederzusehen, versetzte ihr einen unerklärlichen Stich. So vieles war geschehen. Es kam ihr fast so vor, als sähe sie den Baum zum ersten Mal. War er schon immer so groß gewesen? Die Eiche war ihr so schrecklich klein und eng vorgekommen, als Mitternacht davongeflogen war.

Feen grüßten sie überrascht und voller Freude, als Mitternacht sich näherte, und hielten sie unnötig auf. Ihre Mondschwester Dahlia fiel Mitternacht mit einem Lachen um den Hals, küsste sie und bestürmte sie mit Fragen. Sie schnatterte wie eine ganze Schar Gänse und ließ Mitternacht nicht einmal zu Wort kommen. »Dahlia!«, unterbrach Mitternacht sie schließlich ungehalten. »Wo finde ich Mondfeuer?«

Dahlia verstummte augenblicklich und verdrehte die Augen. »Ich wusste, dass du nicht lange ohne ihn auskommen würdest.«

Mitternacht hatte nur wenig Geduld für Dahlias überschwängliche Art. »Mondfeuer«, wiederholte sie ungeduldig.

Dahlia stieß ein übertriebenes Seufzen aus. »Er schläft für gewöhnlich in den obersten Ästen.«

»In den obersten Ästen?«, fragte sie ungläubig. Die obersten Äste waren der Garde der Königin vorbehalten, damit die Krieger Gefahr von Weitem ausmachen konnten. Mitternacht schüttelte hastig den Kopf, als Dahlia den Mund aufmachte, um zu antworten. »Nein, vergiss es.« Sie schoss in die Höhe und kehrte dann noch einmal zurück und gab Dahlia einen Kuss. »Danke, Schwester.«

Dahlia hob eine Augenbraue. »Mhm.«

Doch Mitternacht war bereits hoch in die Luft geflogen.

Obwohl es mitten in der Nacht war und das Morgengrauen noch ein wenig auf sich warten lassen würde, schlief Mondfeuer nicht, wie Dahlia gesagt hatte, sondern balancierte auf einem dünnen Zweig, seinen Speer auf den Knien, als erwarte er jeden Augenblick einen Angriff. Er hob mit einem Ruck den Kopf, als Mitternacht sich näherte, doch sobald er sie erkannte, erstarrte er und sein Gesicht verlor alle Farbe. Mitternacht spürte einen schmerzhaften Stich im Herzen, doch dafür hatte sie jetzt keine Zeit. Leos Leben stand auf dem Spiel.

»Mondfeuer! Du musst mir helfen.«

Er war so schön, wie sie ihn in Erinnerung hatte. Das kupferfarbene Haar, das ihm seinen Namen verlieh, hatte er nach Art der Krieger zu mehreren Zöpfen eng am Kopf entlang nach hinten geflochten, sodass es ihn in einem Kampf nicht behindern würde. Er sah sie noch einen Moment länger an, dann holte er einen Lederriemen hervor, zog ihn einige Male über die Spitze seines Speeres und ließ ihn wieder in einem Beutel an seinem Gürtel verschwinden.

Er hatte noch kein Wort gesagt.

»Hast du mich gehört?«, rief sie und landete direkt vor ihm. Der Zweig bog sich unter dem zusätzlichen Gewicht nach unten, sodass sie hastig auf einen anderen Zweig hüpfte.

»Ich habe dich gehört«, sagte er kühl und sie musste für einen Moment die Augen schließen, als allein der Klang seiner Stimme all die Erinnerungen an die Zeit mit ihm heraufbeschwor. Sie waren gemeinsam aufgewachsen, waren immer zusammen gewesen. Mondfeuer und Mitternacht, wie zwei Hälften eines Ganzen.

»Ich weiß, dass ich wahrscheinlich die Letzte bin, die du sehen willst, aber ich brauche deine Hilfe.« Sie konnte die Tränen nicht zurückhalten. Die Angst um Leo vermischte sich mit allem, was sie noch immer für Mondfeuer empfand, und es war einfach zu viel.

Er richtete sich langsam auf und blickte sie mit unbewegter Miene an. »Wobei soll ich dir helfen?«

Die Erleichterung ließ Mitternacht kurz aufschluchzen. »Leo, Leonhard. Er ist ein Mensch, ein Feenfreund. Sein Stiefvater ist ein schrecklicher Mann und hält ihn im Keller gefangen. Wir müssen ihn befreien!«

Mondfeuer blinzelte. »Ein Feenfreund«, sagte er und noch immer konnte Mitternacht nicht das Geringste in seiner Miene lesen, wo er einstmals ein offenes Buch für sie gewesen war.

»Ja.«

Er seufzte und rieb sich mit einer Hand über das Gesicht, die Geste so schmerzlich vertraut, dass alles in ihr danach schrie, ihn zu berühren. Doch sie hatte ihr Anrecht auf ihn verwirkt, als sie sich entschieden hatte, in der Menschenwelt zu leben, und er sich geweigert hatte, die Feenwelt zu verlassen.

»Ich werde mit der Königin sprechen.«

Mitternacht hielt die Luft an. »Mit der Königin?«

Er verzog den Mund zu einem bitteren Lächeln. »Sie muss wissen, wenn ich mich entferne.«

Mitternacht blinzelte und riss dann die Augen auf, als ihr aufging, was das bedeuten musste. »Du bist ...«

»Der Befehlshaber der Eichengarde.« Er machte eine leichte Verbeugung, als wäre sie eine Fremde, drehte sich ohne ein weiteres Wort um und flog davon. Seine schwarzen Flügel wirkten wie ein Umhang aus Nacht, der hinter ihm herflatterte.

~*~

»Habt Ihr gesagt, Leonhard?«, fragte der Kronprinz.

Nestor nickte. »Ganz recht, Eure Hoheit. Leonhard Silberschild.«

Der Kronprinz wechselte einen Blick mit dem König. Ganz gleich, wie oft Nestor die beiden zusammen sah, überraschte es ihn doch jedes Mal von Neuem wie ähnlich sich Vater und Sohn sahen. »Nikos junger Mann heißt Leonhard, wenn ich mich recht erinnere«, murmelte der König. Der Kronprinz nickte zustimmend, die Stirn in Falten gelegt.

»Er war hier?«, fragte Nestor erstaunt.

»Er behauptete, sein Familienname wäre Wendling«, erklärte der Kronprinz. »Doch er hatte helle Augen und dunkle Haare, so wie Ihr ihn beschrieben habt. Vielleicht solltet Ihr hier auf Nicholas' Rückkehr warten.«

»Wendling war der Mädchenname seiner Mutter«, murmelte Nestor.

Der Kronprinz schnippte mit den Fingern. »Ich wusste, dass mir der Name bekannt vorkam! Rosalie Wendling! Der Junge hat die Haare von ihr geerbt, doch die Augen sind Albert.«

Nestor hörte ihm nur am Rande zu. Er verspürte ein unangenehmes Ziehen in der Brust, ein Drängen und horchte einen Augenblick lang in sich hinein, um zu verstehen, was sein Gefühl ihm sagen wollte.

»Nestor?«, fragte Wilhelmina, die mit verschränkten Armen am Fenster stand, ungeduldig und Nestor ging auf, dass ihn alle anstarrten, doch das war nicht weiter wichtig.

»Verzeiht, Eure Majestät, doch ich würde gerne Haus Silberschild einen Besuch abstatten«, erklärte er und hoffte, dass er sein Gefühl richtig deutete. Wilhelmina würde ihm für seinen Mangel an Höflichkeit den Kopf abreißen, aber auch das war im Moment nicht wichtig. »Ich fürchte, es kann nicht warten. Irgendetwas geht hier nicht mit rechten Dingen zu.«

»Nestor!«, zischte Wilhelmina, doch der König und dessen Sohn schienen keinerlei Anstoß zu nehmen.

»Natürlich«, sagte der König gutmütig. »Ihr seid mit der Kutsche hier? Dann nehmt doch eins unserer Pferde, damit gelangt Ihr schneller ans Ziel.«

Nestor zögerte, doch das Drängen wurde stärker. Schließlich verbeugte er sich tief. »Habt Dank, Eure Majestät. Ich werde das Pferd so schnell wie möglich zurückbringen.«

Wilhelminas Augen brannten vor Wut, doch Nestor hatte schon ganz anderen Ungeheuern die Stirn geboten.

»Oh, keine Eile«, sagte der König leichthin. »Ich bin froh, wenn Ihr Licht in diese Sache bringen könnt. Mein Enkel war sehr beunruhigt wegen dieses Mannes.« Er runzelte die Stirn. »Ich frage mich, ob die beiden ein und derselbe sind«, murmelte er. »Das würde Niko ähnlichsehen.«

»Eure Majestät?«, fragte Nestor, während er versuchte, sich die Ungeduld nicht anmerken zu lassen.

Der König machte eine wegwerfende Handbewegung. »Oh, nichts, nichts. Geht nur und lasst Euch das schnellste Pferd geben. Erzählt mir am Ende, wie die Sache ausgegangen ist.«

»Selbstverständlich, Eure Majestät. Möge Vandros Euch festen Schritt und ein Licht in jeder Dunkelheit schenken.«

»Und Euch Weisheit für Euer Unterfangen.«

Mit einer letzten Verbeugung eilte Nestor davon, ohne auf Wilhelminas stürmischen Blick zu achten. Leonhard war wichtiger.

~*~

»Rudi!«

Nicholas konnte sein Glück kaum fassen, als er trotz der frühen Stunde den Jungen, der ihm sein Geld gestohlen und zu seinem Eisprinzen geführt hatte, auf dem Markt antraf.

Nachdem Leonhard so abrupt geflohen war, hatte Nicholas versucht, ihm zu folgen, ihn jedoch rasch in dem Gewirr der Straßen von Arden verloren, sodass er mit leeren Händen wieder zum Palast zurückgekehrt war. Wilhelm hatte ihm empfohlen zu schlafen, doch wie hätte Nicholas auch nur ein Auge zutun können, nachdem Leonhard in seinen Armen geweint hatte? Wie konnte er zu Bett gehen, während sein Leon irgendwo da draußen war und Schmerzen litt und vielleicht von diesem Rosendorn misshandelt wurde?

In den frühen Morgenstunden, als sich der Himmel gerade erst aufhellte, hatte Wilhelm schließlich vorgeschlagen, auf den Markt zu gehen und dort Nachforschungen anzustellen.

Und hier waren sie nun und Nicholas fühlte Hoffnung in sich aufsteigen, als der rothaarige Junge sich zu ihm umdrehte. Rudi würde sicher wissen, wo der Eisprinz war, und der Eisprinz konnte Nicholas hoffentlich weiterhelfen. Für einen Augenblick überkam ihn das schlechte Gewissen, dass er seinen Eisprinzen darum bitten wollte, ihm bei der Suche nach einem anderen Mann zu helfen. Doch er hatte mehr als deutlich gemacht, dass er Nicholas' Gegenwart nicht wünschte, nicht wahr?

Nicholas seufzte innerlich. Jetzt war nicht die Zeit, um sich darüber Gedanken zu machen. Leon war in Gefahr und nicht einmal Wilhelm hatte ihn bislang ausfindig machen können. Der Eisprinz war seine letzte Hoffnung. Er musste mehr über Rosendorn und vielleicht auch über Leonhard wissen.

Nicholas rief dem Jungen hinterher, der sich umdrehte und ihn überrascht ansah. Seine Miene war wachsam, als Nicholas auf ihn zukam und vor ihm in die Hocke ging.

»Weißt du, wo Asche ist?«

Rudi musterte ihn von Kopf bis Fuß, die Augen zu schmalen Schlitzen verengt. »Du bist kein Freund von ihm, wenn du ihn so nennst.«

Nicholas verzog das Gesicht. »Ich weiß, aber ich kenne seinen wahren Namen nicht.«

Das Misstrauen in den Augen des Jungen vertiefte sich. »Und warum hat er ihn dir nicht verraten?«

Nicholas öffnete den Mund und stutzte, als er sich versuchte zu erinnern, warum sie sich einander nicht vorgestellt hatten. »Seine Schwestern …«, murmelte er schwach, während er an ihre erste Begegnung auf dem Markt dachte. Eisblaue Augen und braunes Haar.

Wie Leons.

Nicholas schwankte, als sich seine Erinnerungen an die beiden Männer plötzlich neu ordneten. »Rudi«, sagte er eindringlich. »Wie ist Asches richtiger Name?«

Rudi musterte ihn mit einem Blick, der wesentlich älter war, als es sich für einen so kleinen Jungen gehörte.

Nicholas kramte hastig in seinem Geldbeutel und hielt dem Jungen einen Silberpfennig hin.

Rudis Augen leuchteten auf, doch dann wich er einen Schritt zurück und sah Nicholas finster an. »Freunde verraten keine Freunde«, zischte er.

Nicholas wollte ihn schütteln. »Leonhard, nicht wahr? Sein Name ist Leonhard.« Warum nur war ihm das nicht schon früher aufgefallen? Wie hatte er Leon nicht erkennen können? Es war so offensichtlich, nun, da er darüber nachdachte. Der gebrochene Arm. Die Misshandlungen. Die eisblauen Augen eines Nordländers und das dunkle Haar eines Ardenners. Rosendorn. Der Eisprinz und Leon waren ein und dieselbe Person.

Rudis Augen weiteten sich überrascht und das sagte Nicholas alles, was er wissen musste.

»Wo wohnt er?«

Rudi sah ihn noch immer aus großen Augen an.

»Rudi, ich muss wissen, wo Leon … Leonhard wohnt. Wo finde ich ihn?«

Rudi zog die Brauen finster zusammen. »Ich werde ihn nicht verpfeifen.«

Nicholas widerstand abermals dem Drang, den Jungen bei den Schultern zu packen und kräftig zu schütteln. Sie hatten keine Zeit für Misstrauen. »Rudi, Leon ist in Gefahr. Bitte. Ich weiß, dass er dein Freund ist.«

»Warum ist er in Gefahr?«

»Ich fürchte, dass sein Vater ihm schlimme Dinge antut.«

Rudi erstarrte. »Du weißt von seinem Stiefvater?«, hauchte er und sah sich dann hastig nach allen Seiten um.

Nicholas blinzelte. Stiefvater. Rosendorn. Natürlich! Das musste es sein. Seine Hände ballten sich zu Fäusten und er kämpfte nur mit Mühe die Wut nieder. Wie hatte Wilhelm die Verbindung übersehen können? Für gewöhnlich entging ihm rein gar nichts. Hatte Großvater nicht etwas von einer reichen Witwe gesagt? Warum benahm Leon sich dann wie ein armer Diener auf dem Markt, wenn er in feinsten Kleidern auf dem Ball erschien? Nicholas wechselte einen Blick mit Wilhelm, der seit ihrem Aufbruch aus dem Palast nur Missbilligung ausgestrahlt hatte, nun jedoch den Jungen eindringlich musterte, die Stirn in tiefe Falten gelegt. Was um alles in der Welt ging hier vor? »Ja und ich fürchte, er hat nichts Gutes im Sinn.«

»Er ist ein böser Mann«, flüsterte Rudi.

Nicholas lief ein Schauer über den Rücken, als hätte sich eine dunkle Wolke über die Sonne geschoben. »Ich weiß. Bitte sag mir, wo er wohnt, damit ich Leon helfen kann.«

Rudi beäugte ihn wieder mit tiefem Argwohn, bevor er schließlich nickte und Nicholas erklärte, wo er das Haus, in dem Leon – sein Löwenherz, sein Eisprinz – wohnte.

Nicholas drückte dem Jungen zwei Silberpfennige in die Hand und klopfte ihm auf die Schulter. »Danke, Rudi. Ich hoffe, ich komme noch rechtzeitig.«

Rudi klammerte sich an seinen Umhang, die Augen weit vor Furcht. »Du kannst Leo nichts tun!«

Nicholas klopfte dem Jungen beruhigend auf die Schulter. »Ich werde ihm nichts tun, Rudi. Ich will ihm helfen.«

»Versprochen?«

»Versprochen.«

~*~

»Er ist also der Grund, weshalb du mich verlassen hast«, sagte Mondfeuer mit tiefer Stimme.

Mitternacht zuckte zusammen. »Nein, so war es nicht!« Sie ergriff ihn beim Arm, doch Mondfeuer sah sie nicht an, sondern starrte in den Keller, in dem Leo noch immer gefangen war. »Er hat mir das Leben gerettet, als der fette Kater mich in die Klauen bekommen hat.«

Das endlich lockte eine Reaktion aus Mondfeuer hervor und er warf Mitternacht einen Blick aus dem Augenwinkel zu. »Er hat dich *gesehen*?«

Mitternacht konnte sich gerade davon abhalten, die Augen zu verdrehen. »Das sage ich dir doch schon die ganze Zeit. Er ist ein Feenfreund!«

»Er ist ein *Mensch*!«

»Na und? Gibt es irgendein Gesetz, das es Menschen verbietet, Feenfreunde zu sein?«

»Mitternacht, es hat seit Jahrhunderten keinen mehr unter ihnen gegeben, der über genügend Magie verfügte, um uns zu sehen, wenn wir nicht gesehen werden wollen. Aus gutem Grund. Menschen ist nicht zu trauen.«

Mitternacht erstarrte. »Er hat Magie«, flüsterte sie.

Mondfeuer schnaubte. »Natürlich hat er die, sonst hätte er dich niemals sehen können.«

Sie ergriff seinen Arm. »Nein, du verstehst nicht. Er hat Magie. Das ist der Grund, weshalb sein Stiefvater ihn unbedingt behalten muss. Das ist der Grund, weshalb er ihn erkannt hat, weshalb er ihn überall gefunden –«

»Das hilft ihm jetzt auch nicht weiter, Mitternacht«, unterbrach er sie unwirsch. »Wir müssen einen Weg finden, ihn da rauszuholen, bevor die Ratten ihn auffressen.« Er stocherte mit seinem Speer am Fensterrahmen herum.

Mitternacht erschauerte und starrte in den Keller. Leo hing noch immer von der Decke. »Glaubst du wirklich, dass sie ihn auffressen würden?«

Mondfeuer warf ihr einen kalten Blick zu. »Nein. Wenn das, was du sagst, stimmt, wird derjenige, der ihm das angetan hat, ihn wohl nicht tot sehen wollen. Aber ich habe schon Krieger gesehen, die über weniger den Verstand verloren haben.« Er rieb sich über die rituellen Narben, die seine Wangen zierten und ihn als einen Krieger markierten. Sie hatte ihn nie gefragt, wie er sich ausgezeichnet hatte.

Mondfeuer rammte seinen Speer in einen kleinen Spalt an der rechten Seite des Fensters und prallte mit einem erschrockenen Fluch zurück.

»Was?«, rief Mitternacht aufgebracht, als Mondfeuer sich den Arm rieb. »Was ist geschehen?«

Mondfeuer warf dem Fenster einen finsteren Blick zu und ignorierte ihre Frage.

»Vielleicht können wir wenigstens dafür sorgen, dass sich die Ratten von ihm fernhalten«, murmelte er. Er flog auf und begann vor dem Kellerfenster auf und ab zu tanzen. Mitternacht spürte das Prickeln seiner Magie. Die Magie der Krieger fühlte sich für gewöhnlich scharf wie Metall an oder heiß wie Feuer. Mondfeuers war beides und doch hatte Mitternacht sie nie als unangenehm empfunden. Irgendwo quiekte eine Ratte und dann noch eine und dann sah Mitternacht gleich mehrere von ihnen durch den Garten flitzen. Mitternacht unterdrückte ein Schaudern.

Mondfeuer ließ sich wieder neben ihr nieder. »Mehr kann ich nicht tun.«

»Aber ich dachte, wir befreien ihn!«

Mondfeuer sah sie mit seinen dunklen Augen an. »Wie?«

Mitternacht blinzelte. »Du bist ein Krieger und deine Magie ist so stark ...«

»Ich bin nicht allmächtig, Mitternacht. Und hier ist Menschenmagie am Werk, die sich meiner Magie widersetzt.« Mondfeuer stocherte ärgerlich mit der Speerspitze am Fensterrahmen herum, woraufhin einige Funken aufstoben. »Wir müssen einen anderen Weg finden. Gibt es vielleicht noch einen Menschen, der uns helfen könnte? Oder können wir die anderen Menschen im Haus verzaubern?«

Mitternacht raufte sich die Haare. »Der Prinz wollte ihm helfen, aber Leo hat sich nicht getraut, ihm die Wahrheit zu sagen. Vielleicht könnten wir noch einmal versuchen, den Priester zu finden ...«

»Leo?«, fragte Mondfeuer überrascht.

Mitternacht wollte ihn schütteln. »Hörst du mir nicht zu? Ja, er heißt Leonhard, aber ich nenne ihn Leo.«

Mondfeuer überging ihren Protest völlig und fragte in seiner ruhigen Art, die sie allmählich in den Wahnsinn trieb: »Er trägt einen Feennamen?«

Mitternacht sah ihn herausfordernd an. »Ja, und der Name ist ausgesprochen passend.«

Mondfeuer wandte sich wieder dem Keller zu, seine Augen schmal. »Was weißt du sonst über ihn?«

Mitternacht blinzelte angesichts Mondfeuers plötzlichen Interesses. »Nicht viel. Sein Vater starb, als er noch sehr jung war, seine Mutter, als er vierzehn war, und seitdem hält sein Stiefvater ihn wie einen Sklaven.«

»Wer ist sein Stiefvater?«, fragte Mondfeuer weiter, ohne den Blick von Leo zu nehmen.

»Er heißt Gottfried, mehr weiß ich nicht.«

Mondfeuer schnaubte. »Gottfried.«

»Ja, der Name bedeutet –«

»Ich weiß, was der Name bedeutet«, unterbrach Mondfeuer sie.

Mitternacht zuckte zurück. Sie konnte sich nicht erinnern, ihn je so ungehalten erlebt zu haben. So wütend. Warum half er ihr überhaupt, wenn er noch immer so wütend war?

Mondfeuer flog plötzlich auf.

»Wo willst du hin?«, rief sie ihm nach.

»Da kommt jemand«, rief Mondfeuer über die Schulter.

Mit einem Seufzen erhob sich Mitternacht in die Luft und folgte ihm, als er keine Anstalten machte, auf sie zu warten oder ihr eine weitere Erklärung zu geben.

~*~

Das Haus war eines der prunkvollsten in der ganzen Nachbarschaft: drei Stockwerke hoch mit opulent verzierten Erkern und Fensterstürzen, die in Handwerkskunst an manche Arbeiten im Palast heranreichten. Die Bäume und Büsche waren ordentlich gestutzt und die Treppe penibel gefegt – der Inbegriff von Reichtum und Wohlstand.

Eine junge Dienstmagd öffnete Nicholas die Tür und fiel beinahe in Ohnmacht, als sie ihn sah. »M-M-Mein Herr?«, fragte sie mit zitternder Stimme.

»Sag deinem Herrn, Prinz Nikolaus möchte ihn sprechen.«

Ihr blasses Gesicht wurde grau und dann sank sie hastig in einen ungelenken Knicks. »Sehr wohl, Eure Hoheit.« Ihre Worte waren kaum zu verstehen, bevor sie mit gesenktem Kopf davonhuschte und Nicholas in der Empfangshalle stehen ließ.

Nicholas sah ihr mit schmalen Augen nach. War sie nur von ihm so eingeschüchtert gewesen oder waren alle Diener in diesem Haus so? Vater hatte behauptet, Rosendorn würde die Dienerschaft stets freundlich behandeln, doch die Atmosphäre in diesem Haus zeugte nicht davon. Nicholas dachte an den blauen Fleck auf Leons Wange, die Wunde auf seiner Stirn und den gebrochenen Arm, an Rudis finstere Worte und fragte sich unbehaglich, was um alles in der Welt in diesem Haus vor sich ging.

Nicholas sah auf, als sich ein hochgewachsener Mann näherte. Graumeliertes Haar rahmte sein hageres Gesicht, das von einer gebogenen Nase dominiert wurde, eine Nase, die Nicholas nur allzu bekannt vorkam. Rosendorns eleganter Anzug und die aufwändig gebundene Krawatte konnten mit Wilhelms Werken mithalten und standen in starkem Kontrast zu den schmutzigen Lumpen, in die Leon auf dem Markt gekleidet gewesen war. Wie jedes Mal, wenn er Rosendorn begegnete, prickelte Nicholas' Nacken und sein Magen zog sich zusammen. Irgendetwas stimmte mit dem Mann nicht, ganz gleich, was Vater sagte.

»Verzeiht die Dienerschaft, Eure Hoheit«, sagte der Mann in einem kultivierten Akzent und verbeugte sich. Nicholas hatte bisher nur wenige Worte mit Rosendorn gewechselt. *Emporkömmling* hatte Großvater ihn genannt. *Schmierig*, dachte Nicholas. »Wir hatten einige … Ausfälle und das Mädchen ist noch sehr jung und unerfahren. Bitte. Hier entlang.«

Der Raum, in den Rosendorn Nicholas führte, hätte aus dem Palast stammen können, so opulent war er. Nicholas bevorzugte für gewöhnlich die etwas weniger … überladenen Räume im Palast.

Die junge Dienerin, die ihn an der Tür empfangen hatte, brachte ihm Tee. Sie wirkte noch immer bleich und durcheinander. Aber das war auch kein Wunder, denn Rosendorn beobachtete jede ihrer Bewegungen mit unverhohlener Missbilligung.

Sie zuckte zusammen, als Nicholas sich leise bei ihr bedankte, und huschte wie eine Maus davon.

»Nun«, begann Rosendorn. »Was kann ich für Euch tun, Eure Hoheit?«

»Ich bin hier, um mit Eurem Sohn zu sprechen.«

Nur weil Nicholas ihn sehr genau beobachtete, sah er das kurze Aufblitzen von Zorn in Rosendorns Augen, bevor es unter einer höflichen Maske verschwand.

»Ich fürchte, da liegt ein Missverständnis vor. Ich habe keinen Sohn, nur zwei Töchter, die Ihr bereits auf dem Ball getroffen habt.«

Wie aufs Stichwort kamen die beiden Mädchen herein und Nicholas kam hastig auf die Füße, als sie vor ihm in einen formvollendeten Knicks sanken. Der Anstand verlangte, dass er sich vor ihnen verbeugte und jede freundlich begrüßte, obwohl alles in ihm danach schrie, so viel Abstand wie möglich zwischen sich und die Damen zu bringen.

»Prinz Nikolaus«, sagte die mit der Schweinsnase. Nicholas konnte sich nicht mehr an ihren Namen erinnern. Cornelia oder so ähnlich. »Welch eine Ehre, Euch in unserem Haus zu sehen.«

Sie sah ihn kokett von unten herauf an. Nicholas starrte nur unbeeindruckt zurück, bis sie verwirrt die Augen niederschlug. Sie hatte etwas Ähnliches mit ihm auf dem Markt versucht. Heilige Ruïr, warum waren ihm die Verbindungen nicht früher aufgefallen? Es war so offensichtlich.

»Wir haben gerade über Euren Bruder gesprochen«, sagte Nicholas mit einem freundlichen Lächeln.

Die Augen der Schweinsnase blitzten zornig und beide Damen schauten zu ihrem Vater.

Nicholas folgte ihrem Blick. »Ich vermute, dass er Euer Stiefsohn ist. Leonhard Silberschild.«

Rosendorn bedeutete seinen Töchtern, sich zu setzen, und auch Nicholas ließ sich wieder in seinen Sessel sinken. Er dankte den Heiligen im Stillen, dass er sich nicht das Sofa ausgesucht hatte, sonst hätte sich eine der beiden ganz sicher neben ihn gesetzt.

»Silberschild?«, sagte Rosendorn in gespielter Nachdenklichkeit. Nichts an dem Mann wirkte echt. Wie hatte Leon es in diesem Haus ausgehalten? Aber vielleicht hatte er keine andere Wahl gehabt. Der Gedanke jagte Nicholas einen Schauer über den Rücken.

»Das ist der Name des Mannes, dem das Haus vorher gehörte, nicht wahr?«, fragte Rosendorn und blickte dann auf Nicholas' unberührte Teetasse. »Ist der Tee nicht zu Eurer Zufriedenheit?« Er nippte an seinem eigenen Tee.

Nicholas lehnte sich zurück und nahm seine Tasse. Er hätte lieber etwas Stärkeres gehabt. Aber der Tee würde genügen müssen.

»Wo ist er?«, fragte Nicholas und nahm einen Schluck von seinem Tee. Er war viel zu bitter für seinen Geschmack.

Rosendorn blinzelte. »Wer?«

»Leonhard. Ich weiß, dass Ihr mit seiner Mutter verheiratet wart.«

»Der Junge ist schon lange nicht mehr hier.« Nicholas war fast ein wenig beeindruckt, dass der Mann die Dreistigkeit besaß, dem Prinzen ins Gesicht zu lügen.

»Interessant, nicht wahr, dass er in Begleitung Eurer Töchter auf dem Markt gesehen wurde«, bemerkte Nicholas in beiläufigem Tonfall. »Es hatte fast den Anschein, als würden sie ihn wie einen niederen Diener behandeln.«

Rosendorn lachte gutmütig. »Da muss ein Missverständnis vorliegen.«

Die ältere Tochter, die wie ein Wiesel aussah und sich so nah zu ihm gesetzt hatte, wie es das Arrangement der Sitzmöbel erlaubte, beugte sich von ihrem Sitz vor und legte Nicholas frech eine Hand auf den Arm. »Wie schmeckt Euch der Tee, Eure Hoheit?«

Abscheulich, wollte er sagen, aber damit hätte er wahrscheinlich das arme Dienstmädchen in Schwierigkeiten gebracht. »Oh, ganz wunderbar!«, sagte er und nahm noch einen Schluck. Der Tee schmeckte beim zweiten Mal nicht mehr ganz so schrecklich, sondern fast angenehm. Vielleicht hatte er sich beim ersten Mal getäuscht? Er nahm noch einen Schluck.

Der Tee wurde mit jedem Schluck angenehmer und rann wohlig seine Kehle hinab.

Nicholas blinzelte, als ihn ein seltsam warmes Gefühl überkam.

»Stimmt etwas nicht?«, fragte eine weibliche Stimme und als Nicholas den Kopf wandte, blickte er in ein Paar rehbrauner Augen, die ihn besorgt aus einem engelsgleichen Gesicht anblickten.

»Oh«, sagte er. »Wir sind uns auf dem Ball begegnet, nicht wahr?«

Ihr Lächeln war wie der Sonnenaufgang. »In der Tat, Eure Hoheit. Wir haben zusammen getanzt.«

»Ich erinnere mich«, hauchte er und konnte das Lächeln nicht unterdrücken.

»Das ist der Grund, weshalb Ihr hier seid, nicht wahr?«, sagte eine männliche Stimme. Gottfried, erinnerte Nicholas sich. Gottfried Rosendorn, Vaters Freund. Da war noch etwas anderes, an das er sich erinnern musste, etwas Wichtiges, aber da sprach Gottfried schon weiter. »Ihr seid sicherlich hier, um Cordelia mitzunehmen?«

Cordelia, genau, das war der Name der engelsgleichen Erscheinung. »Mitnehmen?«, murmelte er und konnte den Blick nicht von der hübschen jungen Dame nehmen.

Cordelia kicherte. »Auf Euer Schloss«, flüsterte sie. »Um Eure Braut zu werden.«

Nicholas blinzelte. Nein. Das war nicht richtig. Oder doch? »Meine Braut«, murmelte er. Aber hatte seine Braut nicht blaue Augen gehabt? Irgendetwas musste mit seinem Kopf nicht stimmen.

»Ganz recht«, sagte Gottfried da. »Ihr habt Cordelia erwählt, um Eure Gemahlin zu werden.«

Cordelia nickte und Nicholas nickte mit ihr.

»Meine schöne Braut.« Er nahm ihre Hand und küsste sie. Die Finger waren weitaus kleiner, als er sie in Erinnerung hatte, und so weich. Seltsam. Er hätte schwören können, dass sie auf dem Ball rau und schwielig gewesen waren und voller kleiner Narben.

»Kommt mit mir auf mein Schloss«, hörte Nicholas sich sagen und lächelte seine zukünftige Braut hoffnungsvoll an.

»Mit Vergnügen, Eure Hoheit.«

»Nicholas. Bitte. Nennt mich Nicholas.«

Cordelias Augen weiteten sich in Verzückung. »Nicholas, natürlich.« Sie errötete leicht. Er mochte normalerweise keine affektierten Frauen, doch bei Cordelia sah es ganz wunderbar aus.

»Gottfried, ich hoffe, Ihr gebt Euer Einverständnis, dass ich Eure Tochter heirate. Gleich heute!« Nicholas war etwas verwundert über seinen eigenen Enthusiasmus, aber im Augenblick konnte er sich nichts Schöneres vorstellen, als sich so schnell wie möglich mit seiner lieben Cordelia zu verheiraten.

Gottfried lächelte wie jeder stolze Vater. »Natürlich, Eure Hoheit. Es wäre mir eine Ehre.«

»Dann soll es so sein.« Nicholas tauschte einen verliebten Blick mit Cordelia, beugte sich vor und küsste sie. Es fühlte sich ein wenig seltsam an, irgendetwas fehlte, doch er zuckte nur innerlich die Achseln, ließ von ihr ab und lächelte.

Kapitel 25

Was tut er da? Wo ist Leo?«, rief Mitternacht aufgeregt, als Nicholas mit Cordelia im Arm aus dem Haus trat. Hilflos musste sie mitansehen, wie der Prinz die dumme Göre verliebt anlächelte und ihren Handrücken küsste. Mitternacht ballte die Hände zu Fäusten und ihre Flügel brummten im Takt mit der Wut, die in ihrem Bauch brodelte. Selbst die Blätter der Kastanie, in der sie gemeinsam mit Mondfeuer hockte, raschelten ungehalten.

»Er wurde verzaubert«, sagte Mondfeuer grimmig, den Blick auf den Prinzen und das Mädchen gerichtet.

»Was?« Mitternacht folgte seinem Blick.

»Mhm, siehst du es nicht?« Er nickte zu den beiden. »Irgendetwas stimmt mit seinem Kopf nicht.«

Mitternacht sah genauer hin und dann erhaschte sie einen flüchtigen Eindruck von etwas Grauem, als würde der Prinz einen Schleier aus dunklem Nebel tragen.

Mondfeuer war bereits losgeflogen und hielt direkt auf den Prinzen zu.

Mitternacht fluchte, als sie ihm nachsah. Warum konnte der dämliche Kerl nicht einmal den Mund aufmachen und ihr erklären, was er vorhatte? Wie konnte sie sich nur immer noch etwas aus ihm machen?

Mondfeuer schwirrte wie eine wütende Biene um den Kopf des Prinzen herum, der versuchte, den Feenkrieger mit der Hand zu verscheuchen.

Cordelia quietschte entsetzt und Mitternacht tat es ihr beinahe nach, als der Prinz Mondfeuer um ein Haar erwischte, doch Mondfeuer ließ sich im letzten Moment fallen und entkam ihm.

Er grinste wie ein Wahnsinniger, als er zu Mitternacht in den Schutz der Kastanie zurückkam.

»Was ist nur in dich gefahren? Was sollte das?«, schrie sie und stellte mit Entsetzen fest, dass sie den Tränen nahe war.

Mondfeuer hingegen atmete nicht einmal schwer. »Ich wollte wissen, ob ich den Zauber brechen kann, aber so einfach ist es nicht. Wir werden Hilfe brauchen. Glaubst du, einer der Bäume könnte uns helfen?«

Der Prinz unterhielt sich einen Augenblick lang mit einem Mann, der vor dem Haus auf ihn gewartet hatten. Der Mann schien nicht sonderlich begeistert, als der Prinz vehement den Kopf schüttelte. Er half Cordelia aufs Pferd, schwang sich hinter ihr in den Sattel und ritt ohne den Mann eines weiteren Blickes zu würdigen, davon.

Mitternacht und Mondfeuer folgten ihnen in sicherem Abstand.

»Die Pappeln vielleicht?«, schlug Mitternacht nach kurzem Nachdenken vor. »Ein Stückchen weiter wachsen gleich mehrere. Sie werden auf jeden Fall daran vorbeikommen.«

Mondfeuer nickte. »Dann schnell.«

Die Pappeln raschelten leise zur Begrüßung, als Mitternacht sich näherte. Sie waren ausgesprochen freundliche Bäume, ein wenig zu aufgeregt für Mitternachts Geschmack, doch ihre Magie konnte Klarheit und Erkenntnis schenken – genau das, was sie gerade brauchten.

»Wir ersuchen eure Hilfe, meine Schwestern!«, rief sie. »Ein Menschenmann wurde verzaubert und wir brauchen eure Klarheit, damit er die Wahrheit erkennt.«

Die Pappeln flüsterten aufgeregt miteinander, doch am Ende stimmten sie zu. Sie kannten Mitternacht, seit sie bei Leo eingezogen war, und darüber hinaus liebten sie Abenteuer zu sehr.

Mondfeuer und Mitternacht hielten sich im raschelnden Laub der Pappeln verborgen, bis der Prinz in Sichtweite kam. Erst dann flog Mitternacht los, schoss zwischen den Ästen der Pappeln hindurch, dass die Blätter nur so wirbelten, und begann ihren Tanz, um ihre Magie mit der der Pappel zu verbinden. Samenkapseln reiften heran, platzten auf und entließen die flufﬁgen Samen, die langsam durch die Luft schwebten.

»Weisheit und Wahrheit und Erkenntnis«, sang Mitternacht, begleitet vom Gesang des Pappellaubes.

Wind kam auf und begrüßte Mitternacht freudig. Als sie nach oben blickte, sah sie Mondfeuer hoch oben kreisen, ein winziger schwarzer Punkt, der durch die Luft tanzte und den Wind um Hilfe bat. Für einen Moment konnte sie nichts weiter tun, als seinem Tanz zuzusehen, während ihr Herz sich vor Schmerz zusammenzog. Der

Wind streichelte ihre Wange und für diesen einen Augenblick waren sie im Tanz des Windes verbunden.

Mitternacht schüttelte sich und nahm ihren eigenen Tanz wieder auf.

Ein wahrer Schneesturm aus Pappelsamen ging auf den Prinzen und die dumme Schnepfe nieder, wirbelte um sie herum, bis beide anfingen zu niesen und Nicholas die Augen tränten. Er trieb sein Pferd an, um den wirbelnden Samen zu entkommen, und blieb dann in sicherer Entfernung stehen, ein überraschter Ausdruck auf dem Gesicht. Er blinzelte einige Male, rieb sich mit den Fingern die Tränen aus den Augen und sah dann auf die Frau hinab, die er im Arm hielt.

»Was geht hier vor?«, hörte Mitternacht ihn sagen. Seine Stimme war scharf und Mitternacht tauschte einen Blick mit Mondfeuer, der schadenfroh grinste.

Cordelia blickte zu dem Prinzen auf und klimperte mit den Augenlidern, was wahrscheinlich besser ausgesehen hätte, wenn ihre Augen nicht völlig verquollen gewesen wären. »Wir sind auf dem Weg zu Eurem Schloss. Um zu heiraten.«

Die Miene des Prinzen verfinsterte sich.

Mitternacht war ein wenig enttäuscht, dass er sie nicht vom Pferd schubste und am Straßenrand stehen ließ, doch ihr Gesichtsausdruck war trotzdem köstlich, als der Prinz sein Pferd ohne ein weiteres Wort wendete und den Weg zurückritt, den sie gekommen waren. Ein einziger Blick brachte Cordelias weinerlichen Protest abrupt zum Verstummen.

~*~

Rosendorns Augen weiteten sich, als Nicholas wieder vor der Tür stand, eine heulende Cordelia am Arm haltend, während hinter ihm Wilhelm mit den Gardisten, die sich ihnen auf dem Rückweg angeschlossen hatten, ohne dass Nicholas auch nur eine Ahnung hatte, wie Wilhelm sie so schnell aufgetrieben hatte, Stellung bezogen hatte.

»Ich habe keine Ahnung, was Ihr mit mir gemacht habt, aber Ihr könnt Euch darauf verlassen, dass Ihr nicht ungeschoren davonkommen werdet«, knurrte Nicholas. »Wo ist Leonhard?«

Rosendorn blinzelte. »Ich sagte doch schon, dass der Junge fort ist.«

»Was habt Ihr mit ihm gemacht?«

»Wollt Ihr nicht hereinkommen? Eine Tasse Tee wird sicherlich alles klären.«

Nicholas sog scharf die Luft ein und wechselte einen Blick mit Wilhelm, der aussah, als würde er Rosendorn am liebsten den Hals umdrehen. »Es war der verdammte Tee, nicht wahr?«

Cordelia schnappte bei seiner ungehobelten Ausdrucksweise überrascht nach Luft, doch Nicholas war so wütend, dass ihm das vollkommen gleichgültig war.

»Ich bin nicht sicher, ich weiß, wovon Ihr sprecht, Hoheit«, sagte Rosendorn, die Augenbrauen verwirrt zusammengezogen. Eins musste Nicholas ihm lassen: Rosendorn war ein ausgesprochen guter Schauspieler.

Nicholas nickte Wilhelm zu, dessen Miene so finster war, dass selbst Nicholas ein wenig Angst vor ihm bekam. »Durchsucht das Haus.«

»Eure Hoheit!«, protestierte Rosendorn.

Nicholas ging in der Eingangshalle auf und ab, während die Gardisten das Haus auf den Kopf stellten. Als Wilhelm die Treppe herunterkam, sah Nicholas ihm schon am Gesicht an, dass die Suche erfolglos gewesen war.

»Nichts, Eure Hoheit.«

»Wo ist er?«, donnerte Nicholas.

Rosendorn wrang die Hände. »Ich bin sicher, dass wir das Missverständnis bei einer Tasse Tee —«

Nicholas trat auf ihn zu und versuchte gar nicht erst, seinen Zorn zu verbergen. »Ich weiß nicht, wo Ihr ihn versteckt, aber ich werde ihn finden.« Seine Finger klammerten sich um den weißen Handschuh – das Einzige, was ihm von Leon geblieben war –, während er aus dem Haus marschierte. Auf dem Treppenabsatz blieb er noch einmal stehen und sah sich um. Leonhard musste hier sein. Nicholas konnte es förmlich spüren. Was zur Tiefe hatten sie übersehen? Er drehte sich um und sah zum Haus empor.

»Habt Ihr im Keller nachgesehen?«, fragte Nicholas Wilhelm.

»Haben wir, Eure Hoheit. Nichts außer einem alten Schwein und ein paar Ratten.« Er zögerte. »Wir sollten die Priesterschaft einschalten. Es ist offensichtlich, dass Rosendorn Euch verzaubert hat.«

Nicholas rieb sich über das Gesicht und nickte. »Glaubst du, das ist der Grund, weshalb du nichts herausfinden konntest?«, fragte er, während sie Seite an Seite die Treppe heruntergingen.

Wilhelms Gesicht war noch ausdrucksloser als sonst. »Vermutlich.«

Nicholas verbiss sich einen Fluch und stieß dann beinahe mit einem blau-gewandeten Priester zusammen, der auf das Haus zueilte. Der Mann war so groß wie Nicholas, hatte das weißblonde Haar und die eisblauen Augen der Nordländer – und war der oberste Priester des Vandros in Arden. Was um alles in der Welt hatte er hier zu suchen?

»Ehrwürdiger Vater?«, fragte Nicholas beunruhigt und warf Wilhelm einen fragenden Blick zu, der jedoch kaum merklich den Kopf schüttelte. Also hatte Wilhelm den Priester nicht zu Hilfe gerufen. Doch dessen Erscheinen konnte kein Zufall sein.

Die Augen des Priesters weiteten sich, als sein Blick auf Nicholas fiel, und er verbeugte sich rasch. »Eure Hoheit.«

»Was tut Ihr hier?«

»Ich suche Leonhard.« Der Priester hob den Blick zu dem Heiligen über dem Eingang und presste die Lippen zusammen. »Ich hatte recht«, murmelte er. »Er ist tatsächlich ein Silberschild.«

»Was habt Ihr mit Leon zu schaffen?«, verlangte Nicholas zu wissen.

Der Priester richtete seinen eisblauen Blick auf Nicholas und musterte ihn. Nicholas musterte ihn zurück. Er hatte Leon oft dabei beobachtet, wie er im Tempel verschwunden war. War dieser Mann der Grund dafür?

»Ihr seid der Mann mit der Kornblume«, sagte der Priester unvermittelt und mit offenkundigem Erstaunen. »Der Verehrer.«

Nicholas presste die Lippen zusammen und gab dem Priester einen kühlen Blick.

»Keine Sorge«, sagte der Priester und seine Mundwinkel zuckten in unverhohlener Belustigung. »Ich bin ganz und gar dem Tempel verschrieben.«

Nicholas knirschte mit den Zähnen. Was bildete sich dieser Mann nur ein? Nordländer. Nicholas hatte sie noch nie verstanden. Der Priester hatte sich bereits wieder abgewandt und hatte die Stufen zum Haus erklommen. Er betrachtete das Haus, den Kopf in den Nacken gelegt. Dann hob er eine Hand und seine Augen schimmerten wie Schnee in der Wintersonne. Seine Brauen zogen sich zusammen und ein harter Ausdruck legte sich um seinen Mund. Eisblumen breiteten sich um seine Füße aus und die Temperatur um ihn herum fiel urplötzlich, sodass Nicholas' Atem in einer weißen Wolke vor seinem Gesicht stand. Er trat hastig einen Schritt zurück. »Ehrwürdiger Vater?«, fragte er unsicher und tauschte einen besorgten Blick mit Wilhelm, der den Männern bedeutete, zurückzuweichen, als sich der Frost über die Stufen hinab ausbreitete.

Der Priester blinzelte, tat einen zitternden Atemzug und taumelte einen Schritt zurück. Nicholas hastete die Treppe hoch und streckte die Hand aus, um ihn zu stützen, doch der Priester zuckte zurück und hob abwehrend die Hände. »Nein, fasst mich nicht an. Zu Eurer eigenen Sicherheit.« Er verbreitete immer noch eine unnatürliche Kälte, doch der Frost auf den Stufen taute zu Nicholas' Erleichterung bereits wieder ab.

»Was geht hier vor sich?«, fragte er.

»Leonhard ist in Gefahr«, erklärte der Priester. »Ich fürchtete lange, dass ihm jemand seine Magie stiehlt, und dieses Haus stinkt geradezu nach verdorbener Magie.«

»Ihr wusstet von ihm und habt ihm nicht geholfen?«, rief Nicholas aufgebracht.

»Er wollte meine Hilfe nicht«, sagte der Priester leise. »Und er ist kein Kind mehr. Ich konnte ihm meine Hilfe nicht aufzwingen.« Der Schmerz in seinem Blick spiegelte Nicholas' eigenen wider und er wandte beschämt die Augen auf. Er hatte Leon ebenso wenig geholfen, auch wenn er es versucht hatte.

»Habt Ihr ihn gefunden?«, fragte der Priester.

»Nein«, gestand Wilhelm. »Wir haben das ganze Haus auf den Kopf gestellt ohne Erfolg.«

»Hm«, machte der Priester und hob wieder den Blick zum Haus.

Nicholas wich sicherheitshalber einige Schritte zurück und sah sich um. Leon war hier, das spürte er. Ein Eichhörnchen kletterte die Kastanie hinab, die rechts neben dem Hauseingang wuchs, und ehe Nicholas recht wusste, wie ihm geschah, war es an seinem Hosenbein hochgeklettert und hatte ihm Leons Handschuh direkt aus der Hand gestohlen.

»He!«, rief Nicholas und verfolgte das Eichhörnchen, das ums Haus herum und in den Garten flitzte. Nicholas fluchte, als er über eine niedrige Hecke hinwegsetzte und das Tier einen Moment lang aus den Augen verlor, doch dann huschte es direkt vor ihm unter einem Busch hervor, verharrte einen Augenblick lang zu seinen Füßen, als wollte es ihn verspotten, und flitzte davon, als Nicholas versuchte, es in die Finger zu bekommen. Es rannte im Zickzack zurück zum Haus und hielt auf die schmalen Kellerfenster zu, während Nicholas ihm nachsetzte. Mit einem spöttischen Keckern entwischte es Nicholas erneut, zwängte sich zwischen den Gitterstäben vor den Kellerfenstern hindurch, huschte in die Ecke und sah Nicholas herausfordernd an, den weißen Handschuh noch immer in den Krallen.

»Komm da raus, du kleines Biest! Der Handschuh gehört mir!«

Das Eichhörnchen keckerte frech und hüpfte vor dem Kellerfenster auf und ab. Nicholas starrte das Tier finster an, als die Wolken für einen Augenblick aufbrachen und Licht in den Keller fiel. Nicholas' Blick folgte unweigerlich dem Sonnenstrahl und da war er: Leonhard. Sein Eisprinz.

»Findet einen Weg in den Kohlenkeller!«, donnerte er. »Beeilt euch!«

Wilhelm sah mit großen Augen an ihm vorbei in den Keller und zuckte zurück. »Eure Hoheit.« Er wirkte verunsichert. »Da hängt nur ein Schwein an einem Fleischerhaken.«

Nicholas blinzelte, dann sah noch einmal nach, aber nein, da war Leon, aufgehängt wie ein gemeiner Dieb. Oder ein Schwein. Ein eisiger Schauer lief ihm den Rücken hinab und sein Nacken prickelte unangenehm.

»Ich weiß nicht, was hier vor sich geht,« sagte er langsam. »Aber dort in dem Keller hängt kein Schwein, sondern ein Mensch.«

Wilhelms Miene verdüsterte sich. »Magie, Eure Hoheit?«

Der Priester schob Wilhelm zur Seite und kniete nieder, um selbst einen Blick in den Keller zu werfen. Er sog scharf die Luft ein und seine Augen blitzten vor Wut. Die Temperatur schien auf einmal unter den Gefrierpunkt zu sinken, sodass Nicholas wie schon vor dem Haus hastig zurückwich.

»Was …?«

Abermals breitete sich Frost um die Füße des Priesters herum aus und kletterte die Wände empor. Reif bedeckte das Haar des Priesters und Schneeflocken fielen von seinen geballten Fäusten.

Nicholas streckte die Hand nach ihm aus, doch Wilhelm riss ihn zurück und befahl auch den Gardisten zurückzuweichen.

»Was geht hier vor sich?«, fragte Nicholas. Er wusste, dass die Priester über Magie verfügten, jedes Kind wusste das, doch Nicholas hatte immer gedacht, dass es Konzentration und Einsatz erforderte. Dieser Priester jedoch schien nicht einmal zu merken, was er tat.

»Vater Nestor!«, rief Wilhelm, sein Tonfall grimmig.

Der Priester drehte langsam den Kopf in ihre Richtung und Nicholas wich unwillkürlich noch weiter zurück. Die Iris seiner Augen hatte sich weiß gefärbt und glitzerte wie Eiskristalle, Reif breitete sich von seinen Augenwinkeln herum über sein Gesicht aus. Seine Lippen und Fingernägel waren blau.

Nicholas starrte ihn völlig entgeistert an. »Vater Nestor?«

Das Eis breitete sich immer weiter aus und Nicholas hatte Sorge, dass Leon im Keller erfrieren würde, als der Priester blinzelte und scharf die Luft einsog.

Er richtete sich auf und Nicholas streckte unwillkürlich die Hand nach ihm aus, als der Priester auf den Füßen schwankte, doch Wilhelm schob sie dazwischen und drängte Nicholas zurück, weg von dem Priester.

»Vater Nestor?«, fragte Nicholas über Wilhelms Schulter hinweg. Wirklich, manchmal nahm Wilhelm Nicholas' Schutz ein wenig zu ernst.

Der Priester atmete schwer. »Um die Ecke ist eine Kohlenrutsche«, sagte er mit rauer Stimme. »Gebt acht, das Haus ist durchtränkt mit verdorbener Magie, die völlig instabil ist.«

»Verdorbene Magie!«, rief Nicholas entsetzt.

Der Priester hob eine Augenbraue. »Ja, das sagte ich bereits.«

Wilhelm, der Nicholas endlich losgelassen hatte, nickte nur, als hätte er nichts anderes erwartet, und rief Befehle, während Nicholas dem Priester einen finsteren Blick zuwarf. Arrogant und überheblich. Doch was hatte er vom Priester des Winters erwartet?

»Geht es Euch gut, Ehrwürdiger Vater?«, fragte Wilhelm, als er die Gardisten ausgeschickt hatte.

Nicholas spürte einen kurzen heißen Gewissensbiss, dass er dem Priester diese Frage nicht gestellt hatte, ignorierte das Gefühl jedoch.

Der Priester nickte und lehnte mit dem Rücken gegen die Hauswand, bevor er sich einen Augenblick später abrupt abstieß. »Ein wenig Sonne wird mir guttun. Seid vorsichtig mit dem Jungen. Ich … ich brauche nur einen Moment.«

Nicholas starrte ihm nach, als er um die Ecke verschwand. »Was war das?«

Wilhelm zuckte die Achseln. »Magie. Er ist nicht umsonst der Priester des Vandros in Arden.«

»Das kannst du wohl laut sagen«, murmelte Nicholas und beeilte sich dann, den Männern zu folgen, um Leon zu befreien.

~*~

Mitternacht riss sich aus Mondfeuers Griff los, als der Priester um die Hausecke verschwunden war, um nach Leo zu sehen.

Mondfeuer musterte sie aus schmalen Augen. »Zwei Menschen, hm?«

»Was soll das heißen ›zwei Menschen‹?«, fragte sie schnippisch, immer noch wütend, dass Mondfeuer sie zurückgehalten hatte, als sie Nestor hatte helfen wollen.

Er zuckte die Achseln. »Du schienst sehr um diesen Priester besorgt.«

»Du hast gesehen, was passiert ist!«

Mondfeuer hob eine Braue. »Er war wütend und die Elemente haben auf seine Stimmung reagiert. Nichts Ungewöhnliches.«

»Pfft«, machte sie und starrte beleidigt in den Garten hinab, während sie die Beine von dem Ast baumeln ließ, von wo aus sie den Prinzen und den Priester beobachtet hatten. Unglücklicherweise hatte Mondfeuer recht. Wie fast immer. Kinder, die sehr mit der Magie verbunden waren, konnten oft unbewusst alles um sie herum beeinflussen. Mitternacht selbst war in ihrer Kindheit oft von einer Brise begleitet worden, ganz gleich, wo sie sich befand. Trotzdem. Nestor hatte so verzweifelt ausgesehen. Ein freundliches Wort wäre bestimmt nicht falsch gewesen.

»War das deine Magie?«, fragte Mitternacht.

»Was?«

»Die dem Prinzen offenbart hat, dass Leo da unten ist?«

Mondfeuer schüttelte den Kopf und warf ihr einen Blick aus dem Augenwinkel zu. »Dein Leo muss dem Prinzen sehr viel bedeuten, dass er durch den Zauber blicken konnte.«

»Er ist nicht mein Leo!«, protestierte Mitternacht und blickte dann nach unten, als die Gardisten Leos Stiefvater in Ketten aus dem Haus führten. »Du glaubst, er liebt ihn.«

»Wie sonst hätte er ihn sehen können? Ich glaube nicht, dass er viel eigene Magie hat.«

Mitternacht seufzte tief. Dann wandte sie sich um und fiel Mondfeuer um den Hals. »Danke«, flüsterte sie. »Danke für deine Hilfe.«

»Ich habe nicht viel gemacht«, grummelte er.

Sie sahen sich an und Mitternacht spürte wieder das alte Prickeln, wann immer sie in seiner Gegenwart war, das Kribbeln in ihrem Bauch, das Klingen der Magie.

Sie beugte sich vor und küsste Mondfeuer, ehe der Moment verstreichen konnte. Es war wie nach Hause zu kommen. Ihre Seele atmete auf und für diesen einen perfekten Moment glaubte sie, dass alles wieder in Ordnung war, doch dann schob Mondfeuer sie wütend von sich.

»Nein.« Mondfeuer schüttelte den Kopf, dass seine Zöpfe flogen, und folg davon, als Mitternacht die Hand nach ihm ausstreckte. »Nein, Mitternacht. Du hast mich abgewiesen und dann hast du mich verlassen. Ich werde mich nicht wieder von dir um den Finger wickeln lassen. Auch ich habe meinen Stolz.«

Seine Augen funkelten mit Wut und altem Schmerz.

»Mondfeuer, bitte. Ich …« Mitternacht blinzelte gegen die Tränen. »Ich liebe dich noch immer.«

Mondfeuers Mund verzog sich zu einem Knurren. »Nein!« Er wirbelte herum und flog ein Stück davon, dann kam er zurück und Mitternacht zuckte beinahe zurück vor dem Brennen in seinen Augen.

»Du bist diejenige, die mich verlassen hat und jetzt willst du mich zurück? Willst du mich wieder überreden, meinem Volk den Rücken zu kehren? Und dann was? Dann sehe ich zu, wie du zwei Menschen schöne Augen machst?«

»Mondfeuer …«

»Wie hast du dir das vorgestellt, Mitternacht? Ich bin Befehlshaber der königlichen Wache. Ich trage Verantwortung. Ich kann nicht einfach so verschwinden, wann es mir beliebt. Und ich will es auch gar nicht. Ich liebe meine Aufgabe.«

Mehr als mich?, wollte sie rufen, aber verbiss sich die Worte im letzten Moment. Er hatte recht. Sie war diejenige, die gegangen war und die Menschen ihm vorgezogen hatte. Fünfmal hatte er sie gebeten, mit ihm zu tanzen, und fünfmal hatte sie ihn abgewiesen, bevor sie die Heimateiche und ihn verlassen hatte.

»Was, wenn ich zu dir komme?«, versuchte sie. »Wenn ich mehr Zeit in unserer Heimateiche verbringe?« Allein bei dem Gedanken überlief sie ein Schauder, doch für Mondfeuer konnte sie sicherlich wieder zurückkehren, zumindest für eine gewisse Zeit.

»Und dann was? Du kommst einmal im Jahr zu Besuch und ich stehe dir zur Verfügung?«

Sie prallte erschrocken zurück. »Nein, das ... Hast du jemanden ... gefunden?« Ihr Herz brach allein bei dem Gedanken, aber was hatte sie erwartet? Dass er ewig auf sie warten würde? Warum konnte sie nicht einfach so sein wie alle anderen und voller Freude den Rest ihres Lebens in der Heimateiche verbringen?

Ein gequälter Ausdruck trat in Mondfeuers Augen, bevor er die Zähne zusammenbiss und wieder den Kopf schüttelte und das Gesicht abwandte.

»Niemanden?«, flüsterte Mitternacht und wagte kaum zu hoffen. Während andere Feen ihre Partner mit den Jahreszeiten wechselten, war Mondfeuer immer Mitternachts ein und alles gewesen, und sie wusste genau, dass es für sie immer nur ihn geben würde, doch zu denken, dass es für ihn genauso sein könnte ...

»Nein!« Er wirbelte herum und heulte wie ein verwundetes Tier. »Wie könnte es jemand anderen geben? Du hast mir das Herz aus der Brust gerissen und es mitgenommen, Mitternacht.« Er wirkte so elend, so verletzt, dass sie ihn am liebsten umarmt hätte, aber sie wusste, dass es das Letzte war, was er gerade von ihr wollte.

»Es muss doch einen Weg geben«, flüsterte sie voller Kummer. »Können wir es nicht wenigstens versuchen? Vielleicht können wir einen Kompromiss finden! Ich weiß, wie viel dir deine Aufgabe bedeutet, aber vielleicht ... Vielleicht können wir einen Weg finden, in beiden Welten zu leben.«

Er ließ den Kopf hängen. »Ich weiß es nicht, Mitternacht.«

»Bitte, Mondfeuer. Gemeinsam können wir ganz sicher eine Lösung finden!«

Er schüttelte sie ab, als Mitternacht versuchte, ihm eine Hand auf den Arm zu legen. »Du kannst nicht alles haben, Mitternacht«, sagte er bitter. Und dann war er fort.

Kapitel 26

Leo träumte von grünen Augen. Es waren seltsame Träume. Mal waren die Augen von tiefen Krähenfüßen umgeben und umrahmt von silbernem Haar, mal war das Gesicht jünger und hagerer mit einer steilen Falte zwischen den Brauen. Dann wiederum blickten ihn die Augen aus einem vertrauten Gesicht an und waren erfüllt mit Sorge.

Und manchmal waren die Augen nicht mehr grün, sondern von einem hellen Eisblau wie Leos eigene. »Vater?«, murmelte er verwirrt. Kühle Finger berührten seine Stirn und dann schlief er wieder.

Als er erwachte, saß ein älterer Mann in dem Stuhl neben Leos Bett. Er hatte graumeliertes Haar und ein schmales Gesicht.

»Wie geht es Euch, mein Junge?«, fragte er freundlich. Seine Augen waren grün. Wie die des Prinzen. Wie die Augen des Fremden vom Markt. Nicholas.

»Wo bin ich?«, flüsterte Leo heiser. Alles fühlte sich seltsam entrückt an. Vielleicht träumte er noch immer.

»Im königlichen Palast.«

Leo lächelte. Ganz sicher ein Traum dann. War er auf der Reise in die Hallen des Vandros? »Eure Augen sind so grün wie Nicholas'«, hörte er sich selbst murmeln.

Das Lächeln auf dem Gesicht des Mannes vertiefte sich und die grünen Augen funkelten belustigt. »Ja, das habe ich schon oft gehört.«

Er half Leo, ein paar Schlucke Wasser zu trinken. Danach war Leo so erschöpft, dass ihm die Augen zufielen und er in einen tiefen Schlaf sank.

Leo driftete eine Weile zwischen Wachen und Träumen, begleitet von sanftem Stimmengeraune und dem gelegentlichen Aufblitzen von grünen und eisblauen Augen. Er runzelte die Stirn, als die

Stimmen deutlicher wurden. Eine hoch und weiblich. Mitternacht. Die andere dunkel und so vertraut aus seinen Träumen.

Er kam langsam wieder zu sich, blinzelte gegen den goldenen Schein der Sonne, der durch die hohen Fenster fiel.

»W-was … w-wo …?« Er versuchte, sich aufzurichten, doch alles schmerzte und er kniff die Augen zusammen und atmete flach.

»Ganz ruhig.«

Leo zwang sich, die Augen wieder zu öffnen, denn da war sie wieder, die Stimme, die er in seinen Träumen gehört hatte.

»Nicholas«, flüsterte er.

Ein Ausdruck der Erleichterung stand in den grünen Augen des Prinzen, als dieser Leo über die Wange strich, so behutsam, dass es Leo die Tränen in die Augen trieb. Der Prinz flößte ihm einige Schlucke Wasser ein, ließ sich dann in einem Stuhl neben dem Bett nieder und nahm Leos Hand. Er wirkte müde. Hatte er die ganze Zeit hier gesessen? Aber nein, das war vollkommen lächerlich. Schließlich war er der Prinz. Leo erinnerte sich vage an einen anderen Mann mit grünen Augen. War das ein Traum gewesen?

»Was ist geschehen?« Leo lag in einem riesigen Bett auf der Seite, mit so vielen Kissen und Decken um sich herum, dass es sich anfühlte, als wäre er auf Wolken gebettet. Sein linker Arm war an seinen Körper gebunden, sodass er ihn nicht bewegen konnte. War er ein Gefangener?

Sein Blick flog zu Nicholas, doch der Ausdruck in dessen Augen war mitfühlend und sein Daumen rieb sanfte Kreise in Leos Handrücken. Nicht die Art, wie man einen Gefangenen behandelte.

»An wie viel könnt Ihr Euch erinnern?«, fragte Nicholas.

Leo runzelte die Stirn. »Ich … er hat mich in den Keller gesperrt.« Seine Finger klammerten sich an Nicholas' Hand, als er plötzlich nicht mehr atmen konnte. Er sah sich hektisch um, was nur dazu führte, dass der Schmerz in seinem Rücken und seinem Arm wieder aufflammte. Wo war er und wo war sein Stiefvater und was hatte er dem König erzählt?

Nicholas' Stimme sickerte nur langsam durch seine Panik.

»Leon, seht mich an.«

Leo zwang sich, seinen panischen Blick nach vorn zu richten in Nicholas' grüne Augen, die ihn voller Sorge ansahen.

»Er kann Euch nichts mehr tun. Er kann Euch nie wieder etwas tun, Leon. Ich verspreche es Euch.«

Leo blinzelte. »Aber er ist mit dem Kronprinzen befreundet.«

Nicholas' Miene verdunkelte sich. »Nicht mehr.«

»W-wie?«

»Er sitzt im Kerker«, mischte sich Mitternacht da ein, die über Nicholas' Schulter auftauchte und sich dann darauf niederließ, auf ihrem Gesicht ein harter Ausdruck, den Leo noch nie zuvor darauf gesehen hatte. »Du bist in Sicherheit.«

»In Sicherheit?«

»In Sicherheit«, bestätigte Nicholas.

Es war so undenkbar, so unvorstellbar. Leo brach in Tränen aus. Nicholas hielt ihn, bis seine Tränen versiegten, trocknete seine Wangen und flößte ihm noch mehr Wasser ein.

»Wie bin ich hierhergekommen? Dies ist der Palast, nicht wahr?«, fragte Leo, nachdem er sich ein wenig gefangen hatte.

»Ja, dies ist der Palast und ich habe Euch hierhergebracht, nachdem ich endlich herausgefunden hatte, wo Ihr wohnt.« Nicholas bedachte ihn mit einem traurigen Blick. »Ich wünschte, Ihr hättet Euch mir früher anvertraut, aber nach allem, was geschehen ist, kann ich es Euch nicht verdenken.« Er warf Leo einen langen Blick zu. »Ich habe die Narben gesehen«, sagte er leise. »Es war nicht das erste Mal, dass er Euch im Keller aufgehängt hat, nicht wahr?«

Sämtliches Blut wich aus Leos Kopf, bis ihm schwindelig wurde und das Gesicht des Prinzen vor seinen Augen verschwamm. Fast spürte er wieder die kleinen Zähne in seinem Fleisch, das Gefühl nadelspitzer Krallen auf seiner Haut. Seine Augen brannten und er kniff sie zusammen, doch das brachte die Erinnerungen nur noch stärker zurück, sodass er sie hastig wieder aufriss. »Haben sie wieder ... ich meine ... ich ...«

»Nein«, sagte Nicholas schnell. »Wir haben Euch rechtzeitig befreit. Ihr wart nicht lange im Keller.«

Das brachte nur noch mehr Tränen, diesmal aus Erleichterung.

»Die Ärztin hat Euch strengste Bettruhe für die nächsten zwei Wochen angeordnet«, murmelte der Prinz, während er Leos gute Hand hielt. »Und Ihr dürft den Arm für die nächsten vier Wochen nicht bewegen, doch sie ist zuversichtlich, dass Ihr bald wieder auf den Beinen sein werdet. Ihr könnt später selbst mit ihr sprechen.« Der Prinz kniete vor ihm nieder, legte ihm eine Hand an den Hinterkopf und küsste seine Stirn. »Es ist vorbei«, murmelte er. »Er kann Euch nie wieder etwas antun.«

Leo presste die Lippen fest zusammen und die Augen noch fester, doch die Tränen wollten einfach nicht versiegen, und als der Prinz behutsam einen Arm unter seinen Kopf schob und ihn im Arm hielt, war es um Leo geschehen.

Er wusste nicht wie lange er in Nicholas' Armen lag und das ganze Elend der letzten Jahre herausschluchzte. Es hätte ihm peinlich sein sollen – Nicholas war der Prinz – aber nach allem, was geschehen war, war es ihm vollkommen gleichgültig.

Nicholas reichte ihm ein Taschentuch, als Leo sich ein wenig beruhigt hatte.

»Was wird jetzt mit ihm geschehen? Mit … meinem Stiefvater.«

Der Prinz runzelte die Stirn. »Er wird wahrscheinlich gehängt.«

»Was!« Leo fuhr in die Höhe, nur um im nächsten Augenblick mit einem erstickten Schrei zurückzufallen, als Feuer über seinen Rücken leckte und der Schmerz einen neuen Schwall an Tränen mit sich brachte. Der Prinz würde noch denken, er wäre ein völliger Weichling. Doch Nicholas tupfte ihm nur behutsam die Tränen von den Wangen.

»Es ist schlimm genug, was er Euch angetan hat«, sagte Nicholas und seine Augen waren hart und unnachgiebig. »Doch er hat es nicht dabei belassen.«

»Was?«

»Er hat Nicholas verzaubert, sodass er glaubte, er wolle Cordelia heiraten«, verkündete Mitternacht.

Leo sah Nicholas entsetzt an. »Er hat was?«

Nicholas nickte ernst. »Wäre Mitternacht nicht gewesen, ich hätte sie mit zum Schloss genommen und meinem Vater als meine neue Braut vorgestellt.« Er verzog das Gesicht und rieb sich die Stirn. »Mein Vater und Großvater waren außer sich, als sie die ganze Geschichte hörten. Mehr noch, weil Rosendorn auch meinen Vater all die Jahre getäuscht hat. Ich fürchte, damit hat Euer Stiefvater jede Chance auf Gnade verwirkt.«

»Es ist besser so, Leo«, sagte Mitternacht traurig. »Er hat dir all die Jahre deine Magie gestohlen.«

Leo sah sie verständnislos an. »Wie?«

Nicholas nickte. »Der Priester des Vandros war einige Male hier und hat versichert, dass Ihr über Magie verfügt. Es wird allerdings eine Weile dauern, bis sie zurückkehrt.«

Leo konnte ihn nur anstarren.

»Magisches Talent zeigt sich für gewöhnlich zwischen dem zwölften und sechzehnten Lebensjahr«, sagte Nicholas leise. »Ihr hattet nie eine Chance, es zu bemerken.«

Leo presste sich eine Hand über den Mund. Er hatte Magie und hatte es nie gewusst.

»Da ist noch mehr«, sagte Nicholas zögernd, sein Gesicht blass und ernst.

»Was denn noch?«, fragte Leo mit zitternder Stimme. Er wusste nicht, ob er noch mehr ertragen konnte. Er hatte immer gedacht, die Art und Weise, wie sein Stiefvater und seine Schwestern ihn behandelten, war schlimm genug, doch der Verrat ging noch so viel tiefer. Wie hatte er nichts davon wissen können? Und selbst wenn, was hätte es genützt?

»Ihr seid der einzige Erbe der Silberschilds. Solange Rosendorn Euch in seiner Gewalt hatte, konnte er ungehindert auf Euer Vermögen zugreifen.«

»V-Vermögen?«, flüsterte Leo.

Nicholas schnitt eine Grimasse. »Ich bin nicht sicher, wie viel noch übrig ist, nachdem Euer Stiefvater«, er spuckte das Wort wie einen Fluch, »sich jahrelang daran bedient hat. Ich habe einen Verwalter darauf angesetzt, alles zu überprüfen. Es wird eine Weile dauern.«

»Ich fürchte, ich verstehe nicht.« Das Zimmer verschwamm vor Leos Augen und er wollte nur noch schlafen. »Meine Mutter war Vaters Erbe und all ihr Besitz ging nach der Hochzeit auf ihren neuen Ehemann über.« Er hatte endlose Bücher gewälzt, heimlich, wenn Vater aus dem Haus war, oder nachts, wenn alle schliefen und die Rechtstexte waren eindeutig.

»Nicht, wenn es einen noch lebenden männlichen Erben gibt«, widersprach Nicholas. »Der Besitz ging mit Eurer Volljährigkeit auf Euch über, während Eure Mutter in diesem Fall nur noch ihren Anteil behalten hatte. Doch da auch sie bereits Ihre letzte Reise angetreten hat, gibt es nur noch Euch. Leon, Ihr seid der rechtmäßige Erbe von Baron Albert von Silberschild.«

»Baron …?«, flüsterte Leo verwirrt. Eine vage Erinnerung stieg in ihm auf von seiner Mutter, die einen Namen rief. *Albert, hast du unseren kleinen Löwen gesehen?* Eine weitere Erinnerung folgte ihr, ein lautes Lachen, Stimmen in der Dunkelheit. Irgendetwas brach in Leo und entließ eine wahre Flut von Erinnerungen. Sein Vater, wie er ihn auf einen Rappen hob mit weißer Blesse, Gesellschaften, zu denen Leo sich fein anziehen musste, obwohl er die steifen Kragen und kratzigen Hosen hasste. Eine tiefe Stimme, *Leonhard, verbeug dich vor deinem König.* Ein freundlicher Mann mit grünen Augen und einem verschmitzten Lächeln.

Er hörte den Prinzen wie aus weiter Ferne. »Es tut mir leid, Leon. Ich hätte Euch nicht alles auf einmal erzählen …«

~*~

Der ältere Mann mit den grünen Augen war zurück und las ein Buch. Diesmal jedoch war er noch älter und muskulöser. Ein Bär von einem Mann.

»Ihr seid der König«, murmelte Leo.

Der Mann sah von seinem Buch auf und begegnete Leos Blick. Er lächelte belustigt. »Ja, der bin ich wohl.« Er schob ein Lesezeichen zwischen die Seiten, klappte das Buch zu und legte es auf den Nachttisch. Er half Leo, ein paar Schlucke Wasser zu trinken, und es wirkte so vertraut.

»Ihr wart schon einmal hier.«

Der Mann lachte leise. »Ich war schon viele Male hier.«

»Wie lange habe ich geschlafen?«

»Zwei Tage, seit Ihr das letzte Mal aufgewacht seid und mein Enkelsohn etwas zu übereifrig war, um Euch alles zu erzählen.«

Sein Enkelsohn. Nicholas.

»Nicholas war hier.«

Der Blick des Königs wurde weich. »Er war sehr besorgt um Euch. Ich musste ihn zwingen, sich ein wenig auszuruhen.«

»Ich träumte, ich hätte Magie«, murmelte er.

Ein trauriger Ausdruck trat in die grünen Augen des Königs. »Ich fürchte, das war kein Traum, mein Junge.« Er drückte Leos Hand. Es war eine so einfache Geste, doch sie trieb Leo wieder die Tränen in die Augen. Er konnte unmöglich vor dem König weinen.

»Verzeiht, ich …«

Die Hände des Königs waren rau und schwielig, als sie Leos gute Hand umfingen. »Es gibt keinen Grund, sich zu entschuldigen. Ein paar Tränen haben noch niemandem geschadet. Im Gegenteil, meine Gemahlin sagte mir immer, wie heilsam ein paar Tränen sein können. Ruht Euch aus. Ihr habt sehr viel durchgemacht in Eurem jungen Leben. Ich werde über Euren Schlaf wachen.«

Leo sah ihn verwirrt an. Warum wollte der König über ihn wachen? Sicherlich hatte er wichtigere Dinge zu tun? Doch Leos Augenlider schienen nur auf die Erlaubnis des Königs gewartet zu haben, denn sie fielen ihm gegen seinen Willen wieder zu.

~*~

Als Leo das nächste Mal erwachte, saß der Priester neben seinem Bett. Offensichtlich wurden seine Träume immer wilder. Erst der König, nun der Priester des Vandros. Wer würde als Nächstes kommen? Die Feenkönigin?

»Mein Kind, wie fühlst du dich?« Er hatte eine angenehme Stimme. Seltsam, dass Leo das vorher noch nie aufgefallen war. Und Mitternacht hatte recht, er war sehr attraktiv.

Leo versuchte sich aufzurichten, doch alles schmerzte. Was für ein schrecklicher Traum.

»Nicht doch, mein Kind«, murmelte der Priester und legte Leo eine Hand auf die Stirn. Ein kühles Gefühl durchrieselte ihn, das den Schmerz betäubte. Er seufzte erleichtert.

»Danke, Ehrwürdiger Vater«, murmelte er.

Der Priester lächelte schwach. »Nestor.«

Leo blinzelte und erwiderte das Lächeln. »Aber Ihr seid der höchste Priester des Vandros in Arden.«

Der Priester lachte leise. »So stur.«

»Es kann schwer bestraft werden, Adelige und Priester nicht mit ihrem korrekten Titel anzusprechen«, erklärte Leo und hatte das seltsame Gefühl, diese Unterredung schon einmal geführt zu haben.

Das Lächeln des Priesters vertiefte sich. »Das ist wahr. Gut, dass ich nicht darauf bestehe, hm?«

Leo konnte ihn nur verwirrt ansehen. Er war ganz und gar nicht so, wie ein Priester sein sollte.

»Was ist geschehen? Wo bin ich?«

»Woran erinnerst du dich?«, fragte der Priester sanft. Nestor. Nein, Leo konnte den Priester unmöglich bei seinem Namen nennen.

Leo starrte den Priester an, während er sich vage an ein Gespräch mit dem Prinzen erinnerte. Grüne Augen. Mitternacht und … der Keller.

Kühle Finger berührten seine Stirn und erst da ging ihm auf, dass er panisch nach Luft schnappte.

»Ganz ruhig.« Die Stimme des Priesters war wie ein Anker in dem Gewirr aus Leos Erinnerungen. »Ganz ruhig, dir kann nichts geschehen.«

»Ich … Verzeihung, ich …«

»Nein, mein Kind«, sagte der Priester noch immer in dieser tiefen, ruhigen Stimme, der ein Hauch von Trauer anhaftete. »Du bist der Einzige in dieser ganzen Angelegenheit, den keinerlei Schuld trifft.«

»Ist es wahr?«, flüsterte Leo. »Ich habe Magie?« Es klang völlig absurd, lächerlich und er verfluchte sich für eine so kindische Frage. Sicherlich wäre es ihm aufgefallen, wenn er Magie gehabt hätte, nicht wahr?

»Ja, es ist wahr«, antwortete der Priester. »Und hätte ich geahnt …« Er brach mit einem Kopfschütteln ab. »Nein, was geschehen ist, ist geschehen.« Er atmete langsam aus und betrachtete Leo. Er wirkte müde und gebeugt wie unter einer schweren Last.

»Ich muss dich um Verzeihung bitten, Leonhard«, fuhr der Priester mit leiser Stimme fort. »Ich fürchte, alles, was dir widerfahren ist, war meine Schuld.«

Leo sah ihn ungläubig an.

»Für gewöhnlich werden alle Kinder mit spätestens vierzehn dem Tempel präsentiert«, erklärte der Priester. »Doch dein Name taucht in keinem Register auf. Der Tempeldiener, der zu jener Zeit das Register geführt hat, hat sich von deinem Stiefvater bestechen lassen. Das hätte niemals geschehen dürfen.«

Das Elend auf seinem Gesicht schnitt Leo ins Herz und er streckte die Hand aus und schlang die Finger um das Handgelenk des Priesters. »Es ist nicht Eure Schuld. Ihr könntet genauso mich selbst beschuldigen, weil ich Eure Hilfe nicht angenommen habe.«

Der Priester entzog Leo sanft seine Hand und setzte sich zurück. »Ich kann verstehen, warum du es nicht getan hast. Es ist schwer, zu vertrauen, wenn man gelernt hat, dass man niemandem vertrauen kann.«

Der Blick des Priesters ging ins Leere und Leo hatte das ungute Gefühl, dass der Mann aus eigener Erfahrung sprach. Doch Leo wagte nicht zu fragen.

»Ihr sagtet, mein Stiefvater hätte den Tempeldiener bestochen?«, fragte er stattdessen.

Der Priester nickte.

»Warum war ich ihm so wichtig?«

Der Priester seufzte. »Magie ist selten geworden in Ostris. Und sie verspricht große Macht. Positionen im Tempel oder im Palast, ein leichteres Leben … Dein Stiefvater hat sich so eine Freundschaft mit dem Kronprinzen erschlichen und ich bin sicher, dass er in der ganzen Stadt auf diese Art Gefälligkeiten errungen hat. Den jungen Prinzen Nikolaus hat er mit einem Trank gefügig gemacht und nur deine Feenfreundin hat ihn vor Schlimmerem bewahrt.« Vater Nestor verzog das Gesicht.

»Das Blut«, murmelte Leo. »So hat er mir meine Magie gestohlen, nicht wahr? Mitternacht hatte recht. Es war keine Medizin.«

»Nein, ich fürchte nicht. Was auch immer er dir erzählt hat, es waren nur Lügen«, erklärte der Priester. »Er hat einen Weg gefunden, um die Magie in deinem Blut für sich nutzbar zu machen. Nur brauchte er regelmäßig mehr von deinem Blut. Deshalb musste er sicherstellen, dass du ihm niemals entkommen konntest.«

Leo schluckte, während seine Gedanken wirbelten. »Nach Mutters Tod schien mich jeder vergessen zu haben.«

Vater Nestor nickte. »Er war sehr gründlich und offenbar sehr bewandert auf dem Gebiet der Magie.«

Leo blinzelte. »Wollt Ihr damit sagen, er hat die ganze Stadt verzaubert?«

Vater Nestor lächelte schief. »Nein. Er brauchte nur dich zu verzaubern. Ein einfacher Zauber, den Adepten in ihrem zweiten Jahr lernen, der die Aufmerksamkeit der Menschen von einem ablenkt.«

Leo schloss die Augen. »So viel Aufwand«, murmelte er gedankenverloren und nahm sich vor, Nicholas nach Büchern über Magie zu fragen. Kein Wunder, dass es im Haus seines Stiefvaters keine Bücher über Magie gegeben hatte. Er wollte nicht, dass Leo davon erfuhr.

»Ja«, sagte der Priester leise, und als Leo die Augen wieder öffnete, sah er, wie der Mann sich die Stirn rieb. »Es tut mir aufrichtig leid, dass du so viel hast durchleiden müssen. Das hätte niemals geschehen dürfen.«

»Es war nicht Eure Schuld.«

»Ich bin für den Tempel und die Prüfungen verantwortlich, also war es tatsächlich meine Schuld.«

»Nein, bitte«, widersprach Leo. »Ihr wart derjenige, der mir geholfen hat. Die Kerze …« Er sog scharf die Luft ein. »Alles begann mit der Kerze. Sie brannte den ganzen Winter über und Vaters Medizin hat nicht gewirkt und …«

Der Priester legte eine Hand über Leos und Leo spürte ein kurzes, kühles Prickeln, ehe der Mann seine Hand wieder zurückzog.

»Die Kerze war eine der Altarkerzen, die speziell gesegnet werden. Ich bin froh, dass sie dir geholfen hat.«

»Vandros«, flüsterte Leo. »Ihr habt gesagt, dass Vandros seine Kinder niemals im Stich lässt.«

Der Blick des Priesters war voller Traurigkeit. »Das tut er auch nicht.«

»Glaubt Ihr, mein Winter ist jetzt vorüber?« Leo bereute die Frage sogleich, doch der Priester schien keinen Anstoß zu nehmen, sondern lächelte nur.

»Es wird wohl noch eine Weile dauern, bis die Wunden verheilen, doch ja. Ich habe die Hoffnung, dass du den schlimmsten Winter vorerst überstanden hast.« Er nahm ein braunes Fläschchen vom Nachttisch, maß zwei Löffel mit einer bräunlichen Flüssigkeit in ein Glas mit Wasser und rührte einige Male um.

»Hier, trink das. Das wird helfen.«

»Medizin?«, fragte Leo.

»Ein Geschenk der Ruír«, erklärte der Priester. »Die Hohepriesterin lässt dir ebenfalls ihr tiefstes Bedauern über das, was geschehen ist, ausrichten.«

Leo konnte nicht anders, er brach in Gelächter aus.

Der Priester hob eine fragende Braue.

»Ich dachte nur, als ich aufgewacht bin, dass ich seltsame Dinge träume«, erklärte Leo. »Erst der König, dann der Priester des Vandros und nun richtet Ihr mir Grüße von der Hohepriesterin selbst aus.«

Der Priester wirkte amüsiert. »Nun, du hast das Interesse von ganz Arden geweckt.«

Leo nahm das Glas mit der bräunlichen Flüssigkeit aus der Hand des Priesters und bemühte sich, nicht das Gesicht zu verziehen.

Der Priester lachte leise. »Es schmeckt besser, als es aussieht.«

»Ich nehme Euch beim Wort.« Leo schloss die Augen und stürzte das Gebräu herunter und war überrascht, als er merkte, dass der Priester recht hatte. Die Brühe schmeckte weitaus besser als gedacht – süß nach Honig und Kräutern. Wie der Frühling nach einem langen und harten Winter.

»Es ist gut, zu sehen, dass du nach allem, was dir widerfahren ist, deinen Humor nicht verloren hast«, bemerkte der Priester.

»Ich bin ein Kind des Winters. Wir lassen uns nicht so leicht unterkriegen«, sagte Leo und wusste nicht, ob er damit sich selbst oder den Priester überzeugen wollte.

Der Priester lächelte sein melancholisches Lächeln. »Das ist wahr.«

»Vater Nestor?«

»Ja, mein Kind?«

»Danke für all Eure Hilfe.«

»Ich fürchte, ich habe nicht viel getan, um dir wirklich zu helfen. Nicht genug.«

»Ihr habt mir die Kerze geschenkt und wart freundlich zu mir.«

»Freundlich!«, rief der Priester entrüstet. »Grundlegende Menschlichkeit sollte keinen Dank erfordern!« Er brach abrupt ab, nahm einen zittrigen Atemzug und rieb sich über das Gesicht. Eine einsame Schneeflocke fiel von seiner Hand und schmolz sofort in der Wärme des Raumes. Der Priester starrte an die gegenüberliegende Wand.

»Aber Ihr habt so viel mehr getan, als nur das«, fügte Leo leise hinzu. »Ihr habt mir im Tempel einen Zufluchtsort gegeben und vergesst nicht, dass Ihr mir angeboten habt, dass ich im Tempel bleiben könnte. Es war meine eigene Dummheit, dass ich zu meinem Stiefvater zurückgekehrt bin.« Und er konnte nun sehen, wie dumm diese Entscheidung gewesen war.

»Nein«, widersprach der Priester. »Nicht Dummheit. Du hast versucht, dich selbst und vermutlich auch mich zu schützen. Es ist schwer, Hilfe anzunehmen, wenn man gelernt hat, dass Hilfe oft nur noch mehr Schmerz mit sich bringt.«

Der Priester schien aus Erfahrung zu sprechen. Ihre Blicke trafen sich und für einen winzigen Augenblick sah Leo sich selbst in den eisblauen Augen des Priesters. »Es fühlte sich so seltsam an«, murmelte er. »Ich wollte in den Tempel gehen, so viele Male, doch irgendetwas hielt mich stets zurück.«

Der Blick des Priesters wurde scharf. Er setzte sich vor, berührte Leos Stirn mit zwei Fingern und zog die Brauen zusammen.

Dann fluchte er urplötzlich. Ein eisiges Gefühl rieselte durch Leo und mit einem Mal fühlte er sich leichter, sein Kopf seltsam klar. »Ehrwürdiger Vater?«, fragte er unsicher.

»Du hattest keine Chance, ihm zu entkommen«, sagte der Priester mit rauer Stimme. »Er scheint an alles gedacht zu haben. Wie konnte mir das entgehen?«

Die Temperatur im Raum schien plötzlich abzusinken. Der Priester stand abrupt auf, wirbelte herum und marschierte zum Fenster, wo er sich auf den Fenstersims stützte und einige Male tief ein- und ausatmete. Eisblumen breiteten sich über das Fenster aus und zogen sich einen Augenblick später wieder zurück. Leo beobachtete das Schauspiel fasziniert. Was konnte der Priester noch alles mit seinem Eis tun?

Als der Priester sich umdrehte, lag ein harter Ausdruck auf seinem Gesicht. »Ich muss abermals um Verzeihung bitten, Leonhard. Ich hätte gleich sehen sollen, dass du unter einem weiteren Zauber standest.«

»Was geschehen ist, ist geschehen«, murmelte Leo, ein wenig überwältigt von der plötzlichen Weite in seinem Kopf. »Ihr seid nicht derjenige, der mich verzaubert hat oder derjenige, der mir mein Blut und meine Magie gestohlen hat.«

Der Priester rieb sich abermals über die Stirn. »Nein.« Er setzte sich mit einem Seufzen zurück auf den Stuhl. »Dein Winter scheint dich Weisheit gelehrt zu haben«, sagte er mit einem schiefen Lächeln.

»Ist das nicht der Grund, weshalb Vandros uns den Winter schickt?« Leo zog den Kopf ein, als der Priester lediglich eine Braue hob.

»Ah, nicht doch, Leonhard«, sagte der Priester rasch. »Du hast vollkommen recht, mich an unseren Heiligen zu erinnern. Was mich daran erinnert, dass wir nach dem Ball noch einmal über mein Angebot sprechen wollten, dich im Tempel zu unterrichten.«

Leos Herz schlug schneller. »Ihr wollt mich noch immer unterrichten?«

Der Priester lächelte. »Selbstverständlich. Natürlich gesetzt dem Fall, dass du die Gabe des Vandros hast. Ansonsten würde ich dir einen der anderen Priester empfehlen.«

»Ist das wahrscheinlich?«, fragte Leo. Sein Magen drehte sich allein bei dem Gedanken um, von jemand anderem unterrichtet zu werden. Zum Beispiel von der Hohepriesterin. Er schauderte.

»Es ist nicht auszuschließen. Schließlich ist deine Mutter hier in Arden geboren.«

»Was glaubt Ihr?«

Der Priester lachte leise. »Du wirst dich wie jedes andere Kind in Ostris der Magieprüfung unterziehen müssen, bevor ich darüber mit dir spreche.«

Leo zog einen Schmollmund. »Könnt Ihr mich nicht jetzt gleich prüfen? Ihr seid der höchste Priester des Vandros in Arden!«

»Geduld ist eine Tugend der Vandroskinder, Leonhard«, sagte der Priester mit Nachdruck.

Leo zog den Kopf ein und spürte Hitze in den Wangen. »Verzeiht, Ehrwürdiger Vater.«

Vater Nestor lachte. »Ich kann deine Ungeduld verstehen. Gib dir ein wenig Zeit. Du solltest im Vollbesitz deiner Kräfte sein, wenn du geprüft wirst. Also, was sagst du?«

Leo begannen allmählich die Augen zuzufallen, doch er konnte jetzt unmöglich schlafen. Das Gespräch war viel zu wichtig! »Würde ich im Tempel wohnen?«

»Das wäre eine Möglichkeit.« Die Stimme des Priesters klang weit weg und Leo riss mit Macht die Augen wieder auf. »Doch ich vermute, dass sich recht bald für dich auch … andere Optionen ergeben könnten.«

Leo runzelte verwirrt die Stirn. »Hm?«

Kühle Finger fuhren über seine Stirn. »Schlaf, mein Kind. Wir werden später noch genügend Zeit haben, darüber zu sprechen.«

~*~

Der Priester schloss leise die Tür hinter sich. Er stieß ein tiefes Seufzen aus und rieb sich mit den Fingern die Stirn. Dann wandte er sich zum Gehen und blieb abrupt stehen, als er Nicholas bemerkte, der gegenüber von der Tür an der Wand lehnte, während er auf Nachricht wartete, wie es um Leon stand. Nicholas konnte noch immer nicht fassen, dass er so dumm gewesen war, Leon einfach alles zu erzählen, was sie herausgefunden hatten. Und nun verbrachte der Priester noch mehr Zeit mit ihm, während Nicholas von Großvater aus dem Zimmer geworfen und für zwei Tage verbannt worden war.

»Eure Hoheit.« Der Priester verneigte sich respektvoll. Nicholas wollte ihm den Hals umdrehen.

»Wie geht es ihm?«, fragte er steif.

»Besser«, sagte der Priester. »Aber es wird noch eine Weile dauern, bis er sich von all den Strapazen der letzten Jahre erholt hat. Zu denken, dass ich ihm all das hätte ersparen können …« Er schüttelte den Kopf. »Doch wir müssen alle unseren eigenen Winter durchleben.« Einen Augenblick lang war sein Blick weit, weit weg und Nicholas fragte sich unbehaglich, welchen Winter der Priester hatte durchleben müssen.

»Ich danke Euch für all Eure Hilfe«, stieß Nicholas widerwillig hervor. So sehr er sich auch wünschte, der attraktive Priester würde auf der Stelle in den Norden zurückkehren, schadete es doch nie, sich mit der örtlichen Priesterschaft gutzustellen. Und Vater Nestor hatte Leon geholfen und diesen ganzen Schlamassel mit Rosendorn aufgedeckt.

Der Priester lächelte schwach. »Es ist das Mindeste, was ich tun kann, nachdem ich ihn so im Stich gelassen habe.«

»Ihr habt ihm Eure Hilfe angeboten oder nicht?«

»Natürlich. Jedes Mal wenn er bei mir war.«

»Er ist sehr stur«, sagte Nicholas und fragte sich, warum er sich überhaupt die Mühe gab, dem Priester Trost zu spenden. Sollte er sich doch schuldig fühlen. Vielleicht würde er Leonhard dann in Ruhe lassen. Und zeigte das nicht nur wieder, wie selbstsüchtig Nicholas war? Leon würde jemanden brauchen, der ihm mit seiner zurückkehrenden Magie half und der Priester war stets freundlich und sanft. Anders als Nicholas, der Leon zu viel zugemutet hatte.

»Er hat gelernt, dass er sich nur auf sich selbst verlassen kann«, sagte der Priester leise und begegnete Nicholas' Blick. »Und ich fürchte, es war Magie im Spiel, die ihn noch zusätzlich an seinen Stiefvater gebunden hat.«

»Noch mehr Magie!«, rief Nicholas entrüstet und begann vor dem Gemälde, das die Erhebung Ostris' zeigte, auf und ab zu gehen. Es war schlimm genug, dass der Kerl Nicholas verzaubert hatte. Vater schien auch in seinen Bann geraten zu sein und die halbe Stadt, wenn er Wilhelms Andeutungen richtig verstand. Wie konnte ein einzelner Mann so viel Schaden anrichten?

»Rosendorn hatte viele Jahre Zeit, um seinen Einfluss auszubauen«, sagte der Priester leise. »Für jemanden, der nicht in die Magie geboren wurde, war er ausgesprochen raffiniert. Doch dies sollte sein letzter Einfluss gewesen sein. Ich werde Leonhard noch einmal gründlich untersuchen und vielleicht die Hohepriesterin hinzuziehen, wenn es ihm besser geht.«

Nicholas blieb abrupt stehen und verzog das Gesicht. Als Kind hatte er furchtbare Angst vor der Hohepriesterin gehabt, weil sie ihn immer so streng angeschaut hatte. Er wusste noch immer nicht, wie er der Heiligen Mutter begegnen sollte, und wollte Leon um jeden Preis vor ihrer überwältigenden Gegenwart bewahren. Er fixierte den Priester mit einem Blick. »Leon vertraut Euch.«

Der Priester lächelte schief. »Vandros allein weiß warum. Leonhard hat einen langen Weg vor sich, Prinz Nikolaus. Gebt gut auf ihn acht. Wenn er möchte und die Gabe des Vandros zeigt, werde ich ihn nach seiner Genesung im Tempel ausbilden.«

»Ihr wollt ihn in den Tempel holen?« Nicholas ballte unwillkürlich die Hände zu Fäusten.

»Es ist so üblich für Kinder, die eine Gabe zeigen«, erklärte der Priester.

»Leon ist kein Kind mehr«, wandte Nicholas ein.

»Nein, doch auch er muss lernen, seine Gabe sicher zu verwenden, ohne jemanden zu verletzen«, beharrte der Priester. »Aber es wird noch ein paar Wochen dauern, bis wir uns darüber Gedanken machen müssen.«

»Ist es nicht genug, dass er jahrelang unter diesem Scheusal buckeln musste, nun wollt Ihr ihn der Autorität des Tempels unterstellen?«, rief Nicholas ungehalten.

Der Priester wirkte amüsiert. »Eifersucht steht Euch nicht gut zu Gesicht, Prinz Nikolaus.«

Nicholas blickte ihn mit der ganzen Herablassung seines Standes an. »Vielleicht habe ich ja einen Grund dafür.«

»Nein«, sagte der Priester in dieser leisen, kontrollierten Art, die Nicholas rasend machte. Warum konnte er nicht kühl wie sein Heiliger sein oder aufbrausend wie Sorin? Das hätte es leichter gemacht, ihn zu hassen. Aber nein, er musste immerzu so nett und zuvorkommend und freundlich und weise sein. Der Ozean sollte ihn holen.

»Ihr liebt ihn«, sagte Nicholas bitter.

Das Lächeln auf dem Gesicht des Priesters vertiefte sich. »Selbstverständlich.«

Nicholas fragte sich, was wohl passieren würde, wenn er einen Priester des Vandros niederschlug.

Der Priester seufzte. »Prinz Nikolaus. Ich bin nicht Euer Feind. Und ich habe gegenüber Leonhard bereits angedeutet, dass er möglicherweise … andere Unterbringungen dem Tempel vorziehen würde.«

Nicholas starrte ihn an und verstand kein Wort.

»Eifersucht ist das Letzte, was Leonhard jetzt braucht«, sagte der Priester streng. »Ich werde morgen wiederkommen. Ruft mich, wenn Ihr mich braucht.«

Nicholas starrte ihm nach und hatte nicht die geringste Ahnung, was der Priester ihm hatte sagen wollen.

Kapitel 27

Stimmen rissen ihn aus einem tiefen Schlummer. Weibliche Stimmen. Cordelia und Carolina. Oh Vandros, er hatte verschlafen. Leo schoss in die Höhe und schrie vor Schmerz. Ein Paar kräftiger Arme fing ihn auf und drückte ihn zurück auf das weiche Bett, in dem er geschlafen hatte, arrangierten Kissen und Decken um ihn, sodass er bequem auf der Seite liegen konnte. In seinen Ohren rauschte es, sodass die Stimmen nur dumpf an sein Ohr drangen.

»Ich habe euch gesagt, ihr sollt ihn nicht wecken.« Nicholas. Der Prinz. Prinz Nicholas.

»Aber wir wollten nur –« Eine weibliche Stimme, die er nicht kannte.

»Ich weiß. Geht jetzt. Ich sage euch, wenn ihr ihn besuchen könnt.«

»Es tut mir leid, Niko.«

»Ich weiß, Seraphina. Lasst uns jetzt allein.« Seraphina? Prinzessin Seraphina?

Leo öffnete blinzelnd die Augen, doch er war allein mit Nicholas.

»Nicholas?«, flüsterte Leo, als er wieder zu Atem gekommen war.

»Es wird gleich besser.« Er hielt Leo einen Becher an die Lippen und Leo nahm gehorsam einen Schluck, ehe sein Verstand einsetzte und ihn vage Erinnerungen an genau diese Situation bedrängten. Ein Becher im flackernden Kerzenschein. Freundliche grüne Augen.

»Ist das ein Schlafmittel?«, fragte Leo.

Nicholas strich ihm eine Strähne aus der Stirn. »Nein, nur etwas gegen die Schmerzen.«

»Waren das Eure Schwestern?«

Nicholas seufzte. »Ja. Es tut mir leid. Ich war kurz austreten und da haben sie sich hereingeschlichen, um Euch zu sehen. Sie hatten keine böse Absicht, ich verspreche es Euch.«

»Ich dachte, ich hätte verschlafen. Vater –« Leo presste die Lippen zusammen. Er wollte nicht daran denken.

Die Miene des Prinzen verdüsterte sich. »Er kann Euch nichts mehr tun.«

Leo zwang sich zu einem Lächeln, um die Schatten zu vertreiben. »Der König war hier«, flüsterte Leo.

Nicholas lächelte schwach. »Ich weiß.«

»Ihr seht müde aus, Eure Hoheit.«

Nicholas' Miene wurde ernst. »Ihr wart ein paar Tage sehr krank. Ich hätte Euch nicht mit allem so überfordern dürfen. Es tut mir aufrichtig leid. Die Ärztin hätte mir beinahe den Kopf abgerissen und sie hatte recht. Verzeiht mir, Leon.«

Leo starrte ihn an. »Es war kein Traum«, flüsterte er.

Der Prinz wurde ganz still, er schien nicht einmal mehr zu atmen. Ein gepeinigter Ausdruck stand in seinen grünen Augen.

»Ihr habt gesagt, mein Vater, mein leiblicher Vater wäre vermögend gewesen«, murmelte Leo, als der Prinz keinerlei Anstalten machte, etwas zu sagen.

Der Prinz nickte langsam. »Wir prüfen gerade, wie viel noch übrig ist. Es hätte alles rechtmäßig an Euch gehen sollen.«

Leo schluckte. »Und … er hat mir meine Magie gestohlen?«

Kummer und Wut mischten sich in den grünen Augen des Prinzen. »Ja, das hat er«, sagte er leise.

Leo entließ langsam den Atem. Es klang allzu phantastisch. Hatte er sich das nicht immer gewünscht? Magie? Im Tempel zu lernen? Er war noch immer nicht sicher, dass nicht alles nur ein Traum war.

»Wird sie wieder zurückkommen?«

Der Prinz ergriff Leos freie Hand und umfing sie mit beiden Händen. »Die Ärztin und Vater Nestor sind beide zuversichtlich. Es wird eine Weile dauern und Ihr werdet wahrscheinlich viel ausruhen müssen, bis Euer Körper sich wieder daran gewöhnt hat, aber ja, sie sollte wieder zurückkehren.«

Vater Nestor. Der Priester hatte Leo erneut angeboten, ihn auszubilden. Im Gebrauch von Magie! Leo schloss die Augen. Er hatte genug geweint, sagte er sich streng. Er würde nicht schon wieder damit anfangen. Eine einzelne Träne entschlüpfte dennoch seiner Kontrolle. Dann riss er die Augen auf, als er sich erinnerte, dass er dem Priester noch immer keine Antwort gegeben hatte.

»Vater Nestor! Ich … Er wollte mich in Magie ausbilden.«

Ein seltsamer Ausdruck huschte über das Gesicht des Prinzen. »Ja, so ist es üblich. Doch das hat Zeit, bis es Euch wieder gut geht.«

»Oh.« Leo entspannte sich. »Natürlich. Könnt Ihr ihm vielleicht eine Nachricht zukommen lassen, dass es mir eine Ehre wäre, sein Angebot anzunehmen? Ich habe ihn schon so lange warten lassen und ...« Er brach ab, als er die finstere Miene des Prinzen bemerkte »Verzeiht meine Dreistigkeit. Natürlich habt Ihr Besseres zu tun, als eine Nachricht für mich zu überbringen.«

Die Augen des Prinzen weiteten sich. »Nein, nein. Natürlich kann ich eine Nachricht für Euch in den Tempel schicken. Besser noch: Ich werde gleich nach Vater Nestor schicken lassen, damit Ihr die Sache mit ihm selbst besprechen könnt.« Er klang seltsam steif.

Leo ergriff ihn hastig beim Arm, als er sich erheben wollte. »Oh bitte. Ich bin sicher, Vater Nestor hat andere Dinge zu tun. Ihr habt recht, es kann warten. Oh, wahrscheinlich habt Ihr auch andere Dinge zu tun. Ich ...« Er brach erneut ab und wollte vor Scham im Boden versinken. Natürlich hatten sie alle Besseres zu tun.

»Leon, nicht doch. Uns allen liegt Euer Wohl sehr am Herzen, das müsst Ihr mir glauben.«

Leo zog den Kopf ein. »Ihr habt schon so viel Zeit für mich geopfert und ...« Er zwang sich, den Prinzen anzusehen. »Ihr habt mich gerettet«, flüsterte er. »Ich ... ich kann Euch gar nicht genug danken. Ich ...« Er würde nicht wieder weinen, verdammt!

»Ihr braucht mir nicht zu danken«, sagte der Prinz sanft. »Ich wünschte, ich hätte Euch vor all dem bewahren können.«

»Ihr habt mich gerettet«, beharrte Leo.

»Mitternacht und ihr Feenkrieger haben geholfen«, wandte der Prinz ein. »Ohne die beiden wäre ich jetzt wahrscheinlich mit Eurer Stiefschwester verheiratet.« Der Prinz schauderte und Leo schauderte mit ihm. Nicht auszudenken, was hätte geschehen können.

»Wo sind meine Schwestern jetzt?«

»Hausarrest. Bis mein Großvater entscheidet, was mit ihnen geschieht.«

Leo klammerte sich an Nicholas' Hand, als er sich daran erinnerte, welches Urteil seinem Stiefvater bevorstand. »Sie werden nicht ... sie haben nichts getan.«

Nicholas' Blick war hart. »Ich habe wenig Mitgefühl für sie, Leon. Ich habe gesehen, wie sie Euch behandelt haben. Doch auch darüber wird mein Großvater entscheiden und nicht ich.«

»Aber ... ich ...«

Der Prinz nahm Leos Hand und drückte sanft. »Es liegt nicht in Eurer Hand, Leon.«

Leo sah ihn hilflos an.

»Mein Großvater trifft die Entscheidung«, wiederholte Nicholas mit Nachdruck. »Alles, was Ihr tun müsst, ist gesund zu werden und danach sehen wir weiter.« Er küsste Leos Stirn.

Leo sah sich hilfesuchend um und entdeckte zu seiner Überraschung Mitternacht, die auf dem Kissen hockte und aus dem Fenster blickte. Sie war so still gewesen, dass er sie nicht einmal bemerkt hatte. Das sah ihr gar nicht ähnlich. Leo hätte erwartet, dass sie ihm alles erzählte. Oder dass sie damit prahlte, wie sie Leo gerettet hatte.

»Mitternacht?«

»Hm?«, machte sie, drehte sich um und lächelte. Das Lächeln jedoch wirkte alles andere als echt, und ihre Augen waren weit, weit weg.

Leo warf Nicholas einen besorgten Blick zu, doch der zuckte nur mit den Achseln.

»Ich lasse Euch dann allein«, murmelte er. »Dann kann ich Vater Nestor Eure Nachricht übermitteln.« Er zögerte kurz. Dann beugte er sich vor und drückte Leos Hand. »Ruft, wenn Ihr etwas braucht. Einer der Diener ist immer in der Nähe.«

Leo konnte ihn nur hilflos anlächeln. »Danke.«

Der Prinz nickte knapp und verließ dann das Zimmer.

»Mitternacht?«, fragte Leo wieder.

Mitternacht blinzelte und sah ihn an.

»Was ist los? Du bist so still.«

Sie blinzelte wieder, dann wandte sie den Blick ab. »Nichts. Ich bin nur froh, dass wir diesen *Mistkerl* endlich los sind. Und die Heiler hier im Palast scheinen zu wissen, was sie tun.«

Leo musterte sie aus schmalen Augen. Und dann fiel ihm ein, was der Prinz gesagt hatte. »Wer war dieser Feenkrieger, Mitternacht?«

Mitternacht presste die Lippen zusammen. »Niemand«, flüsterte sie leise. Und dann brach sie in Tränen aus.

Leo legte die Hand um sie und wusste nicht, was er tun sollte. »Was ist geschehen?«, fragte er sanft. »Wer war er?«

Sie schniefte und wischte sich mit einem zerknitterten Blatt, das nach Minze roch, über das Gesicht.

»Ich habe einen alten Freund um Hilfe gebeten, um dich zu retten«, erzählte sie leise.

»Er ist mehr als nur ein Freund, nicht wahr?«, fragte Leo, als sie nicht weitersprach.

Mitternacht senkte den Kopf und schniefte wieder. »Das war er einmal.«

»Was ist geschehen?«

»Er wollte mit mir den Paarungstanz tanzen, doch ich wollte die Welt sehen,« begann Mitternacht nach kurzem Zögern. »Wir haben uns gestritten und dann bin ich fortgegangen. Inzwischen ist er der Befehlshaber der königlichen Garde und ich hatte keine Ahnung.« Sie lachte traurig. »Er ist ein Krieger durch und durch, ein geborener Anführer. Es würde ihn krank machen so wie ich durch die Welt zu ziehen. Vielleicht soll es einfach nicht sein.«

»Mitternacht«, sagte Leo leise. »Wenn du gehen willst, ich werde dich nicht aufhalten.«

Mitternacht lächelte schwach. »Ich weiß und ich weiß, dass du jetzt in guten Händen bist, aber ...« Sie seufzte tief. »Ich bin nicht für das Leben in unserer Heimateiche gemacht. Ich liebe es, die Welt zu sehen.«

Leo runzelte die Stirn. »Aber du bist schon seit Monaten bei mir.«

»Unter den Menschen, Leo«, sagte sie mit Nachdruck. »Und du bist wahrhaftig ein Abenteuer in sich.« Ihre Augen blitzten kurz, bevor der traurige Ausdruck zurückkehrte.

»Gibt es nicht eine andere Möglichkeit?«

Mitternacht schüttelte den Kopf. »Ich glaube nicht. Ich habe ihn zu sehr verletzt. Und ich ...« Sie brach erneut in Tränen aus. Leo zog sie an seine Brust. Es tat ihm in der Seele weh, dass er ihr nicht helfen konnte. Doch er verstand zu wenig von der Feenwelt und wusste genau, wie stur sie sein konnte.

»Gib die Hoffnung nicht auf, Mitternacht«, flüsterte er. »Sieh mich an. Ich hatte mich bereits damit abgefunden, für den Rest meines Lebens für meinen Stiefvater zu schuften, und nun bin ich im Palast des Königs. Und das verdanke ich alles dir.«

Sie lachte unter Tränen. »Ich habe nur ein wenig nachgeholfen, den Prinzen hast du ganz allein gewonnen. Gewöhn dich schon mal an dein neues Zuhause.«

»Hm?«, machte er verständnislos.

Mitternacht lachte wieder und gab ihm einen Kuss auf die

Wange. »Ich hole deinen Prinzen wieder herein. Danke, Leo, mein Löwenherz.« Sie sah ihn liebevoll an und streichelte seine Wange, dann flog sie zum Fenster heraus und wenig später trat der Prinz wieder in den Raum mit Mitternacht auf seiner Schulter.

Der Anblick raubte Leo den Atem und ließ sein Herz unwillkürlich höherschlagen. Nicholas' Blick war voller Wärme, als er sich wieder in dem Stuhl neben Leos Bett niederließ und Leos Hand ergriff.

»Ich hoffe, Mitternacht hat Euch nicht bei Euren Pflichten gestört. Sicherlich habt Ihr genug zu tun –«

»Ich sagte Euch bereits, dass wir alle sehr um Euer Wohl besorgt sind. Es gibt nichts, was ich lieber täte, als Euch Gesellschaft zu leisten, Leon.«

Die Worte verschlugen Leo völlig die Sprache. Was hätte er auch darauf sagen sollen?

Der Prinz lächelte nur freundlich und streichelte Leos Hand.

»Ich kann Euch gar nicht genug danken für alles, was Ihr für mich getan habt, Eure Hoheit«, sagte Leo, noch immer vollkommen durcheinander.

»Du könntest deinen Dank zeigen, indem du mich Nicholas nennst.« Nicholas lächelte verschmitzt und Leos Herz schmolz noch ein wenig mehr.

»Nicholas«, flüsterte er und spürte, wie ihm die Hitze in die Wangen stieg.

Nicholas schenkte ihm ein strahlendes Lächeln. »Besser.« Er küsste Leos Fingerspitzen.

»Und was geschieht jetzt mit mir?«, fragte Leo und war entsetzt, wie heiser seine Stimme klang. Vandros, dieser Mann brachte ihn vollkommen durcheinander.

Nicholas' Blick wurde durchdringend. »Du ruhst dich aus und wirst wieder gesund«, murmelte er. »Und dann ...« Er wandte den Blick ab und hielt den Atem an, und als er Leo wieder ansah, war seine Miene ernst. Er musterte Leo schweigend, zögerte kurz, bevor er neben Leos Bett auf ein Knie sank und Leos Hand ergriff.

Nun war es Leo, der den Atem anhielt.

»Leon ... Leonhard. Ich ... ich habe dich mit dem Priester gesehen. Ist er der Grund, weshalb du mich nicht heiraten wolltest?«

Leo blinzelte, völlig verwirrt von der unerwarteten Frage. »Vater Nestor?«

Nicholas nickte, ein gequälter Ausdruck auf dem Gesicht.

»Ich fürchte, ich verstehe nicht.«

»Leon, wenn dein Herz schon einem anderen gehört ...«

Hitze stieg Leo in die Wangen und er kam sich ausgesprochen dumm vor, weil er keine Ahnung hatte, worauf der Prinz hinauswollte. Er hatte Leo im Garten gebeten sein Gemahl zu werden – oder war das nur ein Traum gewesen?

Der hoffnungsvolle Ausdruck auf dem Gesicht des Prinzen fiel in sich zusammen. »Es ist der Priester, nicht wahr?«, sagte er heiser.

»Wie bitte?«, fragte Leo, allmählich ein wenig irritiert, weil der Prinz sich nicht klar ausdrückte.

Der Prinz tätschelte Leos Arm, ein gezwungenes Lächeln auf den Lippen. »Es ist in Ordnung. Er ist ein attraktiver und freundlicher Mann. Ich … ich kann verstehen, warum du dich für ihn entscheiden würdest.«

»Ist es, weil er mich im Tempel unterrichten will?«

Nun war es der Prinz, der verwirrt blinzelte.

»Er hat gesagt, er wolle mich im Tempel unterrichten«, erklärte Leo. »Sicherlich kann ich dort wohnen, wenn ich Euch Unannehmlichkeiten bereite.«

»Nein!«, rief Nicholas. »Nein, das ist ganz und gar nicht … Ich dachte, du hegst Gefühle für den Priester!« Nicholas klappte den Mund zu und lief zu Leos Überraschung rot an.

»Verzeihung, das war ausgesprochen unhöflich.« Der Prinz schnitt eine Grimasse.

Leo konnte nicht anders und kicherte.

Der Prinz seufzte. »Ich lasse Euch besser allein. Vater Nestor wird sicherlich bald eintreffen. Ich habe ihm eine Nachricht zukommen lassen, dass Ihr mit ihm sprechen wollt.« Er zögerte und setzte mit gepresster Stimme hinzu: »Er war jeden Tag hier, während Ihr geschlafen habt.«

Leo ergriff hastig seinen Arm. »Nein. Verzeiht. Ich habe nicht über Euch gelacht. Ihr klangt nur so wie Mitternacht. Sie lag mir ständig in den Ohren, wie attraktiv der Priester doch ist.« Ein Gedanke kam ihm. »Oh, hegt Ihr Gefühle für den Priester?«

»Wie bitte?« Der Prinz zuckte überrascht zurück. »Die Heiligen stehen mir bei, nein. Ich würde ihm am liebsten den Hals umdrehen –« Der Prinz brach abrupt ab und wurde schon wieder rot. »Ich bitte abermals um Verzeihung. Ich weiß, er ist ein guter Mann.«

Leo drückte das Handgelenk des Prinzen. »Ich hege keine Gefühle für ihn. Er war da, als ich jemanden brauchte, doch er ist viel zu alt für meinen Geschmack.«

»Oh?«, machte der Prinz.

Leo nickte und lächelte.

Der Prinz straffte die Schultern. »Nun, wenn das so ist, ich ...« Sein Blick zuckte durchs Zimmer und er wirkte mit einem Mal schrecklich nervös.

Leo spürte, wie seine eigene Hand, die noch immer das Handgelenk des Prinzen hielt, feucht wurde und sein Herz schneller schlug.

»Ich hatte die Hoffnung, dass du hier bei mir bleiben würdest, Leonhard Silberschild«, sagte Nicholas mit heiserer Stimme und seine Hand legte sich über Leos, als er Leo endlich in die Augen sah. »Als mein Gemahl.«

Leo konnte ihn nur sprachlos anstarren, während es in seinen Ohren rauschte. Nach allem, was geschehen war, wollte er immer noch Leo heiraten? »I-Ich?«, stotterte er dümmlich.

Nicholas' Mund verzog sich zu einem Lächeln. »Auf dem ganzen Ball warst du der Einzige, der mich wie einen Menschen behandelt hat, Leon. Ich habe dir da schon gesagt, dass ich meine Wahl getroffen habe und daran hat sich nichts geändert.«

Der Ball schien so weit entfernt. Drei Tage voller Wunder und Schmerzen. »Ich ... ah ...« Leo schluckte und spürte Tränen in seinen Augen brennen. Schon wieder. »Seid Ihr sicher?« Seine Stimme war ein heiseres Krächzen.

Nicholas' Lächeln vertiefte sich. »Ganz sicher.«

Leos Gedanken wirbelten. Er spürte die alte Furcht, dass er den Prinzen verdammen würde, wenn er ja sagte, dass Vater ihn ... aber nein. Sein Stiefvater konnte ihm nichts mehr antun. Nie wieder.

»Ich dachte, Ihr bräuchtet eine Braut, um einen Erben zu zeugen«, wandte Leo ein.

Nicholas' Augenbrauen hoben sich. »Es ist nicht ungewöhnlich in unserer Familie, Kinder zu adoptieren. Mein Großvater selbst ist ein Adoptivkind.«

Leo sah ihn überrascht an und Nicholas lächelte. »Hast du noch weitere Einwände?«

»Ich ... nein. Ich meine, ja, ich ... es wäre mir eine Ehre, wenn Ihr sicher seid und ...«

Nicholas brachte ihn mit einem Kuss zum Schweigen.

»Bitte sagt mir, dass dies kein Traum ist«, flüsterte Leo.

»Kein Traum, mein Löwenherz«, murmelte Nicholas und küsste ihn ein weiteres Mal. »Ich verspreche es dir.« Seine Augen funkelten und Leo hätte sich darin verlieren können. »Und Schluss mit den Förmlichkeiten, ja?«

Mitternacht flirrte über ihren Köpfen im Kreis und lächelte, als Leo zu ihr aufschaute. Leo war fast ein wenig überrascht, dass sie nicht laut gejubelt hatte.

Als Leos Blick zu Nicholas zurückkehrte, leuchteten dessen Augen mit einem solchen Glück, dass es Leo den Atem verschlug und sein Herz in der Brust hüpfte. Der Prinz hob die Hand und strich Leo sanft übers Haar. »Du glaubst gar nicht, wie glücklich du mich machst, Leon, mein Löwenherz.«

Leo lag einfach nur da und sah den Prinzen – seinen zukünftigen Gemahl! – an, während ihm die Tränen über die Wangen liefen.

»Ich glaube, du brauchst mich nicht mehr, Leo«, flüsterte Mitternachts Stimme an seinem Ohr.

Leo blinzelte und warf ihr einen Blick aus dem Augenwinkel zu. Nicholas hielt noch immer seine Hand und Leo hoffte, dass er noch eine Weile bleiben würde.

»Ich werde dich immer brauchen, Mitternacht«, flüsterte Leo zurück.

»Tatsächlich hatte ich die Hoffnung, dass Ihr gemeinsam mit Leonhard hier in den Palast umsiedeln würdet, Mitternacht«, sagte Nicholas da. »Nach allem, was geschehen ist, wäre es mir lieber, Leon hätte jemanden, der ihn gegen Magie beschützen kann. Der Palast arbeitet zwar eng mit der Priesterschaft zusammen, doch wir haben ja gesehen, wie verlässlich sie ist.« Er machte ein finsteres Gesicht, das sich nur wenig aufhellte, als Leo seine Hand drückte. »Nun, wie dem auch sei.« Nicholas riss sich sichtlich zusammen und lächelte schief. »Mitternacht, Ihr habt bewiesen, dass Ihr und Euer Krieger auch dunkler Magie widerstehen könnt. Es wird eine Weile dauern, bis Leon in der Lage sein wird, sich selbst zu schützen. Vielleicht würde sich der Krieger, der Euch geholfen hat, ebenfalls bereiterklären, eine Weile im Palast zu wohnen und für Leons Sicherheit zu sorgen? Mein Großvater wäre sehr an einer Allianz mit dem Feenvolk interessiert. Natürlich würden wir Euch für Eure Dienste großzügig entlohnen.«

Mitternacht sank langsam wie eine Feder auf die Bettdecke und sah den Prinzen aus großen Augen an.

»Mitternacht?«, fragte Leo.

»Ich muss aufbrechen!«, rief sie unvermittelt, schoss in die Höhe und war bereits halb am Fenster. Dann kam sie noch einmal zurück, gab Leo einen Kuss auf die Wange und überraschte ihn dann, als sie zum Prinzen flog und auch ihm einen Kuss gab. »Ich werde mit der Königin über Euer Angebot sprechen und … passt auf Leo auf, solange ich fort bin.«

Sie wartete gar nicht erst ab, bis der Prinz nickte, sondern schoss zum Fenster. »Mach keinen Unsinn, Leo!«, rief sie noch über die Schulter und dann war sie fort.

»Habe ich sie mit meiner Bitte beleidigt?«, fragte Nicholas betroffen. »Ich wollte sie ganz sicher nicht vertreiben.«

Leo lachte und zuckte dann zusammen, als er an seinen Rücken erinnert wurde. »Nein. Ich glaube, Ihr könntet dafür gesorgt haben, dass es auch für Mitternacht ein gutes Ende geben könnte.«

Nicholas lächelte und Leos Gesicht flammte auf, als der Prinz sich zu ihm beugte und ihn küsste.

Kapitel 28

Die Nacht war warm und von einem freundlichen Vollmond beschienen. Grillen zirpten und Glühwürmchen schwirrten umher, als könnten auch sie die Zeremonie kaum erwarten.

Der König stand neben Leo und hatte einen Arm um dessen Schultern gelegt, als gehörte Leo schon zur Familie. Nicholas' Großvater war ein freundlicher Mann mit Lachfalten in den Augenwinkeln und nicht annähernd so, wie Leo sich einen König vorgestellt hatte.

Nicholas, der auf Leos anderer Seite stand, drückte seine Hand. In seinen festlichen Gewändern war er so schön, dass es Leo den Atem verschlug. »Geht es dir gut?«

Leo lächelte. Es war rührend, wie besorgt Nicholas um Leo war. Zugegeben, auch nach vier Wochen war Leo noch immer ein wenig wackelig auf den Beinen, doch der Ärztin zufolge heilte alles so, wie es sollte.

»Hör auf, dir so viele Sorgen zu machen«, flüsterte Leo zurück. Er wünschte, seine Mutter könnte ihn jetzt sehen. Vom Aschenburschen zum zukünftigen Gemahl des Prinzen. Seine Mutter hätte die Geschichte geliebt.

»Es ist meine Aufgabe, mir Sorgen um dich zu machen«, widersprach Nicholas.

Leo verdrehte die Augen und sagte nichts dazu.

»Was geschieht nun?«, raunte Nicholas ihm ins Ohr.

»Woher soll ich das wissen?«, flüsterte Leo zurück.

»Sie ist deine Freundin.«

»Ich bin nicht derjenige, der mit ihr und Mondfeuer wochenlang verhandelt hat.«

Nicholas warf ihm einen Blick aus dem Augenwinkel zu. »Eifersüchtig?«

Eine kleine Fee kam angeflogen, bevor Leo antworten konnte. Sie sah ein wenig aus wie Mitternacht und zog einen Schweif aus schimmerndem blauschwarzem Haar hinter sich her.

Sie blieb abrupt vor Leos Gesicht in der Luft stehen und schlug die Hände vor den Mund, die Augen weit. »Leo«, hauchte sie und dann quietschte sie aufgeregt und überschlug sich beinahe in der Luft, als sie versuchte sich zu verbeugen. »Es ist mir eine solche Ehre, dir und deiner Familie zu begegnen.«

Seine Familie.

Der König zog seinen Arm zurück, drückte kurz Leos Schulter und lächelte freundlich auf ihn herab. Wie sich herausgestellt hatte, hatte er sowohl Leos Vater als auch seine Mutter gut gekannt und Leo Geschichten von ihnen erzählt.

»Dahlia!«, rief da eine Stimme in strengem Tonfall. Die angesprochene – Dahlia – zuckte zusammen und setzte eine schuldbewusste Miene auf, als einen Augenblick später eine weitere Fee auftauchte, die Dahlia einen vorwurfsvollen Blick zuwarf. »Du sollst Leo nicht belästigen.«

Leo erkannte Mitternacht erst auf den zweiten Blick, so verwandelt war sie. Ihr sonst frei wehendes Haar war zu vielen Zöpfen von unterschiedlicher Größe geflochten, die mit kleinen roten und weißen Blumen geschmückt waren. Sie trug ein seltsames Gewand – Leo wusste nicht, ob es ein Kleid war oder Hosen –, das aus Mondlicht gesponnen zu sein schien, so fein und schimmernd wirkte der Stoff, der wie eine Spirale zusammengesetzt war und in Zipfeln und Fransen endete, die Mitternachts Leib umspielten. Sie klingelte leise, wenn sie sich bewegte.

»Mitternacht«, hauchte er und wusste nicht, was er sagen sollte.

Mitternacht errötete und schnitt eine Grimasse, als sie an sich herabsah. »Du magst es nicht.«

»Oh, ganz im Gegenteil«, flüsterte Leo. »Du bist so wunderschön.«

Sie riss die Augen auf, ihre Wangen feuerrot, und senkte den Kopf. »Danke.«

»Solltest du nicht –«, begann Leo, als er seine Stimme wiedergefunden hatte, und wedelte mit der Hand, »– bei deinem Gefährten sein oder dich vorbereiten oder so etwas?«

»Es ist nur ein Tanz, Leo«, sagte sie, doch ihre Wangen röteten sich schon wieder.

»Mhm«, machte Leo.

Mitternacht wich seinem Blick aus. »Wir haben einen Platz für euch vorbereitet, von dem aus ihr einen guten Blick haben solltet auch ohne Flügel. Dahlia wird euch Gesellschaft leisten und euch alles erklären.«

Sie zögerte kurz, dann flog sie zu Leo und gab ihm einen Kuss auf die Wange. »Ich bin so froh, dass es dir besser geht und du heute hier sein kannst.«

»Es ist mir eine Ehre, Mitternacht.« Er hatte sie in den letzten vier Wochen kaum zu Gesicht bekommen. Zuerst war sie für fast eine Woche verschwunden und dann war sie mit ihrem hübschen Feenkrieger zurückgekehrt und hatte die meiste Zeit in Besprechungen mit dem König und Nicholas verbracht, oder war zwischen dem Palast und dem Wald hin- und hergeflogen.

Er war überrascht gewesen, als sie ihn eines Nachts geweckt hatte, um ihm aufgeregt zu erzählen, dass sie und Mondfeuer die neuen Entsandten des Feenvolkes waren und Mondfeuer sich bereit erklärt hatte, die Feengarde für König Nikolaus zu befehligen.

»Nein, Leo«, sagte Mitternacht leise und ihr Blick huschte kurz über die königliche Familie, bevor sie Leo wieder in die Augen sah. »Es ist die größte Ehre für uns, dass du und deine Familie den Tanz mit uns teilen.« Sie flog an sein Ohr und flüsterte: »Du hättest Mondfeuer sehen sollen, als er erfahren hat, dass der Menschenkönig und der Kronprinz mit seiner Gemahlin unseren Tanz teilen würden. Er wird noch in Jahren damit prahlen.« Sie lachte leise und auch Leo musste lachen, froh darüber, dass sie wieder lachen konnte. Dass sie alle wieder lachen konnten.

Nicholas' Mutter trat zu ihnen, ein Lächeln auf dem Gesicht.

»Du bist wunderschön, Mitternacht«, sagte sie. »Dein Gewand ist bezaubernd.«

Mitternacht errötete und zog den Kopf ein. »Danke, Luise.«

Leo hob die Brauen, überrascht, dass die beiden so vertraut miteinander umgingen. Offenbar war Mitternacht nicht nur in Besprechungen mit dem König und Mondfeuer gewesen.

Mondfeuer gesellte sich zu ihnen und Leo blinzelte, als es für einen Augenblick so aussah, als würden ihn Flammen umgeben. Er strahlte so viel Kraft und Selbstbeherrschung aus, wie nur ein erfahrener Krieger es tun konnte, auch wenn er nicht bewaffnet und in silberne Gewänder, die Mitternachts ähnelten, gehüllt war.

Er verbeugte sich in aller Form vor allen und nahm Mitternachts Hand. »Es ist uns eine große Ehre, dass ihr heute mit uns den Tanz teilt.«

»Die Ehre ist unsere«, erwiderte der König förmlich, bevor sich sein Mund zu einem Lächeln verzog. »Wir freuen uns außerordentlich, dieses besondere Ereignis mit euch beiden zu teilen.«

»Was bedeutet es, den Tanz zu teilen?«, fragte Nicholas.

Mondfeuer sah Mitternacht an. »Du hast es ihnen nicht erklärt?«

Mitternacht riss die Augen auf. »Es war keine Zeit! Dahlia wird ihnen alles erklären.«

Dahlia nickte eifrig und streckte stolz die Brust heraus.

Mondfeuer öffnete den Mund, schloss ihn wieder und stieß einen langen Seufzer aus, ehe er sich ihnen wieder zuwandte. »Der Tanz ruft die Magie, um unsere Verbindung zu segnen und zu stärken. Jeder, der hier ist, wird mit uns tanzen.«

»Oh«, sagte Prinzessin Luise und sah mit leuchtenden Augen zu ihrem Gemahl auf. »Es wird getanzt? Ich fürchte nur, ich kenne keine Feentänze.«

»Keine Sorge, die Magie wird euch leiten«, sagte Mitternacht mit einem Lächeln, das ein wenig gezwungen wirkte.

Dahlia hüpfte aufgeregt in der Luft auf und ab. »Ihr solltet nun eure Plätze einnehmen. Es wird gleich beginnen, nicht wahr?« Sie sah Mitternacht mit leuchtenden Augen an.

Mitternacht wurde blass und nickte.

Dahlia schien Mitternachts panischen Ausdruck nicht zu bemerken, klatschte aufgeregt in die Hände und winkte Leo und den anderen zu. »Kommt mit. Wir haben einen Platz ausgesucht, an dem ihr sitzen könnt, bis es Zeit ist zu tanzen.«

Leo atmete insgeheim auf. Sitzen klang wunderbar. Er wurde schon wieder müde. Er warf einen Blick zurück auf Mitternacht, die noch immer blass wirkte und nicht so wie eine Braut an ihrem Hochzeitstag aussehen sollte.

Mondfeuer schien es ebenfalls bemerkt zu haben, denn er sah sie besorgt an.

»Bist du sicher?«, hörte Leo ihn leise murmeln. »Wir können uns noch immer anders entscheiden.«

Mitternacht sah Mondfeuer lange an, die Welt um sie herum scheinbar vergessen. »Bist *du* sicher?«, fragte sie dann mit erstickter Stimme. »Ich habe das Gefühl, dass ich diejenige bin, die alles bekommt, was sie sich gewünscht hat und du derjenige bist, der alles aufgeben muss.«

Mondfeuer wirkte ernst. »Nein«, sagte er langsam. »Ich gebe nichts auf. Die Königin hat mich mit einer der wichtigsten Aufgaben im Feenreich betraut. Ich glaube nicht, dass ich etwas aufgebe.« Ein leises Lächeln umspielte seine Lippen. »Und du vergisst, dass ich nicht derjenige war, der mich fünf Mal abgewiesen hat.«

Mitternacht liefen die Tränen über die Wangen. »Ich wollte dich nie verletzen.«

»Nicht doch.« Er wischte ihr behutsam die Tränen aus dem Gesicht. »Manche Dinge brauchen Zeit. Und jetzt ist nicht die Zeit für Tränen.« Leo wandte den Blick ab, als Mondfeuer Mitternacht küsste und sah direkt in Nicholas' grüne Augen. Nicholas sagte nichts, doch sein Gesichtsausdruck machte deutlich, dass er die beiden ebenfalls gehört hatte. Er küsste Leo und zog ihn in seine Arme. Seiner Umarmung haftete etwas Verzweifeltes an, sodass Leo ihn ebenso fest hielt. Es war ein Wunder, dass er hier stand, frei war, dass sie alle hier waren.

Dahlias aufgeregte Rufe holten sie zurück und sie beeilten sich, ihr zu einem mit Moos bewachsenem Baumstamm zu folgen, der am Rande der Lichtung lag und überraschend bequem war. Leo lehnte sich dankbar gegen Nicholas und wartete mit angehaltenem Atem.

Musik erklang da, zart und hell wie das Perlen von Wasser, und das Summen der Feen verstummte augenblicklich.

Leo hob den Blick gerade rechtzeitig, um Mitternacht und Mondfeuer in den Himmel steigen zu sehen.

Sie umkreisten einander zum Klang der Musik. Mondfeuers rotes Haar war ebenfalls zu aufwändigen Zöpfen geflochten und leuchtete wie Flammenzungen im silbernen Licht der Vollmondnacht. Leo konnte verstehen, warum Mitternacht ihn nicht hatte aufgeben können. Er war atemberaubend. Sie waren beide atemberaubend. Sie flogen über den Himmel über der Lichtung wie zwei Sternschnuppen, umkreisten einander, trennten sich, nur um dann wieder zusammenzukommen. Mit jedem Zusammentreffen schienen sie heller zu leuchten, Mondfeuer mit einem rotgoldenen Licht und Mitternacht mit dem silbernen Licht des Mondes. Der Schimmer fiel von ihren Flügeln und blieb in der Luft hängen, bis der Himmel voller silbriger und goldener Bänder war. Leo hing vor Staunen der Mund offen.

»Kannst du es sehen?«, flüsterte Leo voller Ehrfurcht, als die Lichtung immer heller wurde und Mitternacht und Mondfeuer selbst wie zwei Sterne leuchteten.

»Was denn?«, fragte Nicholas.

Leo streckte die Hand aus und seine Fingerspitzen prickelten, als der silberne Staub darauf herabfiel. »Den silbernen Schimmer, den sie hinter sich herziehen, wie Fäden aus Mondlicht.« Mitternacht und Mondfeuer waren gerade in einen komplizierten Tanz verstrickt. Sie flogen so schnell umeinander, dass sie nur noch verschwommen zu sehen waren.

Nicholas folgte seinem Blick und schüttelte langsam den Kopf. »Nein.« Als Leo ihn überrascht ansah, blickte er nicht länger hinauf in den Himmel, sondern sah Leo mit einem warmen Ausdruck in den Augen und einem sanften Lächeln auf den Lippen an. »Es ist die Magie«, erklärte er und streichelte Leos Wange.

Leo errötete und sah hinauf zum Himmel. »Aber es ist so schön.«

Nicholas küsste seine Schläfe. »Es ist ein gutes Zeichen, dass du die Magie sehen kannst.«

»Meinst du?«

Nicholas sah ihn noch immer mit diesem warmen Ausdruck in den Augen an, als wäre Leo die Magie und nicht das, was sich über ihnen am Himmel abspielte. »Ganz sicher.«

Um sie herum stiegen die anderen Feen wie auf ein unsichtbares Zeichen hin auf und reihten sich in den Tanz ein und der Himmel erstrahlte in silbernem Schein. Leo wusste gar nicht, wo er zuerst hinsehen sollte, als sich goldene, kupferfarbene, grün und blau schimmernde Fäden unter die silbernen und goldenen mischten und sich um Mondfeuer und Mitternacht legten wie ein Kokon aus Licht, in dessen Zentrum sie in einem engen Tanz verbunden waren.

Dahlia unterbrach sein Staunen, sie zitterte regelrecht vor Aufregung. »Ihr müsst auch tanzen«, sagte sie.

»Aber wir sind keine Feen«, protestierte Leo.

»Du bist ein Feenfreund, Leo. Du und deine Familie seid Teil des Tanzes. Steht auf. Es ist Zeit.«

Nicholas sah ihn fragend an und Leo nickte.

Nicholas' Vater hatte seine Gemahlin bereits mit einem jungenhaften Grinsen zum Tanz aufgefordert und Leo sah ihnen zu, als sie hinaus auf die Lichtung traten und zum Klang der Feenmusik zu tanzen begannen.

»Amüsiert Euch, Ihr beiden«, sagte der König mit einem melancholischen Lächeln und klopfte Nicholas und Leo auf den Rücken, ehe er Dahlia bat, ihn im Tanz zu begleiten.

»Darf ich bitten, mein Herr«, sagte Nicholas da und hielt Leo die Hand hin.

»Es wäre mir eine Ehre, Eure Hoheit«, murmelte Leo und verneigte sich mit einem Grinsen, ehe er sich von Nicholas hinaus auf die Lichtung und hinein in den vielfarbigen Schimmer führen ließ.

Leos Haut prickelte. Nicholas hielt ihn behutsam im Arm, sorgsam darauf bedacht, Leos Arm zu schützen. So wie er es schon bei ihrem ersten Tanz getan hatte.

»Erinnerst du dich an unseren ersten Tanz?«, raunte Nicholas ihm zu, als hätte er Leos Gedanken erraten, und eröffnete den Tanz. Es war kein Tanz, den sie kannten, doch ihre Füße schienen dennoch zu wissen, was sie tun sollten. Vielleicht war Nicholas auch einfach ein so guter Tänzer, dass er einen Tanz aus dem Stegreif erfinden konnte.

»Wie könnte ich das je vergessen?«, murmelte Leo zurück, lehnte seinen Kopf gegen Nicholas' Schulter und überließ sich seiner Führung. Nicht weit entfernt wirbelten der König mit Dahlia und Nicholas' Vater und Mutter im Mondschein über die Lichtung, leichtfüßig und unbeschwert wie zwei junge Rehe.

»Ich komme mir alt vor, wenn ich deinen Eltern zusehe,« murmelte Leo, der bereits wieder müde wurde.

Nicholas küsste seine Stirn. »Gib dir ein wenig Zeit. An unserer eigenen Hochzeit werden wir auch so über die Tanzfläche wirbeln.«

Leo lehnte sich zurück, um Nicholas in die Augen zu sehen. »Ich kann es kaum erwarten.«

Epilog

Nestor hatte das Prickeln der Magie schon seit Wochen gespürt. Es ließ seine eigene Magie unruhig werden, schwerer zu beherrschen, als wollte sie herausgelassen werden,
um mit dem neuen Bruder zu spielen.

Mutter Wilhelmina wartete bereits in der Kapelle der Prüfungen,
als Nestor Leonhard hineinführte, und war wie immer unmöglich
zu lesen. Sie erübrigte ein verkniffenes Lächeln für Leonhard, als
dieser sie mit einer tiefen Verbeugung und einem schüchternen
»Heilige Mutter« begrüßte. An einem kleinen Tisch in der Ecke der
runden Kapelle mit dem hohen Kuppeldach saß bereits einer der
Registratoren des Tempels und wartete darauf, das Ergebnis der
Prüfung in den Registern festzuhalten, so wie es vor sechs Jahren
hätte geschehen sollen.

Wilhelmina bedeutete Leonhard in die Mitte des achtstrahligen
Sterns zu treten, der in den Boden eingelassen war. Nestor bemerkte, wie der Junge tief einatmete und sich dann, sorgsam darauf
bedacht, nicht auf die Linien zu treten, in die Mitte stellte. Es war
noch früh am Morgen, sodass die Sonne durch die Fenster der Ruïr
fiel und Leonhard in ein grünliches Licht tauchte.

»Sammle dich Kind«, befahl Wilhelmina.

Leonhard zuckte zusammen und sein Blick schoss zu Nestor, seine Augen beinahe schon panisch geweitet.

»Atme einmal tief«, sagte Nestor sanft. »Und dann noch einmal.
So wie wir es geübt haben.«

Wilhelminas Lippen schürzten sich missbilligend, als Leonhard
nickte und seine Schultern sich ein wenig entspannten.

»Nestor«, sagte Wilhelmina und machte eine herrische Geste.
»Fang mit der Gabe des Vandros an.«

Nestor ließ nichts von seinem Unwillen über ihre grobe Art erkennen, sondern trat ruhigen Schrittes in den Nordstrahl des Sterns,

die blauen Fenster des Winters im Rücken, während seine Aufmerksamkeit vollkommen Leonhard galt. Es war eine Ehre, dass Wilhelmina anwesend war, das wusste Nestor, doch er wusste auch, dass sie nicht annähernd genügend Feingefühl für einen Mann mit Leonhards Geschichte mitbrachte.

»Sehr gut«, sagte Nestor, als Leonhards Atem sich mit jedem Zug vertiefte und sein Körper sich sichtlich entspannte. »Nun fühle die Verbindung zwischen dir und dem Boden unter deinen Füßen.«

Leonhard verlagerte leicht das Gewicht und presste die nackten Zehen gegen den weißen Marmor unter sich, die Augen noch immer geschlossen. Es war stets ein aufregender Moment, die Kinder zu prüfen und dem Moment beizuwohnen, wenn sie sich zum ersten Mal mit der Magie, die durch Ostris floss, verbanden. Nestor hatte in den letzten Monaten spüren können, wie Leonhards Magie langsam aber sicher zurückkehrte. Nestors eigenes Eis reagierte jedes Mal, wenn er auch nur in Leonhards Nähe kam. Und der Junge hatte trotz der Vorbereitungen für seine Hochzeit die Zeit gefunden, die halbe königliche Bibliothek zu lesen. Inzwischen wusste er vermutlich mehr über Magie und die Geschichte Ardens, als manch ein Adept, wenn er den Tempel verließ.

»Spüre die Luft, die über deine Haut streicht«, fuhr Nestor mit sanfter Stimme fort. »Ist sie warm? Oder ist sie kalt? Antworte nicht, behalte nur das Gefühl.« Nestor spürte ein Prickeln auf der Haut, Kälte auf den Lippen, den Wangen, was ein sicheres Zeichen dafür war, dass der Junge dieselbe Gabe wie Nestor besaß. Nestor verdrängte den Gedanken und beruhigte seine eigene Magie. Er durfte die Prüfung nicht beeinflussen.

»Die Magie fließt in allem. Durch den Boden unter deinen Füßen, sie ist in der Luft, die dich umgibt, sie steckt in jedem Lebewesen und jedem Stein. Öffne dich für den Fluss und spüre, wie er durch dich fließt. Von den Füßen hinauf in den Äther. Vom Äther durch dich hindurch in den Boden.«

Nestor wartete einige Augenblicke, bevor er die Hand ausstreckte und Leonhards Stirn berührte. Sein eigenes Herz raste in seiner Brust. Auch nach all den Jahren, nach all den erfolgreichen Prüfungen überkam ihn doch jedes Mal wieder neu die schreckliche Furcht, dass etwas schiefgehen könnte, dass er zu viel Magie gebrauchte.

»Ich werde ein wenig Magie in dich fließen lassen. Lass es einfach geschehen.« Nestor lockerte die eiserne Kontrolle, mit der er seine

Magie im Zaum hielt, eine Winzigkeit, sodass ein Hauch von Magie durch seine Finger floss.

»Oh«, machte Leonhard. Nestor verspürte ein leichtes Ziehen in den Fingern und zuckte erschrocken zurück, als er sah, wie sich Eis um Leonhards nackte Füße ausbreitete und die magischen Runen einmal kurz aufleuchteten.

»Nestor!«, zischte Wilhelmina.

Nestor ignorierte sie. »Leonhard? Geht es dir gut?«

Der Junge öffnete die Augen und für einen Augenblick schimmerten sie mit Magie, ehe sie wieder ihren üblichen Glanz annahmen. Er lächelte versonnen. »War das Magie? Es war so angenehm.« Er hob die Hand und wirkte fast ein wenig enttäuscht, als sein Blick darauf fiel. Was hatte er erwartet? Frost?

Wilhelmina blickte mit gerunzelter Stirn hinab auf das Eis um Leonhards Füße, das nur langsam abtaute. »Nestor tritt zurück«, befahl sie scharf und dann spürte er auch schon ihre schwere, warme Magie im Raum, als sie den Arm ausstreckte und Leonhards Stirn berührte.

»Au!« Leonhard fuhr zurück und fing sich im letzten Moment, ehe er das Innere des Sterns verlassen konnte. Seine Augen blitzten vor Zorn, bis sie Wilhelminas Blick begegneten und der Ärger gezwungener Höflichkeit Platz machte. »Verzeihung«, murmelte er, während er wieder eine unterwürfige Position einnahm. Der Anblick versetzte Nestor einen Stich. Dies sollte ein freudiger Tag für Leonhard sein und nicht weitere Demütigungen für ihn bringen.

Wilhelminas Miene war völlig ausdruckslos, was wahrscheinlich bedeutete, dass sie fürchterlich wütend war. »Es gibt keinen Grund, sich zu entschuldigen, Kind. Solche Dinge geschehen bei den Prüfungen.«

Solche Dinge geschahen niemals, dachte Nestor, allerdings kam es auch so gut wie nie vor, dass der Prüfling bereits zwanzig Winter zählte. Nestor selbst hatte in seiner ganzen Zeit im Tempel keinen Prüfling erlebt, der älter als sechzehn gewesen war.

»Roland, hol Mutter Rosalia und Vater Rohin«, forderte Wilhelmina den Registrator auf, der sogleich aufsprang und aus dem Raum eilte, um die zwei anderen Priester zu holen.

Rosalia, die Priesterin des Sommers, und Rohin, Priester des Herbstes und der Stürme, warfen Nestor fragende Blicke zu, als sie die Kapelle betraten, und er nickte kaum merklich zu Leonhard, der ein wenig verunsichert in der Mitte stand.

»Der Junge muss geprüft werden«, erklärte Wilhelmina nur.

Rosa, die vor den Südfenstern Stellung bezogen hatte, trat vor und ihr strenger Ausdruck wurde ein wenig milder, als sie Leonhards Blick begegnete. »Hab keine Angst. Ich bin Rosalia, die Priesterin der Sorin. Ich werde dich mit meiner Magie berühren, um zu prüfen, ob Sorins Gabe in dir schlummert.«

Leonhard nickte. Rosa hob die Hand und berührte Leonhards Stirn, doch wie schon bei Wilhelmina, zuckte er mit einem Keuchen zurück und rieb sich die Stelle, an der Rosas Finger ihn berührt hatte.

Rosa wirkte völlig erschüttert. »Verzeihung«, murmelte sie, ehe sie wieder ihren Platz unter den flammenden Fenstern der Sorin einnahm.

»Rohin«, befahl Wilhelmina knapp.

Rohin sah von Wilhelmina zu Nestor. »Nestor ...«

Wilhelmina brachte ihn mit einer erhobenen Hand zum Schweigen. »Rohin, die Prüfung, bitte.«

Rohin hatte die Augenbrauen hochgezogen, doch er trat schweigend in den Weststrahl des Sterns, ein sanftes Lächeln auf den Lippen, als Leonhard sich ihm zuwandte. »Keine Angst. Atme tief ein und aus und schließ die Augen.«

Eine sanfte Brise wehte durch den Raum und strich tröstend über Nestors Haut, die augenblicklich zu prickeln begann, als wollte sein Eis herauskommen, um mit Rohins Wind zu spielen. Nestor entließ langsam den Atem und konzentrierte sich auf seine Verbindung zum Grund unter seinen Füßen. Dies war nicht der richtige Zeitpunkt, um dem Winter freien Lauf zu lassen.

Anders als Nestor und die anderen beiden, berührte Rohin nicht Leonhards Stirn, sondern nahm nach einem kurzen nachdenklichen Moment dessen linke Hand behutsam in seine. Nestor hielt den Atem an, als Leonhard lediglich die Augenbrauen zusammenzog. Einen Augenblick später trat Rohin zurück, ließ Leonhards Hand los und schüttelte den Kopf. Nestor bemerkte, wie Leonhard heimlich die Finger ausschüttelte.

Wilhelmina musterte Leonhard kritisch. »Leonhard«, sagte sie schließlich, ihr Tonfall streng. »Was hast du gespürt, als Vater Nestor dich geprüft hat?«

Leonhards Blick huschte zu Nestor, der jedoch eine unbeteiligte Miene beibehielt, um den Jungen nicht noch mehr zu beeinflussen. »Es war kühl und angenehm«, erklärte er schließlich. »Wie ein Glas Wasser, nachdem man den ganzen Tag in der Sonne gearbeitet hat.«

Wilhelmina wirkte wenig beeindruckt. »Und bei den anderen? Was hast du da gespürt?«

»Ich …« Sein Blick zuckte zwischen ihnen allen hin und her und Nestor empfand Mitleid mit ihm.

»Stimmt etwas nicht?«, fragte Leonhard unsicher.

»Beantworte die Frage, Kind.«

»Es hat sich angefühlt, als hätte mich eine Biene gestochen. Der Wind war angenehmer, hat aber ein wenig auf der Haut gebrannt.« Er schüttelte die linke Hand aus und ballte sie dann zur Faust, ein verlegener Ausdruck auf dem Gesicht.

Wilhelmina wandte sich Nestor zu und musterte ihn stumm. »Vielleicht liegt es daran, dass er schon so alt ist. Nestor, noch einmal.«

Nestor trat vor und dachte einen Augenblick lang nach, ehe er Leonhard abermals durch die Versenkung führte.

»Spüre den Raum hinter deinen Gedanken, den Äther, lasse dich hineinfallen.«

Leonhards Atmung wurde noch tiefer.

»Was siehst du? Was fühlst du?«

»Es ist kühl und weich wie Schnee.«

Nestor spürte wieder das Prickeln, die Kälte auf den Lippen. Hinter ihm sog Rosa scharf die Luft ein, und als Nestor den Blick senkte, bemerkte er Schneeflocken, die von Leonhards Fingern fielen.

»Sehr gut«, sagte Nestor sanft. »Lass das Gefühl los und komm langsam wieder zurück.«

Leonhard blinzelte und sah ihn hoffnungsvoll an. Nestor schenkte ihm ein Lächeln und trat zurück, um Wilhelmina Platz zu machen.

Wilhelmina musterte Leonhard eine ganze Weile stumm, bevor sie ein knappes Nicken gab. »Sehr gut, Kind. Es ist, wie Vater Nestor vermutete: Du bist mit der Gabe des Vandros gesegnet.«

Leonhards Lächeln war wie der Sonnenaufgang nach der Vandrosnacht.

»Zu schade, dass du nicht Sorins Gaben besitzt«, meinte Rosa mit einem Augenzwinkern, ehe sie und Rohin auf Wilhelminas Geheiß die Kapelle verließen.

Nestor musste nicht lange warten, bis Wilhelmina wieder das Wort ergriff. »Leonhard Albert von Silberschild, als Erbe des Hauses Silberschild ist es Euer Vorrecht, vom Hohepriester des Vandros persönlich ausgebildet zu werden.«

Die förmliche Anrede ließ Nestor vor Überraschung blinzeln, bis er sich erinnerte, dass Leonhard in Kürze in die königliche Familie einheiraten würde.

Leonhards Lächeln geriet bei Wilhelminas Worten ins Wanken und zeigte deutlich seine Verunsicherung. »Ich dachte, Vater Nestor würde mich ausbilden.«

Wilhelmina wirkte kurz irritiert, fuhr jedoch in demselben förmlichen Tonfall fort: »Angesichts der Tatsache, dass Ihr bereits älter als die üblichen Adepten seid, ist es Euer Recht, selbst zu entscheiden«, erklärte sie. »Für gewöhnlich werden Adepten jedoch im Tempel ihrer Gabe ausgebildet. Das Wetter unterstützt die Magie und macht es in der Regel einfacher, ihren Gebrauch zu erlernen.« Hier gab sie Nestor einen vielsagenden Seitenblick, den dieser jedoch ignorierte.

»Vielen Dank, Heilige Mutter«, erwiderte Leonhard höflich. »Ich würde es jedoch bevorzugen, hier in Arden von Vater Nestor ausgebildet zu werden, wenn er sich dazu bereiterklärt.« Leonhard warf Nestor einen kurzen Blick zu, doch Nestor hielt den Blick starr auf die flammenden Fenster der Sorin gerichtet.

Aus dem Augenwinkel sah er, wie Wilhelmina die Lippen zusammenpresste. »Vielleicht denkt Ihr noch ein paar Tage darüber nach. Vater Nestor ist nicht die beste Wahl für jemanden Eures Standes.«

Eine steile Falte erschien zwischen Leonhards Brauen. »Verzeiht die Frage, Heilige Mutter, doch er ist der Priester des Vandros in Arden, nicht wahr?«

»Das ist er«, gab Wilhelmina widerstrebend zu.

»Und er hat bereits Kinder in den Gaben des Vandros ausgebildet, nicht wahr?«

Nestor fragte sich, wie lange es wohl dauern würde, bis Wilhelmina dem Jungen die Wahrheit sagte. Leonhard ging den Dingen gern auf den Grund und würde sich nicht mit Ausreden abspeisen lassen. Wenigstens waren Rosa und Rohin nicht mehr im Raum, um Nestors Schmach beizuwohnen.

»Das hat er.«

»Nun, dann sehe ich nicht, was das Problem ist«, erwiderte Leonhard mit einem unbekümmerten Achselzucken. Sein Blick jedoch war scharf. »Außer dass der Hohepriester in Nordostris der höchste Priester des Vandros ist. Ich kenne ihn jedoch nicht und ich war seit meiner Kindheit nicht mehr in Nordostris. Darüber hinaus ist mein künftiger Gemahl hier in Arden. Deshalb würde ich es bevorzugen, wenn Vater Nestor meine Ausbildung übernähme.« Es war erstaunlich, wie schnell Leonhard gelernt hatte, für sich selbst einzustehen. Nestor erinnerte sich noch an den verschüchterten Jungen, der nach einer Kerze gefragt hatte.

»Er ist nicht geeignet«, sagte Wilhelmina kühl und blickte auf Leonhard herab, als wäre er ein widerspenstiges Kind.

»Warum?«

Hätte Wilhelmina über die Gabe des Vandros verfügt, so wäre wahrscheinlich ganz Arden in diesem Augenblick im Eis versunken. »Er lebt hier im Exil«, erklärte sie kühl.

Nestor verlor sich im bunten Farbenspiel der hohen Bogenfenster und konzentrierte sich auf seinen Atem. Ein. Aus. Er war vollkommen unbeteiligt, Leonhards Reaktion interessierte ihn nicht im mindesten und er wollte verdammt sein, wenn er Wilhelmina die Genugtuung gab, auch nur die kleinste Schneeflocke entkommen zu lassen.

Er hatte Leonhard jedoch unterschätzt, denn der Junge wandte sich nicht schockiert ab, sondern reckte herausfordernd, beinahe trotzig das Kinn. »Weshalb? Hat er jemanden umgebracht?«

Nestor hätte beinahe gelacht über den frechen Ton. Auch Wilhelmina wirkte vollkommen sprachlos, ehe sie sich wieder fing. »Nein.«

Leonhard verschränkte die Arme vor der Brust und wirkte in diesem Augenblick jeden Fingerbreit wie Baron von Silberschild und nicht wie ein eingeschüchterter Junge, der von seinem Stiefvater misshandelt worden war. Offenbar schien ihm seine Zeit im Palast außerordentlich gutzutun.

»Nun, was hat er dann getan?«

»Ich konnte meine Kräfte nicht kontrollieren«, gestand Nestor leise, ehe Wilhelmina in ihre übliche Tirade verfallen konnte.

»Er kann es immer noch nicht«, setzte Wilhelmina mit frostiger Stimme hinzu.

Nestor blieb stumm. Was hätte er auch sagen sollen?

»Ich bin sicher, einer der Priester wird sich bereiterklären, für die Dauer Eurer Ausbildung nach Arden zu kommen.« Wilhelmina wirkte zufrieden über ihren Kompromiss.

Leonhard jedoch ging gar nicht auf ihren Vorschlag ein, sondern starrte Nestor an, bis dieser schließlich widerstrebend Leonhards Blick begegnete. »Ehrwürdiger Vater, würdet Ihr mir die Ehre erweisen, mich als Adepten des Vandros auszubilden?«

Nestor presste die Lippen zusammen. Es war eine Sache, die Ausbildung einem Jungen aus armen Verhältnissen anzubieten, eine ganz andere, den Silberschilderben aufzunehmen. »Ich fürchte, die Hohepriesterin hat recht. Ich … ich bin keine gute Wahl.«

Leonhard senkte hastig den Blick, Nestor hatte dennoch den Schmerz in seinem Blick gesehen. Doch was sollte er tun?

Er hörte, wie Leonhard Atem holte, und dann war der junge Silberschilderbe zurück. »Weil Ihr im Exil lebt.«

Nestor nickte langsam.

»Wie viele Kinder habt Ihr ausgebildet?«

»Drei.« Es kam selten vor, dass ein Kind in Arden über die Gaben des Vandros verfügte.

»Und wie viele von ihnen habt Ihr während der Ausbildung verletzt?«

Nestor fuhr entsetzt zurück. »Keines!«

Leonhard nickte zufrieden. »Gut. Würdet Ihr mir dann die Ehre erweisen, meine Ausbildung zu übernehmen? Und es ist mir völlig gleichgültig, ob das meinem Ruf schadet.« Er hielt kurz inne und setzte dann mit leiser Stimme hinzu: »Es sei denn, Ihr möchtet mich nicht ausbilden.«

»Nein! Ich meine ja, doch …« Nestor brach mit einem frustrierten Schnauben ab und lachte dann, als er Leonhards perplexen Gesichtsausdruck sah. Nun, es war lange her, dass er sich so unbeholfen gefühlt hatte, und Wilhelminas finstere Miene half nicht sonderlich. Er straffte die Schultern und begegnete Leonhards Blick. »Es wäre mir eine außerordentliche Ehre, deine Ausbildung zu übernehmen unter einer Bedingung.«

Leonhards Augen waren kreisrund und er biss sich vor Aufregung auf die Lippe, als er nickte.

»Du musst mich endlich beim Namen nennen.«

»Nestor!«, zischte Wilhelmina.

Leonhard grinste. »Ich kann es zumindest versuchen.«

»Baron von Silberschild«, mischte sich Wilhelmina ein. »Ich würde Euch dringend empfehlen, diese Entscheidung mit Eurem zukünftigen Gemahl zu besprechen.«

Leonhards Augen waren ungewöhnlich hart, als er Wilhelmina ansah. »Meine Entscheidung ist gefallen und ich bin sicher, dass sowohl mein zukünftiger Gemahl als auch mein zukünftiger Schwiegervater sowie dessen Vater, *der König*, meine Entscheidung unterstützen werden.«

Wilhelmina sah so aus, als würde sie jeden Moment in Flammen aufgehen. Niemand sprach so mit der Hohepriesterin der Ruïr, schon gar nicht ein Junge wie Leonhard. Nestor spürte den Druck ihrer Magie im Raum, doch ihre Kontrolle war eisern und außer dem Gefühl geschah nichts.

Wilhelmina fing sich rasch und neigte den Kopf in etwas, das nach Zustimmung aussah. »Nun, dann bleibt mir nur, Euch im Tempel von Arden willkommen zu heißen. Vater Nestor wird Euch alles erklären, was Eure Ausbildung umfasst.« Sie machte eine herrische Geste in Nestors Richtung, ohne ihn anzusehen. »Nestor, ich bin sicher, die Familie wartet schon.«

Nestor verbeugte sich vor ihr und bedeutete Leonhard zur Tür zu gehen, die hinaus auf den Weg führte, der sie zum Haupttempel zurückbrachte.

»Du solltest dir die Hohepriesterin nicht zum Feind machen, Leonhard«, raunte Nestor ihm ins Ohr, während sie dem kurzen Weg folgten.

Leonhard biss die Zähne zusammen. »Ich werde nicht einfach stumm zusehen, wie jemand ungerecht behandelt wird«, gab er gepresst zurück und begegnete Nestors Blick. »Nicht mehr.«

Nestor erlaubte sich, die Schulter des Jungen zu drücken, ehe er seine Hand schnell wieder zurückzog.

»Bereit?«, fragte er, als sie die Tür zum Tempel erreichten.

Das Grinsen war zurück auf Leonhards Gesicht, als er eifrig nickte. In diesem Augenblick wirkte er wie der Junge, der er hätte sein sollen, und Nestor schwor sich, dass er ihm die Ausbildung so angenehm wie möglich gestalten würde.

Nestor öffnete die Tür und sie traten gemeinsam hinein, Wilhelmina einige Schritte hinter ihnen, ehe sie an Leonhards andere Seite trat. Einen Augenblick lang war Nestor vollkommen überwältigt, als er das Meer aus Gesichtern sah, das ihn erwartungsvoll ansah. Er wusste, dass die königliche Familie ausgesprochen groß war, doch so groß? Es sah aus, als wäre halb Ostris gekommen!

Nestor sammelte sich und machte sich nicht die Mühe, seinen Stolz zu verbergen, als er mit lauter Stimme verkündete: »Ich habe die Ehre, Euch Vandros' neusten Adepten für die Gaben des Winters vorzustellen.«

Wahrscheinlich hatte der Tempel in Arden noch nie einen derartigen Jubelsturm erfahren wie in diesem Augenblick. Nestor trat hastig zur Seite, als sich ein junges Mädchen mit rabenschwarzem Haar Leonhard in die Arme warf. Nestor hatte Prinzessin Seraphina im Palast nur wenige Male getroffen, doch er hatte bemerkt, wie sie ihn jedes Mal beobachtet hatte, bis Nestor sie schließlich angesprochen hatte. Danach hatte sie Nestor bei jedem Besuch mit Fragen über den Tempel gelöchert. Auch jetzt hörte er sie leise flüstern: »Du wirst mir alles erzählen, was du lernst, nicht wahr?«

»Alles, was ich kann«, gab Leonhard zurück.

Sie nickte zufrieden, ehe der jüngste Nikolaus, Leonhards zukünftiger Ehemann, sie zur Seite schob und Leonhard küsste.

»He! Teilen, Niko! Darin warst du noch nie gut«, sagte ein Mann mit buschigem Haar und ebenso buschigen Augenbrauen. Er musste einer der Söhne des Königs sein, wenn Nestor sich recht erinnerte. Prinz Ludwig? Er hatte Prinz Nikolaus bei den Schultern gepackt und schüttelte ihn leicht. »In ein paar Wochen hast du deinen jungen Mann ganz für dich allein, solange möchten wir auch noch was von ihm haben.«

Leo lachte, als der Mann ihn in eine stürmische Umarmung zog und ihm die Haare raufte. »Gut gemacht, Junge. Wird Zeit, dass in dieser Familie mal jemand was Ordentliches kann.«

»He!«, rief es aus allen Richtungen und dann wurde Leonhard in den Kreis der Familie gezogen, als hätte er schon immer dazugehört. Nestor beobachtete den Trubel und versuchte gar nicht erst, das versonnene Lächeln zu verbergen. So sollte es sein.

Wilhelmina trat neben Nestor und beäugte das Schauspiel mit scheinbar unbeteiligter Miene. »Ich werde dich im Auge behalten, Nestor«, murmelte sie.

Nestor unterdrückte ein Seufzen, während er respektvoll den Kopf neigte. »Ich habe nichts anderes erwartet, Heilige Mutter.«

Nachwort

Nach den Fengard Chroniken hatte ich mir geschworen, nie wieder eine Reihe zu schreiben. Nie wieder Mehrbänder. Also entschied ich mich, ein unverfängliches Buch als Nächstes anzugehen. Es sollte nur ein kurzes Buch zwischendurch werden. Bevor ich mich wieder einem größeren Fantasy-Werk widme (davon gibt es nämlich noch genügend unfertige auf meiner Festplatte). Schnell mal das Aschenputtel-Märchen runterschreiben, das mir schon seit geraumer Zeit im Kopf herumschwirrt, und Platz für mehr schaffen. Die grobe Skizze für das Buch hatte ich schon und die Geschichte war schnell geschrieben. Dann wollte ich nur kurz noch ein bisschen Hintergrund einfügen. Ein paar Beschreibungen (mit sowas halte ich mich nämlich beim Schreiben nicht auf). World-Building.

Es kam, wie es kommen musste, und auch schon beim Hüter der Schatten geschah: Die Welt entwickelte ein Eigenleben. Ein Priester spazierte herein, der allen die Show stahl, und noch einige andere Figuren, die ich nicht mal mehr im ersten Buch unterbekam. Nicholas' Familie trat auf den Plan, das Magiesystem nahm Gestalt an und ehe ich mich versah, waren zwei weitere Bände geboren. Diesmal allerdings ist jede Geschichte in sich abgeschlossen und widmet sich anderen Protagonisten. Wir werden sehen, wie sich alles entwickelt. Drei Bände habe ich geplant, denn bisher gibt es noch zwei weitere Figuren, die ihre Geschichten erzählen wollen. Nestor ist als Nächster dran.

Wie immer gibt es unendlich viele Personen, die mir direkt und indirekt bei der Fertigstellung dieses Buches geholfen haben, die ich nicht alle erwähnen kann, deshalb seht es mir nach, wenn Ihr nicht persönlich hier Erwähnung findet.

Meine lieben Leser, Leserinnen, Lesedrachen und Bücherwürmer, ich kann Euch gar nicht genug danken, dass Ihr Eure kostbare Zeit meinen Geschichten schenkt. Ganz herzlichen Dank Euch allen! Viele von Euch sehe ich bei Lesungen, in Social Media oder bekomme E-Mails von Euch. Es bedeutet mir unendlich viel, dass Ihr da seid, ob heimlich und still oder mit sichtbarer Unterstützung. Jeder und jede von Euch haucht meinen Geschichten ganz eigenes Leben und eigene Magie ein. Danke Euch allen nah und fern, laut und leise!

Ein riesengroßer Dank an die Literatunten, die dreimal die Woche #allabendlichqueer organisieren und wo ich schon oft zu Gast sein durfte und die auch dem Aschenburschen als Erste gelauscht haben. Danke für Eure Mühe, danke, dass Ihr queerer Literatur eine Bühne schenkt.

Danke an Josh Stolarz von mapeffects.co, der mir mit seinem Fantasy Map Builder und seinen Tutorials meinen Traum von einer eigenen Fantasy Landkarte erfüllte!

Ich danke meiner Freundin Tea, die mich in aller Aufregung immer wieder an das Wesentliche erinnert hat.

Danke meinen Familien, die einfach da sind, meine Bücher lesen und sich nie darüber beschweren, dass es zu Geburtstagen und Weihnachten nur noch Bücher von mir geschenkt gibt.

Ein besonderer Dank gebührt wie immer meiner Schwester, die mich Woche für Woche erträgt, meinen Kopf wieder geraderückt, wenn ich in Panik verfalle, mir Mut macht und immer eine frische Perspektive hat.

Und natürlich ein ganz riesengroßer Dank an meinen Mann, der immer da ist, mich unterstützt, mir das Schreiben ermöglicht, der Texte Probe liest, sich Kartenmaterial anschaut und für jede Frage das passende Buch in seiner unendlichen Bibliothek besitzt.

Die Autorin

Von IT-Consultant bis Sozialarbeiterin, von den USA bis zum Jemen – J. B. Hofeditz schreckte noch nie davor zurück, neue Dinge auszuprobieren. Ihren Traum vom eigenen Buch setzte sie kurzerhand selbst um und ist seitdem überzeugte Selfpublisherin.

Wenn sie nicht gerade schreibt oder die Nase tief in einem Buch vergraben hat, streift sie durch die Tiefen des Pfälzerwaldes oder zähmt ihren nächsten Drachen.

Weitere Bücher von J. B. Hofeditz (als Janine Hofeditz):

Die Fengard Chroniken:
Hüter der Schatten
Gesang des Feuers
Hüter der Lieder
Gesang der Schatten

Die Weise der Feen: Jenseits von Fengard

Die Dornenhexe: Ein Märchen

Weitere Informationen, Bonusmaterial und den kostenlosen Newsletter gibt es auf

www.janinehofeditz.de